善良的困惑
【老爸的筒子樓】
劉增新
著

前言

一

在一部文學作品裡，如果我們說一個人的身體狀況與年齡有關，那大概不會引起什麼爭議。但是如果我們直接說，一個男人的性機能或者一個女人的性慾，與他（她）的年齡、與他（她）的腸胃或者腎有關，那恐怕有些人就要皺眉頭了。多年來，我們一直在小心地迴避著這個問題。

小說家與醫生在對人體的關注上，好像有著嚴格的界定和區別。這部小說在小心地迴避一些敏感部位的同時，似乎想要打破一點什麼。作品裡引用了一段民謠：二更更，三暝暝，四數錢，五燒香，六拜年。意思是說一個男人的性能力在不同的年齡層裡會有不同的反映。而對女主角許倩來說，就不是年齡層的問題了。

婦產科助產士許倩體內隱藏著一個巨大的秘密，她是個活蹦亂跳的女人，特別能吃卻不見長胖。除了每天晚飯必須有個肉菜外，她每週還必須吃兩頓帶肥肉的紅燒肉；去麥當勞時，兒子吃一個巨無霸漢堡，她也得吃一個，肚子還覺得湊湊合合勉強飽了。但就這樣海吃海喝卻不見長肉，一米六七的身高體重卻總是維持在

五十五公斤。氣得幾個成天吃減肥茶的女友恨不得剖開她的肚子檢查一下，看看內邊是不是有什麼特殊構造。

許倩還是個愛折騰的女人，不僅兒子和她的自行車歸她修理，家裡的洗衣機、吸塵器、抽油煙機以至電視機電冰箱出了毛病，她都敢上手修理，而且手到病除，一般都能修好。有段時間，她還產生了試試修理一輛汽車的慾望。她把這個想法告訴丈夫韓大亮，韓大亮一聽嚇了一跳，說：「妳以為現在是五八年大躍進呀？人有多大膽，地有多大產。趕明兒妳還想去修理太空梭哩！」

除了活蹦亂跳和喜歡折騰外，許倩的性慾也長期居高不下。她總是不知厭足地要韓大亮。有時韓大亮在外邊出車，她也打電話要他回去與她做愛；甚至有次晚上在醫院值班時，也色膽包天地要韓大亮過去陪她……

而這一切，又都與她體內那個秘密有關。

二

一個男人愛老婆是一件難得的好事，我們甚至可以把這看成是維持社會安定的基本因素之一。但如果一個男人在愛老婆的同時又愛別的女人，甚至公開宣稱愛天下所有的女人，那就是一個精彩的故事了。作品中的韓大亮就是這樣一個男人。

他結婚十六年對妻子許倩的愛與日俱增，以致到了許倩快要不堪承受的地步。韓大亮對許倩的愛，並非那種浪漫的、詩意化了的愛。他對她的愛是「結結實實」

的。除了綿延不絕的性愛之外，韓大亮還把許倩小時候的照片，包括許倩滿月時的，上幼稚園時的，上小學時的，上中學時的等集中起來，專門建了一冊相本。隔一段時間，就要拿出來翻一翻。試圖透過這些照片，愛上小時候的許倩，愛上許倩的過去。

許倩每年過生日的時候，韓大亮都要下廚房做一頓手桿麵給她祝賀生日，並且摟著她說他對她的感覺就像是天天在過情人節。韓大亮有一個叫劉克明的同事與幾個年輕姑娘有染。劉克明其貌不揚但勾引女孩子卻是一等一的高手，他不時在韓大亮面前眩耀自己的豔遇。

韓大亮便問劉克明：你愛的女孩總共有幾個？

劉克明說四五個吧。

韓大亮又問他：你愛你老婆不愛？

劉克明說愛，我的老婆我不愛讓誰愛去！

韓大亮說：那好，加上你老婆，你在這個世界上一共愛六個女人。但是你知道我愛的女人有多少？說出來嚇死你——我愛天下所有的女人，我老婆只不過是她們選出來的代表！

發表過這樣的愛情宣言的韓大亮，與主持人年華、打工妹李紅相遇後，對被妻子「代表」著的這兩個女人的所作所為，使他的愛情宣言立刻變得——像故事一樣難以言說了。

三

名人出書和出寫名人的書是種時尚也是金錢。這部作品也寫了一個名人：著名女主持人年華。這位美麗絕倫、名滿天下的女人，時常會受到各屆人士的邀請，參加各種各樣的宴會和應酬——最多的時候，她一天下午吃過22頓飯！因為不去不行，那怕去了只喝一口桔子汁，但也得到場。主辦者為了感謝她的到場，一般都會準備一點小禮品贈給她，比如手機、牡丹卡什麼的。結果她家裡各種品牌的手機，差不多能裝一籮筐，開個小型的專賣店都不成問題。而她與新婚的北方煤炭集團董事長夫婦照了張相，董事長先生就送給她一套價值六百多萬的別墅和一輛價值一百萬元的寶馬車。並且還歉意地對她說：「一點小意思，不成敬意。」

這大概便是所謂的名人效應，也可以看成是一種獲得。

但是損失呢？做為名人，她在獲得這些的同時，損失了什麼東西沒有？

小說是這樣描述的。多年來，年華一直生活在別人的安排中，生活在採訪和被採訪中。所有的談話題目和內容都是預先給定的。她幾乎喪失了自己的私人空間和私人生活。台裡正式配備給她三部手機和三部傳呼機，規定必須全天二十四小時開著。好像她是被監控物件，一舉一動都必須在領導的掌握之中。她上街的時候，永遠得戴著墨鏡，擔心人們認出她來。這些都是次要的，最主要的是，她的丈夫因為不甘於躲在她的背後生活一輩子，最終導致他們的婚姻名存實亡，成了一具空殼。

四

尊重和保護個人隱私，本來是一個不成問題的問題，沒有人會公開出來反對這個觀點。但是事實上，個人隱私多年來一直受到大面積的、非常粗暴的對待。韓大亮與許倩婚後，因為沒有住房，他們租借別人的房子住了一年多的時間。幾經周折後，終於在公交公司大雜院的筒子樓（註1）分到了一間寶貴的住房。於是，兩個長期困擾韓大亮的問題產生了。

首先是筒子樓的公廁。

為了最有效地利用使用面積，聰明的設計者除了小便池外，給這座筒子樓的男廁所設計了四個面對面的蹲坑，中間沒有任何隔擋之物。如果擺張小桌，四個男爺們就可以一邊解手，一邊打牌或者搓麻將了。那天早晨，韓大亮進了筒子樓的廁所。當他褪下褲子，鄭重其事地蹲下來，努力完成人類必須完成的那個不十分雅觀的排泄過程時，麻煩接踵而至：先是一個人按照同樣的姿勢，蹲在了他的旁邊；接著第二個人蹲到了他的斜對面；最後，第三位老兄進來了，十萬火急地拉下褲子，剛在他的對面蹲下身子，便傳來排山倒海的排泄聲。韓大亮首先感到自己的眼睛不知該往哪裡看，一個同類，一個同性別的同類，就那樣叉開腿蹲在他的對面，實在不是什麼好景致。同時他也意識到在對方的眼內，他也不會是什麼好景致。韓大亮感到羞辱，一種前所未有的羞辱。他覺得世界上再也找不到比這更讓人感到尷尬、感到尊嚴被剝奪的情形了。他緊急中斷排泄，草草揩乾淨屁股，然後亡命似地逃了出來。

韓大亮把他上述的遭遇講給老婆聽。老婆聽後撇著嘴說：「吔吔吔，你哪裡來的這麼多毛病呀？把自己整得跟個知識份子似的！拉泡屎也前怕虎後怕狼的，累不累呀？」

「這太重要了：如果性交是一種排泄，需要私人的空間，那拉屎也一樣，也需要一個絕對的私人空間！」韓大亮說。

接下來是關於夫妻隱私問題。

筒子樓幾乎無隱私可言。一條過道，門對門牆挨牆，沒有任何隔音設施。韓大亮與許倩新婚燕爾，做愛鬧出些響動是正常現象。食色性也，這是沒辦法的事情呀！韓大亮為了避免這種尷尬，土法上馬，在力所能及的範圍裡，採取了一些必要的「隔音」措施。

他找來一床舊棉絮用人造皮革包好，然後釘到門上，連門框上的氣窗一塊封死，看上去像給屋門穿了件防彈背心。為了解決床的響聲問題，他先是依據三角形穩定性最強的幾何原理，對床採取了一系列加固措施。但是那張木質雙人床實在太不爭氣了，怎麼加固效果都不理想。韓大亮只好和許倩商量把做愛的陣地由床上轉移到地上。他們買不起地毯，韓大亮就把他修車時墊的膠皮墊拿回來一塊，平時塞在床下邊，做愛時拉出來墊在地上。這樣，整個夏季，他們都是在地板上做愛⋯⋯

註1：1950年至1980年左右，中國大陸出現的一種簡易住宅樓房。一般樓高約三至六樓，無電梯。建築呈狹長型，每層多戶，每戶僅一間房，各戶以長走廊相連，無獨立盥洗衛浴設備，水房廁所皆公用。

五

企圖用一部小說回答或者解決一個問題徒勞的。但試圖透過一部小說，對人們的生存狀態提出某種質疑卻是可能的。這部名為《善良的困惑》的小說，寫了兩個男人和幾個女人的困惑，實際上，在這種困惑的背後，隱藏著另外的東西。據作者說，作品最初的題目為《疲勞的困惑》，甚至考慮過《我們追求疲勞》這樣的題目。

疲勞的確是人類現今面臨的問題之一，正如作品中許倩所說的：人類所有的疾病幾乎都與疲勞有關。但她這句話顯然是從醫學角度說的，對文學而言，困惑整個人類的疲勞並不只是這些，並不只是指人體的疲憊和某個器官因過度磨損而帶來的疾病。

小說家與醫生對這一問題的關注有一致之處，但也有不同的地方。現今社會是競爭的社會，人們全都生活在車輪子上，都在加速，都在一路狂奔，沒有人想停下來，也沒有人敢停下來。人人都怕從車上掉下來，都擔心一眨眼工夫，打個瞌睡或者上一趟廁所，晉升調級或者賺十萬元的機會就錯過了。這種長期的超負荷高速運轉的結果，就是廣泛的心理疲勞或者說心靈疲勞。

人人都感到疲憊不堪，人人都在喊累。似乎應該有人問一句：總這麼一路狂奔幹嘛呀？為什麼呀？

六

追求的嚴肅與語言的輕鬆並不矛盾。生活在現代社會的人們，眼睛和心靈都嚴重超載，都需要輕鬆的東西給予調節。做為語言藝術的小說，於是時常面臨兩難處境：她既要承載沉重的主題（人物要有深度、主題要深刻等等），又要給讀者閱讀的快感，這樣對語言的要求就越來越高。這部作品的語言整體上看是輕鬆的，而且不是那種乏味的油滑。這在很大程度上，增強了作品的可讀性和魅力。

在每年出版的上千部小說中，讀後能給人留下印象的並不多。《善良的困惑》會給人留下深刻的印象。因為這個有幾分荒誕的故事會讓人想一些問題。從另外的角度講，這部小說的幽默而歡快的語言與沉重的主題形成了一種間離的效果，這種間離，就是敘事的藝術。

七

我與本書作者劉增新先生的交往始於二十年前。他曾擔任過我一部早期作品的責任編輯。之後對我的創作也多有指點。我一直以師呼之，至今不改。現在他囑我為他的書作序，我說作序不敢，但我樂意讀讀作品，並寫下了這篇導讀性的前言。

故事大綱

婚後十六年來循規蹈矩的善良男人韓大亮，有一天遇到了李紅，突然走了桃花運，這場豔遇最終會是如何的收場？

名女主持人年華，與新婚的某董事長夫婦照了張相，就受贈一棟價值六百萬的別墅和一輛寶馬汽車。然而多年來，年華一直生活在別人的安排中，生活在採訪和被採訪中，好像她是被監控物件，她要如何找回自我？

韓大亮的妻子許倩是個愛折騰的女人，很能吃卻不見胖，而性欲也長期居高不下，她的身體裡藏著怎樣的秘密？

年華的丈夫高含是個風流才子，婚後他處處小心翼翼，總有一種躲在別人身後生活的感覺，這種感覺把他和年華都害苦了，他們的婚姻出現了危機……

目錄 Contents

Section 01

老婆體內隱藏著一個巨大的秘密

1

韓大亮基本上算是個循規蹈矩的男人。十六年來，除了老婆許倩外，他從未染指過別的女人。如今像韓大亮這種「從一而終」的男人有如鳳毛麟角，的確已經十分稀少了。韓大亮為此經常受到同事的質疑和嘲笑。連老婆許倩也時常疑惑地問他：真的假的呀大亮？這麼多年，我就不信你連一次賊心都沒起過？恐怕是有那賊心沒那賊膽吧？韓大亮就十分委屈地說：哪兒呀，賊心賊膽全都有，可惜沒那賊機會呀！

這天，賊機會當真來了。

早晨六點，韓大亮把車子發動起來後突然覺得有點累，手和腳都有點發飄。他沒吃早點，肚子空著，有點空落落的感覺。但這只是問題的次要方面，問題的主要方面是，他覺得身體的其他部位，尤其是肚子下方的某些部位也空落落的。那是一種難以言狀的感覺，那種空落落感與肚子餓了的感覺是不一樣的，絕對不一樣。

實踐是檢驗真理的唯一標準，他已經有過很多次這種實踐，絕對不可能把這兩種不同的空落落感搞混。他相信這種感覺才是造成手腳發飄的主要原因。他有點後悔，再一次，再再一次……後悔，後悔不該在進入不惑之年之後，仍然把「合閘」的頻率——「合閘」是韓大亮和妻子許倩給他們夫妻生活起的代詞或者說專用術語，就像古人古書上常用的房事或者同床那樣——保持在這麼高的水準。

當然，這種後悔感總是產生於完事之後，事前是不會考慮到這一點的。就像一些人的菸癮或者牌癮一樣，或者乾脆就是那句話：狗改不了吃屎。而且，現在事情的主動權似乎已經轉移到妻子許倩手裡，多數情況下，都是許倩提出要「合鬧」。這就把韓大亮那點男人的自尊心、那點雄糾糾氣昂昂的雄性姿態，一句話，把他所謂的男人陣線全搞亂了，也就由不得他後悔不後悔了。

這時候，他還不知道妻子身上隱藏著一個巨大的秘密，而有這種秘密的女人，全市、全省、全國，乃至全世界可能不超過十位。想想看，全世界總計不超過十位有這種秘密的女人中，有一位做了他的妻子，這該是一種多麼巨大的榮幸！儘管事情真相大白之後，妻子的女友劉衛東開玩笑總結說：「天哪，這麼多年，虧你們家大亮能應付得過來！」

車子上路以後，韓大亮打開了收音機。他打開收音機的時候，用做父親的眼光看了一眼兒子的畫。《作品二：爸爸的汽車》，兒子韓許的這幅畫就貼在收音機右邊工具箱的蓋子上。在兒子的這幅畫裡，韓大亮的汽車有些變形，四隻輪子癟著，車頭和車廂軟不拉幾，歪歪扭扭，看起來不像是一輛計程車，像一個曬爛了的大紅蘿蔔。韓大亮無法理解十一歲的兒子為什麼要把一輛好端端的汽車畫成這個樣子，但他好像在一次夢中看見他的車成了這樣。

也許那個夢是受了兒子這幅畫的影響，可是他怎麼也想不起他是先做的那個夢，還是先看到兒子的畫了。這成了一個讓他越想越想不明白的問題。

「我兒子是天才！」妻子許倩這樣評價兒子。她這樣評價的理論根據是：「什麼是天才？天才就是與眾不同。」兒子的確有點與眾不同，兒子與同齡孩子的主要不同處是眼睛。準確說不是眼睛，是目光。從五六歲，也許是從三四歲，或者是從兒子一生下來睜開眼睛那一刻起，兒子的目光中似乎就有一種十分專注，同時又充滿憂鬱的東西。也許正是這種目光導致了兒子那些變形的作品。十一年來，兒子就是用這種目光注視著周圍的世界，韓大亮有時很想問兒子一句：「寶貝兒子，你愁什麼呀？」但一碰到兒子的目光，他便把這話咽了回去。

韓大亮聽了一會兒交通台的路況通報。還好目前各條路段都沒有發生塞車現象。他換了個廣播電台，想聽聽新聞。昨天下午，非洲某航空公司飛往美國紐約的航班因故推遲兩個小時起飛。推遲起飛的原因是因為蝗蟲。韓大亮覺得有點奇怪，現在怎麼會有蝗蟲？另外，蝗蟲怎麼可能會影響飛機起飛？播音員解釋說，因為數以百億計的蝗蟲突然飛臨機場上空，導致數以千萬計的燕子麻雀尾隨而來，鬧得機場上空鳥蟲密佈，機場不得不採取緊急措施，經一個多小時人鳥蟲大戰後，險情才得以排除。

這世界簡直亂了套！韓大亮心裡感嘆了一聲。接下來是另一則消息：歐洲一家航空公司飛機失事的原因已基本查明：機械疲勞。大約半個月前，韓大亮聽過這架飛機失事的消息，後來還專門找報紙看了看失事飛機的照片。那架飛機在天上飛得好好的，沒招誰也沒惹誰，別人也沒招惹它，飛機上也沒有恐怖份子，同時上萬米的高空也不可能有蝗蟲麻雀給它製造麻煩。但是它飛著飛著，一個機艙門突然掉了，接著便失事了。

疲勞？美術院一位教授看了兒子的畫後，好像說過類似的話。老婆好像也說過這種話，當然老婆沒說過機械疲勞，身為婦產醫院助產士的老婆，她手頭那些專門和女人下體打交道的家什（工具）似乎從來沒有疲勞過。老婆說的是：現今人類所有的疾病，幾乎都與疲勞有關。老婆妳說得真對！真正確！我現在就有點疲勞，不是機械疲勞，是性疲勞。疲勞得我都有點怕妳了老婆！韓大亮想到這裡時，下腹部那塊習慣性地抽了一下。

正在這時，他看到了那兩位攔車的姑娘。

2

是兩位天仙般漂亮的年輕姑娘。

韓大亮是在快到新世紀大酒店門口時看見那兩位姑娘的。早晨這個時間，他經常到這裡攬活。兩個姑娘大概剛從酒店出來。早春二月，北國的天氣還有些寒冷，兩個姑娘外邊裹著帶毛領的皮大衣，內邊卻穿得十分單薄。臉上不能說濃妝豔抹，但能看出化過妝。姑娘的身高大約都在一米七左右，一個靠在一個肩上，看上去睡意惺忪，好像剛剛睡醒或者整整一夜未眠。

剛剛睡醒也好，一夜未眠也好，那是人家姑娘自己的事。韓大亮在這種問題上很通情達理。他對這類女孩既無好感也無惡感。反正人家掏錢叫車的，自己犯不著跟錢過不去。而且按照以往的經驗，這類女孩手頭一般都比較闊，出手大方，不用找零也不要報銷票據。再說啦，有兩位賞心悅目的姑娘坐在車上，總歸會令人心情愉快一些。

韓大亮正是懷著這種愉快的心情，一探身主動為姑娘們打開了車門。他暫時忘了老婆和性疲勞問題。但是他一打開車門心裡就喊了一聲完啦！——他一打開車門，便聞到了一股濃烈的酒氣；在聞到這股濃烈酒氣的同時，他看清兩個姑娘的臉根本不是什麼睡意惺忪，而是醉意朦朧，尤其是那個靠在同伴肩膀上的女孩，已經不能說是醉意朦朧，已經應該稱作是酩酊大醉了。

幾十秒鐘前韓大亮還在通情達理地想，人家姑娘剛剛睡醒也好通宵未眠也好，都不關自己的事。現在他心說完了啦。若干年前他開公共汽車的時候，就有過類似的教訓：絕對別讓醉酒的人上車。但是現在已經晚了，現在兩位面若桃花的姑娘已經歪歪倒倒地鑽進車裡，並且向他發出了行車的指令：

「南二環。安徽村。」

得趕緊設法挽回這種危險局面。韓大亮緊急啟動大腦的說謊機制，想找個藉口把兩位醉客送下車。本來最好的藉口是地不熟，但南二環安徽村這個地方婦孺皆知，開出租車（計程車）的說不知道實在說不過去。說對不起，我要收車了？好像也不行，一大早你剛開出來收什麼車。說抱歉得很，我還沒吃早點？你沒吃早點和我們有什麼關係？把我們送到地方你再去吃不遲。那麼說什麼呢？說兩位小姐不好意思，昨晚我剛與老婆合過鬧，有點疲勞……性疲勞？這倒是實話，但恐怕這話一出口，小姐們就會報警告他性騷擾了。

「倒楣！」韓大亮在很多方面都稱得上訓練有素，但說謊騙人的工夫還不到火候。他只好自認倒楣發動了車子。

發動機剛一響，那位酩酊大醉的姑娘就莫名其妙地說了聲：「到、到啦？這麼……快！」另外那個姑娘拍拍她的臉蛋說：「到啦，到天堂啦。還說妳沒醉呢！」被拍打者嘿嘿笑了一下，身子一歪，嘴裡不住地唸叨著：「誰醉啦？我沒事，我沒事……」聽上去就跟電視劇裡裝醉的女孩差不多。

「看上去沒幹別的，就喝了一整夜酒！現在這些年輕女子呀……」韓大亮心中一番感慨，隱約還生了點憐香惜玉的同情之感。他想，醉到這般地步了，趕她們下車於心何忍？那就走吧，誰讓自己正好趕上呢！

但是事情忽然有了轉機。

韓大亮轉個方向盤，車子一拐正要上路，BP機忽然響了。不是他的，是那位醉狀稍輕一些姑娘的。

「師傅停車！」姑娘看過傳呼後突然讓他停車。

韓大亮以為她們有事改了主意，心中不由一陣竊喜。但這種竊喜之情還沒有來得及溢於言表，馬上心裡就又喊了一聲瞎啦。原來只是那位醉狀稍輕的姑娘下了車，卻把那位爛醉如泥者留在了車裡。下車前，兩位醉仙有幾句對話，韓大亮這才聽明白倆寶貝一個叫楊萍，一個叫李紅。

「楊、楊萍姐，誰、誰、誰呼你？妳、妳幹嘛又、又下車？」

「王總呼的，他叫我回去。」

「那、那我也回去，我也下、下車。」

「妳還回去幹嘛？又回去摔杯子呀！聽話李紅，妳先回家去。」

「我……不聽話！我、我要跟著妳。妳下車我也下車，妳到哪兒我、我也到哪兒……」

叫李紅的姑娘糾纏了半天，總算被叫楊萍的姑娘說服了。隨後，楊萍打開錢包，從裡面拿出一張百元（人民幣）大鈔丟給韓大亮，說：「師傅，送我紅妹妹到安徽村，四十六號。」

韓大亮這時才醒過來，忙不迭地叫道：「小姐，妳不能這樣，這不行！」

「怎麼啦？一百元還不行？又不是讓你送她去美國！」

「我不是這個意思。我是說妳不能把她一個丟在車上，萬一……」韓大亮差不多是用哀求的語氣了。

「萬一什麼？噢我明白了，你是怕她吐到你的車上吧？沒關係，李紅剛才已經吐過兩次了，不會再吐了。」楊萍說罷又在李紅的臉蛋上輕拍了兩下，哄小孩般說：「乖乖待著，可別給人家吐到車上呀！」韓大亮聽著，卻覺得這話裡已經預先有了幸災樂禍的味道。

楊萍說完那句提前幸災樂禍的話後，啪地一關車門，就像在郵局郵寄包裹辦完交付手續那樣，把她已經醉得人事不省的紅妹妹「交付」給出租司機韓大亮了。而且在「交付」之後，還特地繞到韓大亮那邊，伏在駕駛室的窗口，近距離地盯著韓大亮有點發呆的眼睛說道：

「你該不會是壞人吧？我可記下了你的車號。如果我紅妹妹出了什麼事，上天入地，我也不會放過你的！」

「你看我像壞人嗎？」韓大亮苦笑了一下，他只好接受既成事實了。「放心吧！不就是安徽村四十六號嗎？」韓大亮說完從錢夾裡拿出一張五十元和一張二十元，退給叫楊萍的姑娘，說：

「三十足夠了。我這人，不愛佔小便宜，尤其是女同胞的。」

楊萍愣了一下，開始說不用找了。看韓大亮挺認真的，只好接過錢，疑疑惑惑地說：「嗨，真是少見，莫非遇上好人了？」說罷給韓大亮飛了個吻，扭身揚長而去。

望著揚長而去的楊萍，韓大亮扭頭看了看醉臥在車廂後座上的紅妹妹，心裡說：「好人難當呀！這回是徹底地瞎啦。」

3

許倩起床之後，按照當代城市知識女性的一般程式程序，先上衛生間沖洗身體。她必須趁兒子起床前完成這項。昨晚和丈夫「合鬧」之後她懶得動，沒來得及打掃戰場，那塊地方現在還留有一種用文字難以表達的感覺。她感到不滿足，許倩在沖洗觸摸到自己那塊地方時，心裡感到仍沒有滿足。但她知道丈夫已經盡了力，當他問她時她說滿足了。她現在有些替自己發愁：這幾年不知是怎麼了，性慾突飛猛進一路飆升，一週三四次仍不滿足。

「我覺得我快成一個蕩婦了。」有一次她對醫院的同事劉衛東說了自己的這種感受，劉衛東說：「沒關係很正常。妳沒聽人說三十如狼四十如虎，妳現在正是如狼似虎的年齡嘛！」她當時沒做進一步解釋，但心裡說：「那我老公怎麼辦？還不得給累死呀！」

這道程式完成之後，接下來是叫兒子起床。兒子起床的同時，她開始準備早點。兩碗牛奶，微波四分鐘。她堅持這樣，她認為牛奶只有熱得冒泡奶香才能出來；兩個巨無霸漢堡，微波一分鐘。這是昨天從麥當勞帶回來的，一共三個，韓大亮早晨帶了一個，剩下這兩個給她和兒子。像許倩這樣三十七八歲的城市女性，這年頭一般都比較注意減肥，一頓敢吃下去一個巨無霸的沒有幾個，但許倩是個例外。她現在的飯量基本上與韓大亮和兒子持平，有時比他們父子倆還要大。

「妳該不是準備當鉛球運動員吧？再這樣下去，我養活不起妳了。」韓大亮說她。

她十分委屈地說：「你以為我願意吃那麼多嗎？可是沒辦法，肚子老覺得餓，你讓我怎麼辦？」

韓大亮就說：「妳這身體構造肯定和別的女人不一樣，吃那麼多也不見長肉，也不知都到哪兒去了。趕明兒去檢查檢查，沒準能申請個減肥專利什麼的！」

她就說：「檢查個屁！到哪兒去了你還不知道？」韓大亮於是趕快繳械投降，不吱聲了。

說起身體構造，許倩就想起兒子給她畫的那幅素描。《作品一：媽媽》，兒子的這幅畫現在就別在梳妝鏡的框邊上。按照許倩早晨的即定程式，兒子吃早點時，她開始梳妝打扮，無非是這個霜那個霜塗抹。許倩在這方面並不十分刻意，但也不願意把自己簡化到素面朝天的程度。

她算得上是一個漂亮的女人，不過一個再漂亮的女人，到了三十七八歲都會有危機感，不敢對臉蛋問題掉以輕心，這一點許倩心中有數。她現在一邊趕緊著保養自己的臉，一邊不時看一眼兒子的處女作。這幅畫是兒子八歲時為她畫的，畫面沒有背景，就一個穿著三點式的裸體女人軟塌塌地斜靠在床上。眼睛半閉半張，看上去似睡非睡似醒非醒。

「你什麼時候給兒子當模特兒兒啦？還穿著三點式！」韓大亮當時背著兒子問她。她說沒有啊，我幹嘛非擺出這麼一幅半死不活的樣子給兒子畫？

其實三點式是次要的，似睡非睡也是次要的，主要問題是八歲的兒子把媽媽本來挺正常的乳房畫得十分誇張，同時又莫名其妙地在媽媽的下腹部那塊畫了六朵喇叭花。而且從視覺效果上講，那六朵喇叭花不是畫在肚皮外邊，而是長在肚子內邊。人肚子內怎麼會長出喇叭花呢？許倩每次看到這六朵喇叭花，心裡都感到某種神秘的暗示。但這種暗示是什麼，她現在還說不清。

兒子下樓了。但是兒子下樓沒兩分鐘又跑了上來。「媽，我的車子沒氣了。」兒子說。

「你昨天怎麼不說？」許倩有點生氣，「再說了，車子沒氣了你在下邊喊，媽媽拿氣筒下去不就行了，還用得著又跑上來一趟？」兒子低下頭不吭聲了。

許倩拿著氣筒下樓打好氣後，又檢查了一下車閘。她一手抓著車把，一手提起後衣架蹬了兩腳，讓車輪空轉起來後一捏後閘，隨後對兒子說：「後閘又有點鬆了，晚上回來記著讓媽給你修一下。」

兒子沒有說話，臨走跟她說「媽，我走啦」時，也是低眉順眼，沒有一點精神。許倩對兒子的這種狀態十分擔憂，她雖然相信兒子是個天才兒童，而天才兒童在一些方面就得與別的孩子有所不同。但她還是希望兒子換一種精神面貌，希望兒子在保持天才兒童優點的同時，又是個活蹦亂跳的半大小夥子。

許倩對這個問題長時期百思不得其解：她自己基本上是一個活蹦亂跳的女人，丈夫韓大亮談不上活蹦亂跳，但也是個能瘋能狂愛說愛笑的男人，兩人結合後，怎麼卻生了這麼一個兒子？

許倩的確是個活蹦亂跳的女人，也是個愛折騰的女人，不僅兒子和她的自行車歸她修理，家裡的洗衣機、吸塵器、抽油煙機以至電視機、電冰箱出了毛病，她都敢上手修理，而且手到病除，一般都能修好。有段時間，她還產生了試試修理汽車的慾望。她把這個想法告訴韓大亮，韓大亮一聽嚇了一跳，說：「妳以為現在是五八年大躍進呀？人有多大膽，地有多大產。趕明兒妳還想去修理太空梭哩！」說完後心裡說，「怎麼尋得這麼個寶貝老婆？一天到晚不折騰點事，她就安靜不下來！」

許倩看韓大亮不讓她折騰他的汽車，便轉過臉來折騰屋子。她差不多每隔一兩個月，就要把兩間屋子的家具重新歸置一遍。對她來說，這是「小動作」。大動作是每隔半年，她就要把客廳和臥室對調一次。「反正兩間都是南屋，大小也差不多，調換調換有新鮮感。」她這樣對韓大亮申述理由。

韓大亮開始沒表示反對，還幫她一塊幹了兩次。但到第三次時韓大亮不幹了。韓大亮說妳愛折騰妳折騰去，對我來說，那種新鮮感已經不存在了。他想他如果不幫手，她一個人絕對不可能完成這種「調防」：起碼臥室的雙人床她搬不動！客廳的長沙發她也搬不動！但是韓大亮後來明白他低估了老婆的折騰能力。星期天，許倩讓他把兒子帶出去玩了一天，等他們父子回來時，客廳已經成了臥室，臥室自然變成了客廳。

「妳一個人？不可能！雇臨時工了吧？而且肯定是個小夥子！」韓大亮打死也不相信是她一個人幹的，但是許倩說你不信，我再當著你們父子的面，倒騰一遍給你們看看？接著就具體講了她一個人怎麼拆，怎麼拖，怎麼裝的過程，把韓大亮聽得目瞪口呆。

就這還不算，當晚老婆還去洗了桑拿（三溫暖），回來兩人「合鬧」時，勁頭也一點沒減。完事後韓大亮關切地問她：「哎老婆，妳就不覺得累呀？」

許倩說：「不累。我也說不清是怎麼回事，這樣折騰上一天再和你親熱，就覺得特別舒服，特別滿足！」

現在許倩有大半年沒享受到這種滿足感了。不過她已經考慮好了一個新的折騰方案，到時候準又讓韓大亮大吃一驚。但是眼下她顧不上滿足不滿足的問題了，她現在得趕緊趕去上班！她就喝著牛奶，用兩分鐘時間吞掉那個巨無霸漢堡，剛好覺得肚子飽了。接著用十五秒塗好口紅，然後拎包鎖門，風風火火（急急忙忙）衝下樓。

4

南二環安徽村離新世紀酒店大約二十分鐘路程，韓大亮一路上不時扭回頭看一眼醉臥在車廂後座上的「紅妹妹」，心裡念著上帝保佑千萬別吐上帝保佑千萬別吐。但是上帝太忙，要保佑的人太多，所以只保佑了他七八分鐘便不管他了。在一個拐彎的地方韓大亮方向稍微打得急了點，便聽到後邊哇的一聲，「紅妹妹」開吐了。

韓大亮緊急靠邊將車停下。他跳出駕駛室，繞到車子右側，憤怒地拉開了車門。「妳給我下來！」他本來想這樣大吼一聲，但是一看到「紅妹妹」那花枝散亂的可憐樣兒，想吼的話半道又咽回去了。「紅妹妹」還算有修養，只吐了一口就強忍住了。她一手捂著嘴，一手伸過來讓人扶她下車。她大概把韓大亮當成了她的楊萍姐，一下車就往韓大亮的懷裡倒，伸著的那隻手勾住韓大亮的肩膀，看上去不像是個顧客，倒像是韓大亮的情人。

韓大亮這會顧不上別的了，連拖帶扶把姑娘弄到路邊。「紅妹妹」一到路邊便彎下腰，倒海翻江吐了起來。依據對待嘔吐者的基本常識，韓大亮一手扶著「紅妹妹」，一手在她的背上輕輕地拍著。嘴裡不停地說著：「妳看這事弄的！妳看這事弄的……」

第一道嘔吐衝擊波過後，「紅妹妹」暫時安靜下來。車廂後座是沒法坐了，「紅妹妹」雖然只吐了一口，但那裡已經色香味俱全，要什麼有什麼了。原來漂亮姑娘吐出來的東西也這麼難聞呀！韓大亮像小時候突然弄明白原來漂亮女孩也會拉屎那樣，又認識了一條真理。而且好像姑娘越漂亮，吐出來的東西還越難聞！

剛剛認識了這條真理的韓大亮，只好把「紅妹妹」連扶帶抱地安置在副駕駛的位置上。「紅妹妹」經冷風一吹，意識比剛才清醒了一些，模模糊糊覺得扶著自己的好像不是楊萍姐，但是誰她也弄不清楚，只是嘴裡不停說著：「我沒事，沒關係，沒關係……」韓大亮聽著老大不高興，心裡說：「什麼沒關係沒關係，妳應該說對不起，對不起！」

第二道衝擊波是在韓大亮提心吊膽把「紅妹妹」送到安徽村時發生的。那真是黎明前的黑暗呀，眼看著天就要亮了，眼看著勝利已經在招手了，「紅妹妹」一歪腦袋，哇地一口全吐在韓大亮的毛衣上。

事情發生在韓大亮把「紅妹妹」送到四十六號之後。按照出租司機的職業道德準則，他把她送到安徽村口讓她下車就行了。但是誰讓韓大亮不僅是個有職業道德的司機，偏偏還是個軟心腸的男人。他看他的乘客下車時那天旋地轉的樣兒，覺得不把她送到四十六號就不算盡到責任。再說那位楊小姐的警告還在耳邊響著呢：「我『紅妹妹』要是出了事，上天入地，我也不會放過你！」這可不是開玩笑。

這時候天色尚早，安徽村的外來妹外來崽們，白天闖世界的一半已經上路，夜晚闖世界的那一半正在睡大覺，因此蓋滿違章建築的「村間小道」上冷冷清清，很像三流電視劇裡壞人出沒的作案現場。如果「紅妹妹」在這段路上出了事，遇上個流氓歹徒攔路搶劫犯什麼的，到時候他有八張嘴也說不清呀！出於這種考慮，出於這種高尚而健康的目的，韓大亮決定「倒楣就倒到底吧」！——當然啦，也許有人會對此提出質疑，也許有人會說，要是換個角色，要是眼下酩酊大醉天旋地轉的不是如花似玉的「紅妹妹」，而是一個大老爺們，一個不折不扣的男性醉鬼，他還會這樣做嗎？那是那是，我想那樣的話，說不定韓大亮從一開始就會將其拒之車外的！

韓大亮做出「倒楣就倒到底吧」的決定後，小心翼翼地將花枝散亂的「紅妹妹」扶下車。「紅妹妹」此時依然沉在醉鄉，身子軟得像一團泥——韓大亮這回明白爛醉如泥是怎麼回事了，「紅妹妹」這會兒就像糊在牆上的泥巴一樣「糊」在他的身上。他已經不是扶著她，基本上是摟著抱著把她送到四十六號的。

四十六號是一間平房——整個安徽村就是由若干間類似的簡易平房組成的。房門看上去也很簡陋，安裝的是那種老式掛鎖。韓大亮本來以為醉姑娘已經喪失了開鎖的意識和能力，但是令他吃驚的事情發生了：當他準備從她掛在手腕上的小錢包裡找鑰匙替她開門時，醉姑娘的意識突然一下子就清醒了：「你幹嘛？」姑娘警覺地喊了一聲，同時條件反射地做了一個保護自己錢包的動作。那動作十分誇張又顯得十分可愛，配合著姑娘醉雲滿天的漂亮臉蛋，一下子讓男性公民韓大亮同志心猿意馬不能自持了。姑娘這時雖然已經不「糊」在他身上了，但仍然半靠半偎在他的懷裡。韓大亮心裡說了一句「把他的……」，但這回究竟「把他的」什麼，就沒有下文了。

他突然覺得有點緊張和不自然，趕緊不由自主地、作賊心虛地扭頭左右看了一下。還好，安徽村的黎明靜悄悄的，左右也沒有什麼人。但是韓大亮還是自覺地把身子往後撤了撤。他覺得身體下部那個本來已經相當疲憊的部位正在蠢蠢欲動。「把他的」，他心裡又說了一句「把他的」，這句「把他的」裡邊含有不好意思的成分。同時他覺得自己的臉紅了——現年42歲、已經有了十六年婚齡、對異性並不陌生的韓大亮像個初次接觸異性的中學生似的，覺得自己臉紅了。

說起來令人難以置信，這麼多年來，韓大亮所有的性經歷、性感受和性經驗，都是從一個女人身上獲得的，這個女人就是他老婆，就是他的合法妻子許倩。除許倩外，韓大亮婚前婚後，都沒有與別的女人在性愛方面的接觸和體驗。像他這種既無情人又無豔遇的男人，時下已經成了社會嘲笑的對象，被劃入「第四等男人」的行列。

他有毛病吧？沒有，他一點毛病都沒有，他各方面都很健康，而且我們後來還會知道，他多年來實際上肩負著一副比別的男同胞要重得多的擔子。基於這種歷史的原因，我們就比較容易理解他的緊張、不自然和為身體某些部位蠢蠢欲動而臉紅的現象了。

正半靠半偎在他懷裡努力開鎖的「紅妹妹」，當然沒注意到這些，她在做過那個十分誇張的保護自己錢包的可愛動作之後，知道自己的錢包安全了，意識便重新進入酒醉狀態。最終還是在韓大亮的幫助下，才把門鎖打開了。

門打開了，姑娘已經到家，出租司機韓大亮已經光榮地完成了自己的任務。他現在可以離開了。如果事情到此為止，就不會發生後面的故事了。但是事情好像不願意這樣草草收場，姑娘推門入室時身子閃了一下，險些撲倒在地。本來已經撤離姑娘身體的韓大亮，只好「一個箭步」衝上去重新抱住姑娘。姑娘經剛才的一閃腸胃震盪，哇的一聲，毫不見外地把第二道嘔吐衝擊波全部噴射到韓大亮的毛衣上。

接下來的嘔吐就是連續性的了。韓大亮手急眼快，看見腳邊有個放著牙刷的塑膠臉盆。他一手扶著姑娘免得她摔倒，一手勾著臉盆嘩地倒掉裡邊的東西，放到姑娘腳跟前讓她放心地吐！

「我的天哪，喝了多少酒呀！」韓大亮這回破例沒有說「把他的」，他看姑娘吐得倒海翻江波濤洶湧，最後吐出來的完全是一些稀水，眼淚鼻涕也流得一塌糊塗。他知道自己現在不能走了。他此刻沒有任何別的想法，只是覺得心疼，非常非常心疼。類似的心疼似乎只有過一次，就是目睹老婆生孩子那次。姑娘吐到後來連稀水也沒有了，完全成了乾嘔。韓大亮心說寶貝妳不能再吐了，再吐就該把整個胃全吐出來了。

他把姑娘抱到床上，姑娘一上床身子就要往下躺，他喊了一聲先別急——他得先把她臉上的眼淚鼻涕收拾一下。他看見屋裡扯著的一根細鐵絲上搭著幾條小毛巾，也顧不上人家是幹什麼用的了，隨手扯下一條，幫姑娘進行完臉部緊急處理之後，才扶姑娘緩緩躺倒。

接下來該怎麼辦？韓大亮不知道了。老婆許倩不喝酒，所以他沒有處理酒醉者的實踐經驗。但是姑娘提醒了他，姑娘徹底吐乾淨之後，意識慢慢清醒了，但人已經幾近虛脫，嗓子裡只剩下一絲遊氣。姑娘就用那絲遊氣告訴他她想喝水。

屋子裡有兩個暖水瓶，但全是空的。於是韓大亮就跑出屋尋找開水，他這時候已經顧不上考慮別的了，別人愛怎麼懷疑就怎麼懷疑去吧！打來開水的同時，他居然還弄來一點白糖和鹽。他把姑娘扶起來餵她喝糖鹽水的時候，心裡充滿愛意——那種純粹的、高尚的、脫離了低級趣味的愛意，那種「讓世界充滿愛」式的愛意，那種「如果人人都獻出一點愛，這世界將變成美好的樂園」所宣導的愛意！那一刻，他覺得自己簡直神聖死了也幸福死了。

5

十六年前的一個夜晚，一個孕婦在11路公共汽車的末班車上突然快要生了。韓大亮那天正巧當班。他像開救火車似的，一路按著喇叭把車開進婦產醫院，將孕婦安全送進了急診室。時隔不久，類似的事情又發生了一次。兩次巧合並沒有使韓大亮受到公司方面的特別表彰，但卻贏得了一個實習助產士的寶貴愛情。那個助士就是許倩。

情竇初開的實習助產士從這兩件事情上，模模糊糊地看到了一個有責任感男人的影子，於是射出愛箭，兩人斷斷續續談了沒半年時間，便喜結秦晉之好，由此拉開了他們愛情連續劇的序幕。

現在的11路車仍然途經婦產醫院，但是已經很少發生這樣的事情了。這是一個變化。與十六年前相比，婦產醫院也有了很大變化。現在的婦產醫院，熱鬧得就像春節廟會。門診前長長的走廊上，永遠坐滿了各種年齡的孕婦和不孕婦。那些陪著她們的各色男人，則統統被擋在一面「男性止步」的玻璃門外邊。婦產醫院對女人來說是福地也是地獄，對男人來說則是一面鏡子：天下男人的真實嘴臉，在這裡容不得絲毫遮掩，全都清清楚楚、明明白白。要不然你看看那些被擋在玻璃門外邊的男人，一個個全都鴉雀無聲老老實實，像等待著接受宣判的罪犯！

許倩風風火火趕到醫院的時候，離她接班只剩下不到十分鐘。

許倩在更衣室換好工作服，然後進消毒室消毒。劉衛東正在用消毒液洗手，見她進來，往旁邊閃了個位置給她。劉衛東是個異常高大的女人，看上去像隻仙鶴。但可惜是隻「老仙鶴」了，年輕三十歲可以去當國際超級名模。她是當年的插隊知識青年，三十年前把青春和接近一米八零的身高優勢，全奉獻給籃球隊了。最輝煌的成就是參加旗代表隊並奪得了一次盟冠軍。劉衛東的丈夫劉南是個建築工程師，三年前外派巴基斯坦，錢可能沒少賺。女兒劉夢，繼承了母親當年的美麗和身高，18歲身高已到一米八三。旅遊專科學校畢業後改行當了模特兒。最近正在參加一個國際模特兒電視大賽，看來母親當年耽擱了的夢，如今要在女兒身上實現了。

「全世界的女人好像都懷孕了——妳看看走廊裡的人！」許倩邊消毒邊說。

「說全世界有些誇大其詞。值得驚嘆的是，婦產醫院的走廊裡，姑娘越來越多了。聽說了嗎？昨天一個十三歲的女中學生生下了一個足月的男孩，孩子的父親是她的同班同學！」劉衛東說。

「嗨，現在的女孩子，懷孕就當喝涼水，全不當回事！」許倩說。

「不是喝涼水，是喝可口可樂，不但不當回事，還有滋有味挺來勁的！哪像我們當年，做個人流（人工流產）比現在辦出國簽證還難！光一張單位證明信，就逼得一些姑娘投河上吊。現在多方便？除了手續費什麼都不要，像上收費廁所撒泡尿似的！就是收費標準高了些。」劉衛東說著笑了一下，用胳膊肘撞撞許倩，壓低聲音問她：「看妳的臉色，昨晚又『合閘』了吧？怎麼樣？」

本來像「合閘」這類夫妻之間的專用術語，是不宜告訴外人的。但許倩從來不把劉衛東當外人，在一次談起夫妻生活的事時，就把這個詞漏了出來。劉衛東開始還不明白，說怎麼能叫合閘？好像既不形象也不貼切。許倩說怎麼不貼切？妳想想一男一女幹那事不就是陰陽相合，與電閘一合陰電陽電劈哩啪啦就接通了還不是一回事？劉衛東聽了哈哈哈笑了三四分鐘，然後擦著笑出來的眼淚說：「許倩呀，你們倆可真是一對寶貝。天下恐怕只有你們倆這樣說——還劈哩啪啦連響帶冒火花呢！」

許倩看旁邊還有別的醫生，說了句「什麼怎麼樣？還那樣」便岔開話題，問劉衛東夢夢模特兒大賽的事怎麼樣了。劉衛東說複賽已經過關，正準備參加決賽。許倩說我看夢夢沒問題，實力在那裡擺著，至少能進前三名。劉衛東說現在什麼大賽沒貓膩（黑幕）呀，光憑實力可保不齊（說不定）。又問許倩兒子參加美術大賽的事。許倩說還早呢剛開始報名。兩人說著消好毒，蒙上大口罩正經八百上班了。

婦產醫院的工作可以劃分為兩大塊：一塊是千方百計讓女人生孩子，另一塊則是千方百計讓女人不生孩子。這兩大塊工作都是事關國計民生的大事，所以許倩、劉衛東她們及婦產醫院的全體同仁，包括院長、黨委書記、部門領導、主治醫生、清潔工和看大門的，全都有一種神聖的自豪感。他們也不存在下崗（失業）問題——婦產醫院的三期擴建工程已經開始，不久一棟數碼（數位）醫療科技大樓將交付使用。

上級主管部門和工商、稅務部門，一般對婦產醫院都是關懷有加，很少找他們的麻煩。因為各行各業都有女人，是女人就保不齊會遇到生孩子或不生孩子的問題。各行各業的男人雖然自身不存在生不生孩子的問題，但各行各業的男人大多數都有老婆，有老婆就同樣會遇到生不生孩子的問題。所以基本上沒有人願意和婦產醫院過不去。

改革開放二十年，人們的生活水準日漸提高。生活水準一提高，對精神生活的追求就越來越強烈。做為精神生活範疇的性生活也就跟著水漲船高了。這種水漲船高的直接反映，就是婦產醫院的走廊上天天人滿為患。許倩劉衛東她們每天一上班，從上午8點到中午12點，整整四個小時，連喝口水上廁所的工夫都沒有。她倆的工作主要是檢查孕婦的胎位情況，勞動程度並不大，但一個上午下來，也不能說一點不累。好在劉衛東已經習慣了，許倩又是個精力過剩的女人。所以每天午飯後那一個多小時的午休時間，她倆一般都不休息，而是在一塊聊天。

據《現代聊天大全》記載，都市成年知識女性聊天的主要內容，除了老公孩子外，如果按她們的身體部位來劃分，大體上可以概括為五個字：頭、臉、胸、腹、腳。

頭、臉、胸、腳都好理解。頭指的是腦袋頂上那部分，髮型呀染髮呀，這個話題說十個中午不成問題；臉比頭髮複雜，不僅代表各種化妝品，還包括割雙眼皮、紋眼線、墊鼻樑等臉部高科技手術。這個話題也能聊十個中午；胸理解起來有點牽強，主要指胸罩、內衣等等，可以引申為衣服。這個話題聊十個中午也沒問題；腳很簡單，就是指鞋。但你別小看這個話題，都市知識女性太知道鞋的重要性了。有一次劉衛東不知從哪裡看到一篇專門探討高跟鞋的文章，裡面說高跟鞋可能起源於埃及，最早是西元前埃及的屠夫為了躲避地上的穢物發明的。還說高跟鞋有助於女性保持挺立的體形，穿高跟鞋的女性會有一種領導者的感覺。更重要的一點是，那篇文章引用了一位國際著名性學家的研究成果，說高跟鞋使女性的腳基本處於直立狀態，而這種狀態是雌性發情的典型表現，所以穿高跟鞋的女性要比不穿高跟鞋的女性顯得性感得多。

劉衛東把這些說給許倩聽，許倩說真的嗎？登在什麼地方，拿來我看看。劉衛東就把那篇文章拿來給她看了。同科其他幾個年輕護士聽說後也搶著要看，一時間那篇文章成了她們科室的「傳閱件」，別說聊十個中午，差點沒開個「高跟鞋專題討論會」，而且在婦產醫院掀起一股長達半年時間的高跟鞋熱。

腹就比較複雜了，涉及到減肥、生育、性愛等許多話題。許倩和劉衛東都不存在減肥和生育問題，所以她們這方面的話題就集中在性上。兩人都是過來人，又都是幹婦產這一行的，要科學知識有科學知識，要實際經驗有實際經驗，聊起這個話題海闊天空，次數時間姿勢感覺等等，什麼都敢說什麼都敢聊。有時候她們會因為一些觀點分歧產生爭論，但大多數情況下，觀點和結論都是一致的，那就是：男人全都是色鬼，全都愛「合閘」，全都不要臉！而他們所說的男人，分別指各自的老公。她們在這個問題上罵老公不要臉時，其實是在誇老公，她們心裡其實喜歡老公這樣不要臉，而且越不要臉越好。老公越不要臉她們就會越喜歡越幸福——當然前題是只許對自己，對別的女人可不行！

有一次，許倩把她和劉衛東這方面的話題有保留地給韓大亮「傳達」了一部分，韓大亮聽得直咧嘴，叫苦連天地說：「我的天哪，妳這不是出賣我嗎？下次我可不見劉衛東了。妳把我在妳那一畝三分自留地怎麼種怎麼收講得一清二楚，我見了她，還不得有種光著屁股的感覺呀！」

許倩聽了咯咯咯咯笑了半天。笑完後問他：「我不信！那你們男人在一塊就不談這些？」

韓大亮說：「也談。但沒有一個男人會談和自己老婆的事。我們老家有句古話叫『明事暗做』，就是說這類事其實人人都明白，但只能做不能說。」

許倩就說：「要不然說你們男人比我們女人虛偽呢！上了床醜態百出，下了床道貌岸然，還美其名曰『明事暗做』呢……」

但是今天中午她們不能聊天了。下班後在更衣室換衣服時，許倩問劉衛東：「我帶了帶魚和燒茄子。妳帶了什麼菜？」她倆一般都是從家裡帶便當，中午用微波爐熱熱吃。劉衛東開始沒反應過來，說：「帶什麼菜？」接著明白了，說：「妳不知道呀？妳忘了今天是三八婦女節啦？下午咱們女同胞放半天假。妳還帶什麼燒茄子呀！」許倩這才想起昨天下午下班前主任說過，但她把這事給忘了。劉衛東看她還在那發愣，又笑著說：「還不趕緊回去！不過可別再『合閘』了！」

6

一絲遊氣的「紅妹妹」喝下那杯糖鹽水後漸漸緩過勁來，她模模糊糊感到她現在不是在酒店，而是在她和楊萍姐的「窠」裡。但身旁這個男人是誰，她還是不太清楚。清楚的只有一點：這個男人與她平時的那些工作對象，那些讓她提供「心理諮詢和治療」服務的男人有點不同。

李紅和楊萍現在打工的地方叫「金鑰匙」心理診所。「金鑰匙」心理診所是個「朝陽產業」，只是像一些上市公司一樣，它的行為現在還不夠規範，常常向顧客提供一些營業範圍之外的服務。做為「金鑰匙」心理診所聘用的「醫師」，楊萍與李紅的業務就是向顧客提供這類超範圍的服務——陪「患者」聊聊天，喝喝酒，講講段子，讓他們開開心就算「治療」好了。因為是心理診所的醫師，所以她們只提供心理方面的服務，不提供生理方面的。這樣說也許沒有幾個人相信，但李紅是個新手，就她而言目前還停留在這個層面上。

昨天晚上，李紅和楊萍陪著兩個要求提供「心理治療」服務的男人至少喝了五瓶XO。當然不是一氣喝下去的，期間穿插進行了吃飯、唱卡拉OK、跳舞、講段子等與心理治療毫不相關的活動。那兩個男人可能還有別的一些不健康心理，還想進行一些別的活動，但一直沒有機會：在李紅醉倒的同時，他們也醉了，只剩下楊萍一個人還清醒著。

其實，五瓶酒李紅只喝了一瓶還不到。那兩個男人一人喝了一瓶，另外兩瓶多全是楊萍喝的。楊萍是那種在酒場上所向披靡的女人。在現今這個燈紅酒綠的時代，酒量既是一個女人的本事，也是一個女人的防身武器。楊萍知道李紅沒這個防身武器，所以一直護著她。開始李紅那杯酒全由她代喝，那兩個男人大概也想各個擊破，先放倒一個再說，便沒有強迫李紅。但是一直喝到東方發白，三瓶酒下去了，楊萍還沒有一點要倒的意思。

兩個急著想進行一些別的非心理活動的男人於是又要了兩瓶。李紅這下害怕了。她一半是擔心楊萍，一半是擔心她自己。她知道楊萍姐要是真喝倒了，就沒有人能保護她了，於是主動請纓上陣。那兩個男人一聽來了勁，喊了聲：「換大杯！」兩瓶酒四大杯，每人半斤擺那兒了。楊萍本來還想代李紅一些，但一則怕那兩個服務物件不答應，二則也想讓李紅熱熱身練一練。以後免不了會遇到這種場面，自己總不能一輩子護著她。於是四個人同時舉杯，從來沒有這樣放量的李紅一下子醉了。那兩個男人也英雄氣短，還沒來得及講明他們還有別的方面需要「治療」，便搖晃了幾下趴桌子上了。於是楊萍趕緊扶著李紅撤離現場，剛出酒店門，就遇到了韓大亮……

「好像是你把我送回來的吧？」剛剛緩過勁來的李紅說，語氣不好意思，也含著感激。

韓大亮嗯了一聲，不知怎麼竟有點慌亂。他想他應該走了，但還是有點不放心。但是不走幹什麼？總不能就這樣站著吧？好在姑娘又說話了：

「我是不是吐你車上了？」

「沒……沒關係。」韓大亮說。心裡同時嘀咕了一句，「不光車上，妳還吐我身上了呢！」

李紅說：「謝謝你了！」說完覺得這句謝謝好像說的不是地方，不好意思地笑了一下。是那種十分嫵媚的笑。韓大亮只顧著姑娘的嫵媚了，慌裡慌張接了句：「不客氣！」

這下李紅笑得更厲害了，心說這個大男人挺逗的，我吐他車上了，他還一個勁說沒關係不客氣。韓大亮也笑了，心裡說：「把他的，這叫什麼話？好像是說妳隨便吐別客氣……」這樣一想，臉就紅了。

李紅覺出了韓大亮的慌亂，也看見他臉紅了。中學畢業之後，李紅已經很少看見在女人面前臉紅的男人了。現在全世界男人的臉皮統一都經過了鈍化處理，變成人造皮革的了。所以遇上一個在女孩面前還會臉紅的男人成了件難能可貴的事。李紅不知怎麼，突然對眼前這個不知姓名的男人有了種強烈的信賴感。她把靠著床背的身子往裡移了移，拍拍床沿說：

「你坐啊！」

這下韓大亮更慌亂了，臉也進一步紅了。「把他的，我這是怎麼啦？」除了十六年前與許倩談戀愛時期有過這種心慌意亂的情形外，這麼多年不能說心如止水，但至少在別的女人面前，沒有過這種情形呀？平時同行們談論女人時，常常涉及到「賊心賊膽」的問題。韓大亮坦白說自己是既無賊心也無賊膽。但同行們沒人信他這話，說你要是說這麼多年除了老婆之外，你沒和別的女人有一腿還勉強可信，但如果說你連「賊心」都沒有，那沒人會信——你回頭問問你老婆，看她信不信——除非你有病！

韓大亮是有口難辯呀！他又不能把老婆的「與眾不同」之處告訴別人，只好自己給自己找臺階下說：你們不信那我就沒辦法了。但有位同行說他信。那位同行站出來替他辯白說：韓師傅你別太悲觀，你說的這種情況可能也有。其實男人起「賊心」的一個重要原因，就是因為對老婆不滿意。韓師傅是家有嬌妻，這條起因不存在。但是還有一條，除了賊心賊膽之外還有一條：賊機會。你可能是沒遇到賊機會，遇到了就賊心賊膽全都有了。

莫非今天是「賊機會」來了？

韓大亮不能確定此點。但他還是有點作賊心虛，因為他感到那塊地方又開始蠢蠢欲動了。他沒敢往姑娘的床邊坐，他想今天的事情到目前為止，他做的算是好人好事。但是如果往姑娘床邊一坐，說不定「賊心」和「賊膽」弟兄倆就會跟著「賊機會」一起來，事情的結局就難說了。他忽然看見腳邊的臉盆，紅妹妹剛才的嘔吐物還在裡面。於是我們的韓師傅在雷池的邊沿及時地懸崖勒馬，繼續做他的好人好事了。

他倒掉盆中的穢物，將盆洗乾淨後又兌了半盆熱水，重新擰了條熱毛巾讓李紅擦臉。李紅也不攔他，看著他為她做這做那。她忽然想起了在家的感覺，想起了哥哥和父親。韓大亮做這些的時候，好像也有點大哥哥侍候小妹妹的感覺，那種蠢蠢欲動的念頭也消失了。

「要不要我把妳的楊萍姐給呼來？」做完該做的活後，韓大亮決定離開，臨走前他問李紅。

「不用。楊萍姐這會兒肯定有事。她要是沒事，早就該趕來了。你可別小看我楊萍姐呀！她可不像我，只是個花瓶。她是正經八輩的大學畢業生，學歷史的。」

韓大亮心想：「我怎麼沒看出來？」不過他也知道，現在的大學畢業生，幹什麼行當的都有。一些出沒高級飯店的小姐，不少就是大學生。

「不過我想請你給另外一個人打個電話，讓他來一下。」李紅想了一下又說，接著說了一個手機號碼。

韓大亮聽出這個他是個男的。但他打了兩遍，對方都拒接。

「他可能看是個陌生的號碼，所以拒接。讓我試試。」李紅說著，從韓大亮手中接過手機，重新按了一遍號碼。

這次響了很長時間，對方終於接了。

「哪一位？」因為李紅沒把手機貼著耳朵，所以對方的聲音韓大亮也聽得清清楚楚。果然是個男的。

「耀魁是我，李紅。」這邊說。

「妳有毛病呀？這麼早一遍一遍打！幹什麼？」那邊說，聲音很生硬。

「沒……沒什麼，我有點不舒服。想叫你來……看看我。」

「沒什麼叫我去看妳幹嘛？我上午有課！」

「那你下午有時間嗎？晚上也行。」

「下午也有課。晚上沒別的事再說吧。」

「那我等著你。對了，手機費我已經交了，你放心用。」

李紅打完這個電話，對韓大亮笑了一下，說對不起，讓她再給另外一個人打一個。韓大亮說沒關係，妳隨便打。他心裡想這個叫耀魁的小子也太不像話了，怎麼能那樣對一個姑娘說話？但她能感覺到，姑娘對這小子有好感，說話時顯得很興奮，酒好像也完全醒了。姑娘畢竟年輕，醉得猛醒得也猛。

李紅這次是打了個傳呼，她先說了句不好意思，然後問韓大亮能不能把他的手機號碼告訴她？韓大亮說這有什麼，便把手機號碼告訴給她。李紅說了句謝謝，接著按這個號碼叫了個傳呼。不到一分鐘，那邊就回來電話。

「怎麼這麼半天才回電話？」李紅一接通電話就訓了對方一句，口氣和剛才完全兩樣。韓大亮聽出來，回電話的也是個男的。對方好像說他正在忙什麼，李紅就說：「那你忙吧，我不和你說了。」對方趕緊說沒事沒事，問她有什麼吩咐。

李紅這才說：「你能不能來我這裡一下？順便給我帶點吃的，不要油條，要豆包或者包子。」說到這裡又讓對方等一下，然後扭頭問韓大亮：

「師傅，你吃早點了嗎？要不讓他再帶些油條，我請你吃早點。」

韓大亮差點沒笑出來。他心想：把他的，這姑娘酒醒了怎麼比醉著還糊塗。那邊剛吐完這邊就惦著吃了，也不管他是什麼人還有沒有別的事，就要請他一塊共進早餐。是我行我素還是天真單純，韓大亮也分不清了。他趕緊連擺手帶搖頭，說不用不用。

李紅把手機還給韓大亮，說了聲謝謝。接著又給他解釋說：「是我一個同鄉，叫周至誠，開了家麵館。剛才那個叫于耀魁的也是我同鄉，在讀研究所。」說著說著忽然想起了什麼，叫道：「哎呀，你看我這個人，麻煩了你這麼半天，還不知道師傅你貴姓呢！對啦，我的名字你大概已經知道了吧？李紅，木子李，紅顏色的紅。師傅你貴姓？」

「我姓韓，韓大亮。」

「那我就叫你韓師傅了。韓師傅，我看出來了，你是個好人——起碼不是那種趁人之危的小人。如果你工作不要緊，就在我這裡再待一會兒，等周至誠來了，我讓他認識你一下，幫你一塊擦擦車——我大概把你的車吐得沒法再載客人了吧？」

韓大亮覺得姑娘這話又不糊塗了。也許現在的年輕姑娘就這樣，一會兒明白一會兒糊塗，一會兒糊塗又一會兒明白；在這件事情上雪亮聰明，在另一件事情上又糊裡八塗。不過乘人之危這幾個字韓大亮可是聽得清清楚楚明明白白。他想今天可夠懸的，差點一失足成千古恨，壞了自己一世清白的英名。

「沒關係。」韓大亮再次說了一句沒關係。他說這句沒關係時已經不慌亂了，心中只留下一片很純粹很美好的感覺：他幫助了一個需要幫助的人，而且是一位年輕漂亮的姑娘，給她留下一個好人的印象。他覺得這樣就很好，這樣就很滿足。但他不想再待下去：他有點不想見那個叫周至誠的小夥子，倒是想見見那個叫于耀魁的研究生。也許以後還有機會吧？

「謝謝你韓師傅！」分手時姑娘再次向韓大亮道謝，並主動和他握了握手。

7

現代都市人驕傲地生活在輪子和水泥板上。做為一座城市現代化的主要標誌，道路和樓房正在日新月異地發展著。人們幾乎都是在腳不沾地的生活著忙碌著。

韓大亮心情愉快地離開了安徽村。這種愉快的心情持續了整整一個上午。儘管期間發生了兩件不十分愉快的事情，但還是未能將他的愉快心情破壞掉。

先是有個顧客攔車他沒停。因為停下也沒用。李紅姑娘說得一點不錯，她的確把他的車吐得不能再載客人了。車後排座加上他毛衣上的嘔吐物在車內暖氣的烘烤下氣味驟升，三月初的天氣，他又不能打開車窗通風，這樣整個車廂聞上去就像一個通風不良的劣質酒窖。這樣的環境他自己因為心情愉快，忍忍還行，但乘客恐怕會受不了。韓大亮是一個講究職業道德的司機，又是一個愛乾淨的男人，他想趕緊找個洗車的地方沖沖車，然後恐怕還得回家將後排座的沙發套和毛衣換掉。但路旁攔車的人不知道他這些情況和想法，於是第一件不愉快的事情發生了。

這次攔車的是個小夥子，幾乎站在行車道上。韓大亮只好將車停下。他搖下右車窗，對小夥子解釋說：「對不起，我這車沒法載人了，你再等一輛吧。」但小夥子不信，說：「你的車好好的，怎麼沒法載人？我等半天啦！」邊說邊拉車門。因為不打算載客，韓大亮剛才將右邊兩扇車門關了，小夥子拉不開就火了，大聲嚷道：「你敢拒載？我投訴你！」

韓大亮開出租這麼多年，從沒發生過拒載的事。他只好下來，一邊叫小夥子別嚷嚷，一邊打開車門讓他看，說：「你看看，真的沒法坐！要不有錢不賺，我有病呀？」小夥子一探頭，還沒看清裡邊的殘景，就給那股味薰得直搧鼻子。一邊說：「什麼味呀？」一邊擺手讓韓大亮快走快走。

下一個攔住韓大亮的不是客人是員警。看上去是例行檢查，好幾輛出租已經停在那兒了。一個交警晃當到韓大亮車前，用兩根手指往帽沿上比劃了一下，算是人民警察愛人民敬了禮。然後一伸手，嘴裡依據交警學校教程規範吐出一個字：

「本。」

韓大亮遞過本。員警同志正準備打開檢查，忽然一吸靈敏的鼻子，也不看本了，說：「喲呵，癮不小呀，一大早就喝上了。用不著我拿酒精檢測儀了吧。自己說吧，乾了幾兩？」

韓大亮趕緊說誤會誤會，然後這般那般把剛才的事說了一遍。員警同志半信半疑，說：「你是業餘作家編故事騙我吧？情節整個還挺複雜的！」直到拉開車門看了「故事現場」，才笑著揮揮剛剛向人民群眾敬過禮的那兩根手指，說：「走吧走吧走吧！」

這兩件小小的不愉快過後，其他的事情都比較順利。

韓大亮找了個熟悉的地方沖了車，然後回家換了沙發套和毛衣，期間忙裡偷閒解決掉那個漢堡，算是吃了早餐──他解決那個漢堡的時候，甚至有點後悔沒接受李紅姑娘請他共進早餐的建議。不過沒關係，也許今後還有機會。

這真是一個令人愉快的上午呀，韓大亮哼著小曲沖車，哼著小曲上樓下樓換毛衣換沙發套，最後又哼著小曲重新上了路。他整個上午雖然只有一趟工作，但這趟與別的含意不同呀，說不定是一段情緣的開端呢！

韓大亮享受了一個愉快的上午，他重新上路之後，看見了一隊接一隊結婚的車隊，這才明白今天原來是個好日子，他可能不僅擁有一個愉快的上午，說不定還會擁有一個愉快的下午呢！「今天是個好日子，今天是個好日子……」韓大亮想起有這麼一首歌，但他歌詞和曲譜都沒記住，只記住了這個歌名，於是就反覆自編自唱著這個歌名，同時搖頭晃腦模仿著流行歌星的動作。

收音機開著，放著一支他聽不懂的音樂，但他能聽出是國外的交響樂。很熱鬧但就是叫人覺得有點亂。他調了其他廣播電台。他調台的時候又看了一眼兒子的畫。這時候，他覺得兒子畫上的汽車也和他現在的狀況一樣，有點手舞足蹈的意思。以前這段時間他總是要聽一會兒相聲，但最近他不想聽了，他喜歡的兩個相聲演員，一個患了喉癌，一個改行幹別的去了。別的相聲演員他都不太喜歡。不是人家那些相聲演員水準不行，他不喜歡的那些相聲演員的水準可能比他喜歡的那兩個相聲演員的水準還要高，但他就是喜歡不起來。

這也是沒辦法的事情。他覺得別的一些相聲演員現在都是在硬撐著表演，常常自己笑得比聽眾或者觀眾還厲害。他覺得現在這些相聲演員太累了，全體都在強裝笑顏，說不定什麼時候會集體患上臉部肌肉疲勞症。他常常聽到同行說相聲演員如何如何掙錢，一場演出下來就拿多少萬多少萬，意思是人家沒怎麼出力就拿那麼多錢，比他們開出租車輕鬆多了。韓大亮不同意這種觀點，他和他們爭辯說：不不不，比咱們累多了。咱們一趟最多載四個人，送到地方給錢下車走人，就算完事一樁。相聲演員一趟「拉」多少人？全國一流二流三流的相聲演員加起來有多少？撐死了算一千名吧。全國喜歡聽相聲的多少人？除了聾子和老少邊窮地區廣播、電視不通，因而不知道世界上有相聲這麼回事的人，大概得有十億人吧？你們想想，一千人負責讓十億人笑，平均一個人負責多少？一百萬人！能不比咱們累？再說了，你們以為讓人笑容易？你回去給你老婆學段相聲試試，看你老婆笑不笑？

韓大亮從相聲演員又想到了歌星。他覺得現在的歌星也夠累的，不光得唱，不光得嗓子好，身子骨還得結實，還得從頭到尾連蹦帶跳，一場下來，肯定比開墾一畝荒地還累。他接著又想起了運動員，打籃球的，踢足球的，游泳的，跳高的，跑五千米的，跑一萬米的，跑馬拉松的，打羽毛球、打乒乓球的，扔鉛球、練體操的，搬著指頭數一遍沒一樣是輕鬆活，沒一樣不累！韓大亮天馬行空想著想著，忽然想起一個最累的行當，想起一個在這個行當最累的女人。

年華。省電視臺節目主持人。

韓大亮稱不上是年華的忠實觀眾或者崇拜者，只能算個普通觀眾。年華是省台兩個著名節目「時代英豪」和「新概念婚姻」的主持人，韓大亮比較愛看這兩個欄目。但他認定年華是天下最累的女人並不是因為她主持這兩個欄目，而是因為年華已經連續八年主持省台的春節晚會。

「天哪，八年啦，怎麼辦呀？怎麼下臺呀？明年還主持？總不能主持一輩子春節晚會吧？」今年看省台春節晚會時，韓大亮一邊看一邊憂心忡忡地說。

老婆許倩說他：「你神經病呀！人家主持八年十年管你什麼事？年年只聽你為這事操心，好像年華是你妹子你閨女似的。就是年華是你妹子你閨女，你一個開出租的，操這份心還不是白操心瞎操心！」

韓大亮聽了就不吭聲了，心裡也罵了自己一句：「把他的也是，我操這心幹嘛？」

但是不由他呀，他就是個愛操閒心的命呀！他已經為這件事操心了好幾年了，從年華連續第四年主持省台春節晚會開始，韓大亮就開始操上這份心了。他那年說的話是：「事不過三。今年已經是第四年了，明年如果她還主持，就麻煩了。」接著第五年、第六年、第七年，他一看還是年華主持，就一年比一年更擔憂了。而且嘴上還是不由自主地把這種擔憂說出來。

許倩罵他神經病，他自己也明白他這是杞人憂天自作多情——年華在全省的知名度恐怕比省長省委書記還要高！他韓大亮只不過在老婆孩子和同行中有點「愛操閒心」的知名度，一個天上一個地下，他犯得著嗎？再說啦，人家省長省委書記都不一定為年華這事操心，他操這份心還不是白操心瞎操心？

可是怎麼辦呢？韓大亮已經操上這份心、已經得了這種病，你讓他怎麼辦呢？這幾年看省台春節晚會時，韓大亮總是提心吊膽，暗裡替年華捏一把汗，只怕她哪塊地方出錯。同時心裡一個勁地說：「怎麼辦呀？明年怎麼辦呀？」結果一台春節晚會看下來，他自己倒累得像開墾了二畝荒地似的。他想他一個看節目的都累成這樣，那主持節目的就可想而知了。

韓大亮由此得出結論，認定節目主持人是天下最累的行當，而年華自然是天下最累的女人了。不僅如此，他還由此及彼，聯想到年華其他一些方面的問題：比如她的婚姻問題。

現在很多大牌主持人都出了書，但年華目前還沒有，所以韓大亮對她的婚姻現狀還不瞭解。他不知道她結婚了沒有？有沒有男朋友？但他有點替年華發愁：她的知名度太高了，最起碼在這個北方省份裡沒有一個男人能與之匹配。那她到哪裡去找那個能與她匹配的男人呢？在全國範圍還是在全世界範圍？

8

「把他的，我這真是瞎操心越操越遠了！」韓大亮胡思亂想到這兒時，自己罵了自己一句把他的。手機正巧在這時響了。韓大亮一看號碼是家裡，趕緊按下通話鍵。

「你在哪裡？」電話是許倩打來的，她大概剛到家裡。

「還能在哪裡？在路上唄。」

「廢話！我還不知道你在路上？我是問你到哪塊了？」

「快到電視臺路口了。妳怎麼回家了？」

「你忘了今天是什麼日子了？『三八』節，我們放半天假！哎老公，你是不是回來過一趟？我看你的毛衣在澡盆裡扔著，上邊怎麼一股酒氣？好像還有點香水味？怎麼回事你說？」

「唉！別提了，一言難盡，我晚上回去再給妳彙報吧！」韓大亮心想老婆的鼻子真是比警犬還靈，那麼濃的酒味覆蓋下，她還能聞出有香水味。

「什麼晚上，你現在就給我回來！」老婆說完這句命令式，又換了種口氣說：「兒子不在，難得就咱們倆在家裡……」

韓大亮下腹部那塊馬上條件反射地抽動了一下，心裡說：「把他的，又得當『應召男郎』了！而且昨天晚上剛剛服務過一回。」

說起來，韓大亮做「應召男郎」也不是第一次了，隔個月總有那麼一兩次，只要許倩一個人在家，就會打電話把他從半路上緊急召喚回來和她「合閘」。幾年前有一次許倩值夜班，還冒險把他召到婦產醫院的值班室去過一次。那次把韓大亮緊張壞了，事後好多天心跳減不下來，差點沒患了陽萎。但是在這種事情上，妻命難違——從前是女人講三從四德，現在已經進入男人講三從四德的年代，家家戶戶基本上都是老公聽老婆的，更何況是這種好事！其實他也覺得今天是個機會，平常兒子在家時兩人合閘，總是偷偷摸摸大氣也不敢喘，影響情緒也影響效果。

「好吧！」韓大亮答應了一聲。

老婆在那邊歡天喜地地說了一句：「親老公！我這就去沖澡。對啦，小珍剛才來過電話，說她炒股賺了筆錢，江海最近又破了個大案子，兩人一塊高興，請咱們過去吃飯。我已經答應啦。咱們完事後你好好休息休息，晚上帶兒子一塊過去。」

小珍是許倩的妹妹，在農行工作。雖然沒她姐那麼能折騰，但膽子大，跳進「股海」撲騰了快兩年啦。一陣給她姐打電話說賺啦要請客，一陣又說賠慘啦兩口子正啃鹹菜呢。江海是許珍的丈夫，在市刑警大隊當刑警。這陣一直沒聯繫，在跑一個案子。現在案子大概破了。

但是韓大亮準備在電視臺路口掉頭的時候，一個戴墨鏡的高個女人把車攔住了。韓大亮想反正老婆還在家裡沖澡，再載一趟趕回去也不遲，就讓那位女士上了車。

「妳好！請問上哪兒？」

「往前開。」墨鏡女士說。韓大亮聽聲音有點熟，從反視鏡裡一看臉，好像也有點熟。「年華！」韓大亮心裡喊了一聲。為了再確認一下，他裝作沒聽清她說的地方，扭頭又問了一句上哪兒？這下他看清楚了，女士上車後將墨鏡推到腦袋頂上，露出了廬山真面目：一點沒錯，是年華。

但年華還是只回答了一句：「往前開。」說完把頭往後一靠，閉上眼睛就睡！

「果不其然，她一定是累壞了！」韓大亮感到空前的受寵若驚。幾分鐘前，他還在認定年華是天下最累的女人，現在果然得到了驗證！當然還有一些疑點，比如說她應該有私車呀？即使她個人沒有私車，她那些同事，那些哥們姐們，有車的不會是少數。她想去哪裡，他們還不搶著送她呀？她怎麼會坐計程車呢？名滿天下，知名度超過省長省委書記的年華同志，怎麼會坐計程車呢？韓大亮想不通這一點，他覺得這中間一定有非常特別的原因。不過韓大亮也感到慶幸，不管因為什麼，年華同志現在總歸是坐在他的車上！

他想今天可真是個好日子呀，一件好事還沒消化完呢，另一件更大的好事就又來了。「把他的，看來我韓大亮要走運了！」他心裡說。

但是「往前開」是什麼地方？往前開地方很多，簡單說往前開就是繞著三環路轉一圈，最後又回到電視臺。對，可能就是這個意思。年華同志一定是被許多人許多事追得沒地躲沒地藏了，才想到到計程車上稍歇片刻。韓大亮這樣一想，頓時覺得自己責任重大。他關掉收音機，盡量把車開得又平又穩。

這時候，他已經把老婆召喚他的事丟到腦後。一個他操心了四五年的女人，碰巧上了他的車，現在正在他的車上休息，還有什麼事比這更重要呢？所以當許倩第二次打手機催他的時候，韓大亮毫不猶豫地按了拒接鍵，並果斷關了手機。

但年華還是被吵醒了。這時車子剛到高速路路口。年華就對韓大亮說：

「從這出去，上高速！」

韓大亮感到這下不問清楚不行了。他一邊打方向，一邊扭頭問道：「妳是年華同志吧？請問妳想去哪兒？」

年華沒否認自己的身分。但對去哪兒，她好像還沒有目標。不過人家司機已經是第三次問自己上哪兒了，總得給句話。她猶豫了一下說：「你先上高速，我想想再告訴你。」

韓大亮想，她可能想去的地方太多，一時定不下來。主持人大概都這樣。主持人關係廣呀，哪個賓館、哪個飯店不歡迎他們去呀？所以一時定不下來也是情理中的事。韓大亮突然想起「三八」節老婆下午放假的事，大概電視臺的女同胞下午也放假。可是人家半天假就上郊區渡假村過，老婆卻只能在家裡等自己侍候她。想到這裡韓大亮把這條高速路兩旁上檔次的星級賓館飯店大體上排了一下，然後提醒年華說：

「去『仙人洞』還是『白雲飛』？」

「不，不去。」

韓大亮又說了兩家，年華還是說不去。接著用商量的口氣問韓大亮：

「師傅，你有沒有一個別人不知道的地方，最好送我去那兒。」

這下把韓大亮問傻了。別人不知道的地方是哪兒？還有，去那兒幹什麼？年華見他愣神，笑了一下補充說道：「對不起師傅。我是年華。我主要是想找個沒人能找到我的地方躲半天時間，最好連晚上一塊。這樣吧，從現在起，你這輛車算我包了。你找一個一般人不常去、但又不致於讓我凍死或者被狼吃掉的地方，讓我在那裡躲一晚上，明天咱們再回來，行不行？」

韓大亮的第一反應是：「那我先得給老婆請個假。」但又有點不好意思，心想那就等過一會兒再說吧。現在當務之急是幫年華同志找一個能讓她躲一晚上的地方。他把車開到高速路的慢道上，降低了車速，邊開邊想。他忽然想起了無名水庫，十幾年前，他和許倩就是在那裡突破那道「不分你我」的界限的。後來他們又去過幾次。那裡一年四季都有人釣魚，冬天水面結冰後，仍有人鑿開冰窟窿釣。白天晚上都有人。當地農民看這是個生財之道，就在水庫邊上蓋了兩排簡易房，準備了鍋灶家什，釣魚者可以就地品嚐自己的垂釣成果，喜歡晚上垂釣的人，也有個休息的地方。

韓大亮最近還陪客人去過幾次，還住過一個晚上。條件自然談不上好，但絕對不致於會讓年華同志凍死或者被狼吃掉。那裡任何通信設施都沒有，手機傳呼機也沒信號，一般人也不常去，完全符合年華提的條件。

韓大亮把無名水庫告訴年華，年華一聽說：「太好了，咱們就去那裡！」說完從皮包裡拿出手機傳呼機全部關死——這段路上，年華的手機傳呼機已經響了十幾遍了，她連看都不看，一概不接。關了手機傳呼機後年華忽然想起了什麼，又對韓大亮說：「師傅，那你是不是得給家裡招呼一聲？或者給公司報告一下。」

「公司我得說一聲。家裡不用，沒事！」韓大亮底氣十足地說！他隨後給公司打了電話，但沒告訴家裡。等年華倒頭又在後座上睡著之後，他偷偷打開手機，想給許倩解釋一下。但是晚了，手機上一點信號都沒有，他們離無名水庫已經不遠了。

Section 02
筒子樓、公廁與隱私

1

十六年前因為兩個類似的巧合，許倩認識了公交司機韓大亮。兩人戀愛了三個月時間便發生了關係，是許倩主動的。此後又過了半年時間，他們便匆匆忙忙舉行了婚禮。

許倩那時是個實習助產士，分到婦產醫院剛一年多時間。那天晚上她與劉衛東值夜班，突然聽到院子裡轟轟隆隆開進來一輛公共汽車。一個男人從車上抱下來一位臨產的孕婦，嘴裡嚷著醫生醫生就往裡闖。劉衛東和許倩推著平車趕過來，接過孕婦後，許倩見那個男人還跟在後邊，便瞪了他一眼說：「還傻跟著幹什麼？先去交費辦手續。有你這樣的男人嗎？這麼晚了才往醫院送，萬一生在路上怎麼辦？」那男人嘴裡嘟囔了一句什麼，便老老實實辦手續去了。但事後許倩得知，那個男人只是那趟公交車的司機，根本不是孕婦的丈夫。孕婦的丈夫是位遠在天邊的邊防軍人，當天晚上正在從天邊往回趕的路上。

「唉，平白無故的，叫我把人家雷鋒同志給訓了一頓！」許倩有點抱歉地對劉衛東說，也沒把這事往心裡放。

但是兩個月後的一天晚上，那輛公交車又轟轟隆隆地開進了婦產醫院。碰巧那天晚上又是劉衛東和許倩值班。許倩跑過來一看，見又是那個司機抱著個孕婦衝了進來，便一下子樂了，說：「喲，又是你呀活雷鋒。這回要是是你老婆你就去辦手續，不是你就別管了，我來辦。」

那個男人慌得連搖頭帶擺手，說：「不是不是不是。」許倩看他緊張的那樣，像是做了什麼錯事似的，便說：「這麼說你又是做好人好事了？對不起，上次錯怪你了。那你趕緊走吧，回去晚了你老婆該罵你了。」那男人趕忙說了兩句沒事沒事，然後離開了。

許倩這回留了個心眼，專門跟出去看了下他的車號：

11路，5859號。

處理完孕婦的事情，劉衛東對許倩說：「我看這個司機挺不錯的。這年頭，懂得憐香惜玉的男人，已經不多了。」

許倩嘴一撇：

「什麼呀，你瞧他那呆樣！」

嘴上這麼說，心裡卻又把呆樣的車號複述了一遍：

「11路，5859號。」

2

11路5859號公車的司機是韓大亮。

那時候還沒有現在這麼多計程車和私家車，所以途經婦產醫院的11路公交車上，來來回回經常有孕婦乘坐，甚至發生過孕婦將孩子生在車上的事情。韓大亮當時雖然對女人生孩子的事情一無所知，但是出於某種本能，他對所有挺著大肚子的孕婦，都懷有一種莫名其妙的敬畏之情。同時他還總是替她們擔心。從車子的前門或者後照鏡裡，他看到任何一個孕婦上車或者下車時，心裡都要不由自主地說上幾聲小心，小心，千萬小心。

兩個月前那天晚上，他遇到那位臨產的軍人妻子時，已經晚上12點多了。他開末班車回來正準備收車，看見那個孕婦在終點站那兒站著，也不知道是在等車還是等人。當時在終點站等車是個訣竅，一些乘客常常在終點站或者終點站的前一站上車，搶個座位，然後再隨車繞到始發站出發。那晚車到終點站時已經沒幾個乘客了，等車上的人下光後，售票員小王正準備關車門，那位孕婦上來了。小王攔住她說：

「同志，這是末班車，已經收車了。」

「收車了？不走啦？那始發站那邊還有車嗎？」孕婦一臉驚慌地問。

「沒有啦！你也不看看現在幾點啦？」售票員打了個哈欠，有點不耐煩地說。

「那我怎麼辦呀？我得上婦產醫院去……」

「早幹什麼來著？我們也沒辦法，請妳下去吧。」

「原來說預產期還有幾天，誰知道這會突然疼得不行……那我怎麼辦呀？怎麼辦呀？」孕婦說著哭了起來。

韓大亮聽不下去了。他心想，也真是呀，末班車一停，這條路上就什麼車也沒有了。讓她一個大肚子女人怎麼辦？同時他心裡又罵了一句：「你男人呢？他怎麼能讓妳一個人出來？你們家裡其他人呢？都死光啦？」

孕婦絕望地下了車，售票員按下了關門的氣閥，車門啪地一聲合住了。

「等等小王，我送她一趟。」韓大亮突然做出一個明顯違反規定的決定。小王愣了一下，說：「韓師傅，你這不是自己給自己找事嗎？」韓大亮很堅決地重複了一遍他的決定，說：「你下去給調度室說一聲。算我超時遲歸，扣我這季度的獎金好了。」

已經絕望的孕婦千恩萬謝地上了車。韓大亮心裡說著「小心小心千萬小心」，一路把車開得像救護車似的。離婦產醫院還有三四站路的時候，那女人開始呻吟起來。韓大亮緊張得滿頭滿臉大汗，心裡唸著天哪上帝呀玉皇大帝王母娘娘大慈大悲的南海觀世音菩薩呀，保佑她可千萬別生在我的車上呀！最後總算有驚無險，當他像抱著炸藥包那樣抱著孕婦衝下車時，離那個新生命的誕生還有不到半個小時。

接下來，他就被那個護士訓了一頓。

再接下來，便是兩個月以後了。當那個護士向他道歉，並提醒他快點回去免得挨老婆罵時，韓大亮心裡說：「把他的，我老婆還不知在哪裡呢！但願別找個像妳這麼厲害的角色！」不過那位厲害姑娘漂亮的眼睛和身材，倒給他留下了不那麼「厲害」的印象。

兩個類似的巧合，把公交車司機韓大亮和婦產醫院助產士許倩連在一起了。這大概就是人們通常所說的緣分。韓大亮開了好幾年11路車，總共就遇到過兩起這種「緊急情況」，恰巧兩次都是許倩值班。而且恰巧兩個人都是單身——當許倩提醒韓大亮免得回去晚了挨老婆罵時，實際上她認定他沒有老婆，而且潛意識裡已經有了做他老婆的思想準備。女人就是這樣，女人不僅能憑感覺對許多事物做出驚人準確的判斷，而且能同樣驚人準確地預感到幾年、十幾年，甚至幾十年後才會發生的事情。女人身上這種神秘的能力讓韓大亮佩服得五體投地，這也是他後來愛許倩愛得要死要活的原因之一。

巧合把韓大亮和許倩召喚在一起之後，巧合便完成了它的歷史使命，接下來事情的進展就靠他們自己了。許倩此前一直是騎自行車上下班，現在她不騎車了，現在她每天步行三站多路，趕到離家最近的二路車站，坐六站下車，再轉乘11路到婦產醫院，下班後再沿反向路線趕回家。

她不可能總是趕上韓大亮的車，但總有碰巧趕上的時候。

韓大亮一開始沒認出她。

摘掉口罩和白大褂的許倩，看上去不像是個護士，像個風風火火的女子排球隊隊員。她每次都是從前門上車，一上車便靠著根立柱站著，有了空座位也不去坐。她見韓大亮沒認出自己，心裡既失望又高興：「這呆子，還等著我去『勾搭』他呢。那你就傻等著吧，看咱們誰能熬過誰！」

韓大亮雖然沒有認出許倩就是那天晚上訓自己的護士，但心裡某個地方還是動了一下——天下男人有個通病，看見漂亮女人免不了都要心動一下，韓大亮承認自己也有這個毛病。但他有個原則：心動不行動。依據這一原則，他雖然注意到最近一段時間自己車上有一位在婦產醫院上下車的「非產婦」，而且這位「非產婦」的眼睛好像還不時關注他一下，但仍然沒有任何語言和行動方面的表示。

許倩忍不住了。

「嗨，雷鋒同志，不認識我啦？」這天晚上，許倩趕上一趟韓大亮的末班車。快到婦產醫院時，車上沒幾個人了，許倩終於忍不住叫了韓大亮一聲。她說這話時戴著口罩，身子靠著立柱，眼睛直視著韓大亮。

韓大亮這下認出來了。

許倩說：「你什麼眼神呀？我不戴口罩你認不出來，戴上口罩你反倒認出來了。」說完咯咯笑了兩聲。

本來伏在售票臺上打磕睡的小王沒吭聲，對著許倩翻了個不耐煩的白眼。

韓大亮連聲說：「對不起！對不起！」

就這樣，兩個人的第三次對話開始了。這已經不是巧合，這是他們愛情樂章的序曲，是他們愛的萬里征途的第一步。當然，公共汽車是一個流動的公眾場所，韓大亮和許倩不可能在這個場所談情說愛，他們每次見面僅限於打招呼而已。這種打招呼式的關係沒維持多長時間，兩人便走向約會。三個月後，在許倩的主動攻擊下，他們的關係有了實質性的突破。

3

地點是在無名水庫。

韓大亮有個朋友的一輛車壞了，請他弄到公交公司的修理廠幫忙修一下。那時候能修汽車的地方很少，一輛車拖一半年時間修不好是常事。朋友的車是輛老式華沙，據說是花一百元錢從部隊一個單位當廢鐵買來的。朋友托韓大亮的時候告訴他，能修好修，修不好就在你那扔著吧，權當丟了輛自行車。韓大亮開始對這車能不能修好也沒信心，找到修理廠的朋友時，也是說死馬當活馬醫，看著辦吧。

但是沒想到，三個月後修理廠的朋友告訴韓大亮，車修好啦讓他去開。韓大亮去了一踩油門，還真的能開！而且外殼還重新噴了漆，看上去跟輛新車似的。他問一共多少錢？朋友說什麼錢不錢的，反正用的都是公家的材料，只不過花了我點業餘時間——你給兩包菸就行了！韓大亮心說，還是公有制的人大方呀！他就去買了兩包牡丹菸，又請朋友在一家小餐館搓了一頓，便高高興興把車開走了。

韓大亮開著車，頭一個想到的便是許倩。他決定找個倒休日，約許倩出去好好玩一次。

「嗨，還是輛小臥車——你們公司的？」許倩上了車，挺新鮮地問。

韓大亮說：「我們公司哪有這種車！是一個朋友的，借我開兩天玩玩。說吧，去哪裡？」

許倩說了一個地方，韓大亮說行。但許倩馬上又否定了，說那地方沒水，大熱天沒法待；韓大亮就說了個有水的地方，許倩又不同意，說那裡有水是有水，但人太多，游泳的人就跟下餃子似的，根本沒法玩。韓大亮忽然一拍腦門，罵了自己一句把他的我真傻，然後對許倩說：

「對啦！我想起一個好地方——無名水庫。那地方肯定符合妳的要求，又有水，又沒什麼人。」

「無名水庫？我怎麼沒聽說過？」許倩問。

「你當然沒聽說過，要不怎麼叫無名水庫呢？那地方離我們公司原來的駕校不遠，那年我在駕校實習時去那兒釣過魚。」

「能游泳嗎？」

「游泳？沒問題沒問題！」

「那我得回去取游泳衣。」許倩說。韓大亮說算了，到前面的體育用品商店買一件不就得了。許倩說你倒挺大方的，錢你替我掏呀？韓大亮說看這話說的，我一個大男人陪一個漂亮姑娘出來玩，總不致於讓漂亮姑娘掏腰包吧。

許倩說你少跟我貧，咱們的關係還沒到不分你我的份上。結果到體育用品商店買游泳衣時，許倩挑了一件最便宜的，並且堅持自己付了錢。韓大亮的游泳褲，自然只能是他付錢了。弄得韓大亮的心涼了半截——許倩總是這樣，這幾個月兩人約會，上公園也好看電影也好，她總是把兩人的錢分得很清，不佔韓大亮一點便宜，好像隨時準備與他分手，並且不時用「還沒到不分你我的份上」這句話敲打韓大亮一下。

但另一方面，她又不時給韓大亮一點意外的驚喜和甜頭：兩人一塊散步時，韓大亮一開始總是規規矩矩，像個跟班似的跟在許倩的旁邊。許倩便上去拉過他的手，「強迫」他攬著她的腰。這種強迫當然讓韓大亮高興，但是一到有人的地方，他的手就鬆開了，偷偷想撤走，許倩便故意夾緊不讓他撤。看電影的時候，許倩會像偷襲似的，突然在韓大亮的腮幫子上吻一口，然後又像什麼事也沒發生似的把目光投向銀幕……結果弄得韓大亮像長征路上打擺子的紅軍戰士一樣，熱一陣冷一陣備受折磨。

韓大亮隱約感到，「不分你我」實際是戀愛征途上的一道界限，在突破這道界限之前，戀愛的雙方壁壘分明，你是你我是我，各自都有一些需要堅守的東西。而一旦突破這道界限，戀愛的雙方便合二為一，變成你中有我我中有你，團結一致向前看了。

韓大亮知道突破這道界限絕非易事，每一個女人的這道關口前都會有十萬天兵晝夜把守。

許倩呢？許倩的這道關口前會有多少天兵把守？韓大亮什麼時候才能突破它？

韓大亮和許倩到無名水庫的時候，已時近中午。他們在水庫大壩上玩了一會兒，吃了頓野餐。然後又開車向水庫的上游去。無名水庫是個狹長的條形，上游的水不深，岸邊是銀白色的沙灘，再往外是幾排高大的柿子樹和成片成片的果園。

「太美啦！簡直是世外桃園！」許倩一下車，便揚起雙臂驚叫起來。

「這下妳該滿意了吧？這地方又有水，又沒有人。」韓大亮說。

「可惜沒有更衣室——我到哪換游泳衣呀？」許倩說。

韓大亮說：「就在這換唄，我閉上眼，保證不偷看。」說完狡猾地笑了一下。

許倩說：「誰信你的保證——我到車上換去。你先下去，看看水涼不涼。」

許倩在車上換好游泳衣出來，韓大亮的眼睛就直了。以前他只在電影和畫報上見過穿泳衣的姑娘，現在一個活脫脫的泳衣女郎站在眼前，韓大亮覺得全身燒得喉嚨都快冒煙了。

許倩當然感覺到了。「不會有蛇吧？」她站在水邊，有點猶豫地說。她把手伸給韓大亮，讓他接自己一下。

天很熱，但水還是有點涼，許倩下到水裡時身子歪了一下，韓大亮趁勢想摟住她。許倩推開他，一邊往韓大亮臉上撩著水，一邊咯咯笑著說：「幹什麼？想偷襲我呀！」

韓大亮一邊躲一邊說：「不敢不敢，我是怕妳摔倒嘛。」

隨後兩人開始游泳。韓大亮在水裡一直躲著許倩，一碰到許倩的肢體便趕緊躲開，眼睛連她胸口那兒都不敢看。他感到自己快堅持不住了。倒不是韓大亮的道德觀念有多強，他主要是怕惹人家姑娘不高興。他明白他和許倩現在只是一般的戀愛關係，像許倩不時說的那樣，還沒有到「不分你我」的地步。

韓大亮越這樣，許倩便越逗他。她一會兒讓韓大亮用手托著她練仰泳，一會兒又騎在韓大亮背上，讓他馱著她游。把可憐的韓大亮撩撥得，游泳褲都快撐破了。上岸後，兩人又相互用沙子埋對方。當輪到許倩用沙子埋韓大亮時，韓大亮已經不好意思仰面躺著讓她埋了，只好羞愧難當地趴在那兒，讓許倩把他的背和屁股埋了起來。

這一切自然躲不過許倩的眼睛。她在心裡罵韓大亮呆子的同時，自己也漸漸衝動起來。太陽快要落山了，無名水庫一片靜寂。整個世界只剩下他們兩個人。許倩回車裡換衣服時，終於讓韓大亮越過了那道「不分你我」的界限。對他們來說，雙方都是第一次。一陣忙亂無序的動作和呻吟後，許倩淚流滿面地笑了。韓大亮則長時間伏在許倩身上，不知道該把這個剛剛將身子給了自己的女人怎麼辦。

後來韓大亮才明白，「不分你我」原來是一種境界，一種戀愛雙方靈肉交融的最高形式。

4

後來就有了第二次，第三次……

與那些在戀愛和婚姻問題上喜歡打持久戰的姑娘們相比，許倩顯得急躁了一些。而且她在婚前便主動放棄處女陣地的做法，也是我們傳統的道德規範不提倡的。對此我們應該向部分讀者致歉。但是事情已經發生了，那個界限已被打破，陣地已經失守，而且也沒有對社會造成什麼危害和影響，所以就不必過分指責和苛求了，我們還是看看他們的後來和發展吧。

「你們準備怎麼辦？」劉衛東知道了許倩的事情，問她。

「結婚唄！還能怎麼辦？」許倩說。她沒給劉衛東報告陣地失守的事，臉有點紅。

許倩臉不紅時，劉衛東已經從她臉上看出了什麼。她在許倩的臉蛋上擰了一把，說：「小丫頭片子，妳以為我看不出來呀？處了沒半年就結婚，妳不覺得急躁冒進了些嗎？又不是大躍進！再說，你們有房子啦？」

許倩沮喪地說：「想有。」

「沒房子你們在哪兒結？天當被、地當床？」

許倩說房子雖然沒有，但已經有了幾個方案。劉衛東問她都是什麼方案，許倩就大致講了講。許倩和韓大亮當時都住集體宿舍。許倩的屋子人少些，就她和一個姓馬的姑娘同住。

小馬倒是很懂事，願意把房子騰出來給他們做新房用。此前韓大亮去找許倩時，小馬都是一見他來了就找藉口離開，把屋子讓給他們用，她自己到外邊找個地方躲個把小時。但是婦產醫院總務處的領導不同意。

總務處的領導批評小馬說：妳說騰出來就騰出來？騰出來妳到哪裡住？再找我們要房子？

小馬說不，騰出來她自己想辦法，保證不給院裡添麻煩。

領導說妳說得倒簡單，妳以為那間房子是妳的嗎？這是公房！公房就不能由個人作主，得按制度辦事。婦產醫院的分房制度是「給進不給出」——只給嫁過來的分房，不給嫁出去的分。

小馬拉著許倩一塊去找總務處的領導，說不算咱們婦產醫院的姑娘嫁出去，算他倒插門，算他們公交公司的小夥子嫁到咱們婦產醫院還不行嗎？領導寬大為懷地笑笑，說你們別蒙我老頭子了，還是找公交公司那邊想辦法吧。但是公交公司那邊更沒辦法。韓大亮那間集體宿舍總共住了五個人，和大學生宿舍差不多，根本沒有考慮的餘地。

「說了半天，妳這些方案等於白說！」劉衛東聽後說。

許倩說：「要不說現今找間房子比找個對象還難嘛！還不如地震那幾年呢，那時候到處都有防震棚，有間防震棚做新房也行呀！」

劉衛東說：「看把妳急的！要不把我那間屋子借給你們？」劉衛東家那時剛剛分到一套兩居室單元房（註2）。她想萬一不行，借一間給他們應應急也是個辦法。許倩一聽就急了，說那可不行那可不行，那我們不成了鳩佔雀窠了。劉衛東說有什麼不行？到時候你們替我交兩個月房租不就成了。許倩還是說不行不行，讓她和韓大亮再想想別的辦法。

許倩和韓大亮的婚禮最後是在韓大亮的陝西老家舉行的。對城市姑娘許倩來說，那場婚禮就像是一場童年扮家家酒遊戲或者像一場夢。韓大亮帶著她坐了一天一夜火車到了省城，又坐了半天汽車才趕到縣裡。韓大亮在縣城最高檔的一家賓館訂了個房間，安排許倩住下，然後他就趕回黃河邊上的那個寨子準備去了。臨行前韓大亮對許倩說，既然那麼大的一座城市裡找不到一間讓我們舉行婚禮的屋子，那就讓我們到鄉下來完成它吧。我要按我們老家的習俗，給妳安排一場別開生面的、古色古香的婚禮。許倩一邊親他一邊說：「行，既然我已經被你拐帶到這裡來了，一切就由你安排好了。」

三天後，韓大亮趕著一輛馬拉的轎車來了。轎車的輪子是木質的，外邊箍著鐵圈，輾在路上發出格格咚咚的響聲，顯得遙遠而古老。轎車拱洞型的車篷上，搭著五顏六色的毯子和床單，看上去像動畫片裡的兒童玩具。新郎韓大亮騎在一匹高大的棗紅馬上，身著黑色的長袍馬褂，頭上戴著一頂可笑的瓜皮小帽。他給新娘子許倩準備的「婚紗」，是一件腋下縫了一長排紐扣的大紅緞子襖，和一件褲腰超級肥大的綠緞子褲。外加腳上一雙紅底金花的繡鞋和一塊從頭至尾蒙在臉上的紅蓋頭……

韓大亮就這樣娶了許倩。許倩記住了那些色彩和感覺，記住了公公婆婆慈祥而燦爛的笑臉，記住了鄉下人吃完喜酒後抹著嘴巴的滿意神情，記住了那處農家小院的靜謐和淡淡的泥土香味，記住了韓家後院那群雞悠然自得的傲慢姿態，記住了從後院出去，一直可以漫步到黃河邊的那種感覺……但是，給許倩印象最深的，令她今生今世難以忘懷的，還是那面土炕，那面她與韓大亮度過新婚之夜的北方大炕。

註2：單元房，又稱單元樓，在中國大陸是指設施相對完備，自成體系的獨立房子。一般是有廚房、廁所浴室和房間的整體，廁所浴室和房間的數量不限，但必須在同一整體之內。與筒子樓和團結戶相對。相當於公寓（APARTMENT）。住戶除了出入自己的房子之外，無需和別人共用空間。

5

是韓大亮把許倩從縣城賓館的房間抱到轎車上的，到韓家寨子後，又從轎車把她抱到那面炕上。除了婚禮必須履行的程式外，新娘子許倩那一天一夜就一直生活在那面炕上。

許倩就在那面炕上，完成了她人生的轉折時刻。

儘管此前他們已經有了多次性愛經歷，儘管這並不是他們的第一次，但許倩還是感覺到那個轉折。這是不一樣的，新婚之夜畢竟是新婚之夜。對許倩來說如此，對韓大亮來說更是如此。

韓大亮再也不是那個碰一下許倩的肢體便趕緊躲開的韓大亮了，再也不是那個羞愧難當趴在那裡，讓許倩用沙埋他的背和屁股的韓大亮了。韓大亮在那個夜晚完成了從戰略防禦到戰略進攻的偉大轉折。他不斷地、一次接一次地要許倩，讓她從一個高潮走向另一個高潮。此前一直處在主動地位，一直保持進攻態勢的許倩，最終被打得落花流水，並從此陷入了節節敗退的被動局面。

「真沒想到，原來你這麼流氓——可見以前的老實全是裝的！」第二天，已經潰不成軍的許倩對韓大亮說。

韓大亮有幾分得意地說：「不對！並不全是裝的——妳想想，以前我只是個見習司機，現在有了正式駕照，還能不好好過過癮，把車開得比以前野一些呀！」

從老家度完蜜月後，有了「正式駕照」的韓大亮和許倩，接著過了一年多時間的「游擊」生活。他們像一支沒有根據地的游擊隊，打一槍換一個地方。今天在這裡借宿一夜，明日又到那裡借宿一夜。他們借宿最多的地方，還是許倩與小馬合住的那間集體宿舍。小馬一直為自己以前的承諾沒有兌現而心懷歉疚。為了彌補，她經常主動到外邊打遊擊，把屋子讓給他們住一兩天。當然，小馬也有對他們不滿的時候：有段時間許倩值夜班，白天在宿舍休息時，也把韓大亮叫來不分你我一下，不慎有兩次讓小馬撞上了。事後小馬就蹶著嘴對許倩說：

「你們也太過分了吧許倩姐？我雖然還是個不諳世事的未婚女子，你們也不能這樣忽視我的存在呀！」

許倩和韓大亮也知道他們是過分了些。他們也不願意這樣跑跑顛顛地到處打遊擊，也不願意讓人家不諳世事的未婚姑娘撞上他們在幹那種不該讓人家撞上的事，但是他們又找不到不過分的辦法。他們知道豬有圈、狗有窩、老鼠有洞，連萬里晴空飛翔的一公一母兩隻小麻雀，也知道在屋簷下給自己找個生兒育女的窠兒。但是他們卻既沒窩也沒窠，他們上無片瓦，下無立錐之地，你讓他們怎麼辦呢？即使他們不是人只是一對鳥兒，也得給他們提供個落下來歇歇腳的地方，總不能永遠讓他們在天空飛來飛去吧？

一年後，給他們提供降落之地的機會終於來了。

公交公司一位德高望重的領導的兒媳婦懷孕了，負責檢查的醫生正巧是劉衛東。劉衛東帶著許倩，拿著婦產醫院的介紹信，在那位兒媳婦的引導下，找到公交公司的那位領導。那位領導不僅考慮到正處在妊娠期的兒媳婦，還考慮到公交公司更多的媳婦及女職工的生育問題，便一口答應為許倩和韓大亮解決了一間房子並且很快兌了現。

許倩他們對劉衛東感激不盡，一定要請她吃一頓飯，劉衛東說不用了，你們給我買一串香蕉就行，我女兒最愛吃了。

6

那是一棟上下兩層的筒子樓。為了節約使用面積，樓梯設在樓的外部，看上去像某種體外迴圈（循環）的器官。昏暗的樓道裡堆滿爐灶和各種雜物。爐灶的主力軍是蜂窩煤爐子，另外還有部分煤油爐和幾具令人羨慕的煤氣灶。各家各戶的晚飯全都在樓道裡做——有的連早飯午飯也在這做。所以每天晚飯前後那一小時，整個筒子樓就成了一個巨大的廚房，鑊聲鼎沸油煙繚繞，煎炸烹煮熱鬧非凡。

韓大亮家用的是蜂窩煤爐子。為了表達對妻子的愛情並顯示自己的能耐，韓大亮在搬進筒子樓的頭幾個月曾托人借來一副煤氣灶。那副煤氣灶倒是新的，可惜與之配套的煤氣罐沒有戶口，是個「黑罐」。換次煤氣比生個孩子還難。就這沒用幾個月，又被另外一位新婚的夫妻借去了。韓大亮為此覺得對不住許倩。

許倩說沒關係，別人能用蜂窩煤爐子，咱們照樣能用！他們花四元，從日雜商店買來一具國家統一標準的蜂窩煤爐子，但是用了一段時間，許倩總是覺得這種爐子有點問題，用火的時候火總是上不來。她就用半天時間敲敲打打，把爐口和風門重新搪了一遍。韓大亮看妻子挽袖子和泥，幹得興致勃勃，在一旁說你是小爐匠呀，叮叮咚咚的能行嗎？

許倩說你別管，試試再說。但是搪好後一試，還不如原來了。

韓大亮就說看看看，我說妳是瞎折騰吧？

許倩又說了句你別管，挽起袖子二次上陣。這次她索性將整個爐子的內部結構全部敲掉，只留下外邊的鐵皮殼。然後揀磚頭和泥，又熱情高漲地幹了一個上午。這回行了，新搪的爐子火力明顯比原來提高了許多。

這件事在樓道引起轟動，後來有好幾家主婦請許倩幫他們重新搪爐子。許倩喝著主家為她準備的茶水，聽著人家誇讚加感激的益美之詞，做得興高采烈津津有味。韓大亮見自己老婆受到如此廣泛的歡迎，也跟著感到高興。晚上睡覺時就摟著許倩說：「嗨，沒想到我老婆一個婦產科護士，還修過搪爐子這門專業呢！」——過了很多年後，韓大亮才明白老婆愛折騰的毛病，可能就是從搪爐子開始的。

筒子樓的水房和廁所在樓道的西頭。韓大亮雖然分到的是一間北屋，但是有幸沒靠水房也沒靠廁所。他曾帶著許倩，一塊藉故到靠廁所那家和靠水房那家看過——嚴格說，那兩間屋子根本沒法住人！地板和整個一面牆都是濕呼呼的。尤其是靠廁所那間，不光潮濕，還透著明顯的尿騷味。可是那個年代房子緊張，找間房子比找個老婆還難，所以就那樣的房子也還有人搶著要呢！韓大亮和許倩對那兩家住戶深表同情，幫他們出了不少去潮的主意。後來還弄來一袋水泥，幫那兩家重新上了層牆皮。

許倩說：「大亮，你要是你們公司的管理處長就好了，幫人家調調房。」

韓大亮說：「我就是處長他爹也沒用。沒那麼多房子，我到哪裡給人家調呀？要不咱跟他們換換？」

許倩就擰了他一把，說：「滾你的蛋！我還沒無私到那種程度呢！」

盛夏季節，筒子樓像個巨大的鍋爐。到水房沖澡的男男女女絡繹不絕。男人一律赤膊，女人也是清一色的小背心、大褲衩子。炎熱把人們的羞恥心也熔化了，感覺上好像是到了混沌初分的原始社會。韓大亮每次打著赤膊到水房沖澡時，總有一種羞答答的、不好意思的感覺。他把這種感覺告訴許倩，許倩聽了咯咯咯笑了半天，說：「嗨，你一個大老爺們，有什麼不好意思呀？又不是光著屁股！」

韓大亮說：「其實和光著屁股也差不多。」

許倩就說：「你嫌男女混雜不好意思，就到公共浴池去洗唄，一週一次，又花不了多少錢。」

韓大亮說：「妳不知道，我從小就不愛在公共浴池洗澡。說出來妳可能不信，二十歲以前，我只在我們縣城的澡堂洗過一次澡。」

許倩聽了瞪大眼睛說：「不可能吧？二十年洗一次澡，怎麼活呀？」

韓大亮就告訴許倩這是真的，他二十歲以前的確只去縣城的公共浴池洗過一次澡。那時候全縣就一處浴池，名字就叫「大眾浴池」。大眾浴池的「浴池」，是個三四十平方米的水泥池子，水泥池子中央嵌著一口大鍋——當時沒有鍋爐，只好土法上馬，透過給那口大鍋加熱來提高水溫。這樣一來，大眾浴池的「澡民」事實上就是在一口大鍋裡洗澡。旁邊也沒有淋浴設施，每人一個臉盆一勲水，洗頭洗腳隨你的便。浴池早九點開門，晚十一點關門，從早到晚就那一鍋水——

「是嗎？」許倩聽到這裡叫了起來，「那不成了煮餃子了，一鍋接一鍋不帶換水的！」

「但是對我來說，那是一次洗禮，都市文明的洗禮。」韓大亮說。

「經過這次洗禮，你就變文明了是不是？但是我不明白，這和你不愛在公共浴池洗澡有什麼關係？和你現在大熱天到水房沖個澡還羞答答不好意思有什麼關係？」許倩說。

韓大亮說：「你不知道，一幫男人光屁股晃來晃去，你又不能老用手把那塊捂住，感覺上總不是那麼回事！你哪？你們女人光屁股在一塊時，就沒有這種感覺？」

許倩說：「沒有。」

韓大亮說：「我不信。要不哪天讓我混進你們女澡堂看看。」

許倩罵道：「去你媽的，我一個人那東西還不夠你看，是不是還想見識一下別的女人的？」

7

筒子樓的廁所在樓道的西頭。設計者為了最有效地利用使用面積，除了小便池外，給這座筒子樓的男廁所設計了四個面對面的蹲坑，中間沒有任何隔擋之物。如果擺張小桌，四個男爺們就可以一邊解手，一邊打牌或者搓麻將了。

一個長期困擾韓大亮的問題產生了。

那天早晨，韓大亮進了筒子樓的廁所。當他褪下褲子，鄭重其事地蹲下來，努力完成人類必須完成的那個似乎不十分雅觀的排泄過程時，麻煩接踵而至：先是一個人按照同樣的姿勢，蹲在了他的旁邊；接著第二個人蹲到了他的斜對過；最後，第三位老兄進來了。第三位老兄一進來，就十萬火急地拉下褲子，剛在他的對面蹲下身子，便傳來排山倒海的排泄聲。韓大亮首先感到自己的眼睛不知該往哪裡看，一個同類，一個同性別的同類，就那樣叉開腿蹲在他的對面，實在不是什麼好景致。

同時他也意識到在對方的眼內，他也不會是什麼好景致。韓大亮感到羞辱，一種前所未有的羞辱。他覺得世界上再也找不到比這更讓人感到尷尬、感到尊嚴被剝奪的情形了。他緊急中斷排泄，草草揩乾淨屁股，然後亡命似地逃了出來。

韓大亮逃回屋裡，在屋裡轉了兩圈後又跑了出來：不行呀，那個被緊急中斷的排泄過程總得完成呀。他想起大雜院的西北角有一處公廁，於是又以急行軍的速度趕到那裡。沒想到，在那裡又受到另外一種形式的羞辱，尊嚴又被剝奪了一次。

太奇妙了，公交公司大雜院的公廁是個狹長的條形。它的設計者可能是位複轉軍人。這位設計者依據軍事地形學的原理，最大限度利用地形地物，為這處公廁設計了長長一列縱向排列的蹲坑——也真是難為他了，因為這個長條形的廁所非這樣設計不可！為了避免排泄者被過分羞辱，設計者特地為蹲坑與蹲坑間設計了隔牆——如果去掉中間的隔牆，就等於一個人跟著另一個人的屁股，想像中就會出現一列光屁股蹲在那裡的男人的長隊。

「你想想看，你蹲在別人屁股後邊拉屎，同時自己的屁股後邊也跟著一個人。這種前後夾擊的感覺好受得了？」韓大亮把他上述的遭遇講給許倩聽。

許倩聽後撇著嘴說：「吔吔吔，你哪裡來的這麼多毛病呀？把自己整得跟個知識份子似的！洗澡怕不好意思，拉泡屎也前怕虎後怕狼的，累不累呀？」

韓大亮感到不被理解的痛苦，有點委屈地說：「這不是累不累的問題。唉，什麼時候能有一套單元房就好了。哪怕就一間屋，只要有廁所就行！」

沒辦法啦，韓大亮不願去一次廁所接受一次侮辱，只好調整自己的生理時鐘，盡量將解大手的時間調整到午夜。他想那個時段筒子樓的人們都在安睡，不致於出現清晨那種面對面拉屎的不雅景觀。但是看來筒子樓不願接受羞辱的男人不只是他一個，他們也都想到改變時間的問題。結果在那個時段，筒子樓的男廁所依然是門庭若市，而且大家都有點心照不宣，好像彼此都明白患了同一種病似的，弄得韓大亮雪上加霜，在原來羞辱的基礎上，蒙受著一層更甚的羞辱。

韓大亮絕望了，滿世界找不到一處讓他安心解決那個私人問題的地方。那個時代的公廁基本上是同一個模式，最典型、最具代表性的要數火車站站前廣場的廁所了。韓大亮有一次送同事出差，出站後看見廣場的廁所就有了「便意」——像許倩罵他的那樣，韓大亮那時候的確養成了一個毛病，看見廁所就想拉屎，就想進去「探探虛實」。結果站前廣場的廁所讓他大開眼界：那是一種大面積的、更廣泛、更徹底的羞辱和尊嚴剝奪。

五湖四海的男人們全都光屁股蹲在那裡，不僅面對面屁股挨屁股，而且每一個「蹲者」旁還都有一兩個等著「接班」的後補者——就像那個年代的飯館裡，時常有人站在就餐者旁邊等座位那樣。

「那簡直就是一個縮影，一個時代的縮影！」多年之後韓大亮對許倩說。當時他並沒有這樣說，當時他說的是另外一句話。正像許多哲學觀點產生於困惑一樣，韓大亮在廁所問題的長期困擾下，思維逐步向哲學領域邁進。他感慨萬千地從站前廣場回來後對許倩說：

「這太重要了：如果性交是一種排泄，需要私人的空間，那拉屎也一樣，也需要一個絕對的私人空間！」

許倩嚇壞了，吃驚地瞪大眼睛看著他：「你怎麼啦？」說著上來拍拍他的臉蛋，像擔心孩子被什麼事弄傻了似的又問了一句：「親愛的，你怎麼啦？」

8

筒子樓幾乎無隱私可言。一條過道，門對門牆挨牆，沒有任何隔音設施，這家屋子內說句話放個屁或者咳嗽一聲，對門和隔壁那家都聽得清清楚楚；二樓208住戶晚上掉根針到地上，一樓108住戶也能發覺出響動。不過這些聲響尚不屬隱私範疇，對門隔壁或者樓下聽到也就聽到了，無傷大雅也不算什麼問題。問題是另外一些範疇的聲響，一些屬於個人隱私的「聲響」，也讓對門隔壁或者樓下聽到了——別說聽個一清二楚，就是聽個模模糊糊，也都「有傷大雅」，也都是個問題了。

韓大亮許倩新婚燕爾，「合闢」時鬧出些響動是正常現象。其實不光是他們新婚夫婦，筒子樓所有的住戶，包括那些結婚已經十多年的「老夫老妻」，「合闢」也是免不了的。這樣一來，筒子樓在夜間就充滿一種曖昧的、令人想入非非的聲響。結果弄得韓大亮和許倩，以及筒子樓所有的男男女女，第二天早晨在樓道裡碰面時，臉上全都是一種尷尬的、不自然的、心照不宣的、只可意會不可言傳的微笑。

食色性也，這是沒辦法的事情呀！韓大亮為了避免這種尷尬的不自然的微笑，土法上馬，在力所能及的範圍裡，採取了一些必要的「隔音」措施。

首先是「聲源」問題，這是主要矛盾，也是主要矛盾的主要方面。許倩在合闢時，會發出一種異乎尋常的叫聲。韓大亮一直無法對這種叫聲做出準確的界定，感覺上界於極度的歡樂與極度的痛苦之間。

「寶貝呀，妳叫得是不是也太誇張了點？能不能把音量調低一些，我的耳膜都快要被擊穿了！」韓大亮在事後提醒妻子說。

「我叫了嗎？」許倩先是否認，接著又質問韓大亮，「那你當時怎麼不提醒我？」韓大亮只好承認他當時也正在風頭浪尖上，哪裡顧得上這個問題。

許倩又問他：「那你說，是我這種叫的女人好呢，還是那種不叫的女人好？你喜歡哪一種？」韓大亮趕緊說這不廢話嗎，當然是你這種叫的女人好啦，我當然是喜歡你這種啦。

許倩說那不結啦，既然你喜歡，幹嘛還要讓我把音量調低一點？

韓大亮說這這這，這不是我一個人喜歡不喜歡的問題。問題是還有對門，還有左鄰右舍。如果全樓道的人都給妳這種叫聲弄得一驚一咋心慌意亂的，那樣總不大好吧？

許倩振振有詞地反擊道：「我們一對合法夫妻在自己的屋子裡幹一件合法的事，礙對門和左鄰右舍什麼事啦？我們愛怎麼幹就怎麼幹，別人管得著嗎？我又不是故意要叫，你讓我怎麼辦？要不下回咱倆合鬧時我戴上口罩？」

韓大亮當然不願意委屈老婆，當然不會讓老婆戴口罩。於是只好開動腦筋想別的辦法。他找來一床舊棉絮用人造皮革包好，然後釘到門上，連門框上的氣窗一塊封死，看上去像給屋門穿了件防彈背心。為了解決床的響聲問題，他先是依據三角形穩定性最強的幾何原理，對床採取了一系列加固措施。但是那張木質雙人床實在太不爭氣了，怎麼加固效果都不理想。韓大亮只好和許倩商量把「合閘」的陣地由床上轉移到地上。

他們買不起地毯，韓大亮就把他修車時墊的膠皮墊拿回來一塊，平時塞在床下邊，「合閘」時拉出來墊在地上。這樣，整個夏季，他們都是在地板上「合閘」，常常把膠皮墊浸得濕漉漉的。

致於窗戶，韓大亮想了許久，也沒想出解決的辦法。他總不能像給屋門穿防彈背心那樣把窗戶也整個封死，那樣還不把兩人一塊悶死在屋內呀！他想反正他們在二樓，樓下的過往行人即使聽到響動，也不一定能分清是哪一家傳出來的。這樣他第二天出門時，面部表情也就沒必要那麼尷尬和不自然了。

事情都是一分為二的。筒子樓與現在單門獨戶的單元樓比較起來，雖然有它諸多的缺點和不便，但它也有它的長處——筒子樓最大的長處就是第三者不容易插足。筒子樓因為無隱私可言，客觀上就給第三者插足造成極大的困難。

你想想，沒有第三者的各家各戶的那點要緊秘密尚且保不住，再插進個第三者還不張揚得滿世界都知道呀？曾經有段時間，樓東頭一家住戶的男主人背著老婆，和一個什麼女人好上了。那個女人每天中午趁女主人不在家時前來約會，高跟鞋咯噔咯噔從樓西頭一直響到東頭，兩小時後又咯噔咯噔從東頭響到西頭。這樣什麼天機還不都洩漏了？

那女人第一次來就引起了全樓的警覺，第二次再來時，整個樓道就沒有任何聲響了，靜悄悄的只等著那家門響。那家門一響，好幾家的門也就跟著響了，於是她便遇到很多雙陌生而警惕的眼睛，於是第三次她便不敢來了。多年之後，公交公司大雜院的筒子樓，和這座城市別的大院小院的筒子樓一起消失了。但是韓大亮許倩還常常回憶起那段歲月。他們會常常想起那扇穿著防彈背心的屋門和那塊浸得濕漉漉的膠皮墊。他們知道，筒子樓不會再回來了，他們那段歲月同樣也不會再回來了。

9

如同一個國家的經濟時常會發生危機一樣，韓大亮和許倩的感情也時常發生危機。結婚十幾年來，他們前後發生過三次大的感情危機。這些危機的起因都與性愛有關，或者說，這些危機的主體都是性愛危機。

第一次危機發生在生孩子前後那兩三年時間。許倩是婦產科護士，自然懂得孕期性衛生的必要性和重要性，頭三個月如何如何，最後三個月如何如何，一二三四五，對韓大亮進行啟蒙教育後又訂了若干條規矩。韓大亮一一點頭應允，並保證模範遵守。但是說起來容易做起來難呀。

兩個月剛過，韓大亮就耐不住了，做出一副眼看就要爆炸的樣子給許倩看。許倩一則心疼男人，二則自己也有點想，便千叮嚀萬囑咐，提了若干要求和注意事項後答應了。可是真正做起來後，兩人便把那些要求和注意事項拋到了腦後。欲生欲死一場下來，許倩當時就感到情況不妙。

第二天劉衛東一檢查，先罵了許倩一句沒出息，接著又把韓大亮叫到一邊，劈頭蓋腦訓了半個小時。韓大亮低著頭，窘得滿臉通紅，一句話也回答不上來，心裡一個勁地重複著：「把他的，把他的，把他的……」只是在最後劉衛東像問小學一年級新生那樣問他「能不能做到」時，他才稀裡糊塗地連聲答道：「能做到能做到……」

這當然稱不上是性愛危機。真正的危機發生在產後那兩年時間。許倩像所有剛生了孩子的女人一樣，全部情感都轉移到了孩子身上，對丈夫只能說是「應付一二」了。這是一個因素，還有另外一個因素：

許倩的母親來了。

許倩的母親是來侍候月子的。許倩出月子後又幫他們帶了一年多時間孩子，前後加起來有一年半時間。在這段時間裡，許倩和韓大亮的性愛基本上處於「跳鬧」狀態。

韓大亮沒法不「跳鬧」呀。前來侍候月子的丈母娘就和他們住在同一個屋裡，他不「跳鬧」怎麼辦呀？最初商量侍候月子的事情時，韓大亮想讓自己的母親來。但是信寫回去後，老太太回信說她雖然很想帶孫子，但一則年齡大了，二則怕過不慣城裡的生活，沒有來。許倩就動員自己的母親來了。

「妳媽來好。一般情況下，岳母與女婿容易處。」韓大亮表示非常贊成。但是讓岳母大人住哪兒卻成了問題。租房是不可能的，一則附近沒合適的房屋可租，二則即使有房可租他們也租不起。那時候韓大亮和許倩兩個人的工資加起來，每月還不到一百元，緊緊巴巴剛夠四個人吃喝，哪兒還敢考慮租房的問題。於是只好委屈岳母大人和他們住一起了。

韓大亮把大衣櫃搬到樓道裡，又將兩個單人沙發摞起來。然後在騰出來的地方支了張單人床給自己住，讓岳母和她女兒、外孫住雙人床。為了他自己方便也為了岳母方便，他在單人床與雙人床之間隔了道布簾，然後就小心翼翼地躺下了。

躺下是躺下了，但是他睡不著。

許倩也睡不著。

許倩說服母親，讓母親睡在靠牆那邊，她和兒子睡在靠簾子這邊。兒子睡著了，老太太好像也睡著了。許倩悄悄掀開簾子，先是伸過來一隻腳，塞進韓大亮的被窩裡亂蹬一氣，接著又伸過去一隻手，在韓大亮身上這裡摸摸，那裡捏捏。韓大亮嚇得大氣也不敢出，任老婆這樣「色膽包天」地胡作非為，卻不敢採取相應行動，假裝睡著了。許倩當然知道他沒睡著，就一邊偷偷笑著，一邊加大動作的範圍。最後索性整個人都「偷渡」過來，鑽進了韓大亮的被窩。

「我想──合下閘。」許倩光身子伏在韓大亮身上，咬著他的耳朵說。

「妳小心點，妳媽醒著哪！」韓大亮說。他其實也想，但是他身上那個部位不回應他的想法。許倩折騰了半天，「閘」怎麼也合不上。許倩一開始沒想到問題的嚴重性，她和韓大亮在一起時，韓大亮從來都是像個炮竹一樣一點就著。自從新婚之夜那個轉折之後，許倩一直處於守勢，韓大亮則是步步緊逼，氣焰甚囂塵上。今天這種反常狀態反讓許倩覺得挺新鮮的。她又折騰了一陣，看看韓大亮還是無力應戰，便又咬著他的耳朵說：「你還有怕我的時候呀？」然後偷偷樂著撤離了陣地。

第二天晚上，類似的性遊戲又重複了一遍。

第三天晚上同樣如此。

這時候許倩仍然沒有意識到問題的嚴重性。她是嘿嘿嘿樂著把這事告訴劉衛東的。劉衛東聽了開始也笑，但是聽到後邊不笑了。她問許倩：「這樣多長時間啦？」

「兩個禮拜了吧？」許倩答道，還是一臉的笑。

「別的時間呢？我是說妳媽不在屋裡的時候。」

「哪裡還有別的時間呀？天這麼冷，我媽一天到晚都守在屋裡。我又不能對她說：媽妳出去一會兒，我和大亮要幹點事！」

「那妳就準備好哭吧！」劉衛東說，臉上沒有一點開玩笑的意思。

「沒那麼嚴重吧？」許倩說。臉上的笑還沒有完全散去。

但是很快，許倩就笑不出來了。

10

這天是星期天，入冬以來少有的一個好天氣。韓大亮和許倩正好都休班在家。吃完早飯已經快十點了。老太太說她要帶小孫子去附近的公園玩玩。老太太可能也察覺到什麼了，特地說她想在外邊多待一會兒，透透氣，中午飯她和孫子去吃小籠包子，讓他們別管她了。

這是個機會，許倩便有了想法。

老太太前腳走，許倩便開始打扮自己。和所有女人一樣，生孩子後一切都為了孩子，不僅老公降到次要位置，臉蛋也顧不上了。許倩回想了一下，產後這半年多時間，她好像就沒有認認真真洗過一次臉！時間緊是一個方面，關鍵是沒那份心情。這會她有心情了，而且還有點「女為悅己者容」的衝動。

塗口紅時，她特地把嘴唇的輪廓塗大了些，自己在鏡子裡看著都感到挺性感的。韓大亮正在旁邊聽收音機。那時候他們還沒有電視機，這台收音機還是許倩懷孕後為了實施「胎教」買的。韓大亮聽的是一個長篇小說連播節目，他看見許倩在打扮，以為她要出門，便沒有過問。

韓大亮以前埋怨過許倩，說她總是在出門時把自己打扮得光光鮮鮮的，回家後把殘花敗柳留給他。曾經有一次，兩人商量好要去看一個朋友，許倩打扮完後，大衣都穿好了，扭頭問了韓大亮一句：「怎麼樣老公？老婆漂亮不漂亮？」這一問問壞了，韓大亮像個色狼一樣撲上來，抱著她又親又啃，接著不由分說就往床上按。結果兩人到朋友家裡時晚了一個多小時。

韓大亮沒想到老婆這回打扮是衝著他來的。但是當許倩用那種男人最願意接受的命令式命令他「還不快去洗洗」時，他明白了。韓大亮像好久沒吃到糖果的孩子突然得到獎賞一樣樂得心花怒放，差點大白天光著屁股就往水房跑——當然實際上沒有，實際上他是從水房打回來半盆水，又兌了一些熱水，在屋裡完成那道預備工序的。這時候他已經衝動得十分充分了。許倩就在旁邊看著他洗，她脫光衣服斜靠在被窩裡，看著自己男人那雄糾糾的樣子，下邊早已濕了。

但是失敗了。

當韓大亮迫不及待地鑽進被窩；當兩個已經燃燒得快要起火冒煙的滾燙身子廝纏到一處；當代表愛也代表慾望，代表男人整個靈與肉的那個部件就要轟轟烈烈進入許倩的體內時，一個念頭突然閃過韓大亮的腦際：

「妳媽會不會突然回來？」

他並沒有說出來，並沒有這樣問許倩。這只是一個念頭。但這個念頭像劈雷閃電一樣，一下子就把韓大亮的慾望和身子擊得粉碎！他突然一下子就軟在許倩身上，同時出了一身冷汗。

「怎麼啦老公？」許倩這下笑不出來了，但她想也許因為兩人很長時間沒「合閘」，男人太緊張了。她讓韓大亮休息一會兒，又起身給他沖了一杯熱奶。

過了一會兒，許倩試著問韓大亮：「你覺得怎麼樣？」

韓大亮說：「沒事。剛才也許是太緊張了。」他沒說那個念頭的事。

許倩偎在他懷裡，說：「大亮，你可別嚇我。這些天晚上，是因為我媽在屋裡。現在屋裡又沒人，你還緊張什麼？」許倩說著，又開始在男人身上纏綿起來。韓大亮積極回應著，他努力想把自己重新鼓動起來。他覺得在妻子的纏綿下，一股一股的熱流正奔騰著向那塊地方集中。但是那些熱流在半道上就又被什麼東西阻擋住了，怎麼也到達不了目的地。他明白這種阻擋與剛才那個念頭有關，但是一個念頭怎麼會阻止人體裡那種熱流的湧動呢？而且他現在已經不想那個念頭了。

「管她媽現在會不會回來！就是她媽現在在外邊敲門，我也得把該辦完的事情辦完再說！」他現在下定的是這個決心。但是沒用，一點用也沒有。許倩的纏綿和他的決心，最後都失敗了。

「要不今天算了？」許倩最後說。接著又說了一些安慰丈夫的話。韓大亮什麼也沒說。他覺得很尷尬也很狼狽。臉上紅也不是白也不是，心裡既想發火又想哭。像是覺得自己不男不女，突然成了個陰陽人。

許倩嘴上安慰丈夫，心裡卻沒了底。她開始意識到，問題嚴重了。

11

「現在笑不出來了吧？」劉衛東聽許倩講完後說。但她接著又安慰許倩，「也許沒事！我看你那口子身體挺壯的，大概就是太緊張了。過一陣可能就好了。」

這回輪到許倩急了：「你說的過一陣子是多長時間呀？我們已經一個多月沒……」

「一個多月算什麼？以前妳是飽漢子不知餓漢子饑呀！現在剛空了一個月妳就急了？這事急也沒用——妳媽準備住到什麼時候走？」

「我媽還早著呢！總得熬到許許兩歲吧？」

「你們沒想想別的辦法，給妳媽在外邊找個住的地方？」

「怎麼沒找！可現在哪裡還有閒地呀？連個放床的地都沒有。」

劉衛東說：「這倒是。」她只好勸許倩別著急，過段時間看看再說。這種事只要不是身體有病，常常會莫名其妙地不行了，什麼辦法也不用，過些時候又莫名其妙地好了。許倩說那就只好期待莫名其妙了。

但是過了一段時間，許倩期待的「莫名其妙」並沒到來，劉衛東從她臉色上看出了這點。這天，她對許倩說：「要不這樣，你們換換環境。我那口子上水電工地了，女兒住校。我把屋子借你們一段時間怎麼樣——我可以住值班室。」

「那不合適吧？」許倩說著，臉有點紅了。她想起當初他們結婚時，劉衛東曾打算借房子給他們。現在又為這種事借房子，想想是有點叫人臉紅。

「有什麼不合適？又不是叫妳在我那兒偷情！」劉衛東說。

許倩猶豫了一下說：「就算我答應，我那口子也不一定肯去。你不知道，他毛病多得要命，大夏天去水房沖個澡，還扭扭捏捏不好意思呢！」

「這回我打保票他不會扭扭捏捏！」劉衛東說。

真是知夫莫如妻呀！劉衛東這回的保票差點打到空裡。

「開什麼玩笑！我不去！」韓大亮一聽就急了。其實韓大亮急的主要原因，是嫌許倩把這事告訴了劉衛東。許倩說劉衛東又不是外人，告訴她怕什麼？

韓大亮說怎麼不是外人，這種事除咱倆外，所有的人都是外人！

許倩說，那以前我把你怎麼行怎麼厲害告訴她時，你聽了怎麼不急？怎麼還挺得意的？敢情你們男人個個都是關雲長，在這種事情上也是只準講過五關斬六將，不准提走麥城？

韓大亮被擊中了要害，吱吱唔唔降低了音調，說：「妳說叫我怎麼去？這不明擺著借人家的房子幹那事。日後妳見了劉衛東不臉紅，我見她還臉紅呢！」

「都到什麼時候了，你還顧得上臉紅！怕臉紅你別去好了，反正又不是我一個人的事！」許倩生氣了。但轉念一想，男人在這種問題上，自尊心脆弱得像太平梳打餅乾一樣，一碰就碎，千萬激不得。於是又換了一副嘴臉，吊著韓大亮的脖子撒嬌說：「去嘛去嘛，空了這麼長時間，我都想死了！」

女人一這樣，男人就別無選擇，只有就範了。

但結果還是失敗了。

儘管劉衛東住的是單元房，條件——各方面的條件，包括用水啦上廁所啦隔音效果啦等等，都比公交公司的筒子樓要好得多；儘管劉衛東為他們考慮得十分周到，再三向他們保證這一週時間裡，這房子就是他們的，絕對不會有別人來干擾他們；儘管他們兩人都明白他們是一對合法夫妻在做一件合法的事情；儘管他們都空了很長時間都非常饑渴也都非常努力。但最終還是失敗了。不只韓大亮的情況沒有好轉，許倩也覺得自己的情緒有些異常，沒到一週時間，他們便把房子還給了劉衛東。

有一點劉衛東說對了。問題最終的確是莫名其妙解決的：兒子斷奶後，許倩讓母親把兒子接回她們家住了三個月時間，結果韓大亮的病便不治自癒，而且狀態恢復後的韓大亮，比以前更加變本加厲，好像要把丟掉的「損失」補回來似的。

鑑於這個教訓，韓大亮在岳母走後，堅決拒絕了許倩找保姆的提議。但是婦產醫院和公交公司的幼稚園，都不接收三週歲以前的孩子，那兒子這半年多時間怎麼辦？「沒關係，我來當保姆好了。」韓大亮舉著兒子對許倩說。他想明白了，他寧可自己當保姆，也不能重蹈覆轍，讓已經發生過的問題再度發生。

每個人的生活都像一部電視連續劇，韓大亮和許倩的生活也不例外。韓大亮當保姆的那段生活，就像是他那部電視劇的鏡頭疊印。最初，他冒險把兒子一個人鎖在屋裡，結果回來後，發現兩歲的兒子把屋子折騰得天翻地覆，而且還鬧出許多事故苗頭。為此許倩和他大鬧過一場。

許倩抱著「劫後餘生」的兒子對他喊道：「你混蛋！有你這樣帶孩子的嗎？告訴你韓大亮，許許要是出了事，我就和你拼了！」

韓大亮既怕兒子出事，也怕老婆和他拼命，只好違犯勞動紀律，把兒子帶到車隊。車隊領導問他怎麼回事，韓大亮開始說找不到保姆。

領導說那不行，找不到保姆你就把孩子往這兒帶呀？要是人人都像你這樣，車隊不成托兒所啦？

韓大亮只好實話實說，把問題的要害告訴給領導。領導聽到最後就笑了，十分理解地說：那就是特殊情況了。好吧，可別影響工作。

韓大亮當然懂得不能影響工作，他當然不能像農村婦女下田地幹活那樣，把兒子背在背上開車。車隊有間調度室和兩間臨時休息室，韓大亮出車時就把兒子放在那兒。那裡幾位當媽媽沒當媽媽的女人都挺喜歡許許，這個抱抱那個逗逗，半天時間就打發過去了。尤其是小王她們幾個沒當媽媽的姑娘，把許許當玩具一樣喜歡得不行。常常帶水果餅乾給許許吃，嘻嘻哈哈問他一些小孩子不懂，但無意中又會說漏嘴的問題，然後全體大笑不已。接著在韓大亮回來後，又把他兒子說嘴漏的話講給他聽，弄得韓大亮面紅耳赤，她們才興高采烈地一哄而散。

那段時間，韓大亮是個快樂的父親，也是個快樂的男人。同時，透過帶兒子的經驗，韓大亮掌握了大量帶小孩的知識和經驗，甚至對小兒的一些常見病症的診治和用藥都達到半通不通的程度。許倩自然也很快樂。她常常摟著韓大亮說：「嗨，真看不出來，我老公還是個全能丈夫哩！」

12

事物總是在不斷發展變化的，舊的矛盾解決了，新的矛盾又會產生。伴隨著改革開放的步伐，韓大亮與許倩的第二次感情危機，降臨了。

造成他們這次感情危機的主因，是一種高雅的社交活動：舞會。

那時候，改革開放已經邁入了一個嶄新的階段。這個嶄新階段有許多重要標誌：國民生產總值連續增長，進出口同比直線上升，城市人均住房面積大幅度提高。除了這些數字之外，嶄新階段的另外一個標誌就是人民的物質文化生活得到極大的提高。政府宣佈取消糧票布票。對於一個有十多億人口的大國政府來說，這個小小的舉措實際上顯示了極大的魄力和自信。同時也說明人民物質生活最基本的東西——衣、食問題已初步得到解決。而這個問題一解決，人們對精神生活的需求便水漲船高了。

於是舞會應運而生。

如果說改革開放嶄新階段的政府標誌是取消糧票布票，那麼它的民間標誌便是舞會。洶湧澎湃的舞會大潮在一個晚上席捲了全國所有大中小城市。如果哪個城市沒有舞會，那就說明它太落伍了。除了營業性的歌舞廳，所有機關廠礦企事業單位，那怕窮得發不出工資穿不上褲子，也得搞間歌舞廳，也得隔三差五辦場舞會「開放開放」。同時，舞會也帶動了相關產業，美容美髮，隆胸隆鼻，割雙眼皮紋眼線，以至後來轟轟烈烈的減肥運動，追根溯源，或多或少都與當年的舞會熱不無關係。

劉衛東率先投入了婦產醫院的舞會。在劉衛東的動員下，許倩也加入了舞者的行列，並很快上了癮。

婦產醫院的舞廳是一座小禮堂。為了追趕時代的步伐，婦產醫院團委和工會組織了幾期「舞蹈掃盲班」。許倩為改變韓大亮的陳舊觀念並培養他的「舞感」，左勸右勸生拉活拽，強迫韓大亮連著參加了兩期掃盲班。

先是許倩帶著他學：「就這樣，我走男步你走女步。一二三，二二三，對，對。前進，對。後退，對。轉身——哎呀你怎麼這麼笨呀！我讓你往這邊轉身，你往哪兒轉呀？這是跳舞，你以為是打方向盤呀！」問題不光是打方向盤，問題是韓大亮死活找不到音樂的節奏。

「你不會輕點嗎？輕點節奏感就出來了。」許倩教他。但是韓大亮的腳步就是輕不下來，無論三步四步，他總是一步一步「腳踏實地」，像在拿著鋤頭開荒地似的，把婦產醫院小禮堂的地板踩得咚咚的。

「我是沒辦法了！劉衛東，交給妳了！妳該怎麼訓就怎麼訓，踹他兩腳我也沒意見。」許倩被這個令人失望的學生累得滿頭大汗，氣喘吁吁地把韓大亮交給劉衛東。

劉衛東耐著性子教了幾遍，最後也搖著腦袋敗下陣來。韓大亮這時也喪失了信心，連聲說算了算了我不學了。

許倩便把高潔請了過來。高潔是婦產醫院長得最漂亮的姑娘，曾獲得過全市交際舞大賽金獎。許倩想有這樣一位舞蹈老師，韓大亮一定願意堅持學下去並肯定能學會。但是結果卻大出意料。

高潔長得太漂亮了，韓大亮和她跳時，總是把臉扭向一邊，不敢正視姑娘的臉蛋。摟在姑娘腰際的那隻手，也似摟非摟，還多少有點哆嗦。

「韓師傅，別總是扭著臉。你應該專注地看著自己的舞伴。否則就是不尊重對方。」姑娘邊說邊動手將韓大亮扭著的臉往正對著她的方向扳了扳。接著又抓著他的手，示意他別摟得太緊，但也別太鬆了。韓大亮聽話地連連稱是。他很願意專注地看著自己的舞伴，很願意把姑娘摟得更緊一些。但是看著看著，他便覺得自己有點不對頭了。

「把他的，韓大亮你他媽怎麼搞的？這是舞會，是健康純潔高雅的社交活動！你他媽胡思亂想什麼你？」韓大亮在心裡罵自己。但是罵也沒用，那種想法似乎比音樂的節奏強烈得多，於是他只好又把臉扭向一邊，腳下的舞步更是亂得一塌糊塗。

「妳饒了我吧老婆！」回到家裡後，韓大亮求許倩。

許倩說：「你不覺得難受嗎？哪有你那樣跳舞的——身子扭到這邊，臉扭到那邊。」許倩邊說邊學著韓大亮的動作，最後說，「你怕什麼呀？怕人家姑娘吃了你？」韓大亮說不是怕人家姑娘吃了他，是怕他堅持不往吃了人家姑娘。接著便坦白交代了自己當時的「罪惡想法」。

許倩聽了吃驚地說：「是嗎？你怎麼這麼流氓呀，什麼事都往那塊想。那看樣子只能取消你跳舞的資格了。這可是你自尋的，別怪我。」

韓大亮忙不迭地說：「不怪妳不怪妳。」

許倩說：「那今後我出去跳舞，你幹什麼呀？」

韓大亮大聲說：「我在家帶孩子呀！總不能老讓鄰居幫咱們看許許吧？」他們這幾次晚上學跳舞，有時是帶著兒子一塊去，有時是請鄰居家幫忙照看一下。

許倩有點不相信地說：「喲，你有那麼自覺嗎？怕不是心甘情願吧？」

韓大亮說：「絕對的心甘情願！」

第二天，許倩把韓大亮的話告訴了劉衛東，劉衛東也不相信，說：「男人個個都想出去花天酒地，哪有心甘情願在家帶孩子的！妳老公，要麼真的是太愛妳了，要麼就是在騙妳。」

許倩說：「騙不騙吧，先考驗他一段時間再說。」

13

這個考驗大約歷時三年時間。整體而言，韓大亮經受住了考驗。三年裡，按許倩每週出去跳一次舞計算，三年下來就是一百五六十次。這當然不是一個多麼驚人的數字，但換了另外一個男人，把這個數字縮小十倍也未必做得到。

「真的嗎？妳老公這麼老實？」許倩另外一個叫張金蘭的女友對此表示懷疑，並一定要見見韓大亮。許倩明白她要見韓大亮的意思，並不是看他老實不老實，而是要看他是不是長得特別醜——因為許倩已經聽到一些議論，說她男人之所以對她如此「放任自流」，肯定是長得太醜了配不上她，才這麼讓著她。

「嗨，妳男人長得好棒吔！簡直就是個大帥哥嘛！」張金蘭見過韓大亮後，一出門就故意大聲嚷道。嚷完後又降低聲音，鬼鬼祟祟問：「該不會是銀樣臘槍頭，中看不中用吧？」張金蘭是那種喜歡一驚一咋（大驚小怪），什麼也不避諱的女人。許倩知道她問這話的意思，便在她屁股上狠狠地擰了一把，說：「妳可真是三句話不離本行。我告訴妳張金蘭，我老公那東西是金槍不倒！別人以為是他怕我才讓著我，其實正好相反，是我怕他他才讓著我。妳要不信，找機會過來試試？」說完兩人嘰嘰咯咯笑成一團。

三年時間可以劃分為三個時期，第一年是適應期，第二年是習慣期，第三年是轉折期。許倩和韓大亮夫妻二人，對這三個時期的感受各不相同。

對許倩來說，在第一年適應期裡，她心裡總是有一種莫名其妙的愧疚感，雖然她並沒有做任何對不起丈夫的事情，但是心裡卻總是覺得自己欠了丈夫點什麼。所以她每次跳舞回來，看見韓大亮已經給兒子洗過讓兒子睡了，他自己還在那裡老老實實等她時，便都要想法向韓大亮表示一下自己的「歉意」。

許倩向韓大亮表示歉意的最終方式，便是主動要求與丈夫「合鬧」，而且非常熱烈非常投入。同時，為了「彌補」韓大亮在感情上的「損失」，隔一段時間，許倩便會「強行」把韓大亮拖到舞會上一次，叫高潔和一幫漂亮姑娘挨個陪他跳舞。韓大亮那時候已經成了楷模，許多女人都對許倩有這麼一個通情達理，自己在家帶孩子，讓老婆天天出去跳舞並且心甘情願的男人羡慕不已。

「其實，這才叫男人呢！那些成天把老婆關在家裡，自己在外邊花天酒地的男人，根本不算男人！」眾女士異口同聲評價說。高潔和那幫姑娘也覺得現在還有這種「傻冒」男人挺希罕的，在陪韓大亮跳舞時故意這樣那樣逗他玩，弄得韓大亮十分慌亂又十分幸福。

進入第二年習慣期後，許倩每次跳舞回來雖然仍然主動與丈夫「合閘」，但已經是一種習慣行為，不含有多少表示歉意的成分了。她雖然隔段時間仍然把韓大亮拖到舞會上去，但韓大亮已經很少進場，多數情況下都是帶著兒子坐在一旁觀看。

「你下來跳呀！在一旁乾坐著有什麼意思呀？」許倩喊他。兒子也推著他下去和媽媽跳。韓大亮一邊笑著，一邊說：「算啦算啦，咱們就別搞形式主義了。妳還是和別人跳吧。跟我跳妳難受我也難受。」──他已經觀察到了，所有帶著老婆來舞場的男人，第一支曲子都是和老婆跳，把老婆安慰一下，意思意思，然後再和別的女人跳。他把這叫做形式主義。

「毛病！」許倩就笑著說他一句，也不堅持，應邀與別的男人跳去了。韓大亮看許倩跳得那麼開心，由衷的替老婆感到高興，心裡的確連一點點妒意都沒有。

關鍵是第三年轉折期。

許倩是個漂亮女人，漂亮女人總是會面對太多的誘惑。漸漸地，許倩有了幾位相對固定的舞伴，並常常應邀去參加別的舞會。一直心甘情願在家帶孩子的韓大亮，開始不那麼心甘情願了。

女人在這方面的嗅覺比警犬都靈，韓大亮這邊還沒在「不那麼心甘情願」方面有什麼具體表現，許倩那邊已經感覺到了。

「好像有什麼地方不對勁了？」這天晚上許倩跳舞回來，兩人一番纏綿之後，許倩偎在韓大亮的懷裡問他。

「什麼不對勁啦？」韓大亮裝糊塗。

許倩翻身伏在韓大亮的身上，把韓大亮的臉扳過來正對著自己，說：「看著我的眼睛！別躲呀！還說沒什麼呢，你們男人那點小心眼我還看不出來——是不是嫌我這陣出去的太勤了？說！」許倩說著，一邊在男人的臉上親著。

「妳說呢？」韓大亮反問了一句。

許倩心裡沉了一下，親吻的動作也僵住了。關鍵不是這句話，關鍵是男人聲音裡那種嚴肅的東西，和伴隨著這種聲音的「肢體語言」——冷靜的肢體語言。許倩懂得一個女人要讓男人愛自己，最要害的一點就是別讓男人「冷靜」，男人一冷靜，愛就有麻煩了。而男人的肢體語言又是判斷其是否「冷靜」的試金石。這是一條百試不爽、百驗百靈、放之四海而皆準的客觀真理。許倩太明白這一點了，男人的肢體語言一冷靜下來，就說明出問題了，而且不會是一般的問題。

果然是出問題了。

剛剛用肢體語言表達過冷靜的韓大亮，什麼彎也沒拐，直接說出一位男士的名字：鄭懷谷。

鄭懷谷是市人事局的一個科長。愛人在婦產醫院生孩子時難產，多虧劉衛東許倩她們努力，總算大人孩子都保住了。產後母子虛弱，住了二十多天院，鄭懷谷來來回回跑了幾次，便與劉衛東許倩她們都熟悉了。人事部門的人都是些能辦事、會辦事、什麼事情都要處理得周周到到滴水不漏的人，更不要說是個科長了。

鄭科長說：為了感謝婦產戰線巾幗們的救命之恩，請各位賞光吃頓飯可以嗎？這有什麼不可以的？吃！反正肯定不會是他個人掏腰包。於是劉衛東許倩和那幾天當班的醫生護士，八九個人浩浩蕩蕩殺了過去。飯局是在一家星級飯店舉行的，做陪的是這家飯店的朱經理。

對劉衛東許倩來說，進這樣的飯店是頭一次，吃的什麼喝的什麼全沒記住，只記住了那種富麗堂皇的感覺。接著是第二次、第三次。但第二次第三次殺過去的隊伍稱不上浩浩蕩蕩了，第二次人數減半，第三次就剩下劉衛東和許倩兩個人。做陪的還是那位朱經理。

飯後免不了要卡拉卡拉，OKOK，然後再跳跳舞，游游泳，桑那桑那。再後來，就不只是在這家飯店了，有時候鄭科長在別的飯店吃請或者請吃，也常常打電話請她們過去。一開始鄭科長直接給許倩打過幾次電話，但許倩每次都告訴他，讓他先約劉衛東，如果劉衛東能去她就去，劉衛東不去她也不去。致於為什麼要這樣，許倩自己也說不清——她能說清的只有一點：到目前為止，鄭懷谷對她沒有任何非份的語言和行為。

但是韓大亮不這樣認為。

「我就不明白，跳舞究竟有什麼意思？說好聽點，不就是一項體育活動嘛！值得妳這麼上癮。」韓大亮說。他不知從哪裡冒出這麼個觀點，把跳舞說成是一項體育活動。

跳舞怎麼會是一項體育活動呢？許倩不同意韓大亮的這一界定。但韓大亮反問她：「那妳說是什麼？」許倩思考了一下說：「應該說，跳舞和舞會是一種社交活動，一種高雅的社交方式。」

韓大亮說：「妳得了吧，什麼高雅的社交方式？妳看看現在的舞會是這樣嗎？一男一女摟在一塊，誰知道心裡在想什麼？我看完全是偷情的預備活動和舖墊——那天我看到一篇文章，說舞蹈最初的起源是什麼——妳知道是什麼？是性挑逗！一群女人光屁股扭來扭去，目的就是為了讓男人起性。」看樣子，韓大亮為今天的這場爭吵做了準備，居然還找了理論根據。

許倩說：「那是你！只有你才會往那上頭想。」許倩想起兩年前韓大亮跟著高潔學跳舞時的情形，撇著嘴補充道，「你以為所有的男人都像你一樣，一摟住人家姑娘就起性，就想耍流氓！」

「我就不信，鄭懷谷對妳沒有一點想法？最起碼喜歡妳吧？」韓大亮說完就有點後悔，覺得自己這話有漏洞，但已經來不及了，那個漏洞已經被許倩抓住了。

「那你的意思是說，別的男人都不喜歡我你就高興了？再說了，他喜歡我，或者對我有想法，哪能怪我？能算我的錯？」

「我不是那個意思。」

「那你是什麼意思？」

韓大亮不吭聲了，他知道他又違背了好男不與女鬥的「原則」。平時不論起因是什麼，他和許倩吵架好像從來沒有贏過，本來他覺得自己千有理萬有理的事，吵到最後不知怎麼回事，「理」都一條一條跑到許倩那邊去了。今天看樣子又難逃這種結局。

趁著現在有些「理」還沒跑過去，他想中斷這場爭吵。其實他心裡明白自己想說什麼，他知道鄭懷谷喜歡許倩，不只鄭懷谷一個男人，除他之外，還有幾個男人，包括他的一個同事，也都很喜歡許倩。他知道這並不是什麼壞事，也不是老婆的錯，更不應該怪她。

是呀，正像老婆說的那樣，如果別的男人都不喜歡她，都把她當作醜八怪沒人愛，他就高興了？不，那他會更不高興的。那他現在為什麼不高興呢？不是老婆的錯，看來也不是鄭懷谷的錯，人家不就是請你老婆吃頓飯，跳跳舞，並沒有把你老婆怎麼樣，你說人家哪裡錯啦？那說來說去到底誰錯啦？莫非是我韓大亮錯啦？

韓大亮本來已經冷靜下來的頭腦，現在又給搞糊塗了。他覺得心裡挺憋屈的，便轉過身背對著老婆，表示掛了「免戰牌」，同時嘴裡說了句：「妳就會胡攪蠻纏。」

平時韓大亮一說這句話，許倩就知道自己贏了。她就會接著再胡攪蠻纏一陣，一定要韓大亮大聲地說句「我錯啦」才肯甘休。但今天許倩聽出男人的聲音與往常不同，同時她心裡也不怎麼踏實，便從背後摟著丈夫說：「你要不高興，那今後他再約我，我不去行了吧？」

韓大亮說：「我沒那樣說。」

許倩並沒有中斷與鄭懷谷的舞伴關係——韓大亮堅決反對她中斷：「別別別，妳不去人家肯定會認為是我在攔妳，那我不成了小男人啦！」但是韓大亮和鄭懷谷之間始終沒有建立起友誼。

鄭懷谷曾做過這方面的試探和努力，他曾幾次約韓大亮一塊出來吃頓飯玩一玩，但韓大亮都找藉口拒絕了。不過，在韓大亮停薪留職，由公交司機轉為出租司機這件事上，鄭懷谷幫了大忙。許倩知道韓大亮內心不情願接受這種幫助，便藏一半露一半的，沒有把事情全部亮明。不久，席捲全國的跳舞大潮被另外一些更高雅更貼近的社交方式取代了，鄭懷谷也升任郊區一個縣的副縣長，漸漸中斷了與許倩的聯繫。這樣，許倩去舞場的次數便越來越少，逐步被打牌等活動取代了。

事情發生了又結束了，並沒有造成什麼嚴重後果。除了那次「流產」的爭吵外，在第三年轉折期裡，韓大亮再沒有與許倩爭吵過，合鬧也沒有中斷。但他心裡明白，在他們十多年的情感歷程中，那段時間兩人的心隔得最遠。

14

現在，他們正面臨第三次感情危機。

按道理說，這是不應該的。

歷經十六年的風風雨雨，他們的感情已經進入成熟期和穩定期。六年前，他們終於離開住了十年時間的筒子樓，搬進一套屬於自己的二居室單元房。曾經長期困擾韓大亮的沖澡問題、廁所問題和隱私問題，終於得以解決。

經濟上，韓大亮開計程車的收入加上許倩的工資，已經超過了小康的標準。許倩逛商場時，進精品屋的次數漸漸多了。評判衣物的第一標準已經不是價格，而是樣式如何如何、料子如何如何，以及是什麼品牌了。消費觀念基本完成了從「便宜不便宜」到「一分錢一分貨」的轉變。

兒子正在長大且長勢良好。除了不像媽媽那樣活蹦亂跳沒別的毛病，在繪畫方面的天分已初露端倪並引發多方關注。對於一個中年女人來說，構成幸福的幾大件：一個愛自己並且能賺錢的好男人、兒子健康並且不是太惹事、有房子有車，逛商場時手頭不覺得太緊這幾樣，許倩似乎都已經具備，所以她感到自己很幸福。

另外，困擾許多中年婦女的減肥問題她也不存在。她不僅不存在減肥問題，有時候她甚至還想給自己加點肥。許倩每週必須吃兩頓紅燒肉，而且她一個人每次能吃一大盤子。除了這兩頓紅燒肉外，每天晚飯的兩個菜中還必須有一個是葷菜。但就這樣海吃海喝，還是不見長肉。體重永遠標訂在105斤那兒，上不去也下不來。好像身高165米，體重105斤這個標準是上帝訂的，不准增也不准減。

韓大亮看見老婆那麼能吃也挺納悶的，常常問許倩妳吃的肉都到哪裡去了？許倩說不知道，她自己也正為此納悶呢！而她那些看見肥肉就躲、成天靠減肥茶維持生命的女友們則對此憤憤不平，恨不得打開她的腸胃檢查檢查，看看裡邊是不是安裝了什麼特殊構造。

一個如此幸福的女人，怎麼會面臨感情危機呢？

因為愛。一種雙方都覺得越來越難以承受的愛。

十六年來，韓大亮對許倩的愛與日俱增，以致於到了許倩快要不堪承受的地步。韓大亮對許倩的愛，並非那種浪漫的、詩意化了的、情人節送紅玫瑰式的愛。不，他對她的愛一點詩意也沒有，也談不上浪漫，他對她的愛是「結結實實」的。除了綿延不絕的性愛之外，我們可以為他們的愛整理出一份薄薄的備忘錄。

關於許倩小時候的照片

許倩小時候有不少照片，滿月時的，上幼稚園時的，上小學時的，上中學時的等等。韓大亮把這些照片集中起來，專門建了一冊影集。隔一段時間，就要拿出來翻一翻。許倩開始覺得挺奇怪的，問韓大亮：「你老翻它幹什麼？我小時候長得還沒有現在漂亮。再說了，那時候咱們誰也不認識誰，你看那些照片有啥意思？」

韓大亮說：「不不不，這太有意思了。我從這些照片上看到妳的過去，看到那個叫許倩的小姑娘，看到那個叫許倩的小學生和中學生。我就會覺得，我好像從那個時候就愛上了妳，或者說，我不只愛現在的妳，也愛小時候的妳。」

許倩接受這種愛但無法完全理解，她不明白他愛她已經逝去的過去究竟有什麼意義。但是有一點她感覺到了：韓大亮考上汽車駕校前的十八年歲月，都是在農村度過的。因此他的小時候與她的小時候，可能存在著巨大的差異，也許正是這一點吸引他這樣做。在翻那本影集的同時，韓大亮常常讓許倩講一些她小時候的故事給他聽。

當許倩講到一些高興的事情時，他會跟著一起高興；當許倩講到小時候受到什麼委屈，或者被哪個小男孩欺負時，韓大亮便會跟著憤憤不平，擼胳膊挽袖子的，好像要從時光隧道追回去找那個男孩算帳似的。在聽許倩講述時，韓大亮也把他同齡時期的一些事情講給許倩聽。伴隨著這種講述，許倩常常會感到眼前有一個模模糊糊的農村小男孩的影子。

她想，韓大亮眼前大概也會有一個模模糊糊城市小姑娘的影子。那個模模糊糊的農村小男孩的影子對她一點吸引力都沒有。反過來她想，那個模模糊糊的城市小姑娘的影子，對韓大亮，對這個已經三四十歲的男人，究竟會有多大吸引力呢？而且，他愛現在的她，這是實實在在的事情。他愛小時候的她，愛那個模模糊糊的城市小姑娘的影子，怎麼理解呢？她把這個疑問告訴劉衛東，劉衛東聽後吃驚地說：「哎呀許倩，妳真是揀了個寶啊，一個連妳的過去都想愛的男人，恐怕就剩妳老公一個了。」

關於生日與情人節

許倩每年過生日的時候，韓大亮都要下廚房做一頓手擀麵給許倩祝賀生日，此外便沒有別的表示。許倩說，你這也太便宜了，一頓手擀麵就把我打發了呀！等到了情人節，許倩看人家男人真不真假不假的，都要給老婆送幾朵玫瑰花說聲我愛妳什麼的，便埋怨韓大亮不懂時尚，從來沒在情人節對她有過愛的表示，或者給她一點意外的驚喜。

韓大亮說，對於男人來說，給女人一點意外的驚喜是再容易不過的事情了。情人節送點花呀巧克力呀，哪個男人做不到呀？但他不想這樣做。

許倩不高興了，說：「你別找藉口了，你肯定是忘了！今年就算了，明年我要你給我送999朵玫瑰和10盒巧克力！」

韓大亮摟著許倩說：「不，明年我也不準備送給妳。因為我覺得，我們天天都在過情人節。還記得一句老話嗎？『一夜夫妻百日恩』，我們現在已經做了16年的夫妻。16年是5840天，將近6000天，6000天再乘以100，等於600000天。按人一生生命30000天計算，我們將擁有20倍於我們生命長度的恩愛之情，而且這個數字還在不斷延長。所以這一輩子不可能再有什麼東西能將我們分開了。既然如此，我們還有什麼必要在乎情人節送不送玫瑰和巧克力呢？」

關於愛一個女人、愛眾多女人與愛天下所有女人

韓大亮有一個叫劉克明的同事與幾個年輕姑娘有染。劉克明其貌不揚但勾引女孩子卻是一等一的高手。劉克明的老婆小杜比他小十多歲而且長得非常漂亮，他們兩人站在一塊時，所有人都會覺得不合適，都會認為劉克明連小杜的一根腳趾頭都配不上。但是小杜愛劉克明卻愛得死去活來。雖然兩人經常幹仗，但幹過之後又和好如初，而且比以前更加恩愛。這是沒法解釋的事情，箇中原因——也許根本就沒有什麼原因——誰也搞不清楚。

與劉克明有染的姑娘中有一個叫雷琴的女孩韓大亮見過，很年輕，但長得遠不如小杜漂亮。一般人都認為，像雷琴這樣在這座城市裡無依無靠的女孩子與一個出租司機保持關係，無非是圖個方便、佔點小便宜而已。劉克明自己好像也明白這一點，但他以此為樂，以此為榮。不論多晚，不論是什麼天氣，只要一看傳傳呼機是雷琴或者別的女孩呼他，他就會像救火似的立刻趕去。

劉克明常常帶著宣耀的口氣把他這類豔遇講給韓大亮聽，並且告訴他：「什麼事情都是有比較才有鑑別，你只有多來往幾個女人才會知道，女人和女人是不一樣的。」

韓大亮說：「你這不是廢話嗎？我不用和別的女人來往，也知道女人和女人肯定是不一樣的。」

劉克明使勁搖著頭說：「不不不，我說的知道與你說的知道不是一回事！」接著又問

他：「聽說過『六等』男人的段子嗎？」

韓大亮說沒聽過。劉克明就告訴他：「一等男人家外有家；二等男人家外有花；三等男人現用現抓；四等男人按時回家；五等男人按時回家老婆不在家；六等男人自己的家成了別人的家。」

韓大亮聽完問他：「你是幾等？是二等男人家外有花？」

劉克明笑笑說：「我算三等男人現用現抓吧！你老兄恐怕只能是按時回家的四等男人了。」

韓大亮知道劉克明只是開玩笑，並沒有嘲笑他的意思。但是他不大同意這種劃分。他問劉克明，你在外邊現用現抓的女孩一共有幾個？劉克明說四五個吧。

韓大亮說算五個吧，你愛她們嗎？劉克明說那還用說，不愛我花費那些工夫和汽油幹什麼？

韓大亮又問他：你愛你老婆不愛？劉克明說愛，我的老婆我不愛讓誰愛去！

韓大亮說：那好，加上你老婆，你在這個世界上一共愛六個女人。但是你知道我愛的女人有多少？說出來嚇死你——我愛天下所有的女人，我老婆只不過是她們選出來的代表！

無數類似的生活細節構成了韓大亮對許倩的愛，這種愛是如此之深，以致於到了讓許倩生疑的地步。有時候，許倩會忍不住問他：「大亮，我只不過是個婦產科護士，長得也不能說漂亮到哪裡去。你這麼愛我，讓我都有點承受不了了——我真有那麼可愛嗎？」

韓大亮愛撫著她，說：「女人的可愛和美一樣，關鍵在於發現和開掘。做丈夫的首要的和最根本的職責，就是發掘老婆身上的可愛之處。那些成天喊叫老婆不可愛的男人誰也別怪，只能怪他自己！」

許倩說：「鬧了半天，我們女人可愛不可愛全在你們男人呀？」

韓大亮說：「基本如此。做男人的，責任重大呀！」

劉衛東聽許倩講了韓大亮這些奇談怪論後，大聲嚷道：「許倩，我們應該通報各行各業的女同胞，聯名推舉你老公當全國婦聯主席或者秘書長！」

15

那麼，讓韓大亮感到越來越難以承受的愛是什麼呢？

如果我們用一個不很準確的說法，把夫妻二人在性生活中各自所處的位置稱為「性態勢」，那麼，許倩與韓大亮這對夫妻的性態勢，在這些年曾經歷過幾個大的轉折。第一次大轉折出現在新婚之夜，在那之前的幾次婚前性行為中，許倩一直處於主動地位，她處在攻勢，韓大亮處在守勢。

但新婚之夜一夜之間，許倩被打得落花流水，韓大亮從戰略防禦轉入全面的戰略進攻。期間雖然有過「相持」和「冷戰」階段，但整體上韓大亮一直處於進攻態勢，許倩則是節節敗退潰不成軍。可是最近幾年，形勢又開始起了變化，一個新的轉折時期又要來臨了。

潛藏在許倩體內的那個秘密，那個全世界數十億婦女中不超過10例的秘密，那個十多年來，一直被許倩忽略了的「性戰略預備部隊」，像突然發作的電腦病毒一樣，開始發揮作用了。形勢立刻急轉直下，許倩從守勢迅即轉為攻勢，韓大亮則是且戰且退，漸漸地只有招架之功，沒有還手之力了。

首先反映在「合鬧」的次數上。在那個「電腦病毒」發作之前，許倩嚴格將他們「合鬧」的次數控制在每週兩次以下。一方面她是考慮到男人的身體，另一方面，她自己覺得每週兩次足夠了，其實，如果不是韓大亮主動求歡，她一兩週也不會太想。但是現在情況不同了，現在是她自己想要，幾乎隔一天就要一次。

這是愛嗎？以前韓大亮要她的時候，總是說他因為愛她才會不斷地要她。那麼，現在她不斷地要他，也是因為愛嗎？

不錯，是因為愛。但是，許倩總是覺得，這種愛與自己身體的需要有關。她總是感到是自己的身體在呼喚韓大亮。她明白別的一個男人同樣能夠滿足她，僅僅是因為婚姻和道德的約束，她才沒有那樣想和那樣做。

身體的這種呼喚已經到了快失去理智的地步。有一天，許倩晚上值夜班。夜深人靜萬籟俱寂，在婦產醫院值班室那間小屋子內，那個讓人臉熱心跳的「電腦病毒」又突然發做了。許倩便打電話給韓大亮，要他趕過去陪她。

「妳瘋啦妳？值班室是幹那事的地方嗎？萬一來了急診病號怎麼辦？」韓大亮睡得迷迷糊糊的，一看錶已經半夜兩點多了。他不明白老婆現在是怎麼了，但他想既然老婆想要，那他做男人的就應該滿足她。於是開著車趕去了，兩人偷偷摸摸在值班室合完閘後，韓大亮嚴正警告許倩說：「我告訴妳，下不為例！另外，把妳那嘴給我關嚴點，這事絕對不能告訴劉衛東。妳想想，這事要是在你們醫院傳開了，你們院長還不得開除妳呀！」

許倩說：「看你說的，我有那麼傻嗎？你快走吧快走吧！要不一會兒來人了。」滿足後許倩才覺得半夜三更的，把老公叫到值班室合閘是有點過分，有點色膽包天了。於是催韓大亮快走快走。

韓大亮賊頭賊腦、東張西望出了醫院大門，回到車裡後好半天心才放回肚裡。他一是緊張，二也的確感到有點累。他讓自己恢復了一陣後，才一邊發動車子，一邊萬般無耐地說了句：「把他的，我這不成了『應召男郎』啦！」

許倩遵照韓大亮下不為例的警告，此後再沒有在值班室召喚過他。她把召喚他的地點改在了家裡，時間有時是上午，有時是下午。許倩值班的時間是每週輪換一次，早班是上午八點到下午四點，中班下午四點到晚上十二點，夜班晚上十二點到第二天八點。這樣一來，她在家裡睡覺的時間也就基本上是每週輪換一次。這就苦了韓大亮，除了正常的夫妻生活外，隔三差五，他就會被老婆召喚一次。漸漸地，他有點身心俱疲、力不從心的感覺了。

許倩也覺得自己有點不對勁。伴隨著不斷高漲的性慾，她發現自己的例假不正常了，一次與一次的間隔時間越來越短，有時一月兩次，最多的一月來了三次。「去檢查一下吧，別得了性慾亢進或別的什麼病。」劉衛東提醒她。

許倩去檢查了，什麼病都沒有。她又去看了中醫，中醫說她體虛，要她吃幾樣中成藥補補。「我還敢補呀？再補身子就該著火了。」出了中醫科的門，許倩就對劉衛東說。

劉衛東說那是，妳要體虛的話，那別的女人就沒法活了。劉衛東又勸許倩做個核磁共振查查，許倩說妳害我呀，做一次一千多塊，本院的減半也得五六百，妳替我掏呀？於是便沒再查。

「不過許倩，我勸妳還是注意一點為好。妳那口子雖然挺壯實，但妳這樣沒節制也會受不了的。我記得一本性學專著上說過：二更更；三暝暝；四數錢；五燒香；六拜年。意思是說男子的性能力大致可以劃分為五個階段：二十歲上下可以一更天一次；三十歲時可以一晚上一次；四十歲時就像數錢一樣，一五一十，只能隔四五天一次了。妳那口子大概已經到了『數錢』階段，每週一兩次屬於正常。再多恐怕就會對他身體有影響了。」劉衛東說。

許倩說：「可是我一要他就給，好像沒什麼事呀？」

劉衛東說：「男人全都是死要面子活受罪。尤其在這種事情上，只怕妳給他戴性無能的帽子呀！」

許倩回頭就把這些告訴韓大亮。韓大亮心裡說：「衛東大姐，理解萬歲呀！」嘴上卻慷慨激昂，說：「什麼話呀，一個男人連自己老婆都滿足不了，還算男人嗎！」

異性相吸，愛使這種相吸幾乎失去了距離。而一旦失去距離，便有了產生危機的可能。

是這樣嗎？

是這樣。至少韓大亮目前已經隱約感到了這點。

Section 03

婚姻的門當戶對與落差

1

韓大亮載著年華趕到無名水庫，那裡還真有幾個人在釣魚。他們和管水庫的老頭都沒有認出年華。這裡的人似乎不大關心電視節目和節目主持人，他們只關心水面上的魚漂，和那些正躲在水裡準備上鉤的魚。

平時韓大亮載客人到這裡後就不管了，由客人自己忙活，他在車裡睡大覺。今天情況有別，他讓年華到水庫邊走走，他從管水庫老頭那裡租了兩套魚具和一副鍋灶，又訂了兩間看上去沒法滿意、但絕對不致於把人凍死的房間，然後就喊年華過來一塊釣魚。

年華覺得這個出租司機挺愛自作主張的，問也不問一聲，就給她把下午和晚上的活動全安排了。她沒釣過魚。去年台裡和幾家報社舉辦的釣魚比賽她參加了，但她手裡拿的不是魚杆是話筒。她好像對釣魚沒什麼興趣。不過今天既然來了，體驗一下魚上鉤的感覺倒也不錯。

五點多，夕陽西下，正是上魚的時候。他們運氣不錯，沒多久韓大亮就率先釣上一條兩斤多的草魚。隔了一會兒，年華看見自己的魚漂也動了。她一起杆，空的。放下去沒多一會兒，又動了，她一起杆，還是空的。韓大亮一邊重新給她的鉤掛魚食，一邊說：「別太急了，妳得等魚漂完全沉下去再起杆。」

其實這個要領年華也懂。魚鉤再次放下去後，魚漂又開始動了，她忍著沒動。又動了幾下，她還是沒動。但魚漂動了一會兒便不動了，接下來好半天沒有動靜。「是不是沒食了？」年華心裡想。她正打算起杆重新換魚食時，魚漂忽然呼地一下全沉了下去。年華不顧一切地猛一起杆，只聽叭的一聲，魚杆從她手抓的那節前齊齊地斷了。

年華驚慌地大喊大叫起來：「快！魚！魚！一條大魚！」可能真是條大魚，韓大亮看見斷掉的那半截魚杆被繃緊的魚線扯進水裡，箭一般向水庫深處滑去。他也顧不上天冷水涼了，連滾帶爬撲進水裡，抓住那半截魚杆就往回拽。旁邊另外兩個垂釣者也跑過來，幾個人七手八腳忙活了一陣，總算把那條魚弄上岸。

果然是條大草魚，看上去足有八九斤！年華高興壞了，雖然除了斷杆的那聲爆響，她其實什麼也沒感覺到，但這條大魚畢竟是她釣上的。韓大亮比年華還高興，連寒冷都忘了。直到連著打了兩個噴嚏，他才發現自己渾身上下全都是濕的，冷得直打哆嗦。年華這時也發覺了，忙著叫韓大亮快換衣服。幸虧韓大亮平時在後備廂裡備了件棉大衣，不然他這天晚上的日子就不好過了。

天漸漸黑了，韓大亮在自己住的那間屋內生了火，和年華一塊烘烤衣服。本來他不想讓年華幫他，但年華說你這就不夠朋友了，他便依了她。衣服烘乾後，韓大亮又把他釣上來的那條草魚做了。他從管水庫老頭那裡要來蔥薑蒜，還有大料和一把乾辣椒。也不分先放什麼後放什麼，一股腦丟進鍋裡，就那樣和魚一塊煮了。

年華問他：「你這叫什麼魚？」韓大亮說妳別管叫什麼魚，保證妳喜歡吃。經剛才那條大魚一番折騰，他們似乎成了患難知己，兩人說話也比較放開了。

年華說你先別說喜歡不喜歡，我保證不吃！因為我從來不吃辣椒。剛才看見你放進去那麼一大把辣椒，我身上已經出汗了。

韓大亮說那你怎麼不早說呀？說著就要下手把辣椒往出撈。年華忙攔住他說別撈別撈，煮出來我嚐嚐再說。

「果然好吃！」魚煮好了，年華嚐了一口便大聲叫好。接下來，她也不管辣不辣了，把韓大亮盛給她的那一大碗魚連肉帶湯，稀裡呼嚕全吃掉了。她吃得盪氣迴腸大汗淋漓，吃完一碗後又把碗往鍋邊一伸，對韓大亮大聲說：「老闆，再來一碗！」

為了保護嗓子，年華這麼多年來一口辣椒都沒吃過。她沒想到吃辣椒會給人如此痛快的感覺。「這簡直是一種解放！」吃完兩大碗辣魚湯後，年華這樣總結性地對韓大亮說。

韓大亮不意經地接過她的話，說：「那就是說，妳以前是生活在一種壓迫和束縛之中？」

年華聽了大吃一驚。她想這個出租司機看起來不僅喜歡自作主張，而且好像還有點文化和思想。

她突然有了種和他聊聊天的慾望。

多年來，做為電視主持人，年華覺得自己一直生活在採訪和被採訪中。所有的談話題目和內容都是預先給定的。先問什麼後問什麼，對方可能做出哪幾種回答。每一種回答都準備了應對方案，甚至連談話的語氣和時間長短都做了規定和限制。在面對這些規定和限制的同時，她和他們還必須面對鏡頭和話筒。年華太明白鏡頭和話筒是怎麼回事了——鏡頭和話筒是對人的內心世界、對人的自然感覺，甚至是對人的隱私的一種侵犯和剝奪。

當她做為被採訪對象，當前來採訪她的那些同行們笑容可鞠地把鏡頭和話筒對準她的時候，她的感覺就和他們把槍口對準了她差不多。由此她推想，她的那些採訪對象面對她伸向他們的鏡頭和話筒時，感覺可能也和她差不多。

除了這類談話，年華與同事和愛人間也時有交談。與同事的交談多是工作。與愛人高含的交談雖然不限於工作，但她仍然覺得聊得不夠。因為兩人的關係是已定的，而且她總是覺得，高含在面對她時，不像一般的男人面對女人或者老公面對老婆。她覺得他總是有一種面對主持人的感覺，這種感覺常常把她與他交談的願望破壞得一乾二淨。

現在，她卻有了和一個陌生男人聊聊天的慾望，同時她斷定他也有這種想法。儘管她對他一無所知，到目前為止，她連韓大亮姓什麼都不知道。

這是為什麼？是因為辣椒和吃完辣椒後他說的那句話？還是因為那條大魚？

不知道。她只是覺得這個男人身上有一種很自然的東西。她能感到他對她的關愛。但這種關愛不是針對她是個主持人，而是針對她是個女人。這是不一樣的，年華知道這二者之間有著嚴格的區別。

2

他們聊得海闊天空。韓大亮對年華講了他對她主持的幾個節目的看法，又給她講了與同事們爭論相聲演員累不累的事，接著告訴她：「其實今天妳上車前，我正在操心妳是天下最累的女人呢！」

「根據什麼呀？我又不是相聲演員。」年華笑著問。

韓大亮便很不好意思地講了他對她連續八年主持春節晚會的擔憂。他說到老婆許倩罵他瞎操心胡心疼，為一個八杆子打不著的女人年年自己跟自己過不去時，年華不笑了。她知道這個世界上有很多人關愛她，她收到過許多這樣的信件。但是這樣一個男人，一個年年春節晚會替她擔憂，心疼她這個八杆子打不著的女人的男人，她好像還沒有遇到過。她被這種從未感覺過的「心疼」感動了。

「說說你的愛人——不，說說你老婆好嗎？」她問韓大亮。她覺得說「愛人」有點採訪的味道，不如說老婆親切。

「我老婆？我老婆有什麼好說的？她又不是名人。」韓大亮不好意思地說。但年華能聽出這種不好意思中含著滿意和驕傲的成分。

「我想，她一定很漂亮，也一定很幸福。」年華鼓勵韓大亮說。

「一般人。漂亮談不上，不過挺能折騰的。」韓大亮「謙虛」地說。他突然很想給眼前這個女人說說自己的老婆。他感到有點奇怪，因為這違背了男人的某項原則——女人和女人在一塊談男人時，一般都是談自己的老公；男人和男人在一塊談女人時，卻一般不談老婆。這是男人們一條不成文的規則，也是男人與女人的區別之一。不過既然年華是個女人，那給她說說不算違背規則吧。

韓大亮就把老婆姓什麼叫什麼，幹什麼工作以及當初他們怎麼認識的事講給年華聽，重點強調了許倩「挺能折騰」的特點。他從當初搪爐子的事說起，把許倩怎麼來回折騰兩間屋子、怎麼修自行車、怎麼修洗衣機、電視機以及特別能吃卻不見長肉的事「抖底」都告訴了年華。他說得繪聲繪色聲情並茂，年華也聽得全神貫注興高采烈。做為著名主持人，年華應該說「閱人無數」，什麼樣的名角大角都採訪過見識過。但像許倩這樣一位被老公界定為「一般人」的普普通通的家庭主婦，她還從來沒接觸過。

「太有意思了！抽空我一定得見見她。」年華說。她突然想起了一個非常大眾化的問題，問道：「哎韓師傅，你們兩口子吵過架嗎？」

「吵過呀，怎麼可能不吵架呢？」韓大亮說。

「那你說說，你們吵架以後，一般以什麼方式修復關係，而後和好如初？」

「這是個技術性問題。」韓大亮說，「如果妳現在是採訪我，我會拒絕回答。但既然是閒聊，我就不妨把我們的方式告訴妳：通常我們吵架以後，都是我向老婆認錯道歉。道歉的最終方式，便是——」他說到這裡頓了一下，隨即鼓起勇氣吐出兩個字：「做愛。要不，古人怎麼會說夫妻沒有隔夜仇呢！」

對年華來說，說出「做愛」這兩個字倒不需要鼓起勇氣。她主持的《新概念婚姻》節目中，就時常會涉及到這個問題。但把做愛當成道歉的方式，她還是第一次聽到。她忽然想到，應該把韓大亮夫婦請到電視臺，給他們做一期節目。便對韓大亮說，「韓師傅，我給你們做一期節目怎麼樣——新概念婚姻。」

韓大亮急忙搖著手說：「別別別，我們這都是老概念婚姻，哪兒有一點新意呀！」

年華說：「你不是看過我們這個欄目嗎？所謂新概念是相對而言，沒有老就沒有新，沒有傳統就沒有新潮。有時候，傳統觀念的回歸也能出新。」

韓大亮還是不答應：「不行不行，我和許倩從來沒上過電視。再說，家醜不可外揚。」

年華說：「這怎麼是家醜？我看你們的婚姻堪稱楷模！不僅有意思，而且很有意義。韓師傅，不管你同意不同意，咱們說定啦。回去我就擬選題報告。」

韓大亮還是說不行不行，即使他答應了，許倩恐怕也不會同意。年華說沒關係，許倩的工作她來做。

「那——年華，我能不能問問妳和妳愛人的情況？」韓大亮突然說。

年華稍微愣了一下，笑了，說：「這麼多年，還真沒人這樣問過我呢！問吧，我給你獨家採訪權。」

其實一開始，年華在突然產生想和眼前這個陌生男人聊聊天的慾望時，就已經想到這一點了。多年來，她一直有一種給某個人「說說自己」的慾望。她拒絕過不少這類採訪，也拒絕過幾家出版社給她出書的打算。那些人也是要求她「說說自己」，但年華明白這與她的慾望是兩回事——那些人考慮的不是她的慾望，而是他們自己的慾望。眼前這個既不是記者也不是作家的男人，這個八杆子打不著，卻年年在看春節晚會時心疼她、擔心她怎麼從那個位置上下來的男人也有他的慾望，但他的慾望很簡單，就是想聽她「說說自己」。他既不會拿她說的這些寫成文章去發表，也不會去找家出版社給她出書。他的慾望就是做一個滿足她「說說自己」慾望的聽眾。

她需要的，正是這樣一個聽眾。

當然，年華的「說說自己」是有所選擇和保留的。她從當年報考主持人的艱辛說起，談到了她經歷過的成功和失敗，談到做節目背後的一些事情，還談到她採訪過的一些名人。但是韓大亮突然問她：「妳每天早點吃什麼？妳喜歡吃豆漿油條嗎？」

年華奇怪地說：「喜歡呀，你問這個幹什麼？」

韓大亮又問她：「那妳吃過天津果子沒有？」

年華說吃過。她忽然明白了，說：「你是不是覺得，我們當主持人的，吃飯的動作也和你不一樣？」

韓大亮說：「我知道我這個問題問得很傻。其實剛才我看見妳吃魚的樣子時，心裡還在說：原來主持人吃魚的樣子也和我們一樣呀！而且吃了辣椒也會冒汗。」

年華開心地大笑起來。說：「這太有意思了，你怎麼會有這種想法呢？」

韓大亮說：「因為妳是名人呀！我想像妳這樣的名人，平時的日子肯定和我們普通人不一樣。比方說，妳恐怕每天都有飯局吧？」

年華說：「嗯。不是每天有，但也差不多。我說了你可能不信：最多的一次，我從中午到晚上，一天參加了二十二個飯局。」

韓大亮說：「我的天哪！那妳怎麼受得了？」

年華說：「不去不行呀！那怕去了只喝一口飲料，但也得去。對啦，今天我之所以要躲出來，主要就是為了躲幾個飯局，特別是有一個我非常不想參加的飯局。」

韓大亮說：「怪不得呢！看來真是各人有各人的難處，當個名人也不容易啊。」

年華說：「是啊韓師傅，的確是各人有各人的難處。就像你剛才說的主持春節晚會的事。其實你的擔憂和我的擔憂是一樣的。我現在也正為怎麼從春節晚會上下來發愁。」

後來韓大亮又問到年華愛人的情況。年華有點猶豫了，她只告訴韓大亮愛人高含是省城一個局長，他們去年剛剛結婚。

韓大亮沒有再問。但是他能聽出來，女主持人生活得很熱烈很精彩，品質很高檔次也很高，同時也很累。

他們聊天聊得很晚。後來，年華又提議出去在水庫邊走走。山區三月的那個夜晚明月高懸，近水清晰遠山模糊。離水庫不遠的地方有一片燈火。年華問韓大亮那兒是什麼地方？韓大亮說不知道，可能是個新建的渡假村吧？

3

第二天九點多，他們返回市區。在高速路出口的收費處，他們看到一起車禍：一輛北京213，迎頭撞到收費處中間的水泥墩上，保險桿成了一個V字，水廂發動機全撞壞了。韓大亮搖下車窗交費時，自言自語了一句：「嘿，這老兄，怎麼開的！」

收費處那個姑娘接茬說：「怎麼開的？疲勞駕駛唄！」

年華一路上都在打盹，進入市區後她醒了。她忽然注意到座位前邊貼著的那副畫。

「作品二：爸爸的汽車。這誰畫的？你兒子？」

「嗯。瞎畫唄！」韓大亮點點頭。

「有點意思。你兒子叫什麼？」

韓大亮說：「韓許。我那個韓，我老婆那個許。」

「韓許——含蓄，挺有文化嘛。誰給起的？你？」

韓大亮又說了句「瞎起唄」。年華笑笑，她忽然想起了什麼，問韓大亮：「哎，好像美協正在搞一個兒童美術大獎賽，你給兒子報名了嗎？」

韓大亮說報啦。但聽說如今這類大獎賽貓膩挺多，不僅要花錢，還得托路子找人才有戲。年華說不要緊，她到時候可以幫忙找找人。

韓大亮直接把年華送到市電視臺。臨下車時，年華拉開手包，從幾張卡裡隨便抽出一張，遞給韓大亮，說：「算車費吧。我也不知道這張卡裡還剩多少錢，但估計500元總有──密碼寫在背面。」

韓大亮不接，有些不高興地說：「妳如果拿我當朋友，就別提車費的事！」

年華說：「朋友歸朋友，錢歸錢。你開出租也不容易。再說，這卡也是別人送的。」說著把卡放到韓許那副作品的上邊。

接著年華把她的手機號碼給了韓大亮，韓大亮也把他的號碼給了她。

看著年華進了電視臺的大門，韓大亮把車靠路邊停好，趕緊就給老婆許倩打電話。家裡沒人接。

他又打婦產醫院。是另外一個護士接的，喊了聲許倩電話。韓大亮在這邊都能聽到許倩應了一嗓子，但她拿起話筒，剛聽韓大亮說了聲「生氣啦」，便什麼也沒說把電話掛了。韓大亮又按重撥，響了兩聲，通了。那邊拿起來，還是什麼也沒說，又掛了。韓大亮知道是許倩守在電話旁邊，就再撥。這回那邊說話了：「別打啦！你老婆死啦！」說完啪的一聲掛斷了，震得韓大亮的耳膜嗡嗡的。

韓大亮知道老婆這回是真的火了。

沒辦法啦，本來就有幾分怕老婆的韓大亮只好上門請罪了。是啊是啊，老婆能不火嗎？人家那邊洗好澡，春情蕩漾地等著他。他說得好好的馬上回去，結果卻沒了人影，而且連一個電話也沒有──韓大亮替老婆想。「把他的，昨天要是打個電話就好了。」他現在覺得有點後悔，當時不該在年華面前充英雄好漢。

「你誰呀？我不認識你！」韓大亮到醫院見到許倩，許倩裝作不認識他。

韓大亮盡量壓低聲音說：「哎哎哎老婆，別這樣別這樣，我錯了，我錯了！回去再給你賠不是還不行嗎？」

但是許倩還是說不認識他，並且對他嚷道：「你這人怎麼回事？再不走我叫保安啦！」

這時劉衛東來了──其實她早來了，她知道韓大亮見到她肯定要讓她說情，便一直沒閃面，躲在一旁看熱鬧。現在看韓大亮實在下不了臺，便決定出來幫幫他。韓大亮一見劉衛東便像見到救星，上來求她說：「劉姐，妳給說說妳給說說。」

劉衛東說：「你傻啦是不是？你不是想回去再給老婆賠不是嗎？那你現在急急慌慌跑來幹什麼？許倩現在正在上班，她能跟領導請假說：我老公犯了錯誤，現在要讓我回去給我賠不是──她能這樣說嗎？你說你是不是傻啦？」劉衛東說到這裡忍不住笑了。許倩在一旁憋不住，也「撲哧」一聲笑了。

韓大亮這才如夢初醒，自己在自己臉上抽了一巴掌，說：「把他的，真是傻啦！」然後羞得滿臉通紅地落荒而逃。

當晚，韓大亮千不是萬不該，給許倩百般賠完不是，並以他慣用的方式向老婆道歉後，許倩說：「你想我能不火嗎？先是毛衣上有不明女人的香水味，接著又敢夜不歸宿，而且連一個電話也不打──你說是不是你不對？是不是你的錯？」

韓大亮很鄭重地說：「是我不對！是我的錯！」

「那你陪的那個客人是誰？」許倩問。

「年華。」韓大亮怕節外生枝，本來想撒個慌，編個男性公民的名字算了。但一想年華說過，今後要見許倩，還要給他們做節目，到那時再穿了幫就更麻煩了。所以就實話實說，告訴許倩昨晚陪著去無名水庫的客人是年華。

許倩說：「年華？哪個年華？」

韓大亮說：「主持人年華。還能是哪個年華？」

許倩說：「主持人年華？她包你的車去無名水庫？你瞎掰吧？」

韓大亮說：「妳看妳看，這就是妳的不對妳的錯了。我說真話妳說瞎掰，那妳不是逼著我說假話嗎？」他說著突然想起年華留下來的那張卡，忙找出來遞給許倩。

許倩翻著看了看，說：「工行的。密碼呢？」韓大亮告訴她在背面寫著。許倩唸了遍密碼，說：「可見年華也不是個精明的女人，你想，把密碼寫在卡上，還不等於沒有密碼？萬一丟了還不一塊丟了？大概上邊沒剩多少錢了，說不定是張空卡呢！」

韓大亮說：「不致於吧？」

4

年華回到台裡，一進辦公室門，迎面就碰著同事張金霞。張金霞一看見她，就像是見了失蹤了二十年突然又回來的一個人似的，嘴巴誇張地張成個O字，用電影或電視劇中那種驚叫聲喊道：

「天哪年華！妳到哪裡去啦？從昨天下午到現在，全台全市的人都在找妳。現在恐怕連市長市委書記都知道了。」

年華笑笑，說：「那就是說，如果再找不到我，就該驚動黨中央和國務院了？」

張金霞說：「妳還有心思笑！真的我不騙妳，妳老公至少給台裡打過二十次電話。台裡打出去的電話恐怕比這多十倍！真的真的，妳再不回來，台裡就準備報警了。妳快到台長辦公室去吧，台長交代過，不論誰不論哪個部門，一發現妳回來就讓妳直接去他的辦公室。」

年華到了台長辦公室，台長好像正在接一個領導的電話。看見年華進來，並沒有顯出張金霞說的那種緊張和驚訝。台長像往常一樣，伸出那隻沒拿話筒的手，親切地對年華點了點，示意她坐。

年華沒坐，她覺得很奇怪：台長在電話裡說的正是關於尋找她的事情，卻對她的出現毫無反應。她聽見台長對那邊說：「請首長放心，我們一定全力尋找。是，是，我們已經和公安部門聯繫過了，相關的文字和照片已經傳真過去了。我明白我明白，年華同志不是一般的名人……」台長說到這裡忽然停住了，他這時好像才突然反應過來，忙對話筒那邊說：「首長，年華回來了！年華同志回來了！」

年華直想笑，但忍住了。她感到事情可能真的鬧大了，台長同志肯定非狠狠批評她一頓不可。

但是台長同志根本一句也沒批評。台長放下電話以後，從寫字臺那邊繞過來，大步流星地衝到年華跟前，雙手緊緊握住她的手上下顛著，用非常激動和感謝的語調說：「回來就好！回來就好！」

弄得年華反倒很不好意思。她抽出手，想給台長解釋一下。但她剛叫了一聲台長，台長便把她的話攔住了：「不用解釋，不用解釋。昨天下午是台裡給你們半邊天放假，晚上是個人自由支配時間。誰都會有自己的私事嘛！」

　　年華回到自己辦公室，張金霞已經出去採訪去了。她兩人一間屋子，屋子裡兩台電腦，兩張寫字臺，另外還有兩張經常熬夜用的簡易折疊床。年華打開寫字臺的抽屜，從裡面拿出一部手機和一部傳呼機，一看手機上全是未接電話和未接資訊，傳呼機也呼爆了。年華平時使用的傳呼機有三部，手機也是三部：身上帶一部手機一部傳呼機，辦公室放一部手機一部傳呼機，家裡再扔一部手機一部傳呼機。這些手機傳呼機都是台裡正式配備給她的，話費也由台裡統一付。而且台裡規定她必須用，必須全天二十四小時開著。好像台裡事前已經預料到會出現昨天這種情況似的。

　　除此之外，年華家裡沒用的手機能收一蘿筐，開個小專賣店都沒問題。這些手機都是她平時參加飯局或者別的活動時，主辦方送的禮品。這與受賄沒一點關係，對她這個級別的名人來說，別人送部手機就跟送本書差不多。

　　年華平時不論到辦公室還是回到家裡，做的第一件事便是打開手機傳呼機查看一遍，揀重要的電話趕緊回覆，以免誤事。但今天她感到沒這個心情。她身上帶的那部手機和傳呼機，從昨天關了後到現在也沒開機。剛才辦公室那部手機和傳呼機上的電話，她一個也不想回覆。她只想給愛人高含打個電話，準確說不是想，是覺得應該給他打個電話。

　　剛才張金霞說他給台裡打過二十次電話是誇張，但他打過電話找她是肯定的。她想他昨天肯定很著急也很生氣，因為她昨天就是摔了他的電話後才「離台出走」的。

年華昨天「出走」就是想躲飯局，最主要的是想躲周鐵娃與相裡明月的婚禮。周鐵娃是北方煤炭集團的董事長兼總經理，總資產超過三十億人民幣，是全省著名的農民企業家；相裡明月是省作協合同製作家，寫了十幾本書，每本書的印數不超過五千冊，但她給周鐵娃寫的個人傳記卻印了二十萬冊——全部是精裝並且全部銷售出去了，這成了出版界的一個奇蹟。他們的愛情和婚姻，就是伴隨著這個奇蹟誕生的。

這樣一對佳配的婚禮可想而知，幾個月前各種媒體就宣傳得沸沸揚揚。年華自然是受邀的嘉賓之一，而且還被委以司儀的重任。年華一開始拒絕了，她對高含說：「我不去！」

高含說：「省縣市里各方的頭頭腦腦都出場，妳不去不好吧？」

年華說：「正因為頭頭腦腦都出場，所以我才不去——況且台裡有規定，主持人不得做廣告和主持帶有廣告性質的活動，我不能違反台裡的規定。」

高含說：「一場婚禮有什麼廣告性質？」

年華說：「是的，一場普通婚禮自然不帶廣告性質，但一位身價三十億的集團老總的婚禮，帶不帶廣告性質就兩說了。總之我不去，你去不就行了。」

高含沒說服年華，但隨後周鐵娃透過省裡一位領導找到台裡，讓台長親自出面做年華的工作。年華心裡雖然不痛快，感到有些被逼著就範的味道，但還是勉強答應了。不料昨天下午，高含一個電話，又把事情搞砸了。

高含昨天下午打電話給年華，主要是告訴她時間和車輛安排，他讓她五點一刻在台裡等著，周鐵娃那邊會派他的車來接她。本來說完就沒事了，但高含因為心裡高興，就多嘴說了一句：「其實周總挺看重妳的，他那輛車可從不隨便接人。這也是身價呀！妳出場唸幾句一拜天地二拜高堂，我們局今年的一百萬計畫外經費就解決了！」

年華馬上就聽出這事有文章，她問高含：「什麼意思？一百萬怎麼回事？你給我說清楚。」

高含想收回已經晚了。原來從一開始，周鐵娃邀請年華擔任司儀就是開了價碼的。年華本來就不想去，現在一聽事情是這樣，心裡覺得一陣難過。她沉默了一下，然後對高含說：「拿自己老婆做交易，你走得也太遠了吧？我告訴你高含：我今天絕對不會去的。那一百萬，你自己想辦法吧。」說完掛了電話……

「現在怎麼辦？是不是該給高含打個電話？」年華心裡猶豫著。她拿起話筒，按了幾個數字又放下了。「晚上回去再說吧。」她想，說不定過一會兒高含會給她打電話的，如果他不打，那就晚上回去再說吧。也許高含會藉著這件事和她大吵一場，那就太好了。

長期以來，高含在她面前總是躲躲閃閃的。不，不是怕老婆。年華知道高含這種躲躲閃閃與通常的怕老婆是兩回事。她只是覺得面對高含，她好像很難找到做女人的感覺。反過來，高含面對她，似乎也很難找到做男人的感覺。這種局面已經很長時間了，年華很想打破這種局面，但願今天是個機會。

但高含沒給她這個機會。

當天晚上，差不多在韓大亮千不該萬不是，以他慣用的方式向老婆許倩道歉的同一時刻，年華也回到家裡。她盼望的場面並沒有出現，高含沒和她吵，也沒像別的男人那樣，因為生氣不理她。她進門的時候，他像往常一樣說了一句：「回來啦！」同時迎上來接過她脫下的外衣。

年華非常希望高含罵她一句混蛋或者別的什麼，希望他扯著脖子對她大吼大叫你他媽的昨天幹什麼去啦害得老子滿世界找你。但是沒有，高含連「出走」的事提都沒提。

年華忽然想起韓大亮說的那個「技術性問題」，想起他們夫妻間那種「道歉」方式。「做愛？」這是不可能的事！她怎麼可能從冰天雪地的北極一下子跨到赤道，從眼下這種若即若離不冷不熱的局面，一下子跳到那種靈肉交融的狀態呢？看來這個「技術性問題」的解決，既需要基礎也需要技巧。他們之間可能沒有基礎，而她也不掌握那種技巧。

只是在關燈前，高含對她說：「週末如果妳沒別的安排，周鐵娃夫婦請咱們過去一趟。他沒別的要求，只想請妳與他們兩口子合張影。」

年華本來想說到時候再說，但猶豫了一下，改口說了句：「行吧。」

5

年華與高含的婚姻被普遍認為是金童玉女天仙配。玉成其事的月老是市婦聯主任劉阿姨。劉阿姨是省城市委張書記的愛人，所以劉阿姨除婦聯的事情外，還常常愛管一些婦聯之外的事情，而且管得卓有成效。

年華和高含的婚禮是去年春節舉行的。具體說就是在年華主持完春節晚會後，「通宵達旦」舉行的，可以稱作是世紀婚禮。婚禮結束後，做為介紹人也做為主婚人，劉阿姨給一對新人分別贈送了幾句金玉良言。劉阿姨對年華說的話很普通，與一位農村婦女對剛出嫁女兒說的話差不多：「好好過日子小年。慢慢妳就會體會到，有男人的日子與沒有男人的日子是不一樣的。」

但是劉阿姨對高含說的話，就不是一般農村婦女能比的了。劉阿姨對高含說的那句金玉良言是：「小高啊，你可要永遠記住：你是代表天下男人娶年華愛年華的，可不能有任何差池呀！」

代表天下男人娶年華愛年華，為此高含深感自己責任重大。婚後頭幾個月，他們曾經度過一段非常幸福的時光。

應該說，高含是愛年華的——他沒有理由不愛年華。與年華的結合，使他在各方面都得到極大的滿足。

首先是精神方面。

年華的知名度，使高含在一夜之間名揚天下。電視臺和報紙並沒有報導他們的婚姻，也沒有報導他們的世紀婚禮。但是所有認識年華的人，所有認識高含的人，以及所有認識為他們保媒的劉阿姨的人，都在第一時間知道了這個消息。這些人的「奔相走告」像地震的幅射波一般，在極短的時間裡便把這個振奮人心的喜訊傳得家喻戶曉。

那些天，打電話，發資訊，或者登門向他們祝賀的人絡繹不絕。甚至連高含老家和年華老家的縣市領導，也專門打來了祝賀電話。

婚後不久，他們一起回了趟年華的老家哈爾濱。年華在那裡受到家鄉父老鄉親的熱烈歡迎。他們乘坐的那趟列車剛剛進站，月臺上便響起宣天的鑼鼓聲。一隊隊員手捧鮮花，像是要迎接外國元首。接下來是盛大的歡迎宴會，宴會大廳扯著一條巨大的橫幅，上邊寫著「熱烈歡迎年華同志榮歸故里」。省市許多領導出席了宴會，他們一個個與年華、高含親切握手，他們的夫人們則輪番上來與他們合影。儘管橫副上沒有寫高含的名字，但他仍然感到無尚榮耀——因為他畢竟是年華的丈夫。

宴會臨近結束的時候，一個工作人員慌慌張張拿來一個簽到薄請年華簽名。原來剛才進入宴會廳時，因為年華忙著與領導們握手，沒來得及簽名。「請務必留下您的墨寶，否則領導會批評我們的。」工作人員近乎哀求地說。

年華答應了，她簽完之後，工作人員又把簽到薄伸到高含面前，請他也留下大名。高含很高興地開玩笑說：「我怎麼簽？是不是在寫上我的名字之後，還得在後邊加上一個括弧，註明：年華同志的丈夫？」

離開哈爾濱後，一對新人又南下中原，來到高含的河南老家。高含的老家在一個小縣城裡，年華的到來，幾乎在小縣城誘發一場地震。十幾輛奧迪一字排開，前邊一輛警車開道，後邊還有一車武警押陣。歡迎宴會上同樣扯著一條巨大的橫幅，橫幅上寫的是「熱烈歡迎年華高含伉儷蒞臨我縣」。縣委、縣政府、縣人大、縣政協幾大班子的領導傾巢而出，沒有人願意失去這個與名人握手的機會。

縣委書記是高含上兩屆的同學，他與年華握過手後，又緊緊地握住高含的手說：「謝謝你老同學！了不起呀！能娶年華同志做媳婦，這是我們全縣人民的驕傲，也是我們全體河南人的驕傲呀！」

高含另外一些同學也來了，他們不是幾大班子的領導，也不在宴會邀請的嘉賓之列。負責維持秩序的工作人員，很生硬地將他們擋在大廳的角上。高含認出了其中一個女同學，他記得當初上初中時，他似乎還追過她。但現在那個女同學被擋在那裡，只能遠遠地望著他。目光中滿含哀怨，像望著山頂上一棵高不可攀的大樹。

應酬完這些之後，高含才帶著年華回到家裡。院子裡站滿了人，省電視臺、省報、縣電視臺、縣報的記者早已恭候多時，像是準備報導一場大案要案。高含的父母從未見過這種陣勢，心想兒子找的這個媳婦不就是常常在電視上說說話嘛，怎麼回趟婆家比縣長女兒的派頭還大？幸虧年華做得十分得體，叫過爸媽之後便一直拉著婆婆的手，並把一個裝了三千元新幣的紅紙包塞到婆婆手裡。老太太接過紅包連說了兩句：「好！好！」把一旁的高含看得既心酸又感動……

這是虛榮嗎？這是虛榮。但虛榮有什麼不好呢？而且，天下有幾個男人能有這種虛榮？做為年華同志的丈夫，能夠享有這種虛榮的男人，不就是高含一個嘛！

6

物質方面的滿足也如期而至。

高含是在與年華婚前不久由處長提升為副局長的，但因為他是單身，住房一直沒有到位，住的是一套一居室。現在從一居室一下子跳到四居室。而且樓層朝向比一些正局級的還要理想。新房鑰匙拿到手之後，高含心裡還有點為裝修發愁，但是沒想到，幾個消息靈通的裝修公司蜂擁而至，搶著要免費為他裝修。

幾家裝修公司把話說得非常明白——我們沒任何別的目的，我們的目的只有一個，就是要一個品牌效應：年華家的房子是我們公司裝修的！我們就要這句話。為這一句話，我們花十萬二十萬，值！

用車也升格了。原來機關管理處配給高含的是一輛舊桑塔那，現在換成了一輛嶄新的原裝本田。是管理處處長親自把新車送上門的。高含開始覺得這些事情可能不僅與他娶了年華有關，也可能是劉阿姨給管理部門打了招呼。但是後來實踐證明劉阿姨什麼招呼都沒打，房子也好，車也好，這些事都是管理部門研究決定的。但管理部門做出這些決定的依據是什麼，他就弄不清了。

房子與車，這些物質都是有形的，還存在另外一些無形的東西。

這天，高含開著車去一家汽車美容修理公司。他想給新車換一套顏色深一些的座墊。這家公司生意很火，高含去的時候，已經有好幾輛車排在他的前邊等著美容或修理。高含因為有事，想快一點。便找一位管事的經理說了句：我是市政府的，有急事，能不能給快一點！

沒想到那個經理根本沒把市政府當回事，說：誰沒事？誰都有事，都是急。總得有個先來後到呀。高含扭頭想開車走。

正巧這時一個朋友也來修車，對著高含打招呼說：嗨，高局長，這麼巧，也來修車？高含便簡單把事情說了說。朋友聽了說：別走別走，我給說說。朋友說完便過去對那個經理嘀咕了兩句。那位沒把市政府當回事的經理一聽到年華的名字，一聽說眼前這位先生便是年華的丈夫，態度馬上一百八十度大轉彎，上來又是握手，又是道歉。最後換好座墊後，還死活不肯收高含的錢。

類似的情況還出現在一家大飯店裡。

那天，幾個朋友請高含在這家飯店吃飯。高含去的時候，大家都已經到了。朋友中有一個認識飯店大堂的領班小姐，便把她喊來介紹說：「這位是高含高副局長。」領班小姐笑容可鞠地說久仰久仰。並雙手呈上一張名片，說今後請多關照。高含與朋友都能感到這種熱情是職業性的，並不含有多少真實的感情色彩。但是，當朋友壓低聲音在她耳旁補充一句：「——年華的愛人。」情形便不一樣了。領班小姐驚喜地睜大了眼睛，說：「是嗎？」馬上重新上來握手致意，並飛快地跑去把老總請出來接待他們。

夫以妻榮。高含這時候還沒有躲在年華背後那種感覺，或者說，他覺得年華的名聲像個巨大的光環，在這個光環的籠罩和照耀下，他體驗到了名人生活光華四射的那一面。

7

再就是肉體的滿足了。

很多年來，肉體這個詞是個忌諱，一直被很多人恥於提及。這太沒有道理了！如果說我們的生命是由靈魂和肉體兩部分構成的，到底有沒有靈魂，靈魂到底是怎麼回事，我們還不是很清楚。但肉體卻是再清楚不過了。離開肉體，我們的生命和一切感受便不復存在，哪裡還談得上什麼幸福不幸福！

實事求是地講，高含對女性的肉體並不陌生，婚前他已經有了多次性經歷，這不能算是對年華不忠。風流才子高含那時正被半打漂亮女孩追逐著，這種追逐進展到一定程度時，性愛便成為不可避免的事情。他與半打追逐者或多或少都有過性事。他做得很好，他很滿意，她們也很滿意。她們稱他為情場老手，他也很得意於自己在這方面的經驗和能力。

但年華的肉體給高含的感覺是不一樣的。

對一個男人來說，與一個漂亮女人做愛，和與一個不怎麼漂亮的女人做愛，有什麼不同嗎？這不是高含提出的問題，這是一個大眾問題。眾多男人對漂亮女人趨之若鶩，究竟是因為什麼？

高含有一個畫家朋友。有一次，高含與他談起這個話題。畫家說，女人的美與醜是很難區分的。其實女人這個詞，或者說生為女人，本身就意味著美，意味著漂亮。因為女人的形體構成和她們的皮膚肌肉的特質，本身就是美的，誘人的。致於臉蛋和身材，只是這種特質的一部分。

高含說，那你們畫家選模特兒的時候，為什麼總是要選漂亮的女人？是不是因為繪畫的需要？畫家說，這不是繪畫的需要，這是大眾眼光的需要。

在大眾眼光裡，年華是那種高大而美麗的女人。不僅臉蛋漂亮，身材也幾近完美。當年華無與倫比的肉體第一次展現在高含眼前時，高含感受到的是一種震撼人心的美。在那一刻，高含體驗到的滿足是雙重的：他佔有的，不僅是個漂亮的女人，而且是個名人。

年華的美和她的名聲對高含的震撼是如此強烈，以致使他在面對她時，忽然產生了一種說不清來由的、小心翼翼的感覺。

小心翼翼，這種感覺把高含以前與別的女人在一起時的感覺嚴格區別了開來，使高含獲得了一種前所未有的新鮮感。從新婚第一次開始，高含每次與年華做愛時都有這種感覺。以前做為情場老手的手段和經驗全用不上了。出於這種小心翼翼的心理，他每次同年華做愛前都要徵求她的意見，問她想不想——高含以前與那些追逐他的女孩做愛前也徵求她們的意見，也問她們想不想。但同樣的話在以前聽上去是求歡，現在聽起來不像是求歡，像是在向領導請示工作。

接下來，在領導批示「同意」或者「似同意」之後，他在完成工作的整個過程中也是小心翼翼，只怕出了差錯，只怕領導有什麼不滿意的地方。他總是隨時注意年華的感受和表情，不斷地問她感覺怎麼樣滿意不滿意。以前他可不是這樣，以前他在做愛時總是滿嘴胡說八道，用一些最露骨最直接的詞語讚美女性的那些器官。並會在高潮快要到來之際，與女方一起發出快樂的叫聲。現在不同了，現在他既不敢胡說八道，又不敢發出叫聲。像是在表演早期的無聲電影。

8

年華呢？她體驗到了什麼？她感到幸福嗎？

她感到幸福，很幸福。

她的同事張金霞說她：「年華，妳真是太幸福了。妳年輕漂亮又是名人，以前就缺個愛妳呵護妳的男人。現在，這個男人妳也不缺了。高局長要個有個要派有派，再加上年輕有為前程無量。的確是個萬里挑一的好男人，要不張書記的愛人也不會給你們保媒……妳要不覺得幸福就太沒道理了。」

年華承認這一點，她要是不感到幸福，那的確是太沒道理了。

十二歲上初一那年，年華曾愛上過一個高三年級的男孩。那男孩喜歡打籃球，每天放學後都要到學校的運動場打籃球。年華就背著書包去看他打球。她在看他打球的時候心裡想：他要是能成為自己的男朋友，進而成為自己將來的丈夫，那該多好呀！但是那個男孩似乎並沒怎麼注意她。從頭至尾，連一句話也沒有和她說過。

快畢業了，兩人眼看要各奔東西，十二歲的初中女生有點急了：她必須想辦法和他說上一句話，向他表白一下自己的感情。但是那男孩的周圍，始終總有幾個男孩女孩環繞著。而年華又缺乏那種衝上去直接對著他喊聲「我愛你」的勇氣——平時可以，平時年華與同齡女孩子一起當追星族時，常常瘋狂地沖著臺上喊「我愛你！我愛你！」但是現在不行，現在面對一個自己暗戀已久的男孩，她喊不出這句話。

她覺得如果她衝過去不顧一切地對他大喊一聲我愛你，那就不叫愛的表白，那就成神經病了。經過一番苦思冥索，聰明的小姑娘終於想出了一個辦法。她買了一冊體育畫報，畫報的封面人物是著名的籃球神話人物喬丹。她想他一定喜歡他。她在畫報中間夾了一張紙條，紙條上寫了四個字：我喜歡你。沒有落款，也沒有提約會的時間地點什麼的。她想只要向他表白這點就足夠了。

計畫是很周密的，而且實施得也相當順利。她看他打完球，和另外幾個男孩把衣服甩到肩膀上（她覺得他往肩膀上甩衣服的動作也帥極了！）一塊外走。出了運動場後幾個男孩分手了，他和另外一個男孩要經過一條胡同，那條胡同很少有車，過往的行人也不是很多。她走在他們前邊七八米遠的地方，書包掛在脖子前邊，低著頭，一邊走一邊收拾書包裡的東西。書包裡的東西太多了，而且很亂，無意中，那份體育畫報掉到地上。她沒發覺，依然往前走著。

她計畫中的事情發生了，他喜歡的那個男孩揀起畫報，快走了幾步趕上來，對她說：

「嗨，小妹妹，胡筒掉東西了！」

他並沒有打開畫報，原封不動地又把畫報還給了她。這點她沒有想到。還有另外一點考慮不周的地方：事後她想，萬一不是他揀起畫報，萬一是另外那個男孩揀起畫報該怎麼辦？不過儘管如此，她還是激動壞了。

她鼓起勇氣直視著他，說了聲：「謝謝你！」她這樣說的時候，眼睛裡實際上寫的是另外三個字，那個男孩讀明白了嗎？

那個男孩可能讀明白了，也可能沒讀明白。他沒有用通常的禮貌用語回答她不客氣，而是很隨意很親切地，伸手在她的頭髮上胡撸了一下。

初中生年華的初戀便這樣結束了。

後來上高中的時候，她又愛上過一個美國影星。她從這家電影院趕到另一家電影院，追著看他的電影。她知道這種愛是純粹精神上的，她既沒準備給他寫信，也沒打算嫁給他。後來，她看見那個男影星在奧斯卡頒獎會上與他第三任夫人在一起，便中斷了這種盲目的追逐。

再後來她上了大學，再後來她成了節目主持人。這期間，似乎沒有哪個男人打動過她。而且很奇怪，似乎也沒有哪個男人拼命追求過她。

就是在這種情況下，劉阿姨把高含介紹給她，同時也把她介紹給高含。他們幾乎沒怎麼「處朋友」，便走向了輝煌的世紀婚禮。

少女時代的初戀以及高中時對那個美國影星的追逐，現在看來只是夢幻。婚姻和高含才是結結實實的現實。高含比那個打籃球的男孩帥多了，也比那個美國影星遠為忠誠。職務、地位、房子、車、保障女人幸福的這些要素，高含樣樣不缺。面對這一切，年華怎麼會不感到幸福呢？

9

當然，像所有幸福的家庭一樣，他們之間也有矛盾，也有不盡人意的地方。

「你是年華同志的愛人，要注意影響。」這是高含必須面對的一個問題。

高含是個風流才子，這樣的男人自然是眾多女人追逐的對象。高含在與年華確定戀愛關係之前，至少與半打追逐者有過不確定的戀愛關係——並不是搞多角戀愛，不，不是的。高含是個很有責任感的男人，他之所以遲遲下不了決心，是因為他感到這半打追逐者全都是很漂亮很優秀的女人，他如果答應了其中的一個，就會對其他幾個造成傷害。

年華的出現使問題迎刃而解——年華太出色了，又有張書記的愛人保媒，原來那幾個追逐者便集體退出角逐。她們不僅不忌恨年華，反而很感謝她——年華的愛人是她們曾經追求的對象，這恰恰證明了她們的眼光和檔次！

但是風流才子高含被眾多女孩追逐的年代，並未因他與年華的婚姻而一去不復返。原來追逐他的那半打女孩，懷著「曾經擁有」的驕傲消失了，但是另外半打女孩又衝著他是年華愛人蜂擁而來。這個世界就是這樣，女人長得漂亮佔便宜，男人長得漂亮也佔便宜，何況還是著名節目主持人年華同志的愛人。

蜂擁而至的半打女孩個個都是名媛，其中一半想當歌星，另外一半想當演員。她們好像事先商量好似的。想當歌星的那三個女孩一般一、三、五打電話給高含，另外三個是二、四、六，只把星期天留給年華。按照「追逐」的一般程式，打過幾次電話之後，女孩們便開始登門造訪。高含分管的工作恰巧與歌星和演員有關，所以他既不能拒絕這些女孩的電話，又不能阻止她們登門造訪。這樣一來，到他辦公室來的漂亮女孩便絡繹不絕。

有些女孩是故意卡著點來的，到了快吃午飯或者晚飯的時候，談話正好結束。一些女孩會撒著嬌說：「高局長，別那麼小氣嘛，請我吃頓工作午餐吧？」

另外那些則說：「高局長，肯賞光吃頓便飯嗎？我請客。」兩種情況他都不好回絕，只好尊敬不如從命了。一開始，高含心裡還有點打鼓，但慢慢也就習慣了。因為年華幾乎天天有飯局，他們很少有在家裡吃晚飯的機會。與其一個人回去吃速食麵，倒不如陪著漂亮女孩在外邊吃。反正就是一塊吃頓便飯而已。

但是麻雀飛過都有影子呀！時間長了，一些看見麻雀影子的好心人便把情況反映到局長那裡。局長倒沒怎麼批評，只是提醒他：「高含同志，人言可畏，要注意影響呀！」

後來另外一些看見麻雀影子的人又把情況反映到劉阿姨那裡，劉阿姨也是要他注意影響。但劉阿姨沒說人言可畏，劉阿姨說：「小高，你是年華的愛人，要注意影響呀！」

於是「注意影響」成了一句戲劇道白，時刻迴響在高含的耳邊。不只是在陪漂亮小姐吃飯問題上，這句戲劇道白像一口警鐘，敲響在高含婚後生活的各個領域。

高含以前當處長的時候，每天中午的必修課是打牌。幾個男女連喊帶叫，輸者不是鑽桌子，就是給臉上貼紙條，玩得不亦樂乎。夏季幾個男士有時穿背心，有時乾脆光脊樑，玩到高興處或者出了臭牌，旁邊的女士還不時敢在他們的光背上拍一巴掌。現在他不能那樣玩了，現在他得注意影響。

不只是不能玩牌，不只是不能在夏季穿背心或者光脊樑，他還得在別的許多方面約束自己。高含以前有個未經正式任命的民間職務：黃協秘書長。他是機關公認的講黃段子的高手，常常不吐一個髒字，能把一桌子人笑翻在地。現在他被迫辭去了秘書長的職務，而且連一般會員的資格也喪失了。他不僅自己再也不能講黃段子了，而且在別人講的時候，他還得掌握自己笑的分寸，結果弄得臉部肌肉張也不是弛也不是，過後很長時間才能恢復原狀。

「注意影響」使原來那個放蕩不羈的風流才子消失了，把他變成一個循規蹈足的男人。有一天，高含在自己辦公室放了一個很響的屁，儘管屋子裡就他一個人，但他還是小心地四下看了看，以免造成不良影響。

以前高含有個觀點，認為形式的改變並不意味著內容的改變，現在他才體會到，形式的改變恰恰意味著內容的改變。他娶了年華並當上副局長後，工資比原來增加了十一元錢；住房由原來的一居室，一下子跳躍到四居室；用車也比過去方便多了。同時，他的社交圈子比過去擴大了一倍，飯局比以前增加了一倍，以前一些瞧不上他的人，現在紛紛爭著與他做朋友……這些變化有目共睹。正是這些變化誘惑著人們，所有人的目光都注視著這些東西，而忽略了他的喪失。

他喪失了什麼？

沒有人關心他喪失了什麼，沒有人考慮過「注意影響」對他生活的影響，沒有人在意他躲在老婆背後的那種感覺，也沒有人在意他的小心翼翼究竟是怎麼回事。所有人都認為他是天下最有福氣、最幸福的男人。他也只好認可這一點。

但是我們知道，在這個世界上，人們再也尋找不回原來那個高含了。

10

現在我們可以回到那天晚上的場景了：年華離家出走一夜未歸，高含和台裡找翻了天，甚至驚動了市委領導。就在公安部門準備發佈尋人啟事前她回來了。她估計台長要狠狠批評她，但是台長只說了句「回來就好」。晚上她在韓大亮向老婆道歉那一刻回到家裡，她渴望高含和她大吵一場，渴望他罵她一聲混蛋你他媽的跑哪兒去了老子在到處找你你知道不知道。但是高含什麼也沒有說，他連她出走的事提都沒提。接著她想起韓大亮說的那個「技術性問題」，她意識到在她與高含之間，指望像普通夫妻間那樣靠做愛來彌合裂痕是不可能的，他們之間沒那個基礎，她也不掌握那種技巧。

現在年華在問自己：我該怎麼辦？

她那天晚上幾乎徹夜未眠。她在想昨天發生的事情，在想無名水庫，在想那位非採訪對象韓師傅，在想韓師傅的那個挺能折騰的老婆。

對年華來說，昨天的出走是她八年主持人生涯的一次例外。八年來，年華一直生活在別人的安排中，或者換句話說，她一直是按照別人的安排生活的。工作上自不必說，就是「業餘」時間，她的生活也被各種各樣的安排排得滿滿的。昨天的這次例外，使她突然感受到拒絕別人安排的生活，原來是如此令人輕鬆，原來是如此有趣。

年華有很多朋友，但她那些朋友不是歌星便是演員，再要麼就是記者，總之都是圈子內的人。出租司機韓大亮和他當護士的老婆許倩，使她感到耳目一新，她沒想到一對普通夫妻的生活會那麼充實和有趣。她忽然有了一個比較的基點，她把自己做為著名女主持人的生活與普通護士許倩的生活做了比較。雖然她還沒見過許倩，但從韓大亮的講述中，她已經感覺到她與她之間的差異了。

做為公眾人物，年華幾乎喪失了自己的私人空間和私人生活。她上街的時候，永遠得戴著墨鏡。出名的最初幾年，她的心理是矛盾的：她戴墨鏡的目的，是怕別人認出她來，但是如果沒人認出她，她又會感到有些失望。

現在她已經沒有這種矛盾心態了。現在她只是擔心人們認出她來。為此她現在很少上街，也很少逛商場。偶爾逛一次商場，也失去了普通女人逛商場的樂趣。她既不能過分挑揀，又不能討價還價，其次還不能買便宜東西。你想想，女人逛商場本來就這幾點樂趣，沒了這幾點，逛商場還有什麼意思呢？她想像著許倩逛商場的樣子，想像著她在衣服櫃檯前比來試去挑挑揀揀，最後七砍八砍，花一百六十元買走一件原來標價二百八十元的衣服時的得意心情，心裡羨慕極了。

小時候，年華最愛吃兩樣東西，一樣是糖葫蘆，一樣是炸醬麵。現在這兩樣東西滿世界都是，但是她卻吃不到了。她曾托一個同事買來一串糖葫蘆，然後一個人躲在辦公室裡吃，卻怎麼也吃不出糖葫蘆的感覺。她明白了，糖葫蘆是不能躲在屋子裡吃的，糖葫蘆必須舉在手裡，一邊在大街上逛蕩，一邊吃才行。但是一個著名女主持人舉著糖葫蘆，在大街上邊走邊吃成何體統？萬一——不是萬一，是極有可能——在新聞媒體曝了光，會是什麼形象？所以她只好打消了這個念頭。

致於炸醬麵，她參加飯局的那些飯店，一般都沒有這項業務，也不會有人請她去街旁的小店吃炸醬麵。她自己更不敢一個人單獨到小店去吃。

因為年華有過這方面的教訓。她永遠忘不了那次吃煎餅果子遇到的尷尬。那天她做了一夜節目，天快亮時才在辦公室的折疊床上小睡了一陣。清晨醒來後頭有點暈，便一個人出來想在外邊走走。她走了一會兒，在街邊看見一家賣煎餅果子的小攤，便要了一張在街邊吃起來。但付錢時遇到麻煩了：年華一掏衣兜，除了兩張卡外，一毛錢現金都沒有。

「老大爺，我沒帶錢，給你張卡吧。」但是買煎餅果子的老頭認錢不認卡，死活不答應。一張煎餅果子兩塊錢，年華雖然不知道她準備給的那張卡裡還剩多少錢，但超過兩塊錢是絕對沒問題的。年華耐心給老頭解釋說：「老大爺，這卡裡的錢肯定比兩塊錢多，你到銀行就能取出來。」

但老頭還是不接，老頭說那我不是佔你的便宜嗎？我只要我該得的那兩塊錢，別的便宜我不想佔，也不願受那個麻煩。這時旁邊幾個小青年就圍了過來，他們認出了年華。其中一個說：「嗨，這不是年華嗎？你把卡給我，我替你給老頭兩塊錢吧。」

另外一個則對老頭說：「你傻呀老頭，這是著名主持人年華你不認識呀！她吃你的煎餅是給你做廣告。回頭你在你的攤上掛塊牌子，上邊寫上：年華指定產品。保證你賣得火！」搞得年華狼狽不堪。幸虧張金霞正巧趕來，才算替她解了圍。自那以後，年華就再也不敢單獨在外邊的小攤上吃東西了。

回到家裡也吃不成，她和高含都不會做，高含倒是試著做了一次，但高含做的炸醬麵不叫炸醬麵，叫油泡麵還差不多，膩得她差點沒到衛生間吐了。

現在她吃到一樣比炸醬麵還要好吃的東西了。無名水庫韓大亮做的那兩碗辣湯魚，是年華這麼多年吃得最香的東西！現在想起來還直咽口水。她太羨慕許倩了，她想許倩肯定經常能吃到這種辣魚湯，想什麼時候吃就什麼時候吃，那怕天天吃都能辦到。許倩如果想吃炸醬麵也很容易，她可以隨便到街頭的一家小店裡去吃，也可以回家讓韓大亮給她做。韓大亮既然能做出那麼好吃的魚，做炸醬麵肯定也是一把高手。

真的是這樣嗎？許倩的生活真的就那麼讓年華羨慕嗎？一碗辣湯魚一碗炸醬麵，真的就如此值得懷念嗎？

是這樣。對年華來說是這樣。她知道，她是成千上萬普通女人羨慕的對象，她的名氣，她的工作，她的丈夫，她的住房，一句話，她生活中的一切，都是無數女人夢魅以求的。對她們來說，她是生活在天堂的女人。但她們不知道，天堂沒有炸醬麵和辣湯魚，對於一個成天面對鮑魚魚翅的食者來說，一碗辣湯魚是多麼珍貴呀！

年華覺得許倩是幸福的，她甚至渴望能像她那樣生活。依據韓大亮提供的素材，年華在心裡極力想像著這位挺能折騰的女人的樣子。她想像著她挽著袖子搪爐子的情形，想像著她像個男爺們一樣，拿著鉗子扳子修自行車修洗衣機的樣子。最後，她還想像到他們的性生活，雖然韓大亮沒有向她提供這方面的細節，但她想他們的性生活一定很滿意很和諧，因為最起碼，韓大亮在面對許倩時，不會有那種小心翼翼的感覺。

11

週末，年華推掉其他事情，與高含一起來到周鐵娃家裡。

北方煤炭集團董事長兼總經理周鐵娃的家在一條小街裡，是一座獨立的四層樓房。從樓底到樓頂，所有的窗戶全部用鋼質護欄圍著，看上去像一個巨大的鐵籠子。

四層樓的一層是客廳、餐廳和廚房，二層是周鐵娃夫婦和兒子的起居室，三層是周鐵娃的辦公室和健身房，四層是個小型游泳館。樓頂像現在一些大飯店一樣，弄了個樓頂花園。

四層樓每層兩名保鏢，另外院子裡還有四名保鏢。加上司機、廚師和一個幹雜活的老頭，一共有十五六個人負責這棟四層樓的「物業管理」。清一色全是男的，一個女流之輩都沒有。

周鐵娃有幾點與眾不同之處，一是不近女色，二是不喝酒，三是抽菸只抽一種菸：蘭州產的甘字水菸。他喜歡打麻將，但點很小：一、二、四塊，一晚上輸贏不會超過一百元。他經常在市裡幾家五星級飯店大宴賓客，但他永遠只吃幾樣小菜：蔥花炒的紅辣椒；涼拌黃瓜條；水煮花生米和韭菜花。主食是山西油潑刀削麵——但要求比較高，一是麵削的要薄而且要均勻，二是必須端到他當面用熱油現潑，油溫要恰到火候，要保證能把麵上邊放的香菜、蔥花和生辣椒麵潑出香味而又不出糊味才行。為了滿足周總的這一口，據說有兩家星級飯店還專門從山西調來廚師。三是調料由他自己放，放多少鹽多少醋，由他自己掌握。這是午餐。

晚餐那四樣小菜不變，只是主食改為現蒸的熱饅頭——一定要現蒸的，因為回籠饅頭的口感與現蒸的熱饅頭是不一樣的。周鐵娃常常在一桌上萬元的宴席上把熱饅頭一掰兩半，將韭菜花和蔥花炒的紅辣椒夾進去，旁若無人地吃得滿頭大汗不亦樂乎。湯不要別的，魚翅湯燕窩湯他全喝不慣，他只渴一種湯：紅小豆熬的小米湯，但必須熬出米油且不能過稀也不能過稠。早餐更簡單：就一大碗羊肉湯，裡邊什麼都不放，不放鹽不放醋，也不要肉不泡饅頭，就喝湯。天天如此。有人算過一筆帳，按照這個消費水準，周總個人每月在「吃」這一塊最多不超過五百元。

他不是不願意花錢，他是不願意花錢買難受。不管那些東西多有名多珍貴多有營養，他吃不慣，他不愛吃，他吃了肚子就難受，那他花錢吃那些東西幹什麼？從小到大，從一個背煤娃到身價億萬的超級富豪，他夢想中的一日三餐就是早晨羊肉湯中午油潑麵，晚上紅米湯熱蒸饃。現在他已經實現了自己的夢想，他幹嘛要捨棄夢想去追求難受呢？這是周鐵娃的心理寫照。但他沒有這樣說過。

周鐵娃從來不接受採訪，年華曾想給他做一期《時代英豪》節目，他也沒有接受。只有一點，他喜歡和領導人、名人合影照相。他辦公室的牆上，到處掛的都是他與領導人、名人的合影照片——但有一點，可能是出於不近女色的原則，周鐵娃從來沒有與女名人一起照過像。他這次提出要與年華合影的要求，估計多半是相裡明月的要求。

不管出於誰的要求，年華答應了高含，只好來了。

管事老頭把年華他們領進客廳。客廳很大，估計有三百平米。設計很現代，牆壁地板的色彩很淡雅，燈光也十分和諧。看不見音響在哪兒，但能聽出品牌很高，而且放的是一首外國名曲。年華很難把眼前這一切與刀削麵熱蒸饃聯繫起來。客廳的一角是個小巴，一個十來歲的小男孩正伏在巴臺上擺弄一部相機。年華猜想他是周鐵娃前妻的兒子。周鐵娃的前妻是三年前去世的，當時留下一個不滿十歲的孩子。

「嗨！你好！」年華向小男孩打招呼。

「你好！」小男孩應了一聲，然後把鏡頭對著年華瞄了一下，但沒按快門。小男孩的聲音很低，目光也有些猶疑，看起來不是很開心。

這時相裡明月從樓梯上下來了：「哎呀，大駕光臨，歡迎歡迎！」聲音中滿含驚喜，但也多少帶點誇張。說著上來握手，同時扭回頭朝樓上喊：「老周，年華他們來啦，你快下來呀！」隨後又示意他們：「快請坐快請坐。」待他們落座後又問：「二位，茶還是咖啡？」高含說免了吧。年華沒吭聲，相裡明月看了年華一眼，說：「那就茶吧。」便讓管事老頭準備茶水。小男孩在相裡明月下來時就溜走了，大概跑到院子玩去了。

周鐵娃從樓上下來了。

年華望著這一對剛剛舉行完婚禮還不到一週的新人，突然想笑。相裡明月穿得很得體，這個如今名滿天下的女作家，這個超級豪富新娘，人長得不是很漂亮，但身材不錯。她穿著一件月白色的軟緞旗袍，看上去讓人感到又舒服又隨意。年華並不是看到她想笑，年華是看到她與周鐵娃之間巨大的反差想笑——周鐵娃穿一身草綠色的絨衣絨褲，看上去既不像億萬富豪，又不像是剛結婚不久的新郎官——像個看大門的老頭，或者幾十年前抗美援朝時期的志願軍炊事員！

年華一下子理解刀削麵和熱蒸饃是怎麼回事了。過去誰想積累億萬財富，往往要幾十年甚至幾代人的努力。他們在積累的過程中會慢慢把以前的一些飲食衣著習慣改掉，使之適應不斷增長的財富。但現在不同了，現在的億萬富翁是十幾年、幾年甚至一個晚上就冒出來了。他們還來不及改變自己。周鐵娃大概就屬於這種情況，他十幾年前還只是個承包了幾個鄉鎮煤礦的小煤窯主，十年一晃成了億萬富翁。他哪兒來得及改變呀？哪兒來得及把吃慣了刀削麵的胃和穿慣了絨衣絨褲的身子，換成別的胃和別的身子呀！

高含大概也有同感。他看出年華想笑，給了她一個眼神。年華本來還有點忍不住，但是周鐵娃開口了。周鐵娃一開口說話，年華便覺得自己笑不出來了。

「坐！」周鐵娃嘴裡只吐了一個字，北方煤炭集團董事長兼總經理的身分便顯出來了。儘管帶著濃重的山西口音，儘管與那身志願軍炊事員衣服極不協調。

茶水上來了，北方煤炭集團董事長兼總經理又吐了一個字：「請！」

年華這下徹底笑不出來了。她聽見自己心裡剛剛嘲笑過的這個男人接著說：「我這個人就是好面子，年華同志今天來了就是給我面子，給我面子我高興。沒別的要求，就是一塊照張相。其實這不是我的要求，我從來不和女同志照相。是明月提出來的。明月，妳說話。」

相裡明月就笑著說：「老周你真是的，幹嘛這麼直奔主題？我們還想好好說說話呢！」她說的我們是指她和年華，相裡明月以前曾給年華打過電話，想寫篇採訪年華的文章，但年華沒接受。

年華有點勉強地笑笑，沒有說話。她感到不舒服。周鐵娃的話讓她覺得不舒服，相裡明月的話也讓她覺得不舒服。高含看出了這點，緊著打圓場說沒關係，聽周總的安排，聽周總的安排。

周鐵娃便把管事老頭叫來，問：「周易呢？喊他來照相！」

原來周易就是那個小男孩。「我兒子。」小男孩拿著相機進來後，周鐵娃介紹說。接著，相裡明月像攬自己的兒子一樣，把前妻的兒子攬到身前，說：「大攝影家，來，認識一下：這是年華阿姨，叫阿姨。這是高叔叔，叫叔叔。」

「老周，趕緊換衣服去呀！你穿這身照相像什麼呀！」相裡明月有點撒嬌地說。周鐵娃說：「像我。」可能怕相裡明月臉上掛不住，接著補了句，「聽老婆的，我去換身行頭。」

衣服對人的作用在那一刻顯現出來了，當周鐵娃換了身西服從樓上下來時，那個志願軍炊事員消失了——儘管年華心裡明白，骨子裡還是剛才那個人。

照完相，年華悄悄捏了下高含的手，給了他一個「走」的眼神。相裡明月還想和年華聊天，年華說改天吧。周鐵娃似乎也沒有留客的意思，他上樓拿下來一個辭典大小的漂亮木盒，遞給年華說：「一點意思。」年華只好接下了，並說了聲：「謝謝！」隨後他們告辭離開了周家。

回來的路上，年華對高含說：「我告訴你高含，今後禁止你給我安排這類非公務活動！與這種人見面照相，我只有一個感覺：難受！」

回到家裡，高含打開小木盒，愣住了，像遇到什麼麻煩事似地對年華說：「妳看看吧，好像不是件一般的禮品。」年華過來一看，小木盒裡裝的是兩把鑰匙：一把鑰匙的黑塑膠牌上，刻著寶馬車的標誌；另一把鑰匙下邊掛著塊燙金小牌，上邊刻著：在水一方，十六號。

「在水一方」是東郊一處新建的花園別墅，每套售價六百萬左右。

兩把鑰匙用紅綢拴在一起。年華把鑰匙丟進小盒，對高含說：「第一，我不摸車；第二，我永遠不會去那裡住。」

年華已經多次收到這種「一點意思」的「小禮品」了。有手機，有卡，還有別的一些東西。但像這種價值幾百萬的贈品，還是第一次收到。她不知道該怎麼辦，高含也不知道該怎麼處理。

「這算不算受賄啊？」年華曾經問過高含。

高含說：「不算吧？受賄一般是權錢交易——仗著手裡的權收人家的錢，然後違章給對方辦事。你手裡又沒權，送你這些東西的人，也沒求你給他們辦事，怎麼能算受賄？這大概算是法律上說的合法饋贈吧。」

「這個世界上很多事情是無法解釋的。」高含心裡常常這樣想，「就說節目主持人吧——節目主持人究竟算什麼職業呢？說他有權吧，他什麼權都沒有，上下左右四面八方的人全都比他有權，全都能指揮他調動他；說他沒權吧，上下左右四面八方的人又全都心甘情願聽他的，以認識他，與他吃過飯合過影為榮。就拿送年華房子、送年華車、送年華卡的那些老總來說吧，他們根本就談不上有什麼目的！他們個個都是有權有勢又有錢，根本用不著年華幫他們任何忙！但他們就是高興給年華送卡送車送房子。好像『我給著名主持人年華送過什麼什麼』，這本身就是目的。」

沒有目的，不求回報，這種饋贈真是太高尚了。怎麼能與行賄受賄扯到一起呢！

Section 04

在佛像前
洗滌靈魂的女孩

1

這天中午，韓大亮到一家小麵館吃炸醬麵。這家小麵館乾淨，菜做得也道地。老闆姓周，人挺老實，懂得以誠待客的生意之道。韓大亮中午常常在這裡解決午餐。他很簡單，一般都是一盤拍黃瓜，一碗炸醬麵，外加一碗番茄湯。今天他約了江海，所以多要了幾個菜，還特地為江海要了瓶二兩小瓶的二鍋頭。

江海是十二點整到的，很準時。江海穿著公安制服，帽子在手裡拎著。一進門先職業性地四下看看，然後才朝韓大亮這邊走。韓大亮一看他是開著警車來的，忙叫小老闆把酒退了。但江海一邊落座，一邊拿過瓶子說：「這點酒，沒事！」

韓大亮笑笑，說：「什麼沒事？這幾天查得挺緊的。」

江海說：「你什麼時候見過交警查公安啦？」說罷灌了一口，然後才夾了口菜。

「有事姐夫？」吃了幾嘴，江海才問韓大亮。

韓大亮說：「沒什麼事。你看上去這陣挺忙的？」

江海說：「忙！這年頭有三個地方忙不是好事，一個是醫院，一個是火葬場，再一個就是我們公安。這陣怪啦，連著接了幾個稀奇古怪的案子。前天我剛從河北押回個女的——」

江海說到這裡喝了口酒叨了口菜。

「什麼犯？又是個女貪官？」韓大亮想起這陣晚報上連著報導了幾起女貪污犯的事。

「不是，那些案子不歸我們。是個女騙子，河北農村的，小學文化，長得也就那麼回事。這個女騙子倒不邪門，邪門邪在被騙的那個事主，不到五十歲，副局級幹部，還是個老名牌大學生。不到一個月，愣讓這女的以談戀愛為名，騙走八萬多塊錢，最後存摺上只剩下十一塊錢。人抓回來啦，你猜這夥計說什麼？」江海給姐夫賣了個關子。

「說什麼？」韓大亮問，他其實已經猜到幾分。

「這夥計說：算啦，只要她答應跟我結婚，以前的事可以既往不究──你說這算什麼人？算怎麼回事！」

「小珍這陣怎麼樣？還在炒股？」韓大亮轉移了話題。

「嗨，別提炒股的事啦！慘啦，套得死死的。連我去年那點獎金也搭進去啦。本來我還不知道，年前那陣不是電器大降價嗎，我想把家裡那台彩電換換，一找存摺，沒啦。原來都讓她扔到股市裡了。女人一炒股就跟吸毒一樣，特別上癮，有點錢就往裡扔。那段時間我看她美容店也不去啦，衣服也捨不得買啦，還以為她是學會過日子了，誰知道她是把家裡的錢都投進去了。現在我們又快吃鹹菜了。」

「你記不記得，當初小珍還勸許倩也去炒股。其實我當時還挺動心的，幸虧許倩不同意。看起來當姐的還是比妹妹有主意。」韓大亮說。他還想把話題往別的方面轉，但又覺得實在沒法開口。他今天約江海來，本來是想探問一下他那方面的事情。因為他這一陣開始感到不大對頭，許倩要得越來越勤，已經有點病態了——這種感覺是許倩自己說出來的。

她問過他兩次了，說我這樣是不是有病呀，怎麼沒完沒了總想呀？他當然不能說她有病，但他想再這樣下去，就該輪到他有病了——他已經偷著服男士營養液和洋參丸了。感到好像有點作用，但他知道「戰役」再打下去，恐怕服什麼都不頂用了。

怎麼辦？一個男人，總不能在這種事情上回絕老婆的要求，向老婆服軟說軟話吧？而且韓大亮還有一點吃不準：究竟是老婆出了問題，還是自己出了問題？他很想找個什麼機構或者什麼人諮詢一下。他曾經想到過「婦女熱線」，電話撥通了他又掛了：他實在是張不開口呀！這種事，怎麼給人家說呀？他知道給「婦女熱線」打電話的人，不少是因為婚姻破裂，而婚姻破裂的一個重要原因，是因為夫妻性生活不和諧。

他怎麼說呀？說我們性生活不和諧？這顯然不符合事實。而且萬一人家熱線主持人問他怎麼不和諧？他怎麼說？說老婆要得太勤了？萬一對方說那是好事呀，現在絕大多數夫妻性生活不和諧，都是因為女方性冷淡造成的，你攤上這麼個老婆，應該高興才對呀！所以想來想去又把電話掛了。

機構沒法諮詢，那找個人問問。首先不能找女人問。他想到過劉衛東，但馬上又否定了。劉衛東和許倩好得跟一個人似的，他向她諮詢等於向老婆諮詢，等於跟自己過不去。既然劉衛東不能問，那就沒有別的女人能問了。女人不能問，只有問男人了。

男人中最適合探討這個問題的物件看來就是「挑擔」江海了。畢竟他娶的是許倩的妹妹，姐妹倆有血緣上的聯繫，而且他們又都比較年輕：許珍比許倩年輕，江海比他年輕。所以諮詢一下他們的狀況，應該是最有參考價值的了——而且他以前好像聽許倩說過，她與許珍曾探討過這方面的話題。

但是此刻面對江海，韓大亮才發現，娶了姐妹倆的兩個男人，相互根本不能提這類事！

幸虧這時江海的傳呼機響了。

「隊裡呼我。我得走了。」江海看完傳呼機說。臨走又掏出張照片讓韓大亮看了看。是張殺人嫌犯的照片。幾週前，本市一位著名老畫家被人在家裡殺害了。老畫家的老伴早年病故，女兒又在國外。家裡就老人一個人守著一套大房子。幾週前女兒從國外打來電話，連著打了一週時間都沒人接，便托了朋友去家裡看看。朋友去了叫門，沒人應。到居委會一問，才發現老人家裡訂的晚報也一週沒拿了。於是趕緊找派出所。

公安人員打開門，才發現老人死在門口。法醫鑑定是用類似錘子的鈍器擊傷頭部，當時可能沒死，還掙扎著爬到門口。已經死亡一週時間。老人去年重新裝修過房子，於是疑點集中在兩個搞過裝修的外地民工身上。江海剛才給韓大亮看的，就是其中一個的照片。

「特點是左眼角往上挑得很明顯。有線索你呼我。」江海說。江海知道開出租的接觸人多，常常把一些案犯的情況告訴韓大亮，讓他幫忙提供線索。

「行。你趕緊走吧。開車注意點。」韓大亮說。

江海走後，韓大亮把碗裡的麵劃拉乾淨，正結帳準備離開，來了兩個熟人。

是楊萍和李紅。

原來這家麵館的小老闆就是周至誠。李紅那次喝醉酒，韓大亮把她送到安徽村後讓他呼過他。周至誠是李紅的老鄉，因而她和楊萍是這裡的常客。

「嗨，這世界可真小！李紅你看遇到誰啦？」楊萍眼尖，先認出韓大亮。韓大亮也認出了她們。但李紅那天是沉睡醉鄉，一下子沒反應過來。

「還愣什麼呀，快過去給恩人鞠躬磕頭呀！」楊萍推了李紅一把，笑著說。

李紅這才反應過來：「哎呀，是——韓師傅呀！你怎麼跑這裡來啦？」

韓大亮笑笑，說他來吃個便飯。這時小老闆周至誠趕過來，見李紅楊萍認識韓大亮，很高興，便告訴她們韓師傅是他這的老顧主。楊萍見韓大亮起身要走，便說：「怎麼？見我們來了就走？怕我們蹭你的飯，還是怕我們蹭你的車呀？」

韓大亮趕緊說：「不是不是，我已經吃過了。」

「那也別急著走呀。周老闆，韓師傅的帳我來結。不為別的，這年頭，認識個好人不容易！」

周至誠說：「免啦免啦！韓師傅我知道，的確是個好人！」

李紅一撇嘴：「你知道什麼？知道是好人你還收人家的錢！」

周至誠笑笑，沒敢接李紅的話。韓大亮忽然想起那天李紅在電話裡訓周至誠的情形，心想這周至誠恐怕與自己當年的角色差不多，一交火，就被姑娘拿下馬了。

周至誠就問兩位姑娘想吃點什麼。李紅說我們都吃過了，讓周至誠給她準備幾個打包的飯盒，要兩個涼菜兩個熱菜，湯就不要了，另外要四兩米飯。

周至誠領命親自到廚房忙活去了，李紅楊萍就與韓大亮在這邊說話。楊萍問韓大亮活急不急，如果沒別的急活就在這等她們一會兒，她們一會兒出門搭他的車。韓大亮說沒事，他等她們。隨後問楊萍：「看樣子，你們也常來這裡呀？」

楊萍說：「是啊，窮不幫窮誰照應呀！周老闆是我們李紅的老鄉，他的小生意我們不照應誰照應呀！」

李紅忽然想起了什麼，說：「韓師傅，我那次吐你車上了吧？我記得好像還吐你衣服上了，是不是？」

韓大亮說：「沒事沒事。」心裡說，「還『好像吐你衣服上了』，我老婆都聞出上邊的香水味了！」

李紅說：「真不好意思。」

楊萍說：「回去嫂子肯定罵你了吧？」

韓大亮說：「沒有沒有。」心裡又說，「比罵嚴重多了！」

這工夫，周至誠把飯菜準備好了，提著兩個塑膠袋交給李紅，並把他們送到門外。

韓大亮打開車門時，忽然問周至誠：「周老闆，有個塑膠桶沒有？」

周至誠說：「有。你要用？怎麼，給車加水？」

韓大亮說：「不是，我得把桶放到李紅小姐的腳前邊，免得她又吐到我車上或身上呀！」說完幾個人都笑了。

「兩位去哪裡？安徽村四十六號？」韓大亮像那次一樣，邊發動車子邊問。

「我去郵局。你就近找個有郵局的地把我扔下就行。然後送小紅到安徽村。」楊萍說。

楊萍在一家郵局門口下車時，扔下三十元錢，說，「這是車費，就三十元，免得你再找零錢了。」

韓大亮說：「幹什麼——這小楊！」但楊萍已經說聲拜拜，揮揮手走了。

「楊萍姐就是這樣，該付的錢她一定要付，從來不佔別人的小便宜。在周至誠那吃飯，她每次都要付錢。我不讓她付，她就說，你付不付是妳的事，但我得付。」李紅向韓大亮解釋說。

「不容易。」韓大亮說。

車駛上主道後，李紅改了主意，讓韓大亮先去學院路，她去那裡接個人，然後再去安徽村。

韓大亮沒問她去接誰，但心裡想：「該不是上次打手機的那個小夥子吧？」

「韓師傅，你每天早晨幾點出車呀？」李紅在後排座往前探著身子，問。

「沒個準點，有時候六點，有時候七八點。」

「晚上收車呢？」

「一般十點左右。」

「一月下來，能賺多少錢呀？」

「兩三千塊錢吧。有時比這多些，有時少些。」

「真的嗎？早出晚歸的，就兩三千塊錢？」李紅不信，接著還補充了一句，「我和楊萍姐有時遇到客戶高興，一次就給五六千呢！」

「我騙妳幹嘛——妳又不是稅務局的。」韓大亮說。心想這姑娘看起來真有點傻，別人沒問，自己就把底牌亮了。

車到了一所學院門口，李紅下車。她讓韓大亮別等她了，一會兒她另外搭車去安徽村。韓大亮很想看看那個讓姑娘如此上心的小夥子什麼樣兒，便說沒關係，他可以等她一會兒，反正車費已經付了。李紅說那多不好意思，我還得進去找他，說不定要等多長時間呢。韓大亮說妳可以打電話給他，告訴他妳在這兒等他不就行了？說著把手機遞給李紅。

李紅先說了句我真笨，接著對著韓大亮嫵媚地一笑，說：「韓師傅，你人真好！」然後接過手機，半轉過身打電話了。

一刻鐘後，一個小夥子四面張望著走出校門。李紅踮著腳衝著他搖手，嘴裡輕聲喊著：「耀魁！耀魁！」

小夥子看見了，朝這邊走來。韓大亮第一印象是，小夥子長得確實不錯，高而瘦，穿著一件黑色風衣，稱得上是個帥哥。相比較，那個麵館的小老闆周至誠就顯得有點土了——韓大亮也不知道自己為什麼會做這樣的比較。

于耀魁一過來就滿臉不高興地衝李紅說：

「喊什麼妳？我不是說過不許妳到我們學校這找我，妳怎麼總記不住？」

「人家急著想見你嘛！好啦別生氣啦，我下次記住還不行嗎？」李紅說著親了于耀魁一下，然後拉開車門，自己先鑽進去，招著手叫他：「快進來呀！」

于耀魁卻遲疑地說：「我不想去啦，下午還有事。」

韓大亮看見姑娘失望極了，一臉興奮僵在那兒。但她轉瞬又燃起希望，從車裡鑽出來，一邊把于耀魁往車裡推，一邊哀求說：「去嘛去嘛，今天楊萍姐不在家，就咱們倆說說話嘛！」

「走不走你們？」韓大亮沉著臉說。他真想上去給于耀魁一嘴巴：姑娘這樣求你你還勁勁的，什麼玩意！

「好吧好吧。」于耀魁這才勉勉強強鑽進車裡。

「去哪裡？」韓大亮不願意讓于耀魁知道他和李紅認識，免得節外生枝，所以故意這樣問了一句。但李紅沒明白他的意思，還興高采烈地給于耀魁介紹說：「這是韓師傅，我和楊萍姐都認識。」又向韓大亮介紹說：「是我的男朋友于耀魁，研究生。」

韓大亮嘴上應付著，心裡卻說：「這姑娘，傻到家了，等著挨別人的騙吧！」

4

楊萍在郵局給老家寄了六千元錢，隨後又給縣醫院的張大夫打了個電話，問了問弟弟揚威的病情。

楊萍的弟弟揚威患尿毒症快兩年了，住在當地縣醫院裡。根治尿毒症最有效的方法是換腎，但換腎一是要等合適的腎源，二是得有一筆巨額費用：買腎及手術費，總共估計得二十萬。楊萍的父母都是中學教師，自然拿不出這筆錢。楊萍出來兩年多了，雖然賺了些錢，但離二十萬還相差很遠。弟弟這一年多時間住院做透析，每月的最低費用得四千元。所以她每月都要給家裡寄六千元錢，四千元交醫院，另外二千元讓父母存著。

一個病人改變一個家庭，的確如此。

弟弟患病之前，楊萍家在那個小縣城裡算是個幸福家庭。父母親都是特級教師，工資與縣長縣委書記相差不多。再加上國家照顧特級教師，所以楊萍家那套一百三十多平米的樓房，總共只花了五萬左右。住房也很理想，當地房價低，挺不錯的商品房，每平米只售800元多元。楊萍的弟弟揚威在縣城最好的中學縣一中上學，幾年前楊萍就是從這所學校考入大學的。楊威的學習挺好，在年級一直都是前一二名，考上名牌大學也是板上釘釘的事。

但是弟弟忽然病了，口渴，不停地要喝水，同時背上出了一些莫名其妙的疙瘩。最初的診斷是糖尿病，時間不長，便轉為尿毒症了。

先是爸爸請假停課，後來又辦了提前退休手續，陪著弟弟在省範圍裡的醫院求醫問診。接著母親的課也上不下去了，也提前辦了退休手續。爸爸媽媽陪著弟弟從省裡跑到省外，最後北京的大小醫院都跑遍了，結論都是一樣的：尿毒症。

這期間，楊萍離畢業還有一年時間。為了弟弟的病，她中途退學，拿了張肄業證開始尋找工作。父母親得知後痛罵了她一頓。當過高級教師的母親流著淚說她：「萍萍，你怎麼這麼糊塗呀？上大學事關係到妳的前程。妳弟弟已經這樣了，再犧牲妳的前程有什麼用呀！」

楊萍看了一眼一年前還是校籃球隊中鋒，長得身高馬大，整整比她高出一個頭，如今瘦得不足七十斤重的弟弟，擦乾眼淚說：「不，媽媽，弟弟的生命比上大學重要，比我的前程重要。他是我的弟弟，我一定要救活他！」

就這樣，兩年前，楊萍單槍匹馬，殺進這座城市。

一座城市對一個女孩來說，是一個巨大而陌生的考驗。從四面八方湧進這座城市的各路人馬，人人都有自己的夢想，人人都有自認能在這座城市安身立命，掏得一把金子，或賺得一份前程的一技之長。楊萍什麼一技之長都沒有，她一不會釘鞋，二不會彈棉花，三不會修自行車。除了擁有年輕漂亮和那張大學肄業證書之外，她什麼都不擁有。

她非常想學得一技之長，非常想走一條堂堂正正的正路，非常想靠真本事賺夠二十萬救弟弟的命。她為此拼命努力過。她學過美容美髮，並租了一間門面開過美髮店。她夢想從一間門面開始，漸漸地把她的店擴大到兩間門面，四間門面，八間門面，而後再辦一分店，再開第二分店……但是她的夢沒做滿兩個月便破滅了。

工商稅務派出所居委會，雜七雜八的應付搞得她頭昏腦漲，兩個月下來一算帳，不但沒賺錢反而賠進去一千多。她轉過身又去學電腦打字，她原來有這方面的基礎。一家列印公司雇用了她。她在那裡幹了一個月，摸清了列印公司與出版社之間的業務關係。於是她退出那家公司，自己租了台電腦和一間地下室，直接從出版社聯繫書稿列印出片，這樣每部書稿差不多可以賺到一千塊錢。最多的時候她一個月接到過四部書稿賺了將近四千塊錢。正當她開始做這方面夢想的時候，她突然就接不到書稿了，與幾家出版社的聯繫不明不白地全中斷了。

她去找他們，問他們究竟怎麼回事。但她聯繫的那幾個編輯全都含意不明地對她笑笑，說現在整個圖書市場不景氣，盜版書充斥市場，正版書賣不出去。出的書越多越賠錢，所以書稿就越來越少了，書稿少了她接不到工作就很自然了。她覺得好像主要原因不在這裡，但原因究竟在哪裡她始終都沒搞清楚。

「年輕漂亮就是資本，就是比什麼一技之長都來錢的資本呀！」這時候有人出來點撥她了。漸漸地，楊萍也明白了這一點。從四面八方殺進這座城市的漂亮女孩成千上萬，她們中間真正能賺錢的，看來並不是那些擁有一技之長者。這座城市的許多行當許多人，需要的並不是漂亮女孩的一技之長，而是她們年輕漂亮的本身。悟出這一點之後，她沒經過什麼培訓，便加入了哪些女孩的行列。

她當過大飯店的迎賓小姐。迎賓小姐很風光很輕鬆工資卻並不高，她笑容滿面站在那裡時總是想到病痛中的弟弟。她想她殺到這裡並不是自己圖輕鬆圖風光來了，便辭掉這份工作重新尋找。

她當過按摩女郎，當過專門陪人跳舞的舞伴，當過坐枱女、陪聊女……她進過拘留所，上過掃黃的電視畫面。當別的女孩羞愧地用衣服遮住臉面時，她沒有，她對著鏡頭笑了一下，但笑得那麼淒苦，笑得淚流滿面……正是在這種尋找過程中，她從一個純情女孩變成了一個風月女郎，從一個對社會一無所知的大學生，變成了一個把當代社會的角角落落都看得明明白白世故女人。

與此同時，她找到了一件既能進攻又可防身的武器：酒。

她的胃對酒精幾乎沒有反應，她也不知道自己到底有多大的「量」，但從來沒有醉過。感謝酒，讓她擁有了一種全新的「工作」方式。她加盟「金鑰匙」心理診所不久，一次偶然的機會遇到李紅，便邀她並肩而行。她之所以刻意保護她，是因為她從她身上看到自己以前的影子，而且，她知道李紅在刻骨銘心地愛著一個男人，而她，已經沒這個慾望和機會了。

儘管她剛滿二十三歲！

楊萍走出郵局大門後，伸手攔了輛出租。時間還早，她還沒接到晚上的工作安排。她也不想回安徽村，李紅告訴過她，她約了于耀魁，兩個人大概還在小屋裡纏綿。她對這個研究生並沒有惡感，但總覺得他沒有周至誠靠得住。她勸過李紅，說像她這樣沒一點城府的女孩子，最好嫁一個愛自己的男人，而別在一個自己愛的男人身上下太大工夫。

但李紅不聽她的，李紅說不，我愛他他也愛我。她知道李紅說的他也愛她的證據，就是他已經要過她。傻姑娘，那怎麼能成愛的證據呢？她沒法勸她了，只好任其發展，走一步看一步吧。

「廣化寺。」楊萍上車後，對司機說。

「哪兒？廣化寺？」司機有點奇怪，心裡大概在說，「這麼漂亮的小姐，跑寺廟幹什麼？」

5

安徽村四十六號。

一進門，李紅和于耀魁便擁抱在一起。幾分鐘後，他們便開始做愛。于耀魁提出要帶工具，李紅說沒事，她正在安全期。兩個人欲死欲活半個小時，于耀魁滿足了，李紅也平靜下來。兩個年輕人裸著身子，躺在李紅的單人床上。床有點窄，于耀魁平躺著，李紅則側身半伏在他的身上。用手指在他的胸口輕輕劃著。

「耀魁哥，你在想什麼？」李紅看于耀魁兩眼望著天花板，便問他。

「沒想什麼。」于耀魁說。

「耀魁哥，你不知道我有多愛你！你不知道你每回要我的時候我有多快活！哥，其實我這會還想要，只是怕把你累著了。你想什麼，就給我說嘛！」李紅說著，親了他一口。

于耀魁還是說：「沒想什麼，真的。」

其實他在想他今天不該來。

于耀魁有點惱火自己。每次與李紅做完愛後，他都會有一種後悔的感覺。但事前又經不住李紅漂亮的誘惑。他說不清這是一種什麼感情，也不明白他每次要李紅，究竟是因為愛，還是因為生理的需要。但有一點他心裡十分清楚：他不會娶她——儘管他知道李紅愛他的最終目的就是想讓他娶她，就是想做他的老婆——但這不可能，絕對不可能。

于耀魁和李紅、周至誠，是去年秋天在火車上認識的。

周至誠和李紅是一個村的，從小在一塊上學。高中畢業後，兩人都沒考上大學，在村裡待了一年時間。那時候在李紅的眼裡，周至誠就是天下最好的男人了。周至誠長得雖不能說帥，但也稱得上高大壯實。上學時周至誠的成績一直不錯，李紅放學後，常常向他請教一些問題。回到村裡，周至誠搞塑膠大棚，養奶牛，幹一樣成一樣，李紅嘴上不說，心裡對他是挺佩服的。鄉下地方小，觀念也比較保守，所以兩人雖然關係不錯，但並沒有談戀愛的經歷，相互間也並沒有什麼承諾。去年秋天，在現代都市生活的誘惑下，兩人便相約一塊出來闖世界。

不料還沒進入都市，還沒來得及被都市生活誘惑，李紅就在火車上被于耀魁誘惑了。一節硬座車廂的四個座位上，于耀魁、李紅、周至誠和另外一個乘客，面對面坐了十幾個小時。于耀魁家在縣城，師範學院畢業後當了兩年教師，又考上了一所理工學院電腦專業的研究生。人長得風流倜儻，時年二十六歲的研究生，從年齡、長相、學歷、眼界、見解各個方面，一下子就把周至誠打敗了。火車快到站時，李紅望著于耀魁的眼神裡，已經不僅僅是崇拜了。

「在火車上我就把你愛死了，你那會要我我都會給你的！」他們第一次做愛後，李紅表白說。

當然，李紅的漂亮與單純也讓于耀魁吃驚。在火車上他感覺到了她的眼神，同時，他回望姑娘的眼神裡，也含有一些火辣辣的東西。

就這樣，一個偶然的機遇，把李紅與于耀魁連在一起了。周至誠當然看得清清楚楚。他並不打算和于耀魁競爭，他知道他各方面都不是他的對手。但是他也不打算離場。他知道李紅對他的愛轉移了，但他對李紅的愛並沒有轉移。同時，他還有些替李紅擔心：他不懷疑李紅對于耀魁的愛，但是他懷疑于耀魁對李紅的愛。他在這個城市現在算是站住了腳跟，他想多待一段時間，看看事情的結局如何再說。

于耀魁現在也在想這個問題。他知道他與李紅之間不會有什麼結局。他也知道周至誠仍在愛著李紅。他甚至想像楊萍那樣，勸李紅放棄他，重新回到周至誠身邊。

但這種話他現在說不出來。

「我在想起公司的事。」于耀魁想起另外一個問題。

「起個什麼公司？」李紅問，把臉整個貼在他的胸上。

「我開發了一個軟體，想自己單獨運作——說這些妳也不懂！」

「我怎麼不懂？軟體不就是電腦嘛！」

「嗯，和電腦有關。我就是想開個電腦公司。我們學這行的，還能開什麼公司？我總不致於也像周至誠，去開麵館吧？」

李紅一下摟緊他，說：「你開麵館我也愛你！你幹什麼我都愛你！你什麼不幹我還愛你！」

于耀魁說：「我什麼都不幹，妳養活我呀？」

李紅說：「我養活你！我保證能養活你。等將來咱們結了婚，有了孩子，你就在家裡給咱們看孩子，我給咱在外邊賺錢。」

于耀魁被感動了一下。但這種感動使他難受。他覺得自己越來越被動，事情不能再這樣拖下去了。但他知道現在不能告訴她，那樣會要姑娘命的。他只好把話題從結婚生孩子上引開，說：「妳以為開個公司容易呀，光啟動資金就得一大筆錢。」

「得多少？我幫你一塊想辦法。」

「妳幫我？妳恐怕幫不了我——最起碼得二十萬！」

「那麼多呀！不過你也不用太發愁，再多咱們也能想出辦法。還有楊萍姐和周至誠，他們肯定也會幫忙的。」

于耀魁就一把摟緊李紅，說：「小紅，我該把妳怎麼辦呀？」

6

楊萍在廣化寺的胡同口就下了車，步行來到寺廟門口。

很多寺廟現在都成了旅遊景點，廣化寺還沒來得及開發，平時不對外開放，所以這裡很安靜。

楊萍曾經在這裡為弟弟做過一場法事，並佈施過不少錢，守門的老僧因而認識她。她每次來，老僧都是雙手合十，闔著眼唸一句「阿彌陀佛」，就讓她進去了。

穿過石鋪的院子，楊萍徑直進了大殿。

從人慾橫流的酒池肉林，一下子到了四大皆空的佛門淨地。楊萍覺得自己全身呼地一下靜了下來。

為弟弟祈福已經是次要的了，她現在來這裡的主要目的，就是想讓自己靜一靜。

她知道自己太需要靜一靜了，從肉身到靈魂。

她點了三柱香，在大佛前的香爐裡上好，然後退到香案前，跪了下去。

她沒有作揖，也沒有伏身磕頭。她就那樣挺直身子跪著，閉著雙目。

轟然作響的現實世界從耳邊消退了，夜色籠罩的海面上空，高懸著一輪萬古耿恆的明月。楊萍看見自己赤裸著身子，就在那片海水裡洗滌著自己。周圍沒有一個人，也沒有任何聲響。她能感到海水撩在身上的感覺。腳下是很細很細的沙子，踩上去柔柔的，舒服極了。

楊萍從來沒去過海邊，她知道，那是自己的靈魂。

人的靈魂和肉身一樣，也需要在海水裡洗滌嗎？

她不知道答案。四周沒有別的洗滌者，也許只有她一個人這樣想。

為什麼？

幾週前，報紙上登載了一條消息。南方一座城市的法庭上，有十幾個女中學生同時被推上被告席。她們的罪名是一致的：賣淫。並因這個罪名被分別判處勞教或別的處罰。而那些「買淫」者，那些有著各種各樣身分的嫖客們，卻只是被輕描淡寫地罰了三四千元便完事大吉。因為法律上只有懲治賣淫罪的條款，對「買淫」者則是網開一面，「刑不上嫖客」。

楊萍幾乎不看報紙，她是聽別的女友說的。她感到十分氣憤：「這是社會的恥辱，也是法律的恥辱！」她對著女友吼道，並且揮著拳頭，像是要對法律進行聲討，完全忘記了自己的身分，忘記了自己已經墮落了的肉體和靈魂。

現在，她忽然明白了：只有墮落了的靈魂才有來這裡洗滌的必要。別的靈魂全是高尚的，高尚的靈魂是沒必要來這裡洗滌的，高尚的靈魂一般只要洗洗溫泉或者桑那就可以了。

但是，她為什麼要墮落？她是怎樣墮落的？

閉著眼，遙遠的往事接踵而來。她想起了家，想起了童年，想起了父母和弟弟，想起了中學時代的朋友，想起了校園，教室，想起了一個接一個的生日聚會……那時候，她的靈魂是什麼樣子？來過這片海水嗎？

接下來，她想起了弟弟的病，想起了父母絕望的眼神，想起了她殺進這座城市最初的日子，想起了衝進郵局，給弟弟寄第一筆治療費時，手抖得沒法填匯款單的感覺。接著她想起走向墮落的第一次，想起蹲在拘留所的情形，想起掃黃電視的畫面……

像自由落體一樣，楊萍看見自己的靈魂從高處劃了一道長長的弧線，最後淺落在那片海面上。有聲音從遠處傳來，楊萍知道那不是海的聲音。那是天的聲音，那是佛的聲音。她淚流滿面地睜開眼睛，發現她剛才點燃的那三柱香，已經快要燃到盡頭。

楊萍離開大殿，她已經想好了，等弟弟的病治好後，她就搬到這裡來。她並不打算出家，她只是想在這裡當一名灑掃庭院的清潔工，或者是給出家人做齋飯的廚娘。

走出寺廟大門的時候，傳呼機響了。是「金鑰匙」心理診所的陳老闆呼她。不用覆機，她看見傳呼機綠色的小螢幕上，清晰地打著兩行小字：

六點整，新世紀飯店，海南廳。

她得上班了。拜拜，那片剛剛洗滌過靈魂的海面！

7

晚飯時分，于耀魁來找周至誠。

下午，于耀魁離開李紅那兒後沒回學校，在一個公園轉了半天。李紅本來不讓他走，他撒慌說學校有事，她才讓他走了。于耀魁在公園裡左思右想，覺得與李紅的關係不能再繼續下去了。但怎麼解決，他又想不出辦法。最直接的方式是與李紅當面談，但他怕那樣李紅會接受不了，而他自己面對李紅時，好像也沒有這個勇氣。想來想去，他覺得只有找周至誠談比較合適。

小麵館這會正是上客人的時候。周至誠和他雇的一個廚師正在廚房忙活，前臺的兩個服務員也梭子般穿來穿去，忙得不可開交。于耀魁來過這裡幾次，兩個服務員都認識他。見他來了便指指內邊，意思是老闆在內邊，讓他自己進去找。

于耀魁看這會進去也沒法說話，想先在餐廳找個位坐坐。但扭頭看了看，幾個餐桌上都有人，便對一個服務員說我一會兒再來，然後走出小麵館。

「好像還挺火的！」他笑著自語了一句。也不知道是笑自己，還是笑周至誠的小麵館。

街對面不遠有一家麥當勞，于耀魁便決定到那裡去喝杯飲料。他其實並不餓，中午李紅帶去的飯菜，他是臨走時才吃的。他也不打算在周至誠的小麵館吃晚飯——不是吃不慣小麵館的飯菜，他是不想再欠周至誠的人情。前幾次來他在這吃過，吃完了給錢也不是，不給也不是——給錢周至誠不收，不給又好像自己愛佔小便宜，結果弄得挺尷尬。其實就十幾塊錢的事，何苦欠了人情還落個不痛快！他于耀魁又不是個愛佔小便宜的人——要佔就佔大便宜，佔小便宜有什麼意思！

于耀魁在麥當勞磨蹭了一個多小時，估計周至誠這邊忙活得差不多了，才又轉了回來。

「耀魁！快坐！剛才我聽小王說你來過，怎麼一轉眼就不見你人了？快坐。來點什麼？」周至誠迎上來，說。

于耀魁沒有坐，站著說：「你別忙啦，我吃過了。至誠，找個地，我有事要給你說。」

周至誠笑著說：「耀魁，什麼事呀，在這裡還不能說？」

于耀魁說：「這裡不方便。我主要是替你著想。你後邊有單間嗎？」

「我這小店哪有單間？後邊我住的地方倒是單間，但那地方跟狗窩一樣，不敢讓你進！要不咱們出去找個地？」

「那好吧，我在外邊等你。」于耀魁說罷，出了小麵館。

周至誠脫掉工作服，給手下交代了兩句，也出來了。附近沒別的地方可去，兩人只好又進了麥當勞。

「我還從來沒有來過這裡。從我那中國小麵館猛地進到這裡，就跟突然到了外國一樣！」周至誠說。他屁股剛坐下又抬起來了，座位太窄，他想挪挪椅子，但沒挪動。原來這裡的椅子也和他的中國小麵館不一樣，全固定在地板上。好不容易坐下了，他又滿桌子找菜譜，嘴裡還自言自語唸叨著：「咦，菜譜呢？」

「你還沒吃飯吧？你坐著，今天我請客。我點什麼你吃什麼。」于耀魁說，他擔心周至誠再出什麼洋相，忙攔住他說。

周至誠說：「行行，那我今天就開個洋葷！」

巨無霸，大薯條，蘋果派，奶茶，于耀魁端來滿滿一大盤子。他想今天得大方點，不能讓這個喜歡李紅的男人小看了自己。

周至誠也不客氣，上手抓過一個巨無霸就開吃。一邊吃還一邊評價說：「淡了點，好像鹽味不夠。」

半盤子東西下去了，周至誠才問：「說吧耀魁，這麼鄭重其事地把我叫出來，究竟什麼事？」

「你吃，吃完再說。」于耀魁說。

周至誠說：「不行，我不能再吃了，不明不白的東西吃進去，不好消化。」

于耀魁就說：「那行，你就一邊吃著，一邊聽我說。不過，有句話我必須說在前邊，不管你以前怎麼看我，你都要相信我今天給你說的話全是真話。」

周至誠說：「行。我也沒說過你以前說的話是假話。」

「那就好。」于耀魁說，接著沉默了一下，才用正式談判的語氣問周至誠：「周至誠，你說真話，你恨我不恨？」

「恨！」周至誠眼睛連眨也沒眨一下，便脫口說道，「有段時間，我操刀剁肉的時候，都恨不得跑出去把你剁了！」

「你就為李紅的事恨我是不是？沒別的原因？」

「廢話！為別的事我犯得著恨你嗎？」

「那好，從今以後，你用不著恨我了。我把李紅還給你。」

「你什麼意思？你把李紅怎麼了？你說！」周至誠盯著于耀魁，眼睛裡冒著駭人的火星。

于耀魁本來還想把他和李紅的事都告訴他，看見周至誠眼裡的火星，他害怕了。只好說：「怎麼也沒怎麼。你想想，她那麼愛我，我能把她怎麼了？至誠，這件事從頭至尾你都清楚。你恨我也好，想把我剁了也好，我心裡都不怪你。也不能怪小紅。要怪現在只能怪我，怪我這個人心太軟。從火車上咱們認識那天起，就是小紅一直在追我。先是打電話，後來又幾次跑到學校找我，你說我能不理她嗎？我不理她她會傷心，她傷心你能好過嗎？所以我也能理解你在這件事情上做出的犧牲。話說白了，在這件事情上，咱們倆都是為了小紅好。因為我知道，你一直還在愛著小紅，你那麼恨我，也證明了這一點。你說是不是？」

「你別說別的，只說你現在是什麼意思？」周至誠仍然盯著他問。

「我可能要離開這裡，到南方去尋求發展。小紅在這裡，就只能由你照顧了。」于耀魁說。

「是這樣啊！」周至誠冷笑了一聲，接著說，「我明白你的意思了。你和小紅好了一年時間，現在你要離開這裡，你要到南方去尋求發展，就把她扔了，不要她了。那我問你，她怎麼想的？她怎麼辦？你想過這些沒有？她那麼愛你，這一年多，她供你吃，供你喝，供你穿，給你買手機，月月忘不了替你交手機費，一有時間就跑到校門口等你接你。她愛你愛得連老家的爸媽弟妹都忘了，一年時間連封信都沒寫過，也沒寄回去過一分錢！你現在說扔就扔，說不要就不要她了，你想想，你他媽是人不是人？」

于耀魁聽著，眼睛躲開周至誠的目光，腦袋也有點耷拉了。事已至此，他也不得不把話都挑明了：「至誠，你罵得對，我也覺得我他媽的是有點不是人！可是我現在沒別的辦法，只能來和你商量了。我其實也愛小紅，可是往後怎麼辦？我就不敢說了。你知道，小紅的目的很明確，她就是想和我結婚。可是我不能娶她。我從咱們那小地方好不容易拱出來，目的不是為娶個老婆，要娶老婆我在家裡就娶她好啦，幹嘛還要遠天百里地跑到這裡來呀？她在事業上幫不了我什麼，但對你不一樣，她能幫你。小紅的確是個好姑娘，她其實各方面都更適合你。我知道你一直愛她，她過去也愛你。是我的出現把你們隔開了，現在我從中間退出來，你們一定能破鏡重圓重歸於好，一定能……」

「我操你媽！」周至誠站起來，把嘴湊到于耀魁的臉跟前，鄭重其事地罵了一句。然後搖搖晃晃地離開了。他想喝酒，但回到小麵館後，他又沒喝酒，只就著水龍頭咕咚咕咚灌了半肚子涼水……

8

新世紀大酒店，海南廳。

楊萍是六點差十分趕到的，「金鑰匙」心理診所的陳老闆在等她。另外還有一男一女，她不認識。

「來，認識一下，這是中荷合資銀牛蓄牧奶業公司王董事長、劉總經理。」陳老闆介紹說，隨後又把楊萍介紹給對方：「我們診所的業務經理楊萍，喊她小楊就行了。」

寒暄握手你好你好。王董劉總會了個眼神，好像有點不信任楊萍。楊萍自然察覺到了。

她也感到老闆今天的安排有點奇怪：平時老闆給她們安排的，都是清一色男性「心理病患者」，今天怎麼突然冒出個女的？而且，面前這兩位，她怎麼看也不像是中外合資企業的老總，倒像是在荒山野嶺開夫妻店的一對男女。

陳老闆哈哈一笑，他看出了兩位顧主的擔憂和楊萍的心思，便解釋說：「兩位老總別小看我們小楊呀，她可是位所向披靡的女中豪傑！不論有什麼『毛病』的男人，到她這裡都是手到病除呀！你們一會兒就等著看好吧！小楊妳今天可別大意，王董事長他們這筆貸款能不能拿下來，可就全看妳的了——具體事情妳就別問了，一會兒那位魏處長來了，妳只管把他陪好、陪高興就行了。記住，先要把酒陪好，聽說這位魏處長是海量，一兩斤是放不倒的。」說完又哈哈一笑，接著告訴那兩位他就不奉陪了，他在場反而會影響楊萍的發揮。

陳老闆離開後，那位劉總經理拿出一個裝得挺鼓的信封遞給楊萍，說：「楊小姐，今天就全仰仗你了，我們那山區搞到這麼個合資項目不容易。現在荷蘭那邊的設備都訂購好了，咱們這邊的三百萬集資款也基本到位。差就差這筆貸款了。今天魏處長這一關過了，事情就最後辦成了。你放心楊小姐，這三千元妳先收下，事成之後我們一定會好好謝妳的。」

楊萍先沒接，問道：「你們貸多少？」

「六千萬。估計最少能批三千萬。」那女的猶豫了一下，還是說了。男的掃了她一眼，沒說話。

「六千萬？」楊萍吃了一驚。用三百萬集資款釣國家六千萬貸款，這條魚可真夠肥的。不過她馬上對事情的真實性產生了懷疑：就憑眼前這一對寶貝，能把六千萬貸款拿下來？楊萍雖然沒辦過貸款，也沒有相關的業務知識，但她憑直覺想，國家總不會拿六千萬打水漂玩吧？當然她也沒有證據說人家是假的，是一對騙子。她問：「這麼一大筆錢，恐怕那位魏處長一個人說了也不算吧？總該還有別的手續吧？」

這時那個男的、那個王董事長說話了：「手續有，別的手續都辦齊了。」說著示意女的，「妳把那些手續給楊小姐看看，要不然楊小姐還以為咱們是吹牛或者是騙子呢！」說著對楊萍笑笑。

楊萍應付這種場面當然是小菜一碟，她就故意把臉一拉，說：「我可沒那樣說！兩位信得過本小姐，就給本小姐看看，信不過就拉倒！」說完又換了副燦爛得不能再燦爛的笑臉，說，「王董事長是開玩笑吧？」把那兩個弄得愣在那裡，好半天才反應過來，忙不迭地說開玩笑開玩笑。

是真是假楊萍無法鑑別，但從縣、市、省，一直到國務院相關部門，一級一級的申貸手續都有，蓋滿各種圖章的影本在她面前擺了一大摞。「真是人不可貌相！」楊萍想，能把這麼多手續辦下來，可見眼前這兩位還是挺有能耐的。而且她又想，他們也沒必要騙她——她又不是國務院分管貸款的司長處長，他們騙她幹什麼？致於即將出場的魏處長是真是假會不會被騙，她就沒操心的必要了——如果那個魏處長是假的，他們就沒有求他的必要；如果那個魏處長是真的，他就不會那麼容易被騙。

「那些批件都已經批過了，現在最關鍵的是這一份。」那女的最後拿出一份影本讓楊萍看，「這份批件的正式文本已經報到魏處長那裡，只要他答應在這份檔是簽個字，我們就回去等著從銀行拿錢了。」

「六千萬——或者說最少三千萬，這樣就能拿到手？」楊萍心裡有點不平衡了。她想在很多人眼裡，幹她這行的賺錢算是夠容易的了，想不到還有比她們更容易，一次就能拿到幾千萬的賺錢辦法。她不能肯定他們會把這筆錢自己吞了，他們不是搞了投資項目，而且還是中外合資的項目嘛。但現在的事情很難說，滿世界不是都是只貸不還的案子嘛。他們一次拿三千萬，給她的報酬卻只有三千塊錢，這好像不太公平吧？

不宰白不宰！楊萍決定宰他們一刀！她估計那位魏處長還得一會兒才會出場。這種角色一般不會按時到場，總要擺擺架子，等請他的人等得差不多時才會嘴裡說著抱歉抱歉走進來。但楊萍知道也必須抓緊時間，爭取幾分鐘裡把事情搞定。

她把那份批件還給對方，說：「王董，劉總，這活我不敢接了。幾千萬的事情，我沒這個把握。也犯不著為三千塊錢冒這個險。你們還是另請高明吧！」說著站起來，準備離開。

那兩位一下急了，他們馬上明白了楊萍的意思。那女的一邊拉楊萍坐，一邊說：「楊小姐楊小姐，我剛才不是說過了嗎，這三千塊錢只是個意思，等貸款批下來我們一定重重謝妳，一定的，一定！」

楊萍沒坐，還是站著說：「不是，你們好不容易跑到這一步，萬一讓我搞砸了，我負不起這個責任。」

這回男的女的都說話了，兩人異口同聲說：「我們相信妳楊小姐，絕對相信妳！」說完這句話後，那男的接著說：「這樣吧，楊小姐如果覺得酬金不合適，或者怕日後兌現不了，我們現在就可以付給妳。妳開個價怎麼樣？」

楊萍倒沒想到這一點，她猶豫了一下。

「五萬塊怎麼樣？」看她在猶豫，王董事長說。

「三萬吧！我也不想黑你們。」楊萍說，這是她在他開價前想要的數字：三千萬的千分之一。楊萍並不是那種貪得無厭的女人，她知道什麼事都應該見好就收。

「好！楊小姐懂得什麼叫度，日後能成大事！」王董事長說，接著拉開一個六七十年代的提包，從裡邊拿出三疊百元大鈔，交給楊萍。

楊萍接過錢，放進挎包，說：「謀事在人，成事在天。但我會盡力而為。你們放心，如果事情不成，這錢我會原封不動還你們。」

結果事情意想不到的順利。

如約而來的魏處長果然海量，一上來就讓換大杯。楊萍還以為他是虛張聲勢，拿大杯嚇人而已，因為她多次遇到過這種對手。但三大杯過後，她知道今天是「棋逢對手，將遇良才」了。而且這魏處長酒風甚好，不偷奸也不耍滑，杯杯見底。楊萍覺得自己都快要喜歡上這個年輕的對手了。一開始，那兩個還陪著喝了幾小杯，後來就甘願認輸，讓楊萍陪魏處長盡興了。三瓶酒下去後，魏處長發話了：

「楊小姐，我看咱們倆就不要自相殘殺了——咱們還是英雄惜英雄為好。我知道妳能喝，也知道妳是受人之託——無非是要我在那個批件上簽名畫押嘛！一件本來與喝酒毫無關係的事，幹嘛非要和酒扯在一起呢？妳說這酒我能喝痛快嗎？要喝咱們以後找機會再喝！什麼也不為，什麼狗七貓八的事都不扯，就為喝酒而喝！」說到這裡頓住，又對王董事長和劉總經理說：「你們兩位也真是，六千萬貸款非同兒戲，你們以為把我約到這裡，請位漂亮小姐陪我喝一頓，然後再幹點別的，問題就解決了？我傻呀？我拿自己的項上人頭不當回事呀？今天看在楊小姐的漂亮和酒量的份上，我把話給你們說明了：如果你們的確有貸這筆款子的需要並具備還貸能力，而且先期所有手續齊備並且都是合法的，那你們不請我，我該批也會批。如果不是這樣，你們請我也是白請！」

那兩位就爭先恐後地說的確需要的確需要，又保證所有手續都是合法的，絕對合法。

魏處長說：「好啦，你們等結果吧——有結果，我會告訴楊小姐的，由她轉告你們。」說罷起身告辭。

與楊萍握別時，魏處長很有含意地笑笑，說：「楊小姐，你不想送送我嗎？」那兩位以為魏處長還有什麼想法，忙附合說請楊小姐送送，他們就不送了。

酒店大門外，魏處長臨上車前對楊萍說了兩句話。看著楊萍驚喜的樣兒，魏處長說：「我就是想讓妳高興高興。我想這個消息由妳轉告他們，他們就不會說所託非人，也就不會給妳出什麼難題了吧！致於什麼時候告訴他們，由妳自己決定。」

楊萍返回海南廳，本來想裝出一副事情沒辦成的沉重樣子。但到底沒忍住，一進門就對他們喊道：「成啦！魏處長說那個批件他已經簽字啦，讓你們明天就去拿！」

那女的尖叫著跳了起來，而那個男的，則一翻白眼昏了過去。

9

灌了半肚子涼水的周至誠，沒想到李紅會來找他。

李紅這天晚上沒有接到診所的「工作」安排，楊萍也沒有呼她。于耀魁走後，她一個人躺在床上，回味著剛剛經歷的美妙時刻，覺得自己真是幸福極了。但是到了後來，想起心愛的男人起公司的事，想起那嚇了她一跳的二十萬，她躺不住了。

她起來穿好衣服，打開房門看了看外邊，確信周圍一切都正常後又回到屋裡，把房門關死，然後移開自己的單人床，把牆角一塊鬆動的磚頭抽出來，從內邊掏出幾個存摺。

這是她的秘密金庫，只有她和楊萍知道。

她把存摺上的數位抄到一張紙上，列了個豎式算式，反覆加了三遍，嘴裡念出一個結果：一萬三千元。

除了一年來花在心愛男人身上的那些錢外，這一萬三千元就是她所有的存款了。她出來後還沒有給家裡寄過錢。本來她想把這些錢中的一半，或者三分之一，或者再少一點寄給家裡，但現在看來又不行了。她重新把存摺上的數位，與算式上的數字對照了一遍，然後把存摺放回原處，將床按原樣擺好。

「一萬三千元。」李紅嘴裡重新念了一遍這個數字，感到心裡有點失落：這個數字距離二十萬，顯然是太遙遠了。

怎麼辦呢？

如果給楊萍姐張口，楊萍姐肯定會幫一部分，但恐怕也不會太多。因為李紅知道，楊萍姐的弟弟一直在住院，她恐怕也存不下多少錢。找周至誠吧？周至誠小麵館的生意好像不錯，他可能存了一些錢。但聽說他正準備擴展門面，想把隔壁的那兩間門臉並過來，開兩個單間，還打算把小麵館重新裝修一下。這恐怕要花不少錢。但如果她給他張口，他怎麼也會幫一部分。

但怎麼向他張口？就實話實說，告訴他耀魁起公司需要錢，讓他把他的事停下，先支援耀魁一下？就這麼說？能行？

恐怕不行。不管怎麼說，是耀魁把她從他那奪走的。表面上，李紅見周至誠對于耀魁客客氣氣，但她知道他心裡恨他。她知道周至誠這樣做全都是為了她，她知道他直到現在還愛她。但她現在沒辦法愛他，她覺得他各方面都比于耀魁差遠了。再說，她和于耀魁已經有了那種關係。而周至誠一直到現在，連想親她一下的表示都沒有過──包括以前他們在村裡時，兩個人那麼多單獨相處的機會，他都沒有過這方面的表示。

李紅從一本書裡看到過，說一個男人愛一個女人愛到極點，就會要這個女人。他既然沒提出過要她，就說明他對她的愛還沒有到達極點。

但是要他給錢幫一個他恨的男人，他會答應嗎？

李紅決定找周至誠談談。

李紅是快十點時來的。她之所以拖這麼晚，是擔心來早了周至誠脫不開身。而這件事，又不是三言兩語，在他那小麵館就能說清的。

李紅來時，周至誠剛從廁所小便回來——他灌的那半肚子涼水，剛剛通過膀胱轉化為尿。另外那半個肚子裡裝的火氣，還沒來得及轉化成別的東西。

但是一見到李紅，周至誠肚子裡的火氣就沒了。

他感到心疼和難過，但還得裝出一副高高興興的樣子。

「怎麼，還沒忙活完呀？你看看都幾點了！」李紅見小麵館已經沒客人了，但還沒有關門。

「窮忙活唄。妳怎麼這會跑來啦？」周至誠說。他有些緊張地看著李紅的表情，擔心她會不會已經知道于耀魁剛才說的那些了。還好，李紅一臉春風，沒有一點受了委屈的意思。

「哎，想約你出去走走，願意嗎？」李紅說，語氣有點撒嬌。

周至誠緊張了一下，覺得這話好像又有點知道了于耀魁說的那些話的意思。但看李紅的臉，又不像。管她知道不知道，她約他出去走走，就走走吧。反正遲早她會知道的。

「這麼漂亮的小姐約我，又是老鄉，我能不願意嗎？」周至誠故意這樣說，想讓自己放鬆放鬆。

李紅就很驚奇地看他一眼，說：「嘿，幾天不見，學會幽默了。」

周至誠趕緊說：「不敢不敢。妳說，去哪裡？」

「隨便。壓馬路牙子，走那裡算那裡唄。」李紅說。

散步大概是戀愛最基礎的方式。這是周至誠這一刻的體會和感受。當然，他知道他這種感受只是單方面的，正在與他一塊散步的李紅並沒有這種感受。

「至誠，你現在是不是還在恨耀魁？」李紅本來想等周至誠先開口，但周至誠心中千言萬語，卻找不到一個合適的話頭。只怕一句話說不好漏了天機，所以只好裝啞巴不說。這樣李紅就只好先說了。

「我現在還恨他幹什麼？沒那個必要了。」周至誠說。

「至誠，你別不承認這一點。」李紅沒聽出周至誠的意思，仍然按著自己原來的思路說下去，「其實我也能理解你這種心情。畢竟咱們同學一場，原來的關係也不是一般的同學關係。我也明白你的心。說起來，我是有些對不起你。」

「李紅，妳不要這樣說，這不是誰對不起誰的問題。」周至誠說。

「哪怎麼說？是你對不起我？」李紅笑笑，說，「你是有些對不起我！就像現在，咱們倆出來散散步，你離我那麼遠幹什麼？怕我吃了你呀？至誠，我說你這點可得改改！不是說男人不壞女人不愛嘛，我看你得稍微往壞裡學點，還像在鄉下那樣可不行。現在男人太老實了被人欺負，女孩子也不喜歡。」

「不喜歡就別喜歡。我總不能為了叫誰喜歡，就自個兒往壞裡學。」周至誠說。他覺得李紅還真的有點變了，好像她現在已經是個城市女孩了。

「你看你，誰說讓你真的學壞啦？我只不過提醒你，今後和別的女孩子談戀愛，在一些事情上要主動點，放開點。我看這方面你就不如耀魁。」

「我是我，于耀魁是于耀魁。妳別把他和我往一塊扯！」

「你看你心眼多小？還說你不恨他哩！人家耀魁就不像你，他可從來沒在我跟前說過你的任何不是，還對我說你其實是個挺不錯的男人。行啦行啦，我說這些你可能也不信。那咱們就不說這些已經過去的事了，咱們說說今後的事。」

周至誠沒吭聲。

「至誠，如果我現在遇到難處，你肯不肯幫我？」李紅忽然站住了，看著周至誠，很認真地問他。

「幫，一定幫！」周至誠沒任何猶豫，斬釘截鐵地說。雖然他已經預計到，李紅所說的難處，可能與于耀魁開公司的事有關。

果然，李紅接著就把于耀魁準備離開這裡到南方開公司，需要二十萬資金的事說了一遍。周至誠一直等她說完了，才問：「去南方？南方哪裡？」

「不是廣州，就是深圳唄。」李紅說。

「那妳怎麼辦？跟著他一塊去廣州深圳？」

「那自然是啦！他走了，我一個人還留在這裡幹嘛？」

「妳跟著他去廣州深圳幹什麼？和他一塊辦公司？」

「我哪兒懂什麼電腦公司？我跟他結婚，給他生孩子做飯當老婆呀！」李紅說著笑了，笑得很燦爛很幸福。

周至誠很緊張地問：「于耀魁答應啦？」

「沒有。不過也跟答應了一樣。」

周至誠的心像被扎了一刀，他明白了，自己心愛的女人至今仍被結結實實蒙在鼓裡，一點也沒察覺她那麼愛的那個男人已經變心了，已經決定離開她、不要她了。她還沉浸在愛的幸福和幻想中。而他又不能說破這一點。

「小紅，是這樣。二十萬是個太大的數目，我現在沒這個能力，但我會想辦法，能出多少出多少。妳放心，我答應了幫妳，就絕不會放空話！」周至誠說。一字一句，擲地有聲。

李紅被感動了，她知道眼前這個男人一直在深愛著自己，一直對她心存幻想。但是今天，她已經給他把話說得那麼絕，那麼明白，清清楚楚告訴他她要永遠離開他，和另外一個男人結婚生子過日子了，他還是這樣不改初衷，還是這樣一往情深地望著自己。李紅覺得心中湧起一股熱流，她輕輕往前跨了一步，把自己的心和整個人送到周至誠面前，心醉神迷地說：

「至誠哥，從小到大，你一直護我，幫我，可是從來沒碰過我一指頭。現在，我想讓你摟著我，親我一下。是我主動的，至誠哥，是你小紅妹妹心裡想的……」

周至誠像被雷擊般愣在那裡，渾身上下，連頭髮稍都劈哩啪啦冒著電火花。這一刻他盼了多少年，是他多少年的夢啊！他多麼想把小紅妹妹摟到懷裡，親她揉她，然後像扛麵袋一樣把她扛回自己的小麵館裡，扔到床上要她，一遍接一遍地要她，直到把這麼多年對她的愛，對她的慾念都傾瀉完為止。但是他沒這樣做。他知道這只是他的夢，而小紅妹妹的夢還在別處，還在于耀魁身上，他不能在她的夢還沒醒時，就把自己的夢強加給她。這樣一想，他身上那些劈哩啪啦作響的電火花就暫時由交流電轉為直流電，被儲蓄起來了。

於是，我們這個小麵館的小老闆，這個剛剛在這座舉目無親的大城市裡勉強站穩腳跟的農村孩子，這個稀裡糊塗把女朋友丟了一年，現在又有了點失而復得盼頭的「戀愛幼稚生」，很紳士地拒絕了小紅妹妹的熱切請求，說：

「小紅，咱不急。咱以後的日子長著哩！」說罷，還沒忘記遞張餐巾紙，讓小紅妹妹擦擦已經流得洶湧澎湃的眼淚。

Section 05

二十萬 吃了碗炸醬麵

1

週六，韓大亮帶著兒子韓許到公園寫生。

韓大亮每週有一天半時間不出車，週五下午半天公司舉辦學習活動，不出車；週六是許倩給他安排的休息日，也不出車。「錢是賺不完的，用不著把自己搞得那麼累。」許倩說。

但不出車指的是不給打車的人出車，老婆與兒子用車還是必須保持的。許倩每個週六都要安排戶外活動，不是到郊區踏青，就是帶兒子到公園寫生。還不時要韓大亮陪她去逛商場。按照與許倩的協議，今天輪到韓大亮陪兒子，許倩的活動是逛商場。他們九點起床，九點半早餐，十點鐘出門。許倩讓韓大亮先把她送到國貿大廈，然後再帶兒子去公園。

這是一個很小的公園，沒有名氣，也不是旅遊景點，相對人要少一些。韓大亮就是看中這點，願意帶兒子到這裡來。

小公園裡有兩片不大的水面，一片供遊人划船，另一片是魚塘。兩片水面之間，是一座人工堆成的假山。假山頂的涼亭上，有人在伴著手風琴唱歌。假山前是一塊空地，一群老太太和著節奏，在集體拍打四肢和屁股，另外有一個老頭，拒絕與那群老太太為伍，拒絕拍打自己的屁股，他嘴裡大聲喊著「嗨！嗨！」在玩命拍打一塊挺大的石頭。看上去不像是在鍛鍊身體，像是在跟那塊石頭過不去。

空地過去有一處茶園，一些人在那裡打麻將或者打撲克牌。人類在恣意破壞自然的真山真水的同時，又在身邊建起一些假山假水。並且還不忘在這些假山假水四周，再安排一些破壞它們的設施。

一些學畫的孩子正在供遊人划船的那片水面前寫生，那塊看起來是個理想的寫生角度。近處是水和低垂的樹枝，越過不算寬闊的水面，遠處是一處熱鬧的建築工地。建築工地的兩座大樓，一座已經封頂，另外一座剛建了一半。兩座建築物一高一低，看上去錯落有致，好像非常符合審美的要求。

韓大亮想讓兒子加入那些孩子的行列，但是許許不同意。他自己另外選了一個地方。韓大亮覺得兒子選的那塊地方，除了空空的水面外，什麼錯落有致的景物都沒有。但他知道，兒子不是他的車，能由他擺佈。況且自己對繪畫又一竅不通，便尊重了兒子的選擇。

「那你在這裡畫，爸爸四處走走。」安頓停當後，他對兒子說。

兒子嗯了一聲，好像已經進入狀態。

他先看了會釣魚。

比起無名水庫來，這塊魚塘顯得太小了。但圍在四周的垂釣者，卻是那裡的幾十倍。韓大亮大致算了算，最少不下50名。

他在一位中年垂釣者旁邊蹴下，很謹慎地怕弄出聲響。但謹慎了沒多長時間，看看魚漂一動不動，便忍不住了，隨手提了提水裡的魚護，明知故問：「上魚了嗎？」

「還沒。」

「一杆多少錢？」

「40。」垂釣者說，聲音裡已經有點不耐煩了。

韓大亮特沒眼色，他看了看水邊豎著的一塊木牌，上邊寫著：5月8日，放草魚400斤。就繼續沒眼色地接著說：

「5月8日是昨天，就是說，這400斤草魚已經被釣走一部分了。剩下的魚即使被全部釣上來，按人頭分，你們在釣的各位每人也不足八斤了——現在自由市場的草魚是每斤3元錢，你花一天時間再花40塊錢釣8斤魚，這筆賬顯然不合算——當然有的高手釣的可能多些，但有的恐怕一斤也釣不到。看來你老兄得努力啊！」

那位垂釣者半天沒上魚，心裡本來就火，這下終於忍不住了，站起來，氣哼哼地對著韓大亮嚷道：「你怎麼回事你煩不煩你？我高手低手合算不合算礙你什麼事？你跑到這叨叨叨——叨什麼你！」

韓大亮趕緊陪著笑臉說：「對不起對不起，打擾打擾！」然後樂呵呵地狼狽逃竄了。

園。

韓大亮跑過去看了兒子一眼，兒子還在那裡埋頭畫畫。他沒打擾兒子，轉著轉著到了茶園。

茶園裡沒有人喝茶，有兩張桌上一些老人在打撲克牌，另外一桌四個年輕人在打麻將。幾個年輕人大概也是來釣魚的，他們把魚杆扔在那裡讓兒子或老婆看著，自己跑來過牌癮。

韓大亮對打麻將略知一二。他沒多大打牌的癮，但看牌的癮不小。他知道打麻將的人特別煩屁股後邊有人看牌，但他想這是公共場所，你們能打牌，我看看有何不可？反正把嘴閉緊，不出聲就是了。

但是他今天的運氣特別不好。

打麻將的四個年輕人是三男一女，韓大亮最先沒好意思站到女的背後。他開始是站在女的對面那個選手的背後，但他在人家背後站了沒五分鐘，那位選手便連著點了兩炮。兩炮全是點那女的，門清，那女的又是莊家。這樣眼看著點炮者旁邊代表酬碼的撲克牌便下去不少。

那位選手便扭回頭看了他一眼。

韓大亮心想，你看我幹嘛？又不是我讓你出那張炮牌的。

他想到一個機率問題：一般情況下，如果三男一女打牌，要不就是女的一捲三，要不就是男的三捲一。今天的局面，看來是那女的要一捲三了。他便又轉過去站到那女的背後。

誰知他腳跟尚未站穩，便聽到轟的一聲，那女的一張牌出手，正好點了對門一個豪華七對。這一炮頂剛才兩炮，立馬就把剛贏的幾張牌全輸了。那女的倒沒有回頭看韓大亮，是韓大亮自己不好意思在那站下去了，便又轉移到旁邊另外一個選手背後。心想總不致於我站到這位背後，這位就又點炮吧？

但客觀實在並不以他的個人意志為轉移。他站在第三位選手背後之後，那個選手上莊就黃了一莊。好不容易出的一個暗槓也黃了。於上上樓，所有酬碼加番。幾個人都有點緊張起來。韓大亮也暗暗為他前邊的選手使勁，心想夥計你可得爭口氣呀，你要是再點炮，那我就沒法再在這站下去了。那夥計停牌了，門清一條龍，就差個三條。但他摸上來個三筒，沒有用，必須打出去。韓大亮偷眼一看旁邊那個女的，停的也是門清一條龍，等的恰恰就是那個要命的三筒。那夥計可能也預感到這是張險牌，捏在手裡舉棋不定。

旁邊幾個就異口同聲說：「生存還是毀滅，選擇吧！」聽上去幾位牌手文化都不低，知道莎士比亞這句著名的戲詞。

韓大亮對這句戲詞倒不怎麼熟，但他熟悉另外一句名言：「只有保存自己，才能消滅敵人。」不能打，千萬千萬不能打呀！韓大亮緊張得臉都白了，手心也出汗了。

但那夥計不懂得這個戰略方針，嘴裡喊了聲：「毀滅吧！」眼一閉，碰一聲將三筒打了出去。

「和！」那女的的一條龍應聲而倒。另外兩位便嘲笑那位，說：「誰不想和牌呀，就你膽大，三筒也敢打！」

「把他的，我怎麼成了喪門星了？」韓大亮心裡說。他很慚愧很內疚很抱歉地看了第三位選手一眼，心裡說著對不起對不起，然後將陣地轉移到最後一位選手身後——「我今天就不信了，還能站在誰屁股後邊誰點炮？」

但事實證明他不信也不行。他站過去不久，那個選手也是打出個三筒，那女的就又喊了聲「和！」喊完後便咯咯地笑了，一邊笑一邊對著韓大亮說：「師傅你怎麼這麼神呀？你站到誰背後誰準點炮，百驗百靈呀！」

其他幾位早有同感，本來都挺火的，讓女的這樣一說，便忍不住全都笑了。

韓大亮只好自己笑著下臺了，說：「今天是挺怪的，平時我站在誰背後誰準和牌，今天邪了門了！」說罷在一片笑聲中落荒而逃。

他又過去關照了兒子一眼，兒子好好的，還在那裡畫畫。

去哪裡呢？釣魚他不想看了，太急人，他又忍不住想說話。打牌那裡也不能去了，再去就是自討沒趣了。他忽然聽見假山亭子那裡的歌聲。便順著曲曲彎彎的小路，向上攀去。

這是個奇怪的音樂組合：五個人，三男二女，年齡大概都在五十歲以上。一個男的拉手風琴，另外四個人齊唱。聲音有高有低，但基本上還和諧。唱的全是五六十年代的中國歌曲和蘇聯歌曲。幾位歌者旁若無人，全都唱得十分投入。唱完一首，相互指點評論糾正一下，接著再唱另外一首。每個人頭上都冒著汗，興奮得滿臉放光。

除了一個小孩，旁邊沒有別的聽眾。韓大亮不好意思走到近前，他遠遠地看著這些歌者。心裡想：這是些什麼人？他們是在懷念過去，還是在圓過去的夢？他們這種既沒有劇場效應，又沒有經濟效益的歌唱，是不是就是歌唱本身？

與繪畫一樣，韓大亮對音樂一竅不通。但他能聽出，這幾位歌者的歌喉，實在是不敢恭維。有一對戀愛的青年男女，從他身邊的石階相擁著走過。他十分清晰地聽到那男孩嘴裡說了句：「神經病！」

韓大亮很想制止那男孩一句，因為他不這樣認為。幾天前，他看過電視臺一個節目。南方一個小鎮上，有個四十歲的男人辦了一場不賣票的個人音樂會。他從小愛唱歌，二十多年的夢想，就是辦一場個人音樂會。韓大亮沒有記住那位歌者的姓名，只記住了他圓夢後淚流滿面的表情。韓大亮非常感謝那場音樂會的組織者，也感謝那些前往聽歌的觀眾——他覺得一個小鎮和幾百個人，為了圓一個人幾十年的夢，這樣做是值得的。他覺得全國大中小城市的音樂會組織者，都應該向那場音樂會的組織者學習。他覺得我們所有人，都應該向那個小鎮上的人民起立致敬。

每個人的夢想都應該得到尊重，韓大亮這樣想。

這時候，手機響了。是許倩的手機號碼。韓大亮按下接通鍵，立刻傳來許倩焦急萬分的聲音：「你馬上來接我！我在國貿大廈門口，就在保安的旁邊站著！」

「怎麼啦？又丟錢啦？」韓大亮問。許倩此前有過丟錢的先例。

「別廢話！你趕緊來！」許倩命令。隨後掛了電話。

「把他的，這是怎麼啦？十萬火急的。」韓大亮自語道。他忙著過去給兒子招呼了兩句，然後大步流星出了公園，開車向國貿大廈趕去。

2

遠遠地，韓大亮就看見許倩站在那裡。他把車靠過去，許倩立刻拉開車門，鑽了進來。

「怎麼啦？這麼變臉失色的。偷人家衣服叫抓住啦？」韓大亮問。

「廢什麼話，趕緊開車！」許倩說。

韓大亮把車開上主道，走了好遠一段路後，許倩這才驚魂初定，揉了揉心口說：「哎呀媽，嚇死我了！」

「到底怎麼啦？遇到流氓小偷啦？」韓大亮有點耐不住火了。

「都怪你！都怪你給的那張卡！」許倩的火永遠比他大。

「什麼卡？卡怎麼啦？」韓大亮給許倩辦過兩張卡，許倩只管花錢，不管裡邊還剩多少。有一次在一家商場買了一千六百塊錢的東西，去刷卡時讓人家扣住了：原來卡裡只剩下十六塊錢，結果費了很大周折才算了事。今天該不會是重蹈覆轍吧？

「你知道不知道，年華給你的那張卡裡有多少錢？你不是說裡面有五六百塊錢嗎？」許倩說。

韓大亮這才想起兩個月前那件事。他記得年華是給過一張卡，後來他又把那張卡給了許倩。當時許倩還說會不會是張空卡。但他不記得給許倩說過卡裡有五六百塊錢。不管這些了，現在問題是這張卡出了什麼問題，卡裡到底有多少錢？莫非真是張空卡不成？

「當時不是告訴妳，我也不清楚裡邊有多少錢嗎？怎麼，真是張空卡？」韓大亮問。

「空卡？我告訴你，裡面整整二十萬！」許倩說。

「二十萬？」韓大亮這下也吃了一驚，連車也跟著顛了一下，「不會吧？妳能肯定？」

許倩說：「我怎麼不能肯定？本來我也沒想到會有這麼多錢，只是去交款台交款時，順便讓小組給查了一下，怕卡裡邊的錢不夠好補交。結果一聽說二十萬，嚇得我東西也不敢買了，趕緊就出來給你打電話──我也怕不準確，還讓人家反覆驗了兩遍。你想想，我帶著二十萬去逛商場，不是尋著遭搶挨偷嗎？」

「那倒是，誰兜裡揣著二十萬，也會緊張的。」韓大亮說。接著又問許倩，「那怎麼辦？」

「還能怎麼辦？你先送我回家。」許倩說。

「兒子還在公園扔著呢！怎麼，有了二十萬，兒子也不要了？」

「放屁！你先把我送回去，然後再去接兒子。」

二十萬帶來的最初衝擊與驚恐漸漸平息了，奇怪的是，許倩和韓大亮都沒有感到意外的驚喜。相反，兩人的心頭反倒都覺得壓了塊沉甸甸的東西。

「怎麼辦？」韓大亮剛才問許倩怎麼辦時，其實就有這個意思。現在這個問題與那二十萬一塊，把他們這個美好的週六生活全攪亂了。

回到家裡，韓大亮問許倩：「卡呢？讓我看看。」

許倩讓他先去把安全門鎖住，把窗簾拉上。

韓大亮說致於嗎，好像馬上就有人要入室搶劫似的。

平時他們家的安全制度是，白天韓大亮在家時，可以不鎖安全門；如果許倩許許母子在家，或者單獨一個在家，大白天也必須鎖好安全門，而且規定生人叫門一律不開。對兒子的規定尤其嚴格：生人熟人叫門都不開，包括叔叔阿姨查電錶的、查水錶的、訂牛奶的，一概拒之門外，等爸爸媽媽回來再說。按制度今天韓大亮在家裡不必鎖門，但既然老婆說了，韓大亮也覺得情況特殊，便按老婆的要求鎖了門拉好窗簾，弄得兩個人鬼鬼祟祟的，倒像是他們剛從外邊搶回來二十萬似的。

卡還是那張卡，正面反面都沒變化。當初韓大亮是隨隨便便扔給許倩的，現在拿在手裡，看看正面再看看反面，都還是那樣，看不出內邊會有二十萬。但總覺得好像比原來重了些，而且隱約還感到有點發燙。

「怎麼辦？」兩口子面對面，同時問對方說。

「別管怎麼辦，你先去把兒子接回來再說。」許倩說。

3

兒子韓許一直坐在那裡，畫得十分投入。

一個老人在不遠的地方望著韓許，他沒有過來看他畫的什麼，只是望著他專注投入的神情。

老人是從那群學畫的孩子那邊過來的，他在那裡看到了希望——不一定是美術事業的希望，是一些想當畫家的孩子的希望，和想讓孩子當畫家的父母的希望。那些孩子大都由父母陪著，有些還是美術教學班的老師集體帶隊。從選擇的寫生角度就可以看出，他們都是些很規範的學畫者，一切都符合美術教程的要求，連教者學者臉上的表情都近乎一致。

這孩子是個例外嗎？

老人被韓許選擇的角度和專注所吸引，在那兒看了很長時間。老人不想過早走到近前，他怕又看到那些千篇一律的東西，怕再次看到那類充滿希望的失望。但是最後，老人還是走到近前，他站在韓許的身後，一下了就被這孩子的畫驚住了：

畫面上的湖不像湖，像個快要乾涸的水坑。岸邊是一道疊一道水位不斷下落時留下的浮水印。坑底內剩下最後一口水了，一條大魚躺在剩下的那口水裡，嘴一半在水裡，另一半張著。

韓許還在繼續完成他的畫，並沒有注意身後的老人，也沒有像別的孩子那樣，扭回頭禮貌地喊一聲老爺爺您好。

「小同學，你今年幾歲啦？」老人問。

「十歲。」韓許說，頭也沒抬。

「你是哪個學校的呀？」

「師大二附。」

「你畫的是你看到的嗎？」老人又問。

「是。」韓許說，這次他扭頭看了老人一眼，很禮貌地笑笑。

老人就輕輕哦了一聲，他在韓許扭頭的時候，看到了孩子的眼睛。老人激動起來，他附下身子，看著韓許的畫，問道：「告訴爺爺，你準備給你這副『作品』取個什麼名字呀？」

「不知道。」韓許說。他說的是實話，因為他確實還沒有想好名字。

「你還有什麼『早期作品』能給爺爺看看嗎？」

正在這時，韓大亮趕來接兒子了。他看到老人在與兒子交談，便禮貌地稱呼了一聲老先生好。老人估計他是孩子的父親，便把剛才那個問題重新提了一遍。

「是你的兒子吧？他以前畫的東西能給我看看嗎？」

「以前畫的東西有幾張，不過都挺怪誕，美術老師全都給不及格。」韓大亮不好意思地說。

老人笑了一下，好像對美術老師的評價不敢苟同。接著又問：「你沒給孩子報什麼班嗎？」

韓大亮說：「報過。但有的說你這兒子我們教不了，不收；有的收了，孩子沒參加幾期就又不想去了。我這兒子可能有點怪。」

老人就摸著許許的腦袋，疼愛地說：「咱們怪點好呀，怪就是與眾不同呀！爺爺像你這麼小的時候，美術老師也經常給爺爺不及格呀。」

臨分手的時候，老人給韓大亮留了電話住址。韓大亮這才知道老人姓李，是美術家協會的專職畫家，擔任這屆「全國少兒美術電視大賽」的主任評委。老人問了韓許的姓名，讓韓大亮把許許這幅素描和他以前的畫挑幾幅直接寄給他，並歡迎韓大亮帶著兒子上門做客。

「今天可真是好日子，兒子遇到了高人，咱們又得了一筆意外之財，雙喜臨門啊！」韓大亮接兒子回到家裡，許倩聽說了畫家老人的事，馬上叫了起來。

韓大亮說：「妳別高興得過了頭，是喜是憂，還說不定呢！」

4

這天晚上，已經過了十二點了，兩口子還睡不著。

連慣例的「合鬧」也取消了。以往遇到高興事的時候，他們慶賀的內容之一便是「合鬧」。今天按許倩說的是雙喜臨門，但卻把這項內容刪除了。

二十萬是個太大的喜事，太大的喜事往往會給人壓力。

下午，韓大亮把許倩送回家，然後又去接兒子。從那一刻起，許倩就開始籌畫這二十萬該怎麼花了。她是那種存不住錢的女人，而且，她想這畢竟是筆外財，必須儘快花掉，免得因財招災。

房子得重新裝修一下了，許倩早就有這個想法。這次裝修可以高檔一點了。地板要換實木的；窗戶改塑鋼的，雙層，又隔音又防塵；牆壁用立幫漆或者別的環保漆，一定要到大的建材市場去買，再不能像那年那樣圖便宜，結果房子裝修完了三四個月，還滿屋子的油漆味。廚房得搞整體廚房，而且要名牌的，要那種免擦洗的抽油煙機，免得隔兩三個月自己還得清洗一遍。既然裝了整體廚房，那也得裝個整體浴室，聽說最好的也就萬把塊錢——不就萬把塊錢嘛，二十萬的二十分之一，有什麼了不起！

對啦，臥室的雙人床也該換了！床對人類來說太重要了，人一生最起碼有三分之一的時間是在床上度過的——對許倩和韓大亮來說就更加重要了！從筒子樓時代那張木架子床，到他們搬家後買的這張沙發床，他們在床上度過了多少美好時光呀！完全可以這樣說：床既是他們愛情的見證，也是他們愛情的功臣。筒子樓時代的那張木架子床，在完成它的歷史使命後退役了，現在已經去向不明。搬家後買的這張沙發床，現在雖然還沒什麼損傷，但也應該光榮退役了。這次一定得買那種超大型的雙人床，二米乘二米的。那種床才叫床，兩個人在上邊翻跟頭打滾也沒問題。

當然不光是床得換，還有別的一些東西也得換。人一生三分之一時間在床上度過，但還有另外三分之二的時間不能在床上度過。有一部分時間要工作，要在單位和別的地方度過。還有一部分時間要在客廳度過，要看電視，要聽音樂，等等等等。那電視機就得換了，家裡原來那台二十九寸的，太小了，起碼得換台四十六寸的，不能要國內合資或者組裝的，要國外原裝進口的名牌。許倩記得看到過一種電視機的價格，差不多兩萬塊錢。當時嚇得一伸舌頭：「哎呀媽，這麼貴！」現在不算貴了，不就是二十萬的十分之一嘛，買！

電視機換了，音響自然也要換。聽說一套特別好的音響組合得十來萬塊錢，那太貴了，那樣的話，二十萬一下子就去了二分之一，別的計畫就會受影響了。而且也沒有必要。只要專門搞音樂的人和傻子才會買那麼貴的音響。我們買套三萬塊錢的就相當不錯了——三萬是二十萬的七分之一，完全可以承受。

聽著三萬元的音響，看著二萬元的電視機，出門總不能用架千把塊錢的傻瓜相機吧？原來許倩跟韓大亮商量過，想買一架四千塊錢的數碼相機，韓大亮還猶猶豫豫不答應，現在一步到位，直接買部家庭攝像機（攝影機）得了。有了攝像機就得經常出門了，總不能老悶在家裡東攝西照吧？歐洲七日遊五日遊好像貴了點，剛才七算八算，二十萬已經不夠了，那就把自己的積蓄拿出來點，先去趟新馬泰過過出國癮……

以上是許倩在韓大亮把兒子接回來之前的計畫。晚飯後，許倩手裡一邊忙活，心裡一邊還在計畫著。韓大亮也不問她，她想他肯定也在考慮他的計畫。不管他，反正卡在我手裡，他的計畫得服從我的計畫。

一直到兩人上了床，許倩的二十萬遠景規劃才算初步完成。她大體上把自己的想法給韓大亮說了說，想聽聽他的意見。沒想到韓大亮一句話，便把她的遠景規劃打得粉碎。

韓大亮不吭聲，一直等她七七八八算完了，才說：

「老婆，妳還真的打算把這筆錢留下呀？」

許倩愣了一下，說：「怎麼，你不想留？還想給年華還回去？」

韓大亮說：「妳想咱能留嗎？」

許倩說：「怎麼不能留？卡是她給你的，又不是你搶她的偷她的。再說，年華不是說這卡也不是她的，是別人送她的嗎？要不，她怎麼會連裡邊有多少錢都不知道？」

韓大亮說：「她不知道，可是現在咱們知道了。人家那天包車，撐死了五百塊錢。咱收人家二十萬，合適嗎？」

「合適不合適我不管，反正你不能把卡還回去！我擔驚受怕，苦思冥想了老半天，現在還沒出被窩呢，你一句話就把我的計畫全葬送了，我不幹！」許倩說。

韓大亮說：「妳有妳的演算法，我有我的演算法。妳想不想聽聽我的演算法？」

「你還能有什麼好演算法！你個笨熊！」許倩說。

韓大亮就說了他的演算法。

「老婆妳聽我說，妳那計畫其實都不現實。別的不說，先說你那電視和音響。四十六寸的電視機，要求視覺距離最低五米，咱們現在的客廳才多大，視覺距離才兩米多，妳怎麼看？還不幾天就把眼睛看壞了？還有音響，三萬元的音響放咱這房子，不等於把兩間屋子都變成音箱了？幾天下來，還不把你我和兒子都震成聾子呀！所以我說妳那計畫不現實。要實現妳那計畫，第一步咱們先得換房子，先得把咱們現在這二居室，換成一套三室兩廳或者四室兩廳的大房子才行。光這一步下來，那二十萬就不夠，恐怕還得三十萬、四十萬才行。這些錢從那弄？總不能指望別人包次車再給二十萬吧？」

許倩說：「你做夢！這次人家給了二十萬你都要退回去，還想下次呢！」

韓大亮說：「那咱幹嘛要做那夢呢？咱現在沒二十萬，不也過得挺好嗎？咱不要這二十萬，每天吃三頓飯，躺下去在床上佔一米寬的地。咱要了這二十萬，莫非一天就能吃六頓飯，躺下去就能佔兩米寬的地嗎？致於妳說的換床的計畫我同意，就買那種二米乘二米，能在上邊翻跟頭打滾的大床！這床咱明天就去買，不要她那二十萬，這計畫咱也能實現，咱明天就去實現！咱明天買回來就在上邊翻跟頭打滾接著再合鬧，妳要幾次我給幾次，絕對保障供給。」

許倩就罵了韓大亮一句：「不要臉！說著說著就下道了。我不管，反正我沒想通！」

「沒關係，沒想通慢慢想。我相信我老婆的覺悟，相信我老婆會想通的。」韓大亮說。說完對許倩說了聲老婆晚安，然後轉過身，一會兒就打起了呼嚕。

許倩就輕輕揣了他一腳，心裡說：「這挨刀的，他倒能睡得著！」

過了半小時，許倩沒睡著。

又過了半小時，許倩還沒睡著。

快凌晨三點了，許倩先揪韓大亮的耳朵，韓大亮哼了兩聲沒醒。許倩就又捏他的鼻子，這下韓大亮醒了。醒來先迷迷糊糊說了聲幹什麼妳，接著就全醒了，問：「想通啦？」

許倩說：「想通個屁！我是自己睡不著，也不能讓你睡！不過我覺得你說的話也有道理。剛才我也算了算，咱們每月下來，你三千多，我一千多，加起來五千塊錢，其實也夠花了。咱們三口吃飯，一月千把塊錢足夠；衣服我也不是月月要買，不過是換季時突擊去買幾次，每次就算兩千塊錢，一年六七千也就夠了。平均下來，每月也就五六百塊錢。兒子的其他零星花銷，每月也就五六百上下。這樣一算，每月咱們也就開銷兩千多塊錢，還能節餘二千塊錢呢！平時我是沒算過，有多少花多少，今天這樣一算，以後花錢還真得算計著點呢！我也想啦，錢有多少才算多，才算夠呢？恐怕沒個頭！就像你剛才算的，有了二十萬，一算還差三十萬。那有了一百萬，恐怕就覺得還差三百萬，五百萬呢！我想今天才二十萬，你就和我不一心，就想不服從我的領導，趕明兒如果猛地有了二百萬、五百萬，你還不得把我推翻呀！算啦算啦，你把卡還給人家年華吧，就你說的，咱要人家這錢不合適，也沒法花，花著心裡也不踏實。」

韓大亮說：「妳看妳看，我說相信我老婆有覺悟會想通嘛，果然是！」

許倩擰了他一把：「覺悟你個頭！快給我拍拍背，哄我睡覺！趕明兒你告訴年華，她害得我一晚上沒睡著覺，讓她賠我！」

韓大亮一邊給老婆拍著背，一邊說：「遵命夫人，一定辦到，一定辦到！」

5

第二天中午，韓大亮撥通了年華的手機，這是無名水庫那個夜晚之後，他第一次與年華聯繫。

「你好！年華。」韓大亮有點緊張，貴人好忘事，年華認識那麼多的人，不一定記得他呢！

「你好！請問哪一位？」年華果然沒聽出來是誰。

「韓大亮。開出租的，無名水庫——」

這下年華想起來了：「是韓師傅呀！你好你好，回來後一直沒聯繫，我還以為你把我忘了呢！我本來還想給你打電話，事情太多，沒顧得上。」

「你現在在哪兒？中午有時間嗎？」

「我正在去我們台飯堂的路上，我們中午有頓工作午餐。怎麼，找我有事？」

「想請妳吃頓飯。不知妳肯不肯賞光？」

「請我吃什麼？又去無名水庫吃辣湯魚呀？那今天可去不了，我倒是挺想吃的。」

「不是去那裡。就請妳就近吃頓便飯。妳不是挺喜歡吃炸醬麵嗎？我知道個小麵館，炸醬麵做得挺地道的。」

「是嗎？你一說炸醬麵，倒是把我的食慾勾起來了。在什麼地呀？」

「地方離你們電視臺不遠。這樣，妳現在就出門，兩分鐘後，我趕到那兒接妳。」

十分鐘後，韓大亮帶著年華來到周至誠的小麵館裡。

「這地方倒挺乾淨的。」年華對小麵館的第一印象不錯。周至誠過來與韓大亮打了個招呼，便到後邊忙活去了。他沒認出年華，韓大亮也沒給他介紹。倒是服務員小王一眼便認出年華來了，吃驚得眼睛都瞪圓了。招呼他們坐下後，小王便跑到裡邊對周至誠說：

「老闆，你沒認出韓師傅帶來那女的是誰嗎？」

「沒認出來。反正是韓師傅的朋友唄。是誰？」

「是年華！」

「年華？年華是誰？」周至誠平時沒工夫看電視，所以對主持人都很陌生。

「電視臺的主持人，特別特別有名！名氣和鞏俐不相上下！」

這下周至誠有點吃驚了。他知道鞏俐，鞏俐演過一個打官司的農村女人，挺有名的。年華既然與鞏俐齊名，那名氣一定是很大了。但他馬上又想到一個問題，這麼有名氣的一個女人，怎麼會與韓師傅認識？怎麼會到他這小麵館吃炸醬麵？

「老闆，我給你提個合理化建議，一會兒咱們一塊和年華合個影。將來放大了，往外邊牆上一掛，咱們這小麵館準火起來！」小王說。

周至誠說：「那還要看人家願意不願意。」

小王說：「你和韓師傅那麼熟，讓韓師傅給年華說說準成！」

「你快出去招呼顧客，別光顧著在這裡說嘴。我先把炸醬麵給人家做好，讓人家先對咱的產品滿意再說！」周至誠說。

年華吃得挺滿意。吃完了，問韓大亮：「韓師傅，這麼緊急把我約出來，什麼事？」

韓大亮笑笑，說：「也沒什麼太大的事，妳大概忘了，妳還有一樣東西在我這兒呢？」他事前已經想好了，不能把事情說得太白。年華可能也不知道那張卡上有二十萬。既然她不清楚，那自己最好也裝糊塗，反正把卡還給她就是了。致於她怎麼處理，致於是誰給她的，她要不要還給人家，那是她自己的事。韓大亮說著把那張卡拿出來，遞到年華面前，說：「妳忘啦？這張卡。」

年華並沒忘，她說：「怎麼，裡面不夠五百塊錢？」

韓大亮裝作沒事地說：「夠。我用了五百，剩下的完璧歸趙，還妳呀。」

「嗨，韓師傅，你還分得真清呀！我不是說過，我也不清楚裡面多少錢，是多是少，卡歸你了嘛？」

韓大亮故作認真地說：「那不行，我又不是個體計程車，公司要記帳的。咱們朋友歸朋友，錢歸錢，錢與朋友不能混在一塊，混在一塊，朋友就做不長久了——這是我做人的原則。」

年華因為不知道事情真相，也就沒太當回事，見韓大亮挺認真的，就把卡接過來，說：「那我就尊重你的原則吧。那這樣，今天這頓飯算我請客。咱們禮尚往來，上次你已經請我吃過辣湯魚了，今天算我回請你。」

韓大亮很痛快地說：「行！」他想只要你把卡收下，別的說什麼都行。但他沒想到年華的下一步做法，卻給了他個措手不及。

「老闆，結帳！」年華拿著卡就喊結帳，周至誠過來說免啦免啦，韓師傅是我們這的常客，大家都是朋友。年華就把韓大亮剛才的話重複了一遍，說：「朋友歸朋友，錢歸錢，不能把朋友和錢混在一塊。這樣吧，我知道你這小店也沒刷卡機，這張卡上現在有多少錢，我也不清楚。但我想付兩碗炸醬麵的錢還夠吧。現在，這卡歸你啦，咱們兩清。」

周至誠說：「看你說哪裡去啦。我們——韓師傅，你給年華同志說說，我們還想與她照張相呢。」

年華笑笑，說：「照相可以，但你先把卡收下。」

周至誠看這個與聲俐齊名的女人這麼痛快，說了聲恭敬不如從命，便把卡收下了。韓大亮急得眼珠子都快滾出來了，可是又不能說什麼。

接下來周至誠和小王幾個高高興興與年華合了影。年華還把韓大亮拉過來，說：「咱們也照一張。怎麼，你怕嫂子知道了找你事呀？」韓大亮只好也和年華照了一張。

後來許倩看了那張照片說：「你看上去倒是在笑，但說實在話，笑得比哭還難看！怎麼啦，和女名人照張相，就把你激動成這樣呀！」

「把他的，看這事弄的，完全出乎意料！」韓大亮心裡說。他很想告訴周至誠一聲，那卡裡有二十萬！但轉念一想，算啦，各人有各人的命，各人有各人的想法和做法，卡到了周至誠手裡，他怎麼想怎麼做，那就是他的事了。

在回電視臺的路上，年華又問了問許倩的近況，和他兒子許許參加少兒美術大賽的事。最後半開玩笑半認真地說：「韓師傅，我挺想見見你老婆和你兒子的。你什麼時候邀請我去你家作客呀！」

韓大亮說：「那還不容易，妳什麼時候有時間，我們隨時恭候呀！」

6

韓大亮兌現那天晚上對許倩的承諾，在家具城訂做了一張二米乘二米的沙發床。他打算儘快把床拉回來，許倩說別急，你再等幾天，等我把屋子收拾好再說。

許倩花了幾天時間做準備工作。她從醫院拿回厚厚一疊舊報紙，又從建材市場買來漆和刷子，為了爬高上低方便，還買來一部家用梯子，梯子是鋁合金的，用起來又輕又方便。

韓大亮說：「老婆，妳又準備折騰什麼呀？」

許倩說：「你別管，到時候你就知道了。」

星期六一大早，許倩就把韓大亮打發出門。她讓他帶著兒子去公園寫生，告訴他們中午也別回來，就在外邊吃飯。她說她恐怕得一整天時間，等她工作完成的時候，她會打他的手機告訴他。讓韓大亮到那時候再帶著兒子回來。

「我要給你們父子一種煥然一新的感覺！」許倩對韓大亮和兒子說。

韓大亮帶著兒子走後，許倩出門找來一個收舊家具的老頭。原來花一千一百元買的雙人床，現在作價一百元賣掉了。許倩幫老頭把床抬到樓下，接過十張髒兮兮的十元票，然後上樓，獨自一人興高采烈地開工了。

沒有床的臥室顯得空了很多。現在屋子裡就剩下兩個衣櫃和梳粧檯。梳粧檯好辦，許倩先把上邊的瓶瓶蓋蓋取走，然後連拖帶推，把梳粧檯挪到客廳。兩個衣櫃比較沉，許倩像舉重運動員那樣蹲下身子，抓著櫃底試了試，一個人挪不動。她就把裡邊的衣服全倒騰到小屋兒子的床上，然後沒費多大勁，就把兩個衣櫃挪到了屋子中央。

櫃子挪到屋子中央以後，許倩把家用梯搬來。她爬上梯子，先用一層報紙把櫃子頂蓋好，接著又用封箱膠帶，給兩個櫃子四周貼了一圈報紙。看上去就像給衣櫃穿了一身防化服。衣櫃武裝好之後，她又給牆圍四周墊好報紙，以免塗料滴到地板上不好收拾。

一切就緒，許倩穿好工作服，戴上帽子，從陽臺上的工具箱裡找來鉗子和螺絲刀，打開一桶塗料，往一個大碗裡倒了小半碗，然後踩著梯子，往牆上刷了起來。

她要一個人把臥室重新刷一遍。她已經很長時間沒有來回折騰兩間屋子了，這次趁韓大亮要兌現換床的承諾，她決定把兩間屋子重新刷一遍。計畫是今天刷臥室，明天再刷客廳。

勞動是愉快的。而且這是她自找的活兒，幹起來就特別愉快，特別輕鬆。她嘴裡哼著歌兒，一會兒是年輕的朋友們，咱們來相會，蕩起小船兒，歌聲使人醉。一會兒又是毛毛雨啊毛毛雨，幸福不是毛毛雨，不會自己從天上掉下來。結果天上並沒掉下毛毛雨，天上只掉下一些塗料點兒，落得她臉蛋上工作服上，這裡一滴那裡一滴到處都是。

她給自己沖了一杯很濃的鐵觀音茶。許倩特別喜歡喝這種茶，尤其是幹活的時候。她踩著梯子刷一會兒，下來喝兩口茶水，並退後幾步檢查一下自己刷的效果，然後爬上去再刷。刷一會兒再下來喝口茶，檢查檢查，然後再爬上去刷，忙得不亦樂乎。她還不時自己鼓勵自己一句，打個扉子誇自己一聲：「真棒！」她覺得自己真是太聰明了，什麼都是一點即通一學就會，連刷出來的牆壁，看上去也與那些搞裝修的專業人員不相上下。

到吃中午飯的時候，許倩已經幹完了一半。她想，按照這個進度，晚飯前刷完整個房間完全不成問題！她就著茶水啃了兩包速食麵，然後就接著幹了起來。

韓大亮和兒子是七點多回家的。他已經帶著兒子吃過晚飯。估計老婆這會不一定能忙活完，肯定沒時間做晚飯，便給她帶了兩個麥香魚。

「的確是煥然一新！」韓大亮一進門就驚叫起來。許倩不但把屋子刷好了，衣櫃也回歸原位，而且還為他們做好一桌飯菜！

「天哪老婆，我真是佩服死妳了！」韓大亮當著兒子的面誇獎老婆，並上去摟著她親了一嘴。但他馬上又叫了起來：

「床呢？」

許倩豪邁地說：「處理啦！等著你那二米乘二米的新床呀！」

韓大亮哭笑不得地說：「寶貝老婆，那妳讓咱們今天晚上在那裡睡覺呀？」

許倩這才反應過來，說：「嗨，我怎麼把這茬忘了！這樣吧，我今天晚上和兒子在他那小床上擠一夜，你就在客廳的沙發上湊合一宿吧！」

7

兩週後，年華應邀到韓大亮家作客。她本來想和高含一塊來，但高含說，一個出租司機，有必要搞得那麼隆重嗎？年華說那就算啦，我一個人去。

年華給韓大亮一家都帶了禮物。給許許的是一套高級畫筆，給許倩的是塊衣料，給韓大亮的是手錶。

「首先聲明一下，這些東西合適不合適我不知道，但都是我自己上街給你們買的，絕不是別人送我的我再送給你們，一般也沒人給我送這些東西。」年華大概不常給人送禮，一進門就把給各人的禮物打開，還附帶做了個聲明。

許倩就說：「哎呀妳真是的，來了就來了，還帶什麼東西呀？」說著又叫許許，「快謝謝年阿姨！」

許許說了聲謝謝年阿姨，然後又問年華：「你就是電視上的年華阿姨嗎？我爸爸說妳是天下最累的女人，妳真的很累嗎？」

年華就附下身子，摸著許許的臉蛋說：「是呀，你爸爸說的沒錯，阿姨的確是很累很累。」說著做了個歪著腦袋睡覺的動作，然後自己笑了。

韓大亮說：「妳看我這兒子，妳一來就把我出賣了。」許倩就讓兒子到小屋玩去，然後兩口子忙著讓年華坐。

「我看看你們的房子。」年華說。

韓大亮就讓許倩陪著年華，他自己到廚房收拾魚去了。

年華來前說過，她什麼都不吃，就要吃韓大亮做的辣湯魚。韓大亮說那還不容易，就現去買了兩條活魚，各種料也準備齊了。半個小時保證齊活！

許倩陪著年華在兩個屋子轉了轉。年華一邊看一邊說，好像是剛裝修過？許倩就說那裡呀，我自己瞎刷的。年華就看看許倩，笑著說：「我聽韓師傅說過，妳喜歡倒騰房子，還說你們家的自行車洗衣機什麼的，出了毛病都是妳上手修理，是真的嗎？」

「你聽他敗壞我！」許倩笑笑說，「不過我是閒不住，挺喜歡搗搗這裡弄弄那裡的，要不就覺得渾身難受。」

「韓師傅哪兒是敗壞妳，他是誇妳呢！我這方面可不如妳，家裡什麼事都弄不了。別說修自行車了，以前我騎車時，車胎沒氣了我都不知道該怎麼打。」年華說。

許倩聽了心裡就很受用，她覺得年華倒是挺隨和的，沒有什麼名人架子。不過她又想，妳當然不用弄家裡的事，也不用給自行車打氣，有別人替妳弄嘛。便又說：「妳家裡肯定雇保姆了，哪兒用妳上手幹這幹那呀？」

年華說：「沒有，我家裡就我和我先生兩個人。我們平時很少在家裡待，也不常在家裡吃飯。說實話，我倒是挺羨慕你們家這樣的，成天熱熱鬧鬧樂樂呵呵的，多好啊！」

「你們沒孩子？」

「沒有。還沒準備要。」

許倩差不多都有點同情年華了，不在家裡待，不在家裡吃飯，又沒有孩子，那還叫什麼家呀？那女人還叫什麼女人呀？這種心理又把她與年華的距離拉近了一步。

「你們結婚十幾年了吧？」年華不想再談自己，扯起另外一個話題。

「十六七年了。多快呀，一眨眼似的。」

「我聽韓師傅聊過你們一些事，包括你們當年住筒子樓的事情，我覺得都挺有意思的。韓師傅給妳說過了吧？我打算在《新概念婚姻》欄目給你們做一期節目，他說要經過妳的批准才行呢！」

許倩臉就紅了，說：「可別可別！千萬可不能做！我和他都不是那種能上電視的人。再說這種家長裡短的事，背著人說說可以，哪能上電視呀！妳要做節目，我倒是能給妳提供個線索，不過不是這個欄目，是妳那個《時代英豪》欄目。」

「什麼線索？」年華很認真地問。

「其實我也是想給朋友幫個忙，算不算線索我也不懂。」許倩有點猶豫。

「沒關係，你說說看。」年華說。

許倩就把劉衛東女兒夢夢的事給年華說了說。夢夢已經闖入國際名模電視大賽總決賽，總決賽的賽場設在中國，到時電視臺肯定要現場直播。許倩想年華不一定會做現場主持，但她是電視臺的人，總歸能說上話，說不定能給夢夢幫點忙。另外她想，如果在決賽前能給夢夢做一期專欄節目，那對提高夢夢的知名度，增強她取勝的信心都會有幫助。這個想法許倩曾給韓大亮說過，讓他給年華說說。韓大亮說妳算了吧，咱和人家年華也就是認識而已，怎麼好意思叫人家走這麼大的後門，要說妳自己說去。許倩想今天把話說到這塊了，那就不妨說給年華試試。

沒想到年華挺當回事。她聽許倩講完後，又問了幾點情況，考慮了一下說：

「劉夢這女孩我知道。五國名模大賽的現場直播是另外一個部門主辦的，我們這邊不參加。這沒關係。比賽到了這一步，一般沒必要關照，也沒法關照——能闖入總決賽的女孩，都是頂尖級，完全憑實力上來的，任何關係和關照都不起作用。不過倒是可以考慮給她做一期節目。我回頭再把劉夢各方面的情況瞭解一下，然後再給妳答覆。」

「那太謝謝妳啦！」

「這與給你們做《新概念婚姻》並不矛盾呀！我還是希望妳能答應。」

「不。謝謝妳的好意，但我還是不能答應妳。妳別忘了我是在婦產醫院工作的。我覺得婚姻跟女人生孩子一樣，應該是絕對隱秘的。過得好過得不好，哪裡合適哪裡不合適，兩口子自己明白，自己不斷調整適應就行了，不能說，不能張揚，一張揚就沒意思了。我看過一本寫名人婚姻的書，我不知道寫書的作者和被寫的名人是怎麼想的，反正我看了後，就覺得那名人兩口子今後沒法過了，天下人全都把他們兩人之間那點事搞得一清二楚，那還不等於他們是生活在一間四面透明的玻璃房子裡呀？他們在裡邊幹點什麼都有人看，都有人盯著，怎麼過呀?──不過我這都是胡說八道,沒有攻擊妳那個欄目的意思,妳可千萬別往心裡去。」許倩說完,歉意地對著年華笑笑。

年華也笑了一下,但心裡卻被「玻璃房子」四個字扎了一下。「我是不是也生活在玻璃房子裡?」她想。

這時候,韓大亮的魚做好了,還炒了幾個素菜,備了一瓶紅酒。於是喊許許過來一塊吃飯。許許說他的事情還沒幹完呢,等一會兒再吃。年華要過去喊,許倩說不用了,現在這孩子,長大了就不願意參和咱們大人的活動了,一般家裡來了客人許許都不上桌,咱們先吃吧!韓大亮也一邊倒酒,一邊說:「咱們吃吧。條件有限,不成敬意呀!請!」

這頓飯年華吃得挺高興,但總歸不如在無名水庫那天晚上了。那種痛快淋漓的感覺再也找不到了。雖然魚是鮮魚,調料也放得很足,但就是吃不出那種盪氣迴腸的氣勢。好像那種氣勢在方方正正的餐桌上,用著正規的盤子碟子是找不到的,只有兩個人蹴在那裡,用勺子連湯帶水搲到碗裡才吃得出來。

年華臨走的時候,許許把他的一副新作送給她。是他剛剛給年華畫的素描。畫面上,只有一個歪著腦袋打瞌睡的女人頭像，和一個伸向前方的話筒。下邊是一行稚氣的小字：

作品九：年華阿姨。

8

現代媒體的作用越來越強，並且越來越具有強暴意味：強暴人們的眼睛、耳朵和心靈，強暴人們的隱私和沉默權。不論你是走在大街上還是待在家裡，說不定什麼時候，就會有一個伴著攝像鏡頭（攝影鏡頭）的話筒戳到你面前，強迫你在毫無精神準備的情況下，回答他的問題，滿足他的要求。這種心靈強暴和精神強暴的事情每天都在發生，而一些被強暴者卻渾然無覺，還爭著搶著往鏡頭和話筒前湊。

與此同時，媒體又在製造一個接一個的神話。做為這些神話的載體，名人應運而生，大眾追捧名人的風氣也日甚一日。幸虧許倩和韓大亮沒有這種名人情結，他們不想把他們的婚姻搬上螢幕，不想在一座玻璃房子裡給大眾表演愛情生活。但是，許倩把自己朋友劉衛東的女兒推薦給年華，推薦給《時代英豪》，劉衛東與她的女兒劉夢會怎麼想？她們會接受嗎？

劉衛東和女兒接受了，而且欣喜若狂。

一開始，劉衛東不太相信許倩說的這些。她不相信年華會到一個出租司機和婦產醫院護士的家裡作客，也不相信單憑許倩幾句話，年華就會接受她的提議。儘管她與許倩已經相處了很多年，知道許倩從來沒有說過假話，但是這件事情還是讓她起疑。

許倩生氣了，說：「愛信不信，妳這人怎麼這樣！」說完賭氣走開了。

但是幾天後，女兒突然給她打來一個電話。

劉夢的電話是從郊區打來的，她正在那裡一家飯店進行決賽準備。

「媽媽，告訴妳一個特別的好消息：電視臺的《時代英豪》欄目要給我做一期節目，還要請妳做為嘉賓出鏡。妳知道主持人是誰嗎？是年華！」女兒的聲音欣喜若狂，因為這對她太重要了。

「給妳做節目，我出鏡幹什麼？」劉衛東還是將信將疑。

「年華來採訪時，我把妳的經歷也給她說了說，她挺感興趣，便說定要妳做現場嘉賓。她說回頭還要和妳聯繫。」劉夢說。

劉衛東不說話了，她想事情可能是真的了。她打算找許倩道個歉。但是她還沒來得及找到許倩，院辦的高秘書來找她了。

平常打照面時連理都不理她的高秘書，這回是親自到產科來請她的。客氣得讓她手足無措：

「劉大夫，妳路子可真野啊！怎麼連年華都搬得動呀！快快快，快去院辦，年華在那裡等妳，院長和幾個院頭都在陪著呢！」

院辦一屋子人，幾乎所有在家的院領導都趕來了，像準備接受黨和國家領導人接見。劉衛東進門的時候，院長正在向年華介紹她的情況，把劉衛東誇得跟一朵花似的，還臨時給她安了個院勞動模範的頭銜。

年華看劉衛東進來了，過來和她握了握手，然後挺客氣地對院長說：

「王院長，這樣好不好。各位領導都很忙，就不打擾了。我單獨和劉大夫談談可以嗎？」

王院長說：「可以可以。年華同志的任何要求我們都保證滿足，保證滿足！」其他幾位院領導也隨聲附和，然後自動列隊，一一上來與年華握手後離開。

但高秘書不想走，高秘書說：「我不走沒關係吧？」

年華笑笑，然後公事公辦地說：「太有關係了。我說過要與劉大夫單獨談談，剛才王院長不是答應保證滿足我的要求嗎？」

高秘書就說那好那好，然後也離開了。

年華原計畫與劉衛東談二三十分鐘，沒想到卻整整談了兩個多小時。

按《時代英豪》欄目的要求，這期節目的主角自然是劉夢。年華原來找劉衛東的目的，主要是想讓她談談如何從小對女兒進行美的教育和培養，現在看到女兒的成功，心裡做何感想等等。不料談著談著便跑了題。劉衛東從她當年十六歲赴內蒙插隊說起，談到她們的衣著和髮型，談到她們當時用的化妝品，談到她們那一代女孩對美的追求與失落……那是整整一代人的失落啊，尤其是當年一個有一米八零身高優勢，卻把這個優勢葬送在公社籃球隊的漂亮女孩，現在人老珠黃，到了五十歲的時候，面對女兒的成功，面對已經失落了的那些歲月，心中該有怎樣的感慨啊！

「太感動人了劉大夫。到了節目現場妳就這樣談。不，妳別管現場都有哪些人，也別考慮是對著鏡頭。妳就這樣談。妳應該也是這期節目的主角之一。妳女兒劉夢是時代英豪，我想妳也是，妳是妳們那個時代的英豪！我感謝妳！也想透過妳，向所有從那個時代過來的人們致意！」

年華被感動了，她站起來，緊緊握著劉衛東的手說。

即將參加國際名模決賽的劉夢，與她母親劉衛東擔綱的這期《時代英豪》，獲得空前成功。

直播現場燈火輝煌。劉衛東最初感到的，是一種被烘烤的感覺。儘管現場放了冷氣，但她還是覺得自己出汗了。她沒有被安排在嘉賓的位置上，她和女兒劉夢，分別坐在一把主賓的椅子上，對面是主持人年華。嘉賓的位置上坐著三個名人，一位是上屆國際名模冠軍，另外兩名是演員。

嘉賓的身後，是幾排階梯式座位。這是現場觀眾席。韓大亮、許倩帶著兒子坐在那裡。這是劉衛東威脅的結果，她告訴他們，如果他們拒絕出席現場觀眾，那她就不參加這期節目了。「不管怎麼，有你們在那裡坐陣，我心裡踏實一些。」劉衛東說。年華也再三動員，於是他們答應了。其他現場觀眾來自各方面，雜七雜八有三四十人。

「很遺憾，本來我們今天的主賓應該是三位，還有劉夢的父親劉南先生。但他在國外，沒法趕回來。不過過一會兒，我們將透過越洋電話與他取得聯繫。相信他現在也正在看我們的節目。」

主持人年華，這樣致開場白說。

接下來節目正式開始。年華先向觀眾介紹了劉夢和這次國際名模大賽的相關情況，然後由劉夢介紹了她在國內參加預賽、複賽、決賽，以及分赴韓、日、美、俄四國參加循環賽的情況。期間穿插了一些嘉賓的提問，並由劉夢做了現場模特兒表演。現場笑聲不斷，人們為劉夢的機智回答和精彩表演不斷鼓掌。觀眾席上韓大亮一家的掌聲，自然最積極最熱烈。劉衛東也放鬆下來，雖然身上還有汗，但已經不那麼緊張了。她好像覺得沒自己什麼事了，就這樣給女兒「打打下手」，這期節目也就過去了。

但主持人又開始問了。

「劉夢小姐，妳一路奪關斬隘，終於進入了總決賽，距離最後的成功只剩下一步之遙——其實我應該說妳已經成功了，不論在總決賽中妳能否進入前三名，妳都已經取得了成功，都已經為我們國家爭得了榮譽。那麼，我想請問妳，現在，面對妳的母親，面對現場和電視機前的億萬觀眾，妳最想說的話是什麼？」

「我最想說的話是，謝謝主持人！謝謝大家！」劉夢說著，站起來向大家鞠了一躬，然後繼續說道，「我還要感謝養育了我的這方水土和人民，要感謝我生長的這個時代，尤其要感謝生我養我的父親母親。三十年前，我母親像我這個年齡的時候，也是一位身高一米八零的漂亮姑娘，但她們那個時代沒有模特兒這個行當，不僅如此，她們連追求美的權利都沒有。當她們處在青春花季的時候，『時代』什麼也不讓她們穿，什麼也不讓她們做。服裝的顏色全國統一，樣式全國統一，甚至連髮型也是全國統一！她們那一代女人，最奢侈的化妝品是雪花膏和蛤蜊油！當母親反反覆覆對我講這些的時候，我最初是不理解的。不僅不理解，我甚至還十分反感。我想，誰讓你們倒楣，誰讓你們趕上那個時代呢！但是，當我看見母親和與她差不多歲數的那些阿姨，拼命餓自己，拼命減肥，不顧一切反對，花錢去拉雙眼皮，去紋眼線時，當我多次看見母親站在鏡子前那種失落的眼神時，我理解了自己的母親，同時也理解了千千萬萬個經歷過那個時代的女孩們！所以，今天我要向我的母親深鞠一躬，向她說一聲：媽媽，對不起！」

劉夢說著，走到母親跟前，深深地鞠了一躬。然後喊了聲：「媽媽，對不起！」母女倆便流著淚擁在一起。

現場一片靜默，好像在為那個時代致哀。主持人年華眼裡也閃著淚花。她走過去，把話筒遞給劉衛東，輕聲說：「劉大夫，請妳代表母親，代表從那個時代過來的所有女人們，說幾句吧。」

劉衛東接過話筒。她站起來，擦了擦臉上的淚，笑了笑，說：「真不好意思，已經多少年沒流過眼淚了。」她好像不知道該從何說起。她又不好意思地笑了一下，並向現場觀眾席那裡望了一眼，似乎想尋求許倩他們的支持。韓大亮許倩給了她一個鼓勵的眼神，但她並沒有看到。她此刻其實什麼也看不到，激越的心理風暴正在她的腦海裡鼓盪著，三十年的夢幻，三十年的失落，以及對這種失落的無效追尋，被女兒當眾說破了。在這個越來越重視外部表象，很少有人去關心一個人的裡心世界的社會面前，她有必要敞開心扉，把內心的話說出來嗎？

她又笑了一下。她終於下了決心，並找到了切入的話題。

「那我就順著夢夢剛才的話往下說吧。一點不錯，我是經常拿我們當年一些事教訓女兒，並和時下她們這幫女孩相比較。女兒要買時裝名牌，我就說，妳媽當年穿什麼呀，清一色的黑、黃、藍三原色！女兒要做頭或者買化妝品，我一聽做個頭要兩三百，一支口紅也要兩三百，就又叫起來了，說你媽當年哪裡知道什麼髮型和口紅呀，宣傳隊演出時，臉蛋和嘴唇上的紅顏色，都是用紅紙沾上去的！

可是我一邊說女兒，一邊自己也忍不住想美呀！除了不用減肥外，我別的美都追求過。我拉過雙眼皮，紋過眼線，還動過去眼袋的念頭。為這事夢夢他爸沒少打擊過我，他說我又沒嫌棄妳，妳這麼做是給誰看呀？我一塗口紅，他就說快去擦掉，別嚇著我，像剛吃完死人似的。剛拉完雙眼皮那回，我眼睛的腫還沒消，他見了我就哈哈哈笑了，說，妳那叫雙眼皮嗎？我怎麼看上像肚臍眼似的。你們別笑，我老公當時就這麼說的。

後來，我又去扭秧歌，還去公園的露天場地跳過交誼舞，他就說妳這是幹嘛？神經病呀？其實我也不知道我這是幹嘛，我也說不清我為什麼要這樣。我明白這一切都是徒勞的，都是白費力氣。每次往鏡子前一站，我也會問自己一句妳這是幹嘛？神經病呀？但是有一點我明白：已經丟失了的東西，是永遠追不回來的。

如果我年輕三十歲，如果我現在像自己的女兒那樣也是二十歲，我用得著去拉雙眼皮，用得著去紋眼線，用得著玩命往臉上抹化妝品嗎？用得著去扭秧歌，用得著去露天和那些壓跟不認識的老頭子跳交誼舞嗎？二十歲，誰把我的二十歲奪走了，誰把我的二十歲還給我呀！」劉衛東說著說著，突然不說了，也不笑了，她雙手捂著臉，掩面長泣。淚水順著她的指縫和手腕，無聲地向下淌著。

女兒劉夢在陪著母親流淚，現場觀眾席上也傳來抽泣的聲音。主持人年華走過去，遞給劉衛東一張雪白的紙巾。她摟著她的肩膀，讓她和自己共同面對觀眾。女兒站在母親的另一側。鏡頭裡出現一組放大的特寫：兩個傾城傾國的漂亮女孩中間，是一張剛剛用淚水洗過的臉。年華稍有點哽咽的聲音，在整個演播大廳響了起來：

「劉大夫，妳是美麗的。雖然已經過去的那個時代，奪走了妳和成千上萬女孩的二十歲，但是他們沒法奪走妳愛美的心，沒法奪走妳追求美的權利！妳的心是年輕的，妳的心和我們一樣，永遠是二十歲！」

現場響起一片掌聲。這時候，越洋電話接通了。鏡頭切換到異域，工程師劉南出現在畫面上。稍後，一個男人的聲音越洋過海傳了過來：

「衛東，夢夢，妳們太棒了！我現在想說的只有一句話：我愛妳們！」

節目引起巨大迴響，不少觀眾來信來電話要求重播。但是在節目第二次播出前，台裡一位分管領導不知出於何種原因，要剪掉劉衛東掩面長泣的那一段：「太長了，有點喧賓奪主。」領導說。

從來沒有發過火的年華為此大光其火，她跑去找到那位領導，憤怒地說：「一個女人，一個失去了如花似玉的青春年華，失去了三十年寶貴歲月的女人，我們現在還給她一分鐘還不行嗎？」

Section 06
「一千五」診所

1

一個月後，李紅發現自己沒來例假。

「過了幾天啦？你以前來的準嗎？」楊萍問她。

「以前都挺準的，這次過了三天了。」李紅說。

「那就再等兩天看看。」

又過了兩天，還是沒來。而且吃點東西就想吐，坐車也吐。楊萍就說：「去檢查一下吧。這可不是稀裡糊塗的事！」說著看了李紅一眼，想問句別的，又沒有問。

「去哪兒檢查呀？楊萍姐。」李紅看著鏡子裡的楊萍問。她正在給楊萍做頭。李紅這方面的天分很高，她自創的一些髮型，常常會引起不少女孩的關注。楊萍逛商場時，就有好幾次被一些女孩攔住，問她的髮型在哪裡做的。有一次，楊萍去一家挺有名的美髮店洗頭，美髮店的專業美髮師也稱讚李紅給她做的髮型很特別。當時旁邊正好有一個模特兒的也在洗頭，也說是挺不錯，很有創意。

楊萍有時就勸李紅別再幹現在這一行了，開個美髮店算了。李紅說我這是鬧著玩玩，哪能當真。嘴上雖這樣說，但心裡對這一行卻十分喜歡和留意。她買了不少相關的畫冊，平時沒事就翻開琢磨琢磨。用的工具和美髮用品，有的是她買的，有些是楊萍買的。楊萍說手工費我就不給你了，哪裡還能連材料費也叫妳掏呀？

「去醫院呀，還能去哪兒檢查？」楊萍一邊看著鏡子，一邊說。

「我不去醫院。我聽黃豔說過，醫院那些醫生護士，一看咱們是外地來打工的就不順眼，尤其是檢查這種事。」

「不去醫院妳去哪裡？可千萬不能找那些街頭廣告上的私醫，鬧不好傳染上什麼病就麻煩了。」楊萍說到這裡，忽然想起一個地方，說，「哎，我倒想起個地方，叫『一千五』診所。聽說挺不錯，很多女孩子都是去那裡檢查和做的。就是貴些。」

「怎麼叫個『一千五』診所？那不也是街頭私醫嗎？」李紅問。

「私醫與私醫可不一樣。現在有不少私醫都是從大醫院跳槽出來的，設備技術都挺高的。我說的這家診所就是婦產醫院退休的一個老太太辦的。『一千五』可能也不是正式名字，是指的錢。聽說是檢查五百，手術五百，複查再收五百，一共一千五，所以就叫出名來了。貴是貴些，但聽說老太太醫德醫術都挺好，所以不少人都願意去。」

「可是『一千五』診所在哪兒呀？我怎麼去呀？」李紅急了，說。

「打車去呀？出租司機還能不知道？要不妳打電話問問韓師傅，他肯定知道——哎，妳乾脆讓韓師傅送妳去檢查不就得了？妳現在車一晃就吐，別的計程車還不一定願意載妳哩！」楊萍說著笑了。

李紅知道她是笑她那回吐到韓大亮車上的事，便說：「那不行，韓師傅不管怎麼也算咱們個朋友熟人，我這是真是假還不知道呢，就鬧得張張揚揚讓他知道不好。再說啦，我總不能老往他的車上吐呀，萬一吐出什麼感情怎麼辦？」李紅說完自己也前合後仰地笑了。

「那妳就自己另想辦法吧。」楊萍說完，穿好衣服準備出去。這時大約是下午三點多，離她們上班的時間還早。她是要去一家醫院聯繫弟弟治病的事。前幾天她給縣醫院的張大夫打電話，問給弟弟換腎的事怎麼樣了。張大夫告訴她還沒有結果。張大夫說，縣醫院地方小，又沒有和別的醫院聯網，讓她最好在這裡找一家大醫院，讓人家上網查一查。楊萍就託人找了一家醫院，並讓張大夫那邊把弟弟的病情資料全傳了過來。她今天想去問問有沒有消息。

但李紅拉住她說：「楊萍姐妳別走哇，妳走了誰陪我去檢查呀？」

楊萍就瞪她一眼，說：「糊塗！還非要讓我把不想問的話問出來呀？該誰陪妳自個想去！」說完在李紅的臉蛋上擰了一下，拉開門走了。

李紅傻了一下，才猛地反應過來。

楊萍走後，李紅收拾好東西，然後鎖了門，出來找了個公用電話給于耀魁打電話。對方一直拒接。李紅反覆打了七八次，才終於打通。

「誰啊？一遍一遍打，有完沒有！」于耀魁一張嘴就挺火。

「我是李紅呀耀魁，你沒聽出來？」

「聽出來啦，什麼事？」

「你現在能不能到我這來一下，我有重要的事要告訴你。」

「不可能，我現在正在微電腦室內。哪兒也不能去。」

「那明天呢？明天你有時間嗎？上午下午都行。」

「沒有，這幾天我都沒有時間。什麼事，妳在電話裡說不行嗎？」

「電話裡不好說，再說也還沒有確定。」

「那妳打電話幹什麼？我不是給妳說過嗎，我正在搞我的軟體！妳這不是故意攪和我嗎！」電話裡的聲音差不多是在吼叫，隨後便掛斷了。

李紅傻在那裡，無聲的淚水把話筒都打濕了。

事情的進展有點意外。

第二天下午，周至誠突然搭韓大亮的車來到安徽村。李紅並沒有給他們打電話，事情是幾個巧合造成的：這天中午，韓大亮像往常一樣，到周至誠的小麵館吃炸醬麵。周至誠正好準備了一萬三千塊錢，要給李紅送去。他知道她並不需要這筆錢，需要這筆錢的人是于耀魁。但是他不想把錢交給于耀魁，他倒不是怕他不還他——他壓根就沒指望他還！他是不想見他。

自從一個月前，于耀魁和李紅一前一後找過他後，周至誠就陷入深深的矛盾和痛苦之中，心愛的女人被人拋棄了卻一無察覺，還忙著四處給那個混蛋張羅錢，而他不僅什麼都不能說，還得拿自己的血汗錢幫她——實際上是幫那個混蛋！

「這他媽的算什麼事呀！」周至誠把那一萬三千塊錢湊齊後，自己揪著自己的頭髮在屋裡團團轉了半天，最後還是決定給李紅送去：他答應了李紅，哪怕她拿這些錢餵狗，他也不能食言！結果正巧趕上韓大亮來吃飯，就搭他的車趕來了。

於是李紅就由周至誠陪著，搭韓大亮的車去了「一千五」診所。

這裡有一些讓人難以理解的地方。李紅本來並不想讓周至誠陪她去，因為讓他陪她去就等於告訴他自己有可能懷孕了。但她後來又想，讓周至誠知道了也好，知道了他就會對自己徹底死心，免得再這樣牽扯下去。致於周至誠，他那裡知道「一千五」診所是怎麼回事，等暈頭轉向陪著李紅進去後，才迷迷糊糊覺得自己又犯了一回傻。

而且這傻犯大了——周至誠怎麼也不會想到，他會因此被扯進一起兇殺案，而且差點沒被關進局子。

2

「一千五」診所在一條小街的居民樓裡，二層，二〇二室。樓外沒有掛診所的牌子，也沒有任何能辨認出這裡是診所的標誌，但是周圍的人，都知道這裡是「一千五」診所。

這是一套三室一廳的單元房，兩間南房，一間北房，中間是個大約十六七平米的客廳。客廳現在被做為候診室，淺藍色的牆壁，地板也很乾淨。客廳裡擺著一組很新的沙發，沙發前的茶几上放著些一次性水杯，還有一本寫滿人名和電話的登記本。茶几旁邊有一台冷熱兩用飲水機。整體感覺看上去比一般醫院的候診室還要整潔，舒適。這大概也是這裡吸引病人的原因之一。沙發對面擺著一組低櫃，上邊放著一台彩電。彩電旁邊靠牆角的地方，扔著一個放過蘋果的紙箱，大概是扔廢物和垃圾用的。紙箱上臥著一隻黑貓，那隻黑貓看上去很兇，像一頭兇猛的豹子。

兩間南房，一間是主人的臥室，另一間小一些的是診療室。周至誠陪著李紅進來之前，老太太正在診療室給一個姑娘做手術，一個小夥子在外邊客廳裡等著。他們按了門鈴好長時間，一個老頭才從臥室那邊走出來，打開鎖著的安全門讓他們進來。

老頭看了他們一眼，什麼也沒問，指了指茶几上那個登記本，說：「登記。願寫真名也行，不願寫真名也行，但電話要留真的，以便聯繫。」然後又對周至誠說：「交費。檢查五百，手術五百，複查五百。分開交也行，想一次交清也行。」

周至誠就讓李紅坐到那兒登記，他從身上掏出五百元錢遞給老頭。老頭數也沒數，隨手就扔到牆角那個紙箱裡，就像是扔垃圾和廢紙似的。老頭扔錢時，那隻黑貓從紙箱上跳下來，等老頭把錢扔進去後，又跳了上去。

一個細節，一個後來讓刑警江海反覆琢磨的案情細節出現了。

周至誠來前剛拾掇過魚，那隻大黑貓大概是聞到錢上的魚腥味，便伸進爪子去抓那錢，三抓兩抓，把那個紙箱踩翻了，內邊的東西嘩拉一下全倒了出來。

全是錢。整整一大紙箱裡全是錢，而且基本上都是百元大鈔。

周至誠、李紅，以及那個等著的小夥子都不同程度地吃了一驚。

老頭卻一點也沒吃驚。老頭在黑貓的腦袋上拍了一下，然後像攬落在地上的樹葉似的，用腳把那一堆百元大鈔往一塊攬了攬，一把一把抓起來又扔回紙箱。看著那隻黑貓重新臥上去後，老頭便又回臥室去了。

「我的天！這麼多錢！」那小夥子自語道，同時看了周至誠一眼，大概想得到他的認同。

周至誠笑笑，回看了小夥子一眼。小夥子看上去很帥，鼻子長得尤為出色，像希臘人種。

這時候，一個慈眉善目的老太太，扶著一個女孩從診療室出來了。那個小夥子立刻誠惶誠恐地站起來，上去扶住了那個女孩。老太太說：「沒事！挺好的。一週後再來複查。」小夥子一邊說謝謝謝謝，一邊扶著姑娘離開了。

老太太把小夥子和姑娘送出門，然後鎖好門，回頭瞅了李紅一眼，很職業地說，「下一個。姑娘是妳嗎？瞧長得多疼人！進來吧，別緊張。」

周至誠就在客廳等著。事實上，他在外邊只等了十分鐘，但他的感覺就像是等了十年。不平衡呀，周至誠心裡不平衡呀！他不是傻子，他明白這個診所是怎麼回事了。對他來說，陪著一個女孩上這裡，本身就不是太光彩的事，更何況陪著的那個女孩，懷的又不是自己的孩子！于耀魁你個王八蛋呀，你他媽的也太不是人啦。你他媽的一沒明媒二沒正娶，就把人家李紅給幹了，而且還下上了你的種，你他媽的這不是在我的地裡栽你的樁，不是拿刀子捅我的心嗎！

李紅呀李紅，妳怎麼這麼糊塗呀？狗日的于耀魁早就不存心要妳了，妳怎麼還跟他幹這事呀？你們幹了就幹了，別讓我知道就行了，妳幹嘛今天還非要讓我陪妳上這裡，妳這不是故意要我難受要我難堪嗎？罷啦罷啦，從今往後，咱們倆的事算是買單啦！我再愛妳，我把妳愛得上天入地要死要活，但我總不能揀一塊別人種過的地呀！

于耀魁你個殺千刀挨萬炮的入娘賊，你他媽的把李紅毀了，也把我毀了！周至誠越想越氣，越想越覺得絕望，恨不得馬上就找到于耀魁把他宰了，恨不得手裡有顆原子彈，馬上引爆把自己連同李紅連同整個地球全都毀滅算球了！為了澆澆肚子裡的火氣，他一邊想一邊不停地從飲水機裡接冰水喝，一杯接著一杯，差不多把一桶水快喝完了。

但是李紅出來了。李紅一出來，周至誠一肚子火連同手裡準備馬上引爆的原子彈，立刻就滿天的雲全都散了。

李紅臉上掛著淚，看上去又委屈又幸福。

「完啦！一定是懷上了。」周至誠心裡喊了一聲。看起來不能馬上「買單」啦，我現在買了單，她怎麼辦呀？她還不知道給她下種的那個王八蛋已經跟她「買單」啦，她還沉醉在幸福之中，我再跟她買單不等於殺她嗎？

「沒事，挺好的。」老太太說。大概來她這的姑娘都是沒事挺好的，「和妳愛人商量好了再來。如果準備要，那再來複查一次就行了。如果不準備要，那就過三四天來做掉。但不能再往後拖，再拖就不好做了。」老太太說著看了周至誠一眼，周至誠趕緊也像剛才那個小夥子一樣，誠惶誠恐地站起來。

「小夥子，好好照顧妳愛人。找這麼個天仙般的女孩，是妳多大的福氣啊！」老太太說。

周至誠只好裝做愛人的樣子，上去扶住李紅，連聲說：「謝謝！謝謝！」

他們剛才來的時候，已經把韓大亮的車放走了。韓大亮問過要不要再來接他們，周至誠說不用了，他們一會兒另打車回去。韓大亮剛才送他們來這裡時，心裡其實挺納悶的。憑感覺，他覺得李紅與周至誠之間不會有什麼事，有事的恐怕是那個叫于耀魁的傢伙。但李紅卻讓周至誠陪她來，這他就鬧不明白了。

「不是我不明白，這世界變化快呀！」韓大亮當時心裡這樣感慨了一句，便開車走了。現在周至誠陪著李紅離開「一千五」診所，準備打車送她回安徽村。

「小紅妳等會。我去撒泡尿。」周至誠說著就往旁邊胡同裡竄。他是覺得內急，剛才為了澆火，冰水喝得太多了。另外，他想避開李紅給于耀魁打個電話。

胡同裡有處公廁，周至誠進去時，有位老兄也正在那裡放水。看見他進來，一邊抖他那水龍頭，一邊問他：「是陪著姑娘去『一千五』診所的吧？人多嗎？」

周至誠側著身，一邊緊急操作，一邊說：「不多。」心裡想，你憑什麼認定我去了診所？

「就老頭老太太倆在家吧？」那老兄又問。

周至誠心想這人，辦完公事還不走，賴在這兒問這問那，沒聞夠味是怎麼的。便扭頭看了那人一眼，這一看不要緊，差點沒把他尿嚇回去：這人長得挺兇，他也說不來是怎麼個兇法，但就是覺得兇，感覺上像剛才臥在錢箱上那隻黑貓。

「嗯。」周至誠嗯了一聲。那人可能察覺了什麼，關好大門走了。

周至誠解完手，就在廁所外邊打通了于耀魁的電話。

「于耀魁，你他媽的偷牛讓我拔樁！閉住你那狗嘴！先聽我說。今天晚上，還在老地方。什麼老地方？我和你還能有什麼老地方，就我對門那家麥當勞！你早一點來，六點！你記著，來之前這段時間，你不准給李紅打電話。李紅如果給你打，你就什麼也別說。一切等我們見過面以後再說！」

周至誠把李紅送回安徽村四十六號後，把準備好的錢和年華給的那張卡給了她。李紅問他多少錢，周至誠說一萬三千。李紅說這麼巧，怎麼也是一萬三？周至誠沒明白她說的巧是什麼意思，也沒有問。李紅又翻看著年華給的那張卡，問周至誠卡裡多少錢？周至誠說不知道，是個朋友給的，大概一兩千總有，湊個數吧。

「至誠你放心，耀魁和我以後賺了錢，一定還你！」李紅最後說。

3

周至誠不到六點就進了麥當勞。這次他沒問人家要菜譜，這次他直接到售餐台那裡，要了四個巨無霸，六塊辣雞翅和兩大袋薯條。然後問小姐有酒沒有？小姐笑了一下說，先生對不起，我們這裡沒有酒，只有咖啡、橙汁和奶茶，你要哪一種？周至誠就要了兩杯咖啡。端著盤子離開時，他心裡還挺納悶：怎麼會沒有酒？這洋飯館就是缺根筋。

于耀魁是六點準時到的。

「今天我請客，吃！」于耀魁屁股剛剛坐下來，周至誠二話不說，就下令開吃。說罷自己先拿起個巨無霸，一口下去差不多一半。

于耀魁心裡有點膽怯，一邊捏了根薯條放進嘴裡，一邊問：「至誠，是不是小紅給你說什麼了？」

「別問！先吃。吃完咱們再找個地說話。」

「什麼事在這說還不行嗎？你不說我怎麼吃得下去？」

「吃不下去也得吃！還等著我硬往你嘴裡塞嗎？」

于耀魁見周至誠一臉殺氣，不敢再問了。勉強把一個巨無霸塞進肚裡，便再吃不進去了。

「你買這麼多，撐死我也吃不了呀？」于耀魁苦著臉說。

周至誠說：「吃不完打包，我拿回去餵狗！」

兩人出了麥當勞，于耀魁問去哪兒？周至誠說你別問，只管跟著我走。

周至誠七拐八拐，進了一個小胡同的深處。在一棵大槐樹下，周至誠停住了。于耀魁一看，四下沒人，路燈也很暗，心裡害怕了，說：「至誠，你把我領到這地方幹什麼呀？」

「幹什麼？」周至誠話到手到，一把揪住于耀魁的脖領子，劈哩啪啦，先左右開弓給了于耀魁兩個嘴巴，然後一使勁，把于耀魁抵到那棵大槐樹上。

于耀魁雖然個子比周至誠高，但沒他壯實。他覺得周至誠手上可真有勁，一隻手差不多就把他舉了起來。他兩隻手舞紮著，想掰開他的手，但怎麼也掰不動。

「你幹嘛打我？我要喊員警了！」

「打你？你他媽的今天如果不把事情說清楚，我就就地解決了你！」周至誠殺氣騰騰地說。說著手上一用勁，卡得于耀魁氣都喘不上來了。

于耀魁連著咳嗽了好幾聲，才拖著哭腔說：「什麼事情呀？你不說我怎麼知道呀？」

周至誠說：「什麼事？你他媽自己幹的事你不知道？」

「是不是小紅的事？她給你說什麼了？」于耀魁估計周至誠肯定是為了小紅的事。他並不知道小紅懷孕的事，李紅下午從診所回來後，連著給他打過五六次電話，他都沒有接。他想是不是周至誠知道了他與李紅發生過關係的事，為這找他算帳來了。他知道男人一般都很計較這事，尤其是鄉下男人。

「為別人的事我犯得著找你嗎？小紅懷孕了！你知道不知道？」周至誠喊道。

「是嗎？我不知道，真的不知道。她沒給我說。」于耀魁說。接著反問周至誠道：「你怎麼知道的？」

周至誠說：「你他媽的偷牛讓我拔樁——是我陪著李紅去檢查的！我下午給你打電話那會就剛從診所出來。你說你他媽的缺德不缺德。把人家肚子搞大了就不要人家了，還他媽的說把她還給我，你說你這是人幹的事嗎？」

于耀魁這下明白是怎麼回事了，這樣他反倒不怎麼害怕了。而且他馬上就找到了反擊的理由：「至誠，這你就不對了，你憑什麼一口咬定是我把李紅的肚子搞大的？我承認我和她發生過關係，而且不止一次兩次，但是這也不能證明她肚子裡的孩子就是我的呀？她幹的那種工作你又不是不知道，名義上是心理諮詢服務，實際上就是個三陪介紹公司！誰知道她與多少男人幹過，怎麼能肯定孩子就是我的呢？」

「什麼？你再說一遍！」周至誠傻住了，像被人兜頭敲了一悶棍。他沒有想到于耀魁會這樣說，更沒想到他會這樣看李紅。一個他從頭髮稍愛到腳後跟的女孩，讓這個狗日的給糟踢了還潑上一身髒水！這口氣他怎能咽得下去？這會他真是怒從心頭起惡向膽邊生，如果手邊有把刀子，他一定會一刀捅過去！其實不用刀也行，不用刀他用手掐也能把這個混蛋掐死！問題是掐死後怎麼辦？掐死後他去自首，一命償一命，這他不怕，死就死。問題是李紅怎麼辦？再說，他值得為這麼個不是人的傢伙去以命換命嗎？

不值得！周至誠覺得自己的命比于耀魁寶貴一千倍一萬倍！不憑別的，單憑他對李紅的愛，他的命就比于耀魁高貴一千倍一萬倍！他根本不相信于耀魁剛才說的那些屁話。他也知道李紅那個心理診所是掛羊頭賣狗肉，但他想她頂多就是陪客人吃吃飯唱唱歌，絕不會幹他說的那些事情。

當然，她懷孕是個事實，她與這個王八蛋有過那事也是事實。但是，他能因為這一點就不愛她了嗎？不能！今天在診所李紅在裡邊檢查的時候，周至誠已經把這個問題想透了。他當時也起過算了的念頭，也想過再好的女孩，既然和別人已經幹過了並懷了孩子，那他恐怕就愛不起來了。但是李紅一出來，他一看見李紅，一看見她那張帶著淚花的臉，就知道今生今世，他對她的愛是永遠不會改變了。而且他覺得他現在比以前更愛她，更心疼她——誰說心疼不是愛？心疼的感覺有時比愛還要強烈。

心疼不光是愛，心疼還帶有責任感。周至誠此刻就覺得自己有這種責任感，他覺得自己不能幹傻事，他得對李紅負責。他不僅不能就地結果于耀魁，他還得靠這個傢伙去說服李紅，把該做的事情做完，然後再說別的。

周至誠把抓著于耀魁脖領的那隻手放下來，他看上去已經不生氣了，好像是被于耀魁剛才那番話打敗了。于耀魁整整衣服領子，扭了扭脖子，說：「至誠，你他媽的可真有勁，差點沒把我勒死！」

周至誠說：「我懶得勒死你。你滾吧！但我告訴你于耀魁，第一，你從這離開後，直接就到小紅那裡去，她肯定正在找你，要與你商量孩子的事。你不打算娶她，就得哄著她把孩子做掉。第二，小紅做了孩子這段時間，你不准再提不愛她的話，你他媽的裝也得裝作還愛她的樣子，她剛做了孩子你再氣她，那不是要她的命嗎？第三，你不是打算到南方去辦公司嗎？小紅正在四處給你湊錢，湊了多少我不知道。我勸你要走早點走，錢不夠到了那邊再想辦法。你他媽的一個大男人，讓一個女孩給你四處張羅錢辦公司，還好意思嗎你？」

于耀魁說：「這些不用你說，我自己會看著處理。」

周至誠立馬又上手揪住他的衣領，惡聲惡氣地說：「什麼你自己處理？你他媽的就照我說的這三條去做！你說，你聽不聽？」

「我聽，我聽還不行嗎？」于耀魁說，說完趕緊就溜。

于耀魁走出沒幾步，周至誠又吼了一聲：「站住！」

于耀魁站住了，周至誠走到他跟前，看著他的眼睛，說：

「耀魁，我再問你一句：你不後悔嗎？」

「我不後悔。」于耀魁說。

周至誠說：「但我告訴你，你會後悔的。我敢說，像李紅這樣這麼好、這麼愛你的姑娘，你今後再也遇不到了。你會後悔的，你一定會後悔的！」

「那是我自己的事。」于耀魁說。說完轉身走了。

周至誠一個人站在那裡，這個經歷了一連串失敗打擊的男人，眼睛裡閃著淚。他突然覺得自己是幸福的。

4

于耀魁剛出胡同口，手機正好又響了。是李紅打來的。于耀魁讓她別說了，他馬上就去安徽村見她。

李紅給于耀魁打了一下午電話，于耀魁一直拒接。她就跑到學校去找他，也沒見人，于耀魁的同屋說他五點多就出去了，什麼時候回來也不知道。李紅就在學校外邊等。等了一個多小時仍不見人，她又擔心他會不會去安徽村找她，就又趕回安徽村，快到時她又試著給他打了個電話，沒想到打通了。

于耀魁一進屋子，李紅便撲上去摟住他，一邊親他，一邊委屈得嗚嗚哭了起來。

于耀魁只好哄她別哭別哭，我這不是來見妳了嗎？

李紅一邊抹著滿臉的淚水，一邊說：「一下午找不見你，我都要急死了！耀魁哥，我真是越來越離不開你了，一會兒不見你，一天聽不見你的聲音，我就跟掉了魂似的。耀魁哥，咱們結婚吧！我告訴你一個大喜事：我懷孕了。」

于耀魁只好裝作剛知道這事，說：「怎麼會呢，咱們就那次沒採取措施，哪會那麼準？」

李紅說：「你以為我騙你呀？我今天已經檢查過了。昨天我打電話給你，就是想讓你陪我去，你有事走不開，我就讓周至誠陪我去了。我一下午找你，就是想告訴你這件事。」

于耀魁不說話了。

「耀魁哥，你不高興？不喜歡我懷了你的孩子？」李紅仰著臉問他，隨後又把頭紮在他的懷裡，使出全身的力氣摟緊他。

于耀魁想好了，他本來並不想按周至誠說的幾條辦，但眼下看來別無選擇，只好說：

「小紅，這孩子不能要，妳得做掉。」

李紅一下退出他的懷抱，吃驚地問：「為什麼？」

于耀魁說：「小紅妳先別急，聽我說。妳想想，我現在研究生還沒有畢業，又忙著準備起公司，如果有了孩子，哪裡還顧得上？再說，我們畢竟還沒有結婚，未婚先孕，不管怎麼，聽上去都不太好。」

李紅說：「哪怕什麼？咱們抓緊把婚結了，不就不存在未婚先孕的問題了？致於帶孩子的事，你大可不必操心！我一個人保證把咱們的孩子帶好，一定不會影響你。」說著又把頭紮到于耀魁懷裡，使勁拱他摟他。

于耀魁說：「不可能沒影響。再說，我很多事還得靠妳幫忙，妳忙著生孩子帶孩子，我找誰幫忙去？」

這句話打動了李紅，她抬起頭，一臉燦爛地說：「真的嗎？我有那麼重要嗎？耀魁哥，你這麼說我真高興！我沒想到你會這麼看重我！」

于耀魁便趁熱打鐵，接著說：「小紅，妳聽我話把孩子做掉。做完手術後，咱們就找個時間結婚。」

這句謊言終於使李紅就範了。她猶豫了一下，答應了。不過她心裡還是有點不忍。但為了親愛的耀魁哥，為了不影響他的學業和事業，做掉就做掉吧。反正他們很都年輕，結婚後好好過幾年兩人生活，三五年後再要孩子也不遲。

「耀魁哥，你想我嗎？人家都想死你了！」李紅表完態後，雙手勾著于耀魁的脖子，親著他求歡。于耀魁見李紅答應做掉孩子，心裡也輕鬆下來，便回應著親她。很快，兩人便脫光衣服上了床。

對于耀魁來說，這次做愛帶有最後的性質，他明白這可能是他與李紅的愛情絕唱，所以特別投入。對李紅來說，親愛的耀魁哥已經答應很快和自己結婚，這是她一年多以來的夢想，也是她做姑娘二十年的夢想呀！天底下，到哪裡找耀魁哥這樣長得又帥，又有文化有學歷有本事，又愛自己的男人呀！她陶醉在這種虛幻的夢境中，愛得死去活來驚天動地，身下的床單被洇濕了一大片。

平靜下來後，李紅跳下床沖了一杯熱奶，硬要自己端著餵于耀魁喝。于耀魁要下床她不讓，她又回到床上，依偎著他說：「就這樣，咱們就這樣說說話。」

「妳那位同屋呢？」于耀魁問。

「楊萍組回老家去了。昨天才走的。她打算把她弟弟接到這裡來治病。」李紅說。

「她弟弟怎麼啦？什麼病？」

「不太清楚，反正是一種挺難治的病。」李紅一邊說著，一邊用手指挑起于耀魁一綹頭髮，萬般憐愛地說：「耀魁哥，你看你的頭髮長得多好呀！又細又密，跟女人的頭髮似的——哎，耀魁哥，我給你做個髮型吧！保證比專業美髮店做得還好！」

于耀魁說：「妳怎麼會做髮型？再說，妳這裡有美髮工具？」

李紅就指著桌子上那些剪刀瓶子給于耀魁看，說：「平時楊萍姐的髮型都是我給她做的。你不信，我給你做一次你就知道了。」說著便翻起身，要于耀魁也起來她給他做。

于耀魁趕緊說：「算啦算啦，下次吧。」接著想起什麼，又問，「妳說妳是今天下午去檢查的，在哪個醫院？」

「沒去醫院。去的是一個診所——叫『一千五』診所，是楊萍姐介紹的。」李紅說。

「『一千五』診所？怎麼起這麼怪個名？是個私人診所吧？私人診所檢查可靠不住！」于耀魁說。同時心裡想，但願這次檢查的結果靠不住就好了。

李紅很認真地說：「這你就說錯了。這家私人診所與別的私人診所可不一樣。特別乾淨，條件和大醫院不相上下。大夫是個老太太，是從婦產醫院退休的。態度特別好，醫術也高，就是收費貴了點。」

「多少錢？」

「光檢查一次就收五百。如果手術再收五百，手術後複查又是五百，要不怎麼叫『一千五』診所呢！」李紅說。

「純粹就是騙錢！」于耀魁說。

李紅就叫了起來，說：「哎呀說到錢，人家那才叫有錢！你知道人家把錢放在什麼地方？就扔在牆角一個裝蘋果的大紙箱裡。也不要保險櫃，就讓一隻大黑貓臥在上邊守著。我們進去時，正趕上那隻貓把紙箱弄翻了，一百元的大鈔倒得滿地都是——最起碼有二十萬。我看咱們要是有那箱錢，你辦公司就不用發愁了！」

于耀魁就嘆了口氣，說：「唉，現在就是這樣，有錢的人錢多得沒地方放，沒錢的人急得跳牆也弄不到錢！」

李紅本來不想讓于耀魁走，要留他在這裡過夜。但于耀魁堅持要走，他說學校有紀律，要是查出他在這裡過夜他就完了。李紅一聽見紀律兩個字，就趕緊依了他。

于耀魁臨走前，李紅把自己存的一萬三千元錢，和周至誠那一萬三千元錢以及那張卡，一塊交給他，說：「耀魁哥，這些錢你先拿著，以後我再想辦法。這張卡裡大概有千把塊錢，你抽空去給你買身衣服。耀魁哥，哪怕我自己不穿什麼好衣服，我也願意看見你穿好衣服。你穿好衣服特別帥氣，我看了比我自己穿了都高興！」

于耀魁又羞愧又感動，他摟了李紅一下，問：「那妳準備什麼時候去做手術？」

「後天或者大後天。大夫說再遲了就不好做了——你一定要陪我去！」李紅說，眼裡含著淚。

「那就大後天上午吧！大後天是星期六，上午正好我有時間。我聽你的，明天我就去買身新衣服，到時候我穿著新衣服陪妳去，讓妳高興高興。」于耀魁說。他這時說的還是真話，因為他明白在李紅把肚子裡的孩子做掉之前，他還必須演戲，還必須裝。

「星期六上午幾點？」李紅問，她好像有種不好的預感，還是有點不放心地問。

「九點——十點吧！就十點整，妳在這裡等著，我來接妳。」于耀魁說。

「那說好啦！耀魁哥。星期六上午十點，我就在這裡等你。我就不給你打電話了，你可一定要來呀！」可憐姑娘說著說著，眼淚便嘩地湧了出來。

5

天氣預報星期六下午有雨，但還不到上午十點，雨就下起來了。是暴雨，伴著閃電和雷鳴，越下越大。

李紅九點多就到安徽村外邊的路口等著了。快十點的時候，雨下起來了，于耀魁還沒有來。李紅就躲到路邊一個小店的屋簷下等他。十點過一刻了，還不見來。她想去給他打個電話，但又怕她離開這塊時于耀魁正好閃過去。另外她想她那天給他說過，再不給他打電話了，便沒有去打，下決心在這兒等。她想無論如何，他今天都不會失約的。也可能是因為天下雨，車不好打，再等一會兒他肯定會來。

但是過了一個小時，于耀魁還沒有來。

又過了一個小時，還沒有來。

已經過了中午十二點了，還是不見于耀魁的影子。風裹著雨，已經把李紅全身上下全打濕了。她索性離開躲雨的屋簷，直接就站在雨裡淋著。姑娘心裡已經絕望了，她知道他不會來了，但她還是下決心要在這兒等下去 。等一天，等一輩子！一直等到他來為止，要不然她就死在這兒！

快到下午兩點的時候，周至誠打著韓大亮的車趕來了。昨天上午周至誠給李紅打過電話，主要是想探探于耀魁那天晚上去她那沒有，兩人談得怎麼樣。因為他既不放心李紅，也不放心于耀魁。李紅便把於耀答應儘快與她結婚，她也同意做掉孩子的事告訴了周至誠。並告訴他于耀魁今天上午陪她去做手術。周至誠聽李紅的口氣挺高興，心裡難過得直打哆嗦，但嘴上還不得不說那就好，那我就放心了。

可是他怎麼能放心得下呀！女人做人流，那跟生孩子一樣，也是坐小月子呀！于耀魁那王八蛋，肯定一完事就拍屁股跑了，他反正達到了目的，才不會管李紅的死活呢。周至誠越想越放心不下，恰巧又趕上韓大亮來吃飯。他便買了點紅糖、太太口服液和別的補養品，急急忙忙趕來了。

「那好像是李紅！」韓大亮先發現了路邊的李紅，周至誠這下也看見了。韓大亮一把方向把車靠到路邊，車還沒停穩周至誠就拉開車門衝了出去。

這時候雨下得正大，周至誠衝到李紅身邊，也顧不上問怎麼回事了，不由分說就把李紅往車裡拉。李紅掙脫周至誠的手，大聲喊道：「你別管我！我就要在這裡等著他！他不來，我今天就死在這兒！」

周至誠急了，一邊重新拉住李紅要她上車，一邊說：「妳還等他幹什麼呀？他早就死啦，連心帶肺都叫狗吃啦！」

韓大亮見周至誠勸不動李紅，便也下車，走過來說：「李紅，有話咱們上車裡說好不好？天大的事，咱也別自個在雨裡糟踐自己好不好？」兩個人左哄右勸，總算把李紅弄到了車裡。

李紅進到車裡，全身哆嗦著，嘴裡反覆說：「他會來的，他說過十點整來接我，他說過的，他一定會來的。」一姑娘滿臉雨水淚水，目光有些呆滯，脖子哽咽著卻哭不出來，看上去十分嚇人。

韓大亮遞給周至誠幾張餐巾紙，示意他給姑娘擦擦淚。周至誠接過紙巾，又遞到李紅手裡。他實在不知道該怎樣勸自己心愛的女人，只好在李紅的背上拍著，說：「小紅，妳哭吧！妳放聲哭，妳放聲哭出來就沒事了！」

韓大亮說：「周老闆，我先送你們回李紅那兒。然後我去找那個于耀魁！」韓大亮也覺得看不下去，心想這個于耀魁可真不是東西，這麼好個姑娘叫他折磨成這樣，他找到他，揪也要把他揪過來！

李紅這時忽然哇一聲，一頭紮到周至誠胸前號啕大哭起來。

周至誠一邊說這就好了，一邊答應韓大亮說：「那也行韓師傅。你快去快回，麻煩你了！」

韓大亮說：「麻煩什麼？誰還沒個急難事！」說著發動車子，先把周至誠李紅送回四十六號，然後調頭去于耀魁學校。

路上韓大亮連著給于耀魁打了兩次電話，對方都是關機。

到了學校，韓大亮找到于耀魁的同屋，聽到的卻是一個意料不到的消息。

「于耀魁已經退學了。昨天剛辦完手續，已經走了。」那個同屋說。

「走啦？什麼時候走的？去哪裡啦？」韓大亮大吃一驚，擦著腦袋上的雨水，問。

「具體地方不太清楚。他早就有自己辦公司的打算，不過原來說資金差得太多，半年裡還走不了。但前天上午他上了趟街，回來就突然說資金問題解決了，然後就忙著辦手續訂票，本來他說是訂的今天上午的車票，但實際上昨天晚人就不見了。」那個同屋說。

「這個驢！」韓大亮罵了一句。然後向那個同屋說了聲謝謝，扭回頭又往安徽村趕。

快到安徽村的時候，韓大亮把車靠路邊停下。他想這事先得跟周至誠商量一下，看怎麼給李紅說。姑娘剛才已經受了刺激，再聽到這事恐怕會受不了。他打周至誠手機讓他出來一下，周至誠問什麼事？找到于耀魁沒有？韓大亮說你先出來一下，我就在路邊這裡等你。

沒多一會兒，周至誠跑來了。雨還在下，他頂著件女式雨衣。一鑽進車門，就問：「怎麼，沒找見人？」

「于耀魁退學了，已經走啦！」韓大亮說。

「走啦？去哪裡啦？」

「哪誰知道！反正已經離開這個城市。現在你先別管他去了哪裡，現在問題是這事怎麼給李紅說。我也不太清楚你們之間到底怎麼回事，但我看不能再刺激李紅了。該怎麼辦，得你拿主意。」韓大亮說。

周至誠說：「韓師傅，你也不是外人，我就兜底全告訴你吧。」於是就把李紅懷孕，于耀魁答應今天上午陪她去診所手術的事給韓大亮講了一遍。講完問韓大亮：「韓師傅，我又沒經歷過這種事，你說該怎麼辦？」

韓大亮問：「哪個診所？是不是就上次去檢查的那個『一千五』診所？」

「對對，就那個診所。」

韓大亮想了想說：「要不這樣吧，咱們先送李紅去診所。她今天淋了雨，又受了刺激，不一定能做手術，但再去檢查一下是必要的。其他事回頭再說。」

「那太麻煩你了，韓師傅！」周至誠感激地說。

「別再跟我提麻煩兩個字！」韓大亮說。

6

韓大亮他們趕到「一千五」診所的時候，雨已經停了。

隔老遠，就看見診所的樓前圍了一大堆人。兩個公安攔在樓門外邊，不讓人進樓裡邊去。韓大亮把車靠路邊停下，讓周至誠陪著李紅在車裡等一會兒，他過去問問怎麼回事。

「怎麼啦？」韓大亮上去問了一嘴，立刻就有好幾張嘴回答他。

「怎麼啦？出事啦唄！」

「殺人啦！『一千五』診所的老頭老太太，都被人殺啦！」

「還有一隻大黑貓，也一塊被殺啦！」

「沒有，那隻貓沒死。聽說就是那隻貓報的案。」

「你胡嘞嘞什麼呀，一隻貓怎麼會去報案？」

「這你就不知道了吧？貓有九條命你知道不？那隻貓被砍了五刀，但並沒有死，就從窗戶跳出來，一身血乎拉幾的跑到大馬路上，攔了輛110警車，把員警引到案發現場……」

韓大亮心裡也覺得這是胡扯，一隻貓再天才，也不可能一身血乎拉幾地去攔110警車。但看樣子診所是去不成了，他正打算扭頭回去，聽見有人說出來啦，抬出來啦。就見幾個穿白大褂的法醫抬著兩副擔架出了樓門，後邊還跟著幾個公安。韓大亮一眼看見江海也在其中。他就往前擠了一下，攔著人群的兩個員警喊了聲擠什麼擠！江海扭頭朝這邊瞅了一眼也看見了韓大亮，他沒馬上過來，只給了韓大亮一個稍等一下的眼神。

江海跟著幾個法醫，過去招呼著把兩副擔架送上警車，扭頭又向旁邊一個人交代了一句，然後朝韓大亮這邊走來。

「姐夫，你怎麼來啦？」江海說，一邊摘手上的手套。

「送個客人。怎麼回事？真的是老頭老太太都被殺啦？」韓大亮問。他們避開那些人，是在一塊沒人的街角處說話。

「是。兇手很殘忍，老頭的腦袋幾乎被砸碎了。血流得滿屋子都是。」

「什麼時候做的案呀？」

「估計是昨天晚上，兩三點的光景。具體還得等驗屍報告下來才能確定。」

「聽說是隻貓報的案？」

「胡扯！是個陪女朋友來做手術的民工報的案。他們是昨天預約好的，老太太讓他們九點來，結果他們不到九點來了，按門鈴也沒人答應。無意中一低頭，就看見血從門縫下邊流出來了，便打110報了案──你過這裡來幹什麼？」

韓大亮說：「嗨，也是送個女的來做手術。也是預約好的，讓今天十點多來。得，這下得另找地了。江海你去忙，客人還在車上等我哩──有事回頭再聯繫！」

返回車子的幾步路上，韓大亮腦子裡突然冒出一個念頭：「該不會是于耀魁那驢幹的吧？你看，他正嚷著缺錢用，突然就說有錢了；而且訂的是今天上午的車票，怎麼昨晚人就不見了？這不作案動機作案時間全都有了，不是他還能是誰？」

韓大亮自己也被這個念頭嚇了一跳。不過他也只是個念頭而已，並沒有打算立刻向公安機關舉報。反正他已經認定于耀魁不是好東西，這樣想就是冤枉了他也冤枉不到哪裡去。

但眼下不是兇殺案是誰幹的問題，那是公安部門的事，是江海他們的事。他現在需要考慮的是，李紅怎麼辦？送她去哪裡？

「怎麼樣韓師傅？我看樓前邊那些人已經散了，員警也撤了，咱們是不是可以進去了？」周至誠站在車外朝這邊望著，李紅還在車裡。他看見韓大亮回來了便問他。

「恐怕不行。」韓大亮說著給了周至誠個眼色，讓他離開車子幾步再說話。他是怕李紅聽到兇殺案再受刺激。

兩人走到離車十多步遠的地方，韓大亮把診所出的事給周至誠學說了一遍，沒想到周至誠一聽完，脫口就說了句：「會不會是于耀魁幹的？那狗日的能做出這事！」

韓大亮就又給嚇了一跳，心想怎麼兩個人想到一塊了？但他畢竟比周至誠老到一些，說：「沒憑沒據的，不能亂說。再說還得考慮到李紅，她要是知道你這麼想，會怎麼看你？先不說這個了，現在問題是李紅怎麼辦？讓她一個人待在安徽村肯定不行。」

韓大亮這樣說的時候，心裡已經有了一個主意。但他仍有些猶豫。他倒不是怕周至誠或者李紅不同意，他是猶豫別的。

周至誠想也沒想，說：「我留在那裡陪著她！」

韓大亮說：「你那麵館的生意不要了？」

「不要啦！我什麼都不要了！但我不能沒有李紅！」

「問題是你陪著也沒多大作用。李紅現在弱成這樣，于耀魁這一走，她願意不願意、能不能做手術還難說。你陪著她，這些問題也解決不了。」

「那你說怎麼辦？韓師傅，我聽你的。」

「我的想法是，要不先把李紅送到我老婆那裡，她在婦產醫院。」韓大亮終於說出了自己的主意。

周至誠說：「我倒沒意見。就是不知道小紅願意不願意。她以前說過不願去大醫院看病。說大醫院的醫生護士都看不起她們這類打工妹。再說，嫂子問起來你怎麼說？」

「那是偏見。怎麼會都看不起她們呢？再說有我老婆在那裡，不存在看不起她的問題，這點我可以打保票。」韓大亮光想著為李紅打保票了，沒想到自己這邊後來卻出了問題。

「那行。那就按你說的辦。不過于耀魁的事怎麼給小紅說？」

「隻字別提！」韓大亮說。

7

李紅在去婦產醫院的路上開始發燒，到醫院時，已經處在半昏迷狀態。

許倩剛下班，好在劉衛東當班。她接過病人，就叫周至誠去辦手續。

「大亮，你怎麼盡碰著這種事呀？以前開公交車時，一個接一個地往我們這送臨產的孕婦，現在改開出租了，怎麼還沒改老本行呀？」劉衛東給李紅做完檢查後，給住院處那邊簽了單子。然後跟韓大亮開玩笑說。

韓大亮笑笑，說：「這次不是碰上的，是個朋友。」

劉衛東又說：「朋友，那個男的是你的朋友，還是這個女孩是你的朋友呀？該不會是你惹下什麼麻煩了吧？」劉衛東玩笑越開越大。

「劉大夫，可不敢胡說！不敢胡說！」韓大亮緊張得頭上都冒汗了。

這時候，周至誠從收費處那邊跑回來，對韓大亮說：「韓師傅，你身上帶錢了嗎？先借我一些。」

這下才算解了韓大亮的圍，他一邊拉開手包的拉鏈，一邊問：「要多少？」

周至誠說：「三千塊錢有嗎？交住院押金，得五千塊，我這只有二千多。」

「那麼多？那我可沒有。我身上湊齊了只有一千五六百塊。」韓大亮說。

周至誠說：「那怎麼辦？不交錢，那邊不接收病人。」

韓大亮說：「要不你先在這裡守著，我回去取錢去。」

劉衛東在一旁聽明白了，說：「這樣吧，你們先在這等一會兒，我去給收費處說說。」

劉衛東到了收費處，說能不能先把病人收下，等一會兒他們把錢湊齊了再交費。收費處的人認識劉衛東，說，劉大夫，不是我們不給你面子，這是院裡的規定，妳別讓我們為難。

劉衛東說我知道這是院裡的規定，但我們總不能把病號扔在醫院的過道吧？讓她先住進去，他們馬上就回去拿錢，遲一半個小時交還不行嗎？

收費處的人說請神容易送神難呀，住進來再往出送可就難了，以前這類教訓劉大夫你又不是不知道。到那時候，我們可擔不起責任！

劉衛東知道他們說的都是實話，便說那把電話讓我用一下。收費處的人從視窗把電話遞出來，劉衛東就在外邊的窗臺上撥通了院長辦公室的電話。

自從年華來婦產醫院採訪過劉衛東，隨後她又上了《時代英豪》欄目之後，劉衛東就成了婦產醫院的名人。各科室處部的領導見到她都挺客氣，院長對她更是關照有加。院長還讓秘書找她談過，準備讓她放棄專業，改行到院辦或者工會做行政工作。但是劉衛東謝絕了。她說人一生只能幹一件事，她這一輩子只能做個婦產科醫生，行政工作絕對幹不了。院長聽後還挺替她惋惜的，親自打電話向她表達了這種惋惜之情，並告訴她今後如果有什麼事，可以直接打電話找他。

劉衛東在電話裡簡單向院長說明了情況，並強調病號是自己的一個很重要的朋友。院長馬上說：「怎麼能把病號扔在過道呢？規定是死的，但人是活的嘛！妳讓收費處的人接電話！」劉衛東便把話筒從視窗遞進去，就聽見收費處的人連著說了幾句是是是，事情便解決了。

劉衛東接過蓋好章的單據，笑著對收費處的人說：「對不起，我可不是有意給院長告狀，主要是事情太急了。回頭我讓病號好好謝謝你們！」收費處的人說沒必要沒必要，只要妳理解我們的難處就行了。

住院的事辦妥後，周至誠感激不盡，連著對劉衛東說了好幾聲謝謝。劉衛東說別謝了，趕緊回去拿錢吧。周至誠不好意思再讓韓大亮跟著自己跑，他讓他去忙他的活，自己另外打車回去。韓大亮說那你何必呢，我送你回去也是活呀。就又送周至誠回去取了錢，然後又趕回醫院。

他們這裡前腳走，那裡劉衛東就給許倩打了個電話。她倒不是打韓大亮的小報告，主要還是想和許倩開個玩笑。

「怎麼啦？又要加班呀？」許倩剛進家門，她路上又去買了點菜，耽誤了一會兒。她一聽是劉衛東打來的電話，以為又要加班。

「加什麼鬼班呀！是你老公給我派的活。也不知道從哪裡認識了這麼年輕漂亮一個女孩子，送到我這來了。」劉衛東故意藏藏掖掖，讓許倩起疑。

「什麼呀什麼呀，什麼漂亮女孩子呀？跟我老公什麼關係，妳倒是說清楚點好不好？」許倩聽得一頭霧水，但話音裡已有點急了。

劉衛東就在那邊偷著樂，接著說：「我怎麼能說得清楚，反正是女孩長得特別漂亮，我看個頭再長得高點，就趕上我們夢夢了。我問你家那口子是誰？你們家那口子說是個朋友。」

「哪他把她送到你那裡幹什麼？」

「嗨！這話問的！送到咱們這裡還能是什麼？懷了孕唄！別的我就不清楚了，妳自己回頭問你那位如意郎君吧！」劉衛東說完掛了電話，然後在那邊笑得直咳嗽。

許倩急得馬上就想返回醫院，但一想兒子的晚飯還得她做，只好忍住了。拿起電話打韓大亮的手機，剛按了幾個號碼，又把電話扣了，心想跑得了和尚跑不了廟，晚上等韓大亮回來再仔細審他不遲。

8

周至誠拿著錢返回醫院時，李紅已經走了。

劉衛東告訴他，他和韓大亮走後不久，李紅就完全清醒過來了。人一清醒過來就堅決要走，怎麼也勸不住。劉衛東本來還想打電話告訴韓大亮一聲，一想事情與韓大亮也沒什麼關係，便沒有打。

周至誠想李紅肯定回安徽村了，轉身便打車往安徽村趕。到了安徽村四十六號，李紅果然在家。但她不讓周至誠進屋。

「至誠，沒你什麼事，謝謝你，你走吧！」李紅在屋裡說。

周至誠說：「小紅，妳讓我進去行不行？這屋裡屋外的，怎麼說話？」

「要說的話咱們都說完了，至誠哥，我這一輩子對不起你了，下輩子再還你吧。你走吧，我累了。」李紅說，還是不開門。

周至誠越聽越不對勁，只怕她有什麼想不開。就又拍了幾下門叫李紅開門。這時候，兩個保安拎著警棍過來了，喝問周至誠：「幹什麼的？」

周至誠正一肚子火，說：「沒你們什麼事！一邊待著去！」

兩個保安就上來與周至誠吵起來。李紅在屋裡聽到了，怕事情鬧大，只好開門給兩個保安說明了一下，然後讓周至誠進了屋。

李紅依著毛巾被在床上靠著，周至誠站在腳地，兩個人半天都不說話。李紅是不想說話，周至誠是不知道該說什麼好。

周至誠突然想起他剛才回去取錢時，考慮李紅半天沒有吃東西，給她帶了點稀飯和小菜，就勸李紅說：「妳起來吃點東西吧。」

李紅說：「我不吃。我現在什麼都不想，我只想死！」說著眼淚便湧了出來。

周至誠說：「小紅，妳這是何苦呢？天大的事，也別和自個的身子過不去呀！再說，妳又懷了孩子。」

李紅說：「別提孩子的事！你們都在騙我！于耀魁騙我，妳和韓師傅也在騙我！你們肯定知道他去哪裡了，但你們就是不告訴我。」

「不是不告訴你，是告訴你也沒用！」周至誠人太老實，一張嘴就把話說漏了。

「我就知道你們在瞞我！你說，于耀魁到底去哪裡了？他到底怎麼了？」李紅說著又哭了起來。

周至誠沒辦法，只好把于耀魁已經離開這座城市的事告訴了李紅。他沒敢說「一千五」診所的事。但李紅又問他，開始說好去那裡的，怎麼又送她去了婦產醫院。周至誠不會撒慌，便把診所發生凶案的事也對她講了。

沒想到李紅聽完後，心裡喊了一聲「耀魁！」人一下子便呆在那裡——她突然想起那個細節，想起那隻貓把錢箱踩翻的細節，而她記得她把這個細節告訴過于耀魁，並且還開玩笑說過那些錢起碼有二十萬，絕對夠他辦公司了。

這只是個念頭，她無法說出來。但對她來說，這是個多麼可怕的念頭呀！心愛的男人突然離她而去，她一直不明白是為什麼。她開始想他肯定是有了別的女人。現在原因找到了，但卻是如此可怕的一個原因——一個殺人在逃犯！而她正懷著他的孩子。

怎麼辦？

周至誠不知道李紅心裡的風暴，李紅沒跟他提起過她告訴過于耀魁那個細節的事。他以為她是給兇殺事件本身嚇壞了。便一邊勸她吃飯，一邊安慰她說：

「其實還是在大醫院做手術更保險一些。再說，韓師傅的愛人又在那裡，照顧起來也方便一些。要不咱們明天再去。錢我已經準備好了。」

「我不做了，我要把這個孩子生下來。」李紅突然說。

周至誠的心就揪了一下。他想他不能再在這裡待下去了。心愛的女人懷了別人的孩子，現在那個人已經離她而去，她卻還要把他的孩子生下來。他接受不了這些。他承認他還愛她，就是在此刻他聽到她要把他的孩子生下來的話之後他仍然愛她，但是他感到難受。

他不知道他接下來該說什麼，該幹什麼，所以他只好選擇離開。他不願意讓她看到他難受，不願意在失去理智的情況下，做出什麼傷害她的事或者說出什麼傷害她的話。

「那我走了，小紅妳安心養著，明天我再來看妳。」周至誠說。

「嗯。」李紅說著點了點頭，心裡突然湧起一陣激情，很想留下他再陪陪自己。但她最終什麼也沒有說，就那樣看著周至誠離開屋子。

9

韓大亮半下午基本上就沒接別的工作。周至誠給他車費，他照收不誤。他這人這方面特別明白，知道朋友與朋友之間，哪些事情上要分清，哪些事情上不能分清，什麼時候該分清，什麼時候不該分清。平時他去周至誠的小麵館吃飯，從來是照價付錢，從不白吃白喝。周至誠用他的車，計價表上顯示多少車費，他就收多少，也不客氣——當然這裡有個細節不能忽略：如果是一般乘客用車，停車等人時，韓大亮會按計程車的收費規定計時收費；但如果是像周至誠這樣的朋友用車，這塊費就免了——像今天這樣，在安徽村停車，在「一千五」診所前停車，在婦產醫院停車以及他單獨去找于耀魁等，這些時段他不會收費，因為這些時段是為朋友辦事，為朋友辦事收錢就不叫朋友。但該收錢時不收也不叫朋友。

韓大亮曾對周至誠說過：如果我在你那吃飯不給錢，一次兩次沒什麼，但時間長了你就會難受。你嘴上不說但心裡肯定不舒服——其實，我心裡比你還難受！你以為佔了小便宜的人心裡都那麼痛快嗎？不見得！你說既然你難受我也難受，咱們何必那樣呢？周至誠開始覺得這樣十來塊錢給來給去的，顯得生分不夠朋友。

韓大亮說不不不，這樣朋友才能做得長久，要不然朋友沒法做，生意也沒法做。致於朋友有難急著用錢，那另當別論，三千五千他也會慷慨解囊。正是從這一點上，周至誠認識了韓大亮，同時也認識了城裡人。他覺得城裡人真是和鄉下人不一樣，做朋友也要做得這樣清清楚楚明明白白。

韓大亮是快十點時回到家裡的。他一進門就聞到氣味不對，許倩沒有像往常那樣迎上來摟他。那是他們慣常的禮節。韓大亮曾經很不習慣，他說許倩，都老夫老妻了，幹嘛還要整得和西方人似的，見了面就摟一下親一下的。許倩說什麼西方人不西方人的，擁抱親嘴又不是他們的專利——我是見了你高興才這樣，我要是不高興，你想讓我摟你親你我還不樂意呢！

看樣子許倩今天是不高興了。究竟為什麼不高興，韓大亮不知道。他也不問她，他知道她馬上就會耐不住問他的。

兒子已經睡了，韓大亮去衛生間沖了澡，六月份，天熱，他就穿著小褲頭進了臥室，許倩也沒像往常那樣看他，一副視而不見的樣子。等他躺下，審問開始了。

「去哪兒啦？」

「嗨，這話問得，客人要去哪兒我送人家去哪兒唄。」

「恐怕不光是客人，還有什麼女朋友之類的人吧？」

「什麼女朋友？女朋友在身邊躺著呢！」韓大亮說著，上手就摟許倩。許倩一打他的手，說：「老實點！說！那個女孩怎麼回事？你幹嘛陪著人家上我們醫院？」

韓大亮這下明白是怎麼回事了，他想肯定是劉衛東給許倩說了什麼開玩笑的話，許倩當真了。既然這樣，那不妨把這個玩笑開下去。他就把那隻不老實的手收回來，規規矩矩地仰面躺著，裝出一副很沉重很後悔的樣子說：

「是老劉告訴你的吧？她嘴可真快！我還特地叮囑她別告訴妳呢！既然這樣，我也就不瞞妳了。不過妳得答應我兩點：第一，我說了妳不准生氣；第二，妳得原諒我。」

「行。只要妳給我說實話，我不生氣，我原諒你。」許倩說，嘴上這樣說，心裡想，看樣子老劉不是開玩笑，是真的了。這樣一想，滿肚子的火苗，已經著得呼呼的了。

「真的不生氣，原諒我？」韓大亮又重複了一遍。

「廢什麼話！快說！」

韓大亮說：「是個外地女孩，挺漂亮的。懷孕了，需要做人工流產，只好送你們醫院了。我想熟人好辦事，妳在那裡總歸方便些。沒想到妳下班了，只好託付給老劉。」

「往下說！那女孩姓什麼叫什麼是幹什麼的？你怎麼和她認識的？我不生氣，我原諒你，你往下說。」許倩說著，身子哆嗦得不行。

韓大亮已經憋不住快要笑了，但他想看看許倩對此事到底能忍耐到何種地步，便繼續說：「那女孩叫李紅，是個小姐。妳忘啦，那次就是她喝醉了，吐到我毛衣上的。」

許倩這下完全相信了，她的聯想力立刻豐富起來：怪不得呢，那次我就聞到毛衣上有香水味，敢情那時就上手了。接著又是徹夜未歸，還騙我說是陪年華去無名水庫去了。謊言，全是謊言！難怪最近老在我跟前說累，老是打退堂鼓，原來外邊有了比我年輕比我漂亮的小姐了！男人真是看不出來呀，平時覺得這人言聽計從百依百順的，誰想到會有這檔子事呀？這日子沒法過了，離婚！只有離婚這一條路了！

但是離婚後許許怎麼辦？許許當然得跟自己，跟了他還不把孩子也帶壞了。房子怎麼辦？只好一人一間先住著了。離婚不離家，現在不是興這個嗎？反正他別想把那個女人領進我住的房子！就是不讓，堅決不讓，這是我的陣地，我堅決要守住！但是光守住一間房子也不行呀，下一步自己再找不找？找！一定要找一個比他強一百倍一千倍的男人！一定要找一個個頭比他還高，身子骨比他還結實，比他還能賺錢，比他還愛自己，比他還百依百順言聽計從的男人！氣氣他，別以為天下除了他就沒別的男人了！天下好男人多得是，到處都是！

但是轉念一想，自己三十六七了，又拖個油瓶，比韓大亮強一百倍一千倍的好男人雖然多得是，但人家會不會買她的帳，會不會娶她，會不會像韓大亮那樣對她百依百順言聽計從還是個事。哪怎麼辦？不離？念其初犯，原諒他這一次？只要他改，只要他認個錯就算了？

不行！那不太便宜他了！有沒有一個比這更好的辦法呢？說來說去也怨自己，平時太大意了，可能對他體貼關心得也不夠，光知道要他愛自己，自己對他的愛也還不夠。現在怎麼辦呀，現在是自己原諒他呢，還是讓他原諒自己呀？唉，要是不發生這樣的事該多好呀！

三十秒鐘，許倩聯想，推理，分析，判斷，假設，肯定，否定，腦子裡電光石火萬念閃動，半分鐘裡把自己前半輩子與韓大亮的恩愛情緣及後半輩子的各種可能都過了一遍。但還是沒找到一個萬全之策。沒找到萬全之策就只有哭了，哭就是女人的萬全之策呀。於是許倩突然哇地放聲哭了起來。

韓大亮這下徹底傻啦！他本來憋著，想好好笑一場呢。許倩這一哭，他心裡馬上喊了一聲瞎啦，玩笑開大了。但已經來不及了，不論他心裡喊什麼都來不及了。許倩已經哭得萬馬奔騰收不住韁了。許倩是真哭呀，委屈、後悔、自責、怨恨，什麼都有。韓大亮先打了自己一個嘴巴，罵了一聲「賤嘴」，然後拍著哄著許倩，把事情的前因後果說了一遍，許倩模模糊糊聽著，哭聲便越來越小，最後終於鬧明白劉衛東與韓大亮都是開玩笑時，她不哭了。

韓大亮心想老婆這次準輕饒不了自己，耳朵和身體的一些部位都做好了挨罵受罰的準備。沒想到許倩既沒罵他也沒罰他，反倒一把摟住他，說：「大亮，我愛你！我不能沒有你……」

10

這天，江海約韓大亮到一家小菜館吃午飯。韓大亮去的時候，江海已經把菜點好了。四菜一湯，米飯，像部隊規定的招待餐。

「怎麼啦？小珍的股票解套啦？這麼大方！」韓大亮一邊落座，一邊問江海。

江海說：「別提啦，離解套還有十萬八千里哩！現在連問也不讓我問，一問就跟我急。」

韓大亮笑笑，說：「不是說咱們國家的股市不是牛市也不是熊市，是政策市。政府總不會讓這麼一路跌下去。再跌下去對股民不利，對國家經濟恐怕也不利吧！」

江海說：「別管它啦。咱們吃！也沒別的事，好長時間沒一塊坐坐了，怪想的。」

倆挑擔就一邊吃著一邊聊著。城裡人不比鄉下，親戚關係比較淡漠，成家的兄弟姐妹間平常相互很有少走動，往往只是到過年過節時才在一塊聚聚。江海和韓大亮來往算比較多，主要是江海覺得他這個姐夫人挺正直，兩人挺能談得來，所以不時想在一塊聊聊天。另外一個原因，就是前邊提到過的，開出租的接觸人多，江海有時也想從韓大亮這裡瞭解點線索。他破案中的一些難點和想法，也願意給他說說，讓他幫忙出出主意。算是群策群力，群眾路線，符合上邊的精神和要求。

他們先聊了一會兒別的，江海就又扯到最近正在偵察的一個案件上。他剛提了個頭，韓大亮便想起來了，說：「不就是那個『一千五』診所嗎？發案那天，我不是正好在那裡碰到過你嗎？」

江海說：「對，就那個案子。」

韓大亮問：「是謀財害命吧？聽說那老頭老太太挺有錢？」

江海說：「是有錢，不是一般的有錢，是太有錢了！你知道有多少女人在那裡做過手術嗎？從那個電話聯繫本上看，至少有四千多人！不按一個人一千五百塊錢，就按一個人一千塊錢算，四千人是多少？是四百萬！老太太的兒子也是學醫的，在英國開診所，也特別能賺錢，事發前剛給家裡匯過二十萬英鎊。你說說這家有多少錢。」

韓大亮說：「是呀，要是沒這麼多錢，也許還不致於被搶被殺呢！」

江海說：「是呀，但我們不能說這話，好像錢多了是罪過似的。有錢並不是罪過，有錢應該是好事。我是覺得那老太太挺可憐的。老太太那麼多錢，可是據我們瞭解，她每天三餐，每頓都是兩個素菜，連肉末都不沾。那老頭，說起來特可恨也特噁心，你知道怎麼回事？」

韓大亮問：「老頭怎麼啦？」

江海說：「老頭有窺陰癖！事發後，我們從現場搜出三十多盤錄影帶，全是那老頭偷錄的。從病人進門錄起，一直到穿好衣服為止。他媽的，有些鏡頭比毛片還黃！你說噁心不噁心！」

韓大亮說：「那老太太能不知道？能讓他錄這些？」

「老太太怎麼會不知道？老太太肯定知道！我聽法醫分析過，老頭老太太可能都是變態。現在這社會可真複雜，這種家庭，也算是一種家庭組合。」江海說。

「案子破了吧？」韓大亮問。

「還沒。」

「不是有錄影嗎？哪還不好破？」

「你以為那麼簡單。犯罪分子是晚上從一樓的護欄爬進去的，現場什麼物證都沒有留下。只在老太太家的電腦螢幕上留下一句話：殺人者，打虎武松也！可見罪犯懂電腦，而且文化程度不低。」

「這什麼意思？殺富濟貧？」韓大亮問。

「也許有什麼意思，也許什麼意思都沒有。我們現在手頭的線索，一個是那些錄影帶，一個是那本留有電話號碼的登記本。姓名基本上都是假的，但電話號碼大多是真的。」

韓大亮立刻想起了李紅和周至誠，他們會不會在那個登記本上登記？會不會也上了錄影？但他又不能直接問江海。他正在考慮怎麼個問法時，江海已經先問他了。

江海拿出一張照片給韓大亮看。他告訴韓大亮，這是從那個變態老頭錄的最近的一盤帶子上翻拍下來的。照片上共三個人，兩男一女。女的正在埋頭登記，兩個男的正吃驚地望著前方。照片雖然不很清楚，但韓大亮一眼就認出其中一個男的是周至誠。那個女的雖然低著頭，但他能肯定那是李紅。

江海說：「見過這兩個男的嗎？這是我們的重點嫌疑人。你注意他們的表情了嗎？從錄影上看，他們正在望著牆角，那裡有一隻黑貓，剛剛踩翻一個大紙箱子，紙箱裡全是錢，倒得滿地都是。所謂見財起意，而且他們又距發案時間靠得很近，所以被列為重點懷疑對象。」

「沒，沒印象。」韓大亮生平第一次撒謊，緊張得頭上都冒汗了。好在江海並沒在意，以為他是吃飯熱的。

兩人臨分手時，江海猶豫了一下，又對韓大亮說：「我總覺得照片上有個人在哪裡見過，姐夫，你幫我注意著點，可別知情不舉呀！」

「沒問題，有準確線索我一定告訴你。」韓大亮說。

江海走後，韓大亮一分鐘也沒耽擱，立馬開車趕到周至誠的小店。

他並不是想給周至誠通風報信。韓大亮雖然不懂法律，但他明白對員警說假話，本身就有違法之嫌。剛才他已經犯了次錯，現在再把江海說的情況告訴給員警正在找尋的重點嫌疑人，那不是錯上加錯嗎？但讓他完全不告訴周至誠也不可能，那就太不夠朋友了。韓大亮心裡雖然矛盾，但有一點他能肯定：這事不會是周至誠和李紅幹的，絕對不會！這是基本事實，員警得尊重事實，法律也得尊重事實。從這一點上說，他把一些情況告訴給周至誠並沒有大錯。而且，他的目的並不是要周至誠逃避尋找，而是要找他問問那天的情況，看還有沒有別的線索，另外，他還想與他商量一下，要不要把于耀魁的事提供給江海。

周至誠一聽員警正在找他，而且他那天在診所上了錄影，馬上嚇出一頭冷汗。

韓大亮說：「你別那麼緊張。江海他們找你也就是想問問情況，你再好好想想，還有沒有別的可疑之點。那天你旁邊那個男的是個什麼人，能想起來嗎？」

周至誠說：「那男的看上去挺面善的，不像是能幹出這種事的人，不過他當時好像喊了一聲：天哪，這麼多錢！」

「這就是疑點。你再想想，還有沒有別的？」

周至誠突然想起來了，說：「對啦，我那天出來上廁所時，碰到一個男的，長得挺兇，還問我診所人多不多，是不是就老頭老太太兩個人？對，這傢伙有可能。」

「還有呢？」

「還有……」周至誠有點猶豫了，吞吞吐吐了一會兒，才接著說，「還有就是于耀魁了。那天我不是對你說過了嗎？那狗日的能幹出這事。不過就你說的，沒憑沒據不能亂說。」

韓大亮說：「其實我也懷疑過他。不過咱們私下說說是一回事，給公安提供線索可是另一回事。你先得想好，李紅那頭你怎麼交代。」

周至誠馬上說：「不能說不能說，于耀魁的事絕對不能給員警說。沒憑沒據不說，萬一讓李紅知道了，她還不恨死我？還不認為我是故意落井下石，有意害他嗎？」

韓大亮聽了，說：「那行。那我看咱們這麼辦：我現在就給江海打電話，讓他別找你了，我馬上就帶你去他那兒。算是主動向公安機關反映情況。你去了就把你知道的這些情況全告訴他——除了于耀魁的事。」

周至誠還是有點害怕，說：「不去行不行？再緩幾天，也許找到真凶，事情就過去了。」

韓大亮說：「千萬可別這麼想！現在員警要找一個人，你躲到哪裡都躲不過去。現在是全國全世界聯網，一張照片輸進去，立馬全國全世界都知道了，你能躲到哪兒去？還不如按我說的這樣主動。」

周至誠說：「那行，那咱們走。」

兩人剛出門，韓大亮的手機響了，是江海打來的。

原來江海回隊裡後，又把那盤帶子調出來看了兩遍，忽然就想起和韓大亮那天在小麵館裡吃飯時見過周至誠，為了核實一下，便撥通了韓大亮的手機。

「我是江海，姐夫，你記得不記得，那天我和你在小麵館吃炸醬麵時，那個小老闆，不就是我給你看的照片上那個人嗎？你想想是不是？我現在馬上就去找他。」

韓大亮先發制人，說：「你別說了，我和他現在正在去你們那的路上。已經快到了。他有重要線索要主動向你們反映。如果不堵車，我們十分鐘後一定趕到。好啦，我掛啦。」

到江海那裡反映完情況，江海送他們出門時，還沒忘悄悄問了韓大亮一句：「姐夫，你不是說你對照片上那個人沒印象嗎？」

「你那照片模模糊糊的，誰能看得清！」韓大亮理直氣壯地說。

11

李紅忽然改了主意。她誰也沒告訴，也沒讓誰陪，自己一個人去一家醫院，做了引產手術。

手術後休息了兩天，她便約周至誠來安徽村看她。她在電話裡對周至誠說，她有重要的事要跟他商量。

周至誠像接到聖旨一樣，立刻趕了過來。來的時候，還沒忘記給她帶了一隻燉好的老母雞。他並不知道她做了手術，只是想到她身體需要補養。

李紅新鉸了頭，看上去像個男孩。衣服也變了個樣，顯得很隨意也很大方。她做了一桌子菜，還備了酒，像是要邀請很多朋友聚會。

但她只約了周至誠一個人。

「小紅，妳變樣了。」周至誠感覺到她的變化，小心地這樣說了一句。他為李紅的漂亮感到吃驚，但他不太會說討女孩喜歡的話。

「變難看啦?是不是？」李紅故意說，眼睛盯著他。

「不是不是，妳怎麼變都好看。」周至誠慌忙說。

李紅笑了一下，讓周至誠坐。接著又遞條熱毛巾讓他擦手擦臉。周至誠不明白李紅要幹什麼，只好誠惶誠恐地接受了。

李紅做完這些，自己在對面的位子坐下，給兩個杯子裡倒滿紅酒，舉起自己那杯說：「至誠哥，我先敬你一杯。出門快兩年時間，每次都是你請我吃請我喝，今天我要回請你一次。我乾啦！」李紅說著，一口把那杯紅酒喝乾了。周至誠忙把自己那杯也喝了。他拿起瓶子，忙著要倒酒。李紅從他手裡把瓶子奪過來，說：「至誠哥，你坐著，今天是我請你，讓我來倒酒。」

李紅接著又舉起第二杯，說：「至誠哥，我再敬你第二杯。這杯酒，我是替于耀魁敬你的。他把我從你身邊奪走，現在又把我扔了，不管怎麼說，都是他對不起你，我替他向你謝罪。我乾啦！」說完又是一飲而盡。

周至誠慌忙也把他那杯喝了。他見李紅又要倒酒，忙勸她有話好好說，別再喝了。但李紅說不行，得先喝酒，喝完酒再好好說話。她倒好第三杯，舉起來說：「至誠哥，這第三杯酒，我是替我自己向你謝罪！咱們以前好過，你愛我，我也愛過你。到這裡以後，我變心了，我愛上了于耀魁，我覺得他各方面都比你強！但我忘記了這各方面都是表面上的，我忘記了一個人最要緊的是一顆心！我跟著他跑了，你沒有變心，你還愛我。我懷了他的孩子，你仍沒變心，你陪著我去檢查，去做手術，還幫我湊錢讓他辦公司。他不見了，失蹤了，永遠離開了我，我還要留下他的孩子，可是你仍然愛我！至誠哥，你真是有一顆金子般永遠不變的心，世上再也找不到比你更好的男人了！可是我卻把你丟了！我知道你現在還愛我，我知道只要我願意，你還會要我。但是至誠哥，我還要對你再說一聲對不起，我現在不能接受你的愛了。我不配！今後如果咱們在一塊，我什麼時候想起這些，心裡都會難受，都會受不了。你應該找一個比我好，比我更值得你愛的女人。今天藉著這杯酒，我把話都說明了。至誠哥，你不知道我現在，心裡有多後悔多難受啊！我乾了，至誠哥！」李紅說完，淚流滿面地喝下第三杯酒。

周至誠木然地坐著，他沒有端杯，也不知道該說什麼好。他想對她說他愛她，仍然愛她，甚至比以前更愛她。但他說不出來。她已經說了，他現在再愛她，她也不能接受了。那怎麼辦？他想不出說服她的辦法，也不知道該怎麼進行下一步。

吃完飯後，李紅收拾了桌子，然後拿出一套理髮工具，對周至誠說：

「至誠哥，我給你理個髮吧。我以前給楊萍姐和別的女友做過頭，但我還從來沒給男人理過髮。你是我的第一個。今後，我打算開個美容美髮店，今天，就算在你頭上學個手，你願意嗎？」

「我願意。」周至誠老老實實地說。

一句話，說得李紅的眼淚又流了出來。

李紅就這樣一邊流著眼淚，一邊給周至誠理完髮。隨後，她又兌了半盆熱水，給周至誠洗頭。她洗得非常仔細，非常認真。指甲輕輕地在他的頭皮上撓著，眼淚順著鼻窪滴到她的手上，又順著手背流進指縫，然後與洗髮液一起，溶進周至誠的頭髮和頭皮。

洗完頭後，李紅又給周至誠用吹風機吹了吹，然後舉著鏡子讓他看怎麼樣。

周至誠以前從來沒在理髮店理過頭，他買了一把推子，平常頭髮長了，都是讓店裡的夥計幫他推短了事。今天算是第一次享受這種服務，而且他明白這也是李紅第一次給男人理髮。看著鏡子裡有點變樣的自己，他傻呵呵地笑了，真誠地說：「小紅，妳真聰明，學什麼像什麼！我這頭讓妳這麼一理，還真像個樣了！」

李紅也笑了，語帶雙關地說：「本來嘛！」

周至誠接著又說：「小紅，我支持妳開個美容美髮店。人說技不壓身，學門手藝總歸是好事。回頭我就幫妳找找合適的門臉，還有啟動經費的事，也包在我身上。」

李紅說：「你也不用太急。我回頭還得找個地方先培訓培訓，現在開美容美髮店，都要專業文憑呢！」

周至誠說：「那是。那妳抓緊找地方培訓，我這邊先留心給妳找找門臉。」

李紅想起什麼，又說：「至誠哥，下回你就別到這地方找我了。楊萍姐最近也要搬走。她昨天來電話說最近就要回來，回來就搬到另外一處地方去住，那裡離醫院近些。她一搬走，我也就不想在這裡住了。」

周至誠馬上問：「那妳住哪裡呀？」

李紅說：「還沒定。我想等找好培訓的地方後，尋個離培訓點近的地方住。」

周至誠試探地問：「要不，妳先搬到我那裡住幾天行不行？我把那間屋子騰出來收拾一下，不會比妳現在這地方差。」

「那你住哪兒？和我住一個屋？」李紅故意笑著問。

周至誠的臉騰地紅了，說：「不不不，我可以和張師傅住一個屋嘛！」

李紅說：「至誠哥，你的心意我領了，但我現在還不能去你那住。等我找好地方，再和你聯繫吧！」

李紅說完後才感到有點吃驚，她也不明白自己這句話裡那個「現在」是什麼意思，周至誠聽出來了，但一下子也沒反應過來。

12

楊萍回來了。她給弟弟辦好住院手續，然後又在醫院附近聯繫了一間很便宜的地下室，放下東西，就跑來看李紅。

「楊萍姐！妳怎麼現在才回來呀！」李紅撲上去，一頭紮進楊萍懷裡，嗚嗚哭了起來。

「怎麼啦小紅？」楊萍發現了李紅的變化，一邊仔細端祥她，一邊問。

李紅抽泣著，告訴她發生的一切。她講了做手術的事情，講了于耀魁的離開，講了「一千五」診所發生的凶案。楊萍沒想到她回去這麼一段時間，會發生這麼多的變故，吃驚地問：

「是那次我給妳說的那個診所嗎？案子破了沒有？」

「不是那個診所還能是哪個呀！案子大概還沒有破。聽周至誠講，員警還找他瞭解過情況呢！」

「員警找他瞭解什麼情況？他怎麼會牽扯到這件事情裡呢？」楊萍不解地問。

李紅就把事情的經過說了一遍，最後把于耀魁的突然離去與自己的懷疑也告訴楊萍。楊萍說這話可不能隨便說，不過妳懷疑的也不是沒道理。接著又問她：

「那你們倆的事呢？」

李紅苦著臉說：「楊萍姐，我心裡還愛著他，他就是真的殺了人我也愛！我也不知道我這是怎麼了，心裡總是放不下他。我也想恨他，但怎麼也恨不起來。楊萍姐，妳說我這是不是神經病呀？」

楊萍說：「妳不是神經病，是心病！那孩子呢？看妳這樣，是不是已經做了？」

李紅說：「做了。」

楊萍似乎鬆了口氣，說：「做了好。那周至誠這邊呢？」

李紅明白楊萍問這話的意思，說：「他倒是經常來，還像以前一樣關心我。楊萍姐，我知道妳一直主張我和他好，但我總是覺得他各方面都比不上于耀魁。現在我好像明白了一點，我看到的這些各方面都是表面上的，忘記了一個人最要緊的是一顆心！而周至誠的心比于耀魁好！比他好一千倍一萬倍！」

楊萍一下高興起來，很驚喜地看著李紅說：「真是吃一虧長一智呀！沒想到妳能想得這麼深。那妳現在還等什麼呀？和周至誠破鏡重圓不就行了？」

李紅說：「哪那麼容易呀！一則我覺得有愧，二則還摸不準人家現在怎麼想呢。那天我就把剛才對妳說的話給他說了一遍，他就木呆呆地坐在那裡，什麼也沒表示，什麼也沒說。」

「真是個呆子！有機會我開導開導他。」楊萍說。

「你弟呢？腎源找到啦？」李紅想只顧說自己的事了，還沒問楊萍弟弟的事呢。

「找到啦，是臺灣一家慈善機構提供的。各方面都與我弟弟的情況比較吻合，醫生說成功率非常高！」楊萍高興地說。接著又告訴李紅，她已經在醫院附近找好了住的地方，打算今天就搬走。

李紅也替楊萍姐弟倆高興。但又為兩人的分手難過。楊萍說這有什麼難過的，又不是搬到國外去了，今後見面的機會有的是。她又問李紅下一步打算怎麼辦？找到新的工作沒有？

一個月前，「金鑰匙」心理診所在一次全市性的掃黃打非中被「掃」掉了，那以後楊萍回了老家，李紅一直忙于耀魁的事情，沒找別的工作。楊萍自己因為早有打算，不準備再找工做了，但她很關心李紅的工作問題。

「楊萍姐，我打算開個美容美髮店。周至誠已經幫忙給我找合適的門臉了。」李紅說。

楊萍又是一個驚喜，說：「太好了小紅，我早就說過妳有這方面的天分，妳辦的美容美髮店，肯定能火起來！」

李紅說：「看把妳高興的，現在八字還沒見一撇呢。我打算先出去找個地方培訓一下。」

楊萍說：「妳不用培訓。現在那些五花八門的培訓班多數都是騙錢的。再說，培訓出來的那些人做出的髮型千篇一律，一點特點都沒有。做髮型要的是創意，不是手藝。只要妳不斷有好的創意，回頭雇兩個有手藝的小工不就行了。」

李紅說：「楊萍姐，妳太高看我了！不過我想培訓一下還是必要的。我想找個好一點的培訓班。總歸是正規學習的機會嘛。再說啦，現在開美容美髮店都要文憑，我總得拿個中級文憑吧！」

楊萍高興地一把摟住李紅，說：「真是士別三日，當刮目相看。看不出來，我這離開不到一個月，我們小紅真是大有長進呀！以前是我說什麼是什麼，現在學會自己拿主意了！妳這樣姐姐高興，也就放心了！」

李紅就告訴楊萍，她最近又琢磨了幾個新的髮型，想給她做一個看看效果。楊萍說不行吧，我一會兒要去醫院，妳把我打扮得跟模特兒似的，讓主治醫生看了心慌意亂的，怎麼給我弟弟看病呀？

李紅說不會的，她做出來的髮型保證只會讓人感到美，不會讓人心慌意亂。楊萍就說我開個玩笑，妳還當真呀！那就做一個吧，也許是最後一次了。

李紅沒聽出楊萍這句話中隱含的意思，說，什麼最後一次，今後我那小店，還靠妳經常光顧呢！

13

江海忽然給韓大亮打了個電話，說「一千五」診所的凶案有了新的線索，他馬上要去廣州緝捕凶犯。江海在電話裡說：「姐夫，你替我向你那朋友道個歉，當初我們把他列為重點懷疑物件看來是錯了。他那天來過之後，我們其實一直派人在監視著他呢！這話你就別對他說了。表示歉意吧！」韓大亮再問別的，江海就不肯說了。只是說凶犯果然是個搞電腦的，如果不出意外，三五天裡，這個案子便見分曉。

韓大亮馬上想到于耀魁。

按說，這事壓根與他沒任何關係。凶犯是于耀魁也好，不是于耀魁也好，都與他八杆子打不著。讓他放心不下的是周至誠和李紅。其實他和周至誠也不過是一般的朋友關係，和李紅，只能說是認識而已。但誰讓韓大亮不是那種事不關己，高高掛起的人呢！就像許倩說的那樣，他這人就是好管閒事，是個「無事忙」。

他總覺得這事如果不提前給周至誠李紅打聲招呼，就有點對不住他們。他也想到過這樣做是否違法的問題。他想，第一，凶犯是不是于耀魁現在還不能確定，只是他自己猜想；第二，他並不是給于耀魁打招呼，他只是給周至誠和李紅打招呼。他們現在也沒法與他聯繫，所以也不存在他們給他通風報信的問題。這樣一想，他就覺得不存在違法的問題了。於是便撥通了周至誠的電話。

韓大亮想，應該先和周至誠商量一下，致於是否告訴李紅，怎麼給她說，等他們商量後再說。

「韓師傅，有事？」電話只響了一聲，周至誠便按下接通鍵，問道。

「有點事。你現在在哪裡？」韓大亮說。

「就在店裡。」

「那好，十五分鐘後，我趕到你那裡——對了，別在你的店裡了，就在你對門那家麥當勞吧！咱們在那見！」

這會是上午十點多，餐廳人很少，韓大亮來的時候，周至誠已經到了一會兒，他挑了個靠牆角的地方，要了兩杯冷飲等著他。

「診所的案子快有結果了，兇手八成是于耀魁。」韓大亮開門見山，剛一落座便說。

「是嗎？」周至誠吃了一驚。又問，「人抓住了？」

「沒有。我說的八成是他，也就是還不能最後確定。但極有可能是他。我找你一是要你有個思想準備，二是想和你商量一下，這事是不是再不能瞞著李紅了？」韓大亮說。

周至誠半天沒說話，思考著。

「韓師傅，你的意思是不是說，咱們現在連鍋端，把這件事上咱們的懷疑和可能的結果都告訴李紅？」周至誠停了好一會兒才說。

「差不多是這個意思。我想這樣對你和李紅都有好處。」直到說出這句話，韓大亮才理清自己的思路，才想明白他急著找周至誠的本意，是覺得這事如果現在挑明了，李紅就會對于耀魁徹底死心，這樣對周至誠好，對李紅也好。他本意是這樣想的，但話不能那樣說。人的行為，看起來並不都是想清楚了才去做，有些時候還沒想清楚，就開始做了，只是在做的過程中才想明白的。

「韓師傅，我明白你的意思，你是想早點讓李紅對他徹底死心，這樣對我好。但我不能接受這個辦法，這樣對我也許有好處，但對李紅不好。」

「為什麼？」韓大亮心裡暗吃一驚，這個老實巴腳的農村小夥子，想事情並不那麼簡單。

「你想，咱們只是懷疑，並沒有什麼過硬的證據。你剛才說的八成是他，我相信你不是隨便說的，你肯定有你的消息來源。但我想八成就不是十成，就不能板上釘釘肯定是他。咱們不能肯定是他，那告訴李紅對她有什麼好處？就是十成了，就是板上釘釘肯定是他了，就是他已經被抓住被判了死刑，我都不想告訴李紅。

韓師傅你不知道，于耀魁就是小紅的夢呀！我寧可自己什麼都得不到，也不願把她的夢驚醒！她覺得活在夢裡好，活在夢裡幸福，那就讓她活在夢裡。咱們能瞞一天是一天，我無所謂，我愛她，我這輩子可能只會愛她一個女人，只要她覺得幸福，就讓她永遠活在夢裡我也心甘情願！」

韓大亮被小夥子的這段表白感動了，他沒想到他會這樣想這件事情。他替那個叫李紅的姑娘感到高興又感到惋惜。接下來事情該怎麼辦，他沒主意了。原來他想周至誠肯定會接受他的意見，把事情給李紅說破。那樣事情就簡單了。現在周至誠這樣一說，他反倒不知該怎麼辦了。他想再給江海打個電話問問情況，但又覺得不妥。這時，周至誠又說話了：

「韓師傅，我總覺得于耀魁的突然離開可能另有原因，不一定是因為診所的凶案。」

韓大亮說：「什麼原因？你說說看。」

周至誠想了想說：「他走之前那兩天，我們曾在這裡談過一次。我對他說，你如果不打算和小紅結婚，就得想辦法勸她做掉懷著的孩子，他答應了。你想，他這事還沒辦利索，他又沒去過那個診所，怎麼可能去作案呢？」

「這倒是。」韓大亮說。

周至誠又說：「那幾天我給他湊了一萬多塊錢，小紅也給他湊了一些，加上以前小紅給他的，我估計他手頭三五萬塊錢可能有。他會不會拿著這些錢，急著就走了？也可能是有順人急著一塊走，也可能是第二天上午的車票沒拿到，拿到的是當天晚上的車票。會不會有這種可能？」

韓大亮沒說話。停了一會兒，他突然想起一件事情，急忙問：「至誠，你記不記得，年華那天在你那吃炸醬麵時，給過你一張卡？」

周至誠說：「記得呀！那張卡我後來給了李紅。」

韓大亮叫了一聲：「天！」然後讓周至誠趕緊給李紅打電話，問問她那張卡哪裡去了，會不會也給了于耀魁。

周至誠看韓大亮那驚訝的樣子，問他卡怎麼啦？韓大亮說你先打電話，問了之後我再告訴你。

了。

李紅離開安徽村前給周至誠留了個傳呼機號碼。周至誠傳呼了她沒一會兒，李紅回電話了。

「什麼事呀至誠，我正在上課呢？」李紅問。

「沒別的事，我就問一下，我那天給妳那張卡還在嗎？」周至誠問。

「什麼卡？噢，你是說上回你送那筆錢時一塊給的那張卡吧？我那天一塊都給了耀魁了。怎麼啦？」

「沒事啦沒事啦，妳趕緊去上課吧！」周至誠關了手機，對韓大亮說，「她給了于耀魁了。」

韓大亮說：「那事情就全都清楚了——你知道那張卡裡有多少錢？」

周至誠問：「多少？我當時給李紅說可能就千把塊錢。」

韓大亮說：「千把塊錢？我告訴你，二十萬！那張卡裡有整整二十萬！」

周至誠說：「不會吧，年華就吃了一碗炸醬麵，怎麼會給二十萬呢？」

韓大亮說：「年華根本就不知道卡裡有多少錢。她先把那張卡給了我，頂五百塊錢車費。我也不知道裡邊有多少錢。叫我老婆拿去買衣服，在商場一刷卡，才知道裡邊有那麼多。」

周至誠說：「所以你那天就又還給年華，年華又隨手扔給我，我又給了小紅，敢情咱們幾個全都是糊塗人，只有人家于耀魁是明白人，人家一發現卡裡有二十萬，馬上一拍屁股走人，跑到廣州辦公司去了！」

「可不是嗎！行啦，這下你給李紅有個交代了。我也就不再操心這件事了。」韓大亮笑著說。

Section 07
婚姻成為空殼的標誌

1

這天，動物園發生了一件怪事。一隻老虎突然向它的飼養者提出請求，說它不願意再當老虎了，要求改行當一隻普通的貓。飼養員吃了一驚，問它怎麼啦？老虎當得好好的，知名度這麼高，各方面的待遇都不錯，幹嘛要回頭去當沒名沒氣的貓呀？

老虎說，唉，您是不在其位，不知其難呀！像我們這樣當老虎的，知名度的確很高——恐怕世界上再也找不到比我們知名度更高的動物了。可是這種知名度最後給我們帶來的是什麼呢？是種群的滅絕，是死後連皮帶肉，甚至骨頭都剩不下！我那些現今尚活在野外的同類，時時都面臨著被偷獵者捕殺的威脅。我倒是沒有面臨這種威脅，倒是像你說的那樣活得好好的，可是我這樣活著有什麼意思呀？成天除了吃飯睡覺，就是被人參觀，陪人照相。沒有山林，沒有領地，沒有賓士，沒有撕殺，撒泡尿都有人盯著，您說這是老虎過的日子嗎？這樣的日子我算是過夠了，您還是讓我去當一隻貓吧！

飼養員不敢自作主張，忙把這件事報告給動物園的領導。領導一聽就火了，說：「胡鬧！它不想當老虎就不當啦？為了它我們投入了多大的人力物力，廣告做得滿世界都是，現在它突然要做一隻貓，我們動物園怎麼辦？養了一隻貓的動物園誰來參觀？損失誰來賠償？報告呢？」飼養員忙把老虎的「請求從一隻老虎改當一隻貓的請示報告」遞上去，領導拿起一支大號紅筆，在自己的姓氏頭上畫了個圈，勾出來引到報告右上角的空白處，龍飛鳳舞地批了八個字：

此議不妥，勿再提及。年月日。

2

年華現在的處境，多多少少與那隻老虎有點類似。

年華現在遇到的麻煩，比那隻不願再當老虎的老虎要大得多。台裡已經著手準備今年的春節晚會了，仍然確定年華為主持人之一。年華為此專門向領導寫了份報告，請求讓自己從春節晚會上下來，讓更年輕的同志擔綱主持。但是台裡的領導沒有同意。年華的報告當然比那隻老虎寫得要充實得多，她陳述了很多原因，用詞也十分注意，可以說是情真意切，催人淚下。台裡的領導看了也十分感動。但感動歸感動，領導在感動之餘，仍然沒有接受她的請求，仍然在她的報告右上角用紅筆批了八個字：

此議不妥，勿再提及。年月日。

下級服從上級，個人服從組織，領導不同意，年華只好服從了。但她在排練時卻一再出錯，一會兒忘了臺詞，一會兒又張冠李戴，還常常莫名其妙地站在臺上發愣。搞得導演一遍又一遍地喊「重來！」連幾個本來對她崇拜得要死的配角，也都有點不耐煩了。

同一個辦公室的張金霞過來摸摸她的額頭，關切地問：「年華，妳是不是病啦？」

年華說：「沒有。我只是遇到一大堆比病還麻煩的麻煩！」

讓我們分門別類，把年華遇到的這些麻煩列出來，看看該怎麼解決，看看能不能幫她想點辦法。

之一：面子。

這是一個十分廣泛的問題。但對年華來說，這個問題已經嚴重到常常不僅傷害她的面子，而且傷害她的感情和內心的地步。

小時候，年華常常聽大人提到面子這個詞，好像還顯得十分重要。但她一直不理解面子究竟是怎麼回事。她去查漢語成語辭典，辭典對面子的解釋是：1、物體的表面，如被面子；2、體面，表面的虛榮，如愛面子、給他留點面子；3、情面。她認識這些字和詞，但她還是無法弄清它的含意，還是不明白大人們為什麼把面子看得那麼重要。後來，上初中一年級的時候，她的一個同學終於讓她明白了這個道理。

她考上了市一中。市一中是省重點學校，入學考分比其他學校高一大截，不是頂尖考生一般進不來。但是他們班卻進來一個比一般生還差一大截子的學生。這個同學其實挺招人同情，他因為某種病症做過一次全身麻醉手術。也許是因為醫生麻藥用量過大，給他的大腦留下不很嚴重的後遺症。

這樣他的記憶力、思維能力和表達能力都有點問題，各門功課的成績，沒有一門上過六十分。入學時間不長，學校對新生進行統一複試，他所有的成績都不過關。但學校最後還是把他留下了。怎麼回事呀？這麼差的成績怎麼能上一中呀？中學生年華和她的同學一塊對此議論紛紛，旁邊一個沒參加議論的男孩插進來說：「這還不明白——看面子唄！」

原來，這個同學的伯父是省裡一個幹部，而且又正好分管教育口。省教委看他伯父的面子，告訴市教委關照一下這個同學；市教委看省教委的面子，又讓一中關照一下。一中本來不想收這個同學，覺得收了他有傷重點中學的面子。但是他們又不得不考慮市教委的面子。這樣一來，學校就只好把他收下了，而且一直讓他到高中畢業。

中學生年華這下明白面子是怎麼回事了。後來在上大學期間，在考節目主持人期間，在競爭春節晚會主持人期間，在安排哪個節目上，哪個節目不上，哪個節目排前，哪個節目排後，讓誰打頭讓誰壓軸，把誰排在大腕（大牌明星）屁股後邊叫誰認倒楣等等問題上，她都碰到過面子問題。而且漸漸地，她感到自己也有面子了，感到很多人衝著她的面子而來。

一開始，她覺得有面子是件很體面很光彩的事情，不過很快她便感到不堪重負。一方面是別人看她的面子，請她簽名呀，照相呀，剪綵呀，吃飯呀，弄得她暈頭轉向，窮於應付。另一方面，她又不得不給別的一些人面子，做一些她自己並不願意做的事情。甚至包括一些她很反感的人和反感的事。她好像已經失去了判斷力和自主權，無法按自己的意願來決定哪件事該做，哪件事不該做，除主持人工作外，她的業餘時間都被這類安排擠得滿滿的。

有段時間，她看了一本譯著。那本書的大部分內容她沒有記住，但她記住了那本書的書名：「生活在別處」。她想她現在並不是生活在別處，而是生活在別人的安排中。她覺得這種由別人安排的生活，比生活在別處還要糟。

與高含結婚之前，她已經感到了這種壓力。婚後，她想他可能會替她分擔一部分。但是她想錯了，高含不僅不能替她分擔這種壓力，而且還使它翻了一倍。先是高含的上級請她出席一些飯局和活動，這個面子不能不給。接著是他的同事和熟人，再接著是他的親戚和朋友，再接著是朋友的朋友……這些人像轟炸珍珠港的飛機一樣，一個波次接著一個波次，輪番上來把她轟炸一場，弄得她身心俱疲，感覺比當年挨炸後的美軍官兵好不到哪裡去。

高含沒察覺到這點，他以為她很情願接受這種轟炸。那段時間，高含的一個朋友剛好開了一家汽車租賃公司，生意相當火爆。有一天，高含不知哪根筋不對了，忽然突發奇想，對年華說：「我們乾脆開個『面子』租賃公司，肯定會生意興隆，財源廣進！」

年華雖然知道他是開玩笑，但還是十分惱火。說：「你的意思是說，我的名字和我的臉成了一種品牌，成了某種任何人花錢就可以租來借去的東西。而你還以此為榮，津津樂道！」

高含說：「我只不過是開個玩笑，妳用不著借題發揮，發這麼大的火呀！」

她說：「對不起，今後這類玩笑，你最好別跟我開！」兩人為此彆扭了很長時間。

這天，又有一個轟炸編隊升空了，是從高含的老家起飛的。高含老家新生產了一種「快樂牌」啤酒，為了打開市場，決定在全國範圍裡搞一場廣告大戰。大戰的第一戰場，便選定在高含他們所在的這座城市。

「老同學，這回就全靠你和年華同志了。家鄉一百萬父老鄉親委託我向你們問好！並託我把用家鄉的水生產的第一箱啤酒送給你和年華同志。這是家鄉人民的心意，你收也得收，不收也得收！」一年前，曾經代表家鄉一百萬人民感謝他娶了年華的縣委書記親自給高含打來電話，第二天，便帶著那箱滿載家鄉人民深情厚誼的啤酒趕來了。

縣委書記同志不是一個人來的，縣委、縣政府、縣人大、縣政協幾大班子的全部人馬，幾乎是傾巢出動全部來了。高含怕年華不高興，沒敢讓他們上門。他跑到飯店去看他們，想摸摸底，看他們此行到底有什麼要求。

「要求不多，就兩條：第一，請年華同志做我們『快樂牌』啤酒的形象大使；第二，主持我們『快樂牌』啤酒的新聞發佈會。」縣委書記同志快人快語，對高含說。他住的是一個豪華套間，會客室很大。剛才，縣長和幾大班子的全部成員，已經進來一一與高含見過面。現在，房間裡就剩下書記、書記的秘書和縣報的陳主編陪著高含。

「做形象大使恐怕不行，電視臺有規定，主持人不准做廣告。」高含聽後說。

「老同學，先別忙著說不行。我們已經搞了個廣告創意，你先看看創意再說——老陳，你把你們搞的那個東西給高局長看看。」書記同志說。

縣報的陳主編忙把一份早準備好的紙張遞過來，同時謙笑著對高含說：「高局長，我們小地方的小報，沒見過大世面，也沒搞過廣告創意，讓你見笑了。」

高含接過那份廣告創意看了看，差點沒笑出聲來。那份廣告創意的主體是當地的一場舊式婚禮，大體上分了四組畫面，第一組是「上轎」，一匹馬拉的轎車，新娘在新郎的攙扶下正在上轎——新娘自然是年華，新郎是不是高含，尚未確定。

第二組是「下轎」，按當地習俗，新郎抱著新娘下轎車後，新娘的腳不能沾地，一直要抱著跨過門檻。

第三組是「拜堂」，新娘新郎一拜天地，二拜高堂，三夫妻對拜。

第四組是「入洞房」，這一組的創意最具特色。當地人不習慣睡床，喜歡睡一種特別寬大的火炕。一般的火炕都能佔半間屋子，別說睡新郎新娘，睡一個建制班都沒問題。新婚洞房的火炕一半鋪著雙喜字的大紅被褥，另一半光著，只鋪了一張草席。草席的四周撒著花生和棗，中間放了兩個煮熟的雞蛋。新娘必須像隻抱窩的老母雞一樣，坐在這兩個雞蛋上——象徵新娘一過門就立即進入了孕育狀態，而且還是雙胞胎。

四組畫面中，分別見縫插針加上了「快樂牌」啤酒的商標，最後一個畫面是洞房的燈熄滅了，然後伴隨著一片「快樂！快樂！快樂！」的喊聲，螢幕上出現一瓶放大了的「快樂牌」啤酒。為了不損傷年華的形象，畫面上別的人都是畫的，唯有年華的頭部是從報紙上剪下來貼上去的，看上去不倫不類，像是幾副漫畫。

高含想年華要是看到這個廣告創意，恐怕非氣得上吊不可。他笑了一下，對一直緊張地盯著他的表情的陳主編說：「是挺有想法挺有特色的。不過，年華恐怕幹不了。」說著把創意退還給他，然後把臉扭到書記同志這邊，說，「高書記，你是領導幹部，總不致於讓年華違犯台裡的紀律吧？」

高書記哈哈一笑，說：「那是那是，鐵的紀律是我們黨勝利的保證，不能違犯，不能違犯！那這樣吧高局長，形象大使我們就另找其人了——反正現在名人多得是，只要肯花錢不愁找不到。不過新聞發佈會，務請年華同志一定得出面捧場嘍！」

「問題不大。我回去給她說說。」高含只好答應了。

但是年華不答應。

「新聞發佈會本身就是做廣告，這不明擺著還是讓我違犯台裡的規定！」年華說。

「那上次東方集團的新聞發佈會，妳怎麼能去主持？」高含問。

「那是他們一次性投資一千萬元，援建一百所希望小學，是公益廣告，你搞清楚！」

「我已經答應人家了，妳不去我怎麼下臺？」

「你答應了你去，反正我不去！」

高含沒轍了，只好打電話向高書記表示歉意。高書記好像並沒怎麼在意，在電話裡打了個哈哈，頗有同感地說：「老同學，看來你也是作不了老婆的主呀！現在都這樣，都是女人作男人的主！那我也就不難為你了。這樣吧，新聞發佈會後，我們有個飯局，請你和年華同志光臨，這總不違犯什麼規定吧？」

高含說：「這沒問題。一定，一定。」然後回頭對年華說：「這個面子妳總得給吧？」

於是年華陪著高含去了。飯局是在一家五星級飯店舉行的，包了十個單間。除了企業界媒體界的人士外，還請了銀行和市分管部門的幾位領導。高書記陪著年華、高含和幾個主要客人在一號房間。縣政府、人大、政協的其他領導，分別在另幾個房間陪別的客人。酒是XO加「快樂牌」啤酒，菜上了鮑魚、魚翅和龍蝦。

「聽說現在流傳一個『四大傻』的段子，『吃飯點龍蝦』是其中一大傻。傻就傻吧，不點龍蝦規格上不去呀！」高書記上來就說，然後讓各位請！請！

酒過三巡之後，幾大班子的頭頭分別到一號房間敬酒。輪到縣政協高主席敬酒時，年華遇到麻煩了。高主席是個瘦小的老頭，老先生喝高了，是自己拎著瓶子過來的。他一定要和年華連乾三杯。年華說我這不是酒，是桔子汁——年華出席所有的宴會從來不喝酒，只喝桔子汁。大家也諒解她，因為在她出席的任何場合，所有人都會上來與她喝一杯，如果讓她喝酒，非把她喝死好多回不可——她是好心，怕把老先生喝倒了，讓他少喝一點，自己陪著喝口桔子水，意思一下行了。但老先生不幹，說：「那不行，我今年就要下了，再沒有和名人喝酒的機會了。我乾三杯，妳隨意。」說著咕咚咕咚連喝了三杯，喝完便一屁股坐在年華旁邊別人的位子上不走了，拉著年華的手連拍帶捏，一會兒要和她照相，一會兒又要和她跳舞，最後說著說著哭了起來，眼淚鼻涕弄得年華手上衣服上到處都是。

年華狼狽極了，為了給高含面子，結果弄得她面子掃地。她再也不想出席這樣的宴請了。高含也左右不是，很長時間沒敢再接受類似的邀請。

3

之二：圈子。

這是一個不定期也不定形的社交沙龍，是一種有形無形的權力場。進入這個圈子的人，就等於進入了某種勢力範圍，比往銀行存錢，比買保險買股票划算多了也保險多了。

年華是無意中進入這個圈子的。週末，高含要她陪著去看看劉阿姨。高含是用商量的口氣對她講的，他對她說：咱們是不是應該去看看劉阿姨了？已經很長時間沒與劉阿姨聯繫了，聽說她最近身體不太好。為了爭得她的同意，高含在說完這句話後，又特意補充說：「咱們晚飯後去，不在她那裡吃飯，免得麻煩劉阿姨。」

年華找不到不去的理由，便答應了。他們到劉阿姨家的時候，正趕上劉阿姨在打麻將。陪打的一男二女，男的是市財政局牛局長，高含認識，似乎還聽說他最近遇到點麻煩；兩個女的一個是牛局長的愛人小汪，另外一個三十多歲，是市銀行辦公室主任，姓胡，長得十分漂亮。一看到年華他們來了，劉阿姨高興壞了，招著手說：「小高小年，快快快，救場如救火，牛局長有事坐不住了，正好你們來救救場！」

高含看年華一眼，意思是問她打不打。他會打麻將，但年華不會。年華說：「劉阿姨讓你打你就打唄，看我幹什麼？」劉阿姨笑笑說：「小年挺厲害嘛，小高打個麻將還得妳批准呀？打完這把你倆一塊上。牛局長他們兩口子要一塊撤。」

年華說：「劉阿姨你們打吧，我不會。」

劉阿姨說：「不可能吧？現在妳這個歲數的女人，還有不會打麻將的？」

「真的劉阿姨，我連筒子和條都分不清。」年華說。

「小高，年華真的不會？」劉阿姨扭頭問高含。

高含只好如實回答說她不會。劉阿姨一邊摸牌一邊說：「不會也沒關係，現學。牛局長打完這把你先走，把小汪留下來給年華當一圈老師。你開你的車走，回頭我讓司機送小汪。」

手頭一把牌和牌後，牛局長說著抱歉抱歉告辭走了。高含頂替了他的位置。年華則被小汪生拉硬扯到她的位置上坐下。她的對門是那位銀行辦公室的胡主任。胡主任大概看劉阿姨前幾把手氣不怎麼好，便問要不要重新打風？劉阿姨說重新打風也行，讓年華從ABC學起，我也正好換換手氣。

重新打風後，幾個人調整了位置。劉阿姨坐在年華的下手位。牛局長的老婆小汪就站在年華的背後，一手扶著椅背，一手教她怎麼整牌，怎麼吃牌，怎麼碰牌，什麼是清一色，什麼是一條龍，什麼是七對等等等等。教者耐心，學者虛心，一圈下來，年華已經開始和牌了。

「年華到底是聰明人，一點就透。劉阿姨，我的任務完成了，那我走啦。」

劉阿姨一邊整牌，一邊說：「行。告訴你們老牛，天蹋不下來，什麼事都別著急。有什麼事讓他給我打電話。」說完喊司機送小汪走了。

年華是新手，手氣特壯，四圈打完，她已經和了六七把。手邊的撲克牌，賺得比高含還多——這是劉阿姨家打牌的規矩，輸贏以撲克牌計算，不帶賭錢。劉阿姨說過：「市委書記家打牌賭錢，那傳出去還得了啊！咱們主要是玩，放鬆放鬆。誰想賭錢別進我們家門。」

換風後接著又打了四圈，年華和的比前四圈還多，最後一算撲克牌，劉阿姨反倒輸給她了。

八圈牌打完，已經快十二點了。劉阿姨伸了個懶腰，說：「今天就到這吧，咱們聾子放炮，散啦！小年，我發現妳是個高手，牌看得挺緊的，我在妳下家一張牌也吃不上。看來下回阿姨得坐妳上家了。」

那位胡主任也說：「一則年華是新學，專心致志，二則他們是夫妻連袂，氣場自然旺，贏牌是必然的了。這多虧是賭撲克牌，要是真的賭錢，他們這會就不會空著手，一台三十六寸的彩電該抱回家了！」說完笑笑，還特意看了高含一眼。

高含忙說：「不好意思不好意思。夫妻連袂可不敢當，只不過是運氣好點罷了。我看出來了，小胡妳才是牌中高手，改天還得向妳好好討教討教呢！」說完又問她怎麼走，要不要他們送她一程。

胡主任笑著說謝了，她自己有車。

出門高含才感到自己最後那句話是自討沒趣：人家胡主任不但有車，而且是一輛上百萬元的保時捷跑車。他們剛才進院子時看到過，但他沒想到會是她的。相比之下，他那輛本田車就顯土了。

好在年華心粗，並沒注意到這個細節。

年華贏了牌自然高興，也沒太在意劉阿姨和胡主任那些話。一直到出了劉阿姨家大門後，高含才一邊打方向一邊對她說：

「妳以為打牌就真的是玩呀？」

年華說：「什麼意思？劉阿姨不是也說不帶賭錢，純粹是為了玩嗎？」

高含說：「其實這種玩比賭錢賭的東西要大得多。妳看人家胡主任那牌出的，劉阿姨一停大牌，她一點一個準。人家那才叫會打牌呢！」

年華不由看了高含一眼，說：「剛才還一口一個小胡的，這會怎麼又成了胡主任了？我沒看出她牌打得有多好。自己不和牌，光點別人大炮就算會打牌呀？」

高含苦笑著搖搖頭，說：「跟妳說不清。以後妳慢慢就明白了。」

此後一連幾個週末，年華他們沒有再去，劉阿姨也沒打電話叫他們。

這天是週日，上午吃過早飯後，劉阿姨突然打來電話，說她想讓張書記放鬆放鬆，請他們過去陪著玩玩牌。

不用高含說什麼，年華自然也知道這事不好拒絕。他們馬上開車趕過去了。張書記很客氣，說：「小高小年，我們是不是把你們的假日計畫打亂了呀？你們年輕人有年輕人的玩法，陪著我們老頭老太太玩有些勉為其難吧？」高含和年華趕緊說沒什麼計畫，他們本來就想來看看劉阿姨。

張書記牌玩得很好，愛做大牌，而且很少點炮。劉阿姨坐在年華上手，這次倒不存在吃不上年華牌的問題了，但年華又犯了個新的錯誤：她不斷地碰牌，碰一次隔劉阿姨一次，把劉阿姨好幾把牌都給攪了。有一把劉阿姨好不容易門清一條龍停牌了，正要摸牌，對門張書記打出個二條，年華又喊了一聲碰，把劉阿姨隔過去了。碰過二條後她手裡的一條沒有用了，只好打了出去。結果點了張書記個七對。劉阿姨就翻開她剛才準備摸起的那張牌看了看，正是一個她等得望眼欲穿的六筒！劉阿姨這下不高興了，笑著說：「小年呀，我坐妳下手時，妳把牌看得死緊，一張牌不給我吃；今天我坐妳上手了，妳又不住地碰牌隔我，是不是專門跟阿姨過不去呀？」

年華有點慌了，說：「不是不是，劉阿姨我不太會打。那下次我不碰了。」

張書記替年華抱不平說：「老劉妳這叫什麼話！打牌就是這樣，該吃吃該碰碰，妳吃不上碰不上怪妳手氣不好，抱怨人家小年幹什麼？小年，別管她，妳該怎麼打還怎麼打！」

高含不好發表意見，只能在下邊偷偷扯扯年華的衣角，意思是要她注意一點。

年華本來就不太會打，這下更不會打了，心亂了手也亂了，連著兩圈一把沒和。手邊的撲克牌輸得淨光，從高含那借了十張，很快又輸光了。

四圈過後換位置。年華這次在張書記上手，和劉阿姨對門。她暗暗鬆了口氣，心想只要不靠著劉阿姨就好了。這樣一想，她便放開手腳胡吃亂碰起來。結果讓張書記連著坐了四莊下不來。劉阿姨就又說她了：「小年啊，看樣子妳今天是存心哄我們家老張高興呀。他一上莊，妳就連著碰牌。妳碰一次他就多摸一張牌，那他不和誰和呀！」說完笑了。

張書記也開玩笑說：「小年，妳不是故意哄我高興吧？好吧，吃飯吃飯。牌場上不是有句俗語嗎，贏家怕吃飯，輸家怕——小高，輸家怕什麼來著？」

高含笑著說：「輸家怕停電。」

張書記說：「對，贏家怕吃飯，輸家怕停電。意思是一吃飯風水就轉了。沒關係小年，吃過飯後我坐妳上手，專門碰牌餵你。」說罷哈哈笑了起來。

但吃過飯後沒有玩成，張書記要趕去開個緊急會議。他臨走時很高興地對年華和高含說：「小年小高，歡迎你們下週再來玩！」

接下來的週日，高含本來以為劉阿姨不會約他們去玩了，但是沒想到劉阿姨還是打電話要他們去。他們就又過去玩了一個上午。次後接連幾個週日，他們都去了。漸漸地，週日去劉阿姨家玩牌成了規律，成了一項任務。有時候，劉阿姨還在週末時也約他們去玩。但週末的牌局張書記從不參加，只是劉阿姨約牛局長、小汪、胡主任他們玩。相比較而言，年華還是比較願意參加週日的牌局，不太願意參加週末的。她有點不太接受那兩個女人，尤其對那個胡主任。她隱隱覺得這個女人投向高含的眼神好像不太對勁，而高含也有點向她獻殷勤意思。但這只是感覺，不能說也沒法說。

一般說來，新學會玩牌的人癮都比較大，都覺得這是件很有樂趣的事情。但年華並沒體會到這種樂趣。她很想從這兩個牌局中退出來，尤其不想參加週末的那個牌局。她開始考慮撤出的辦法。以前她去劉阿姨家之前，總是很自覺地把手機傳呼機全都關了。後來她週末去時，就故意開著手機傳呼機。結果她剛剛在牌桌前坐下，一把牌還沒摸完，傳呼機便響了。她於是有了離開的藉口。

但這種辦法只靈驗了兩次，便被劉阿姨識破了。第三次她的手機響起來時，劉阿姨便從她手中接過手機，也不問對方是誰，直接說道：「年華同志正在採訪張書記，請你不要再打擾她！」後來她再去時，劉阿姨便會像安檢人員那樣囑咐她：「小年，先把妳的手機傳呼機關了！」

年華沒有意識到她已經進入了一個圈子，她不知道這個圈子的強大威力，不知道在這座城市裡，有多少人做夢都想進入這個圈子。高含明白這一點，但又無法向她說明。

「這不是玩，這是受罪！要去你自己去吧，我再也不想去自找難受了。」兩個月後，年華再也忍受不住了，她讓高含一個人去，她不去了。

高含說：「妳以為我不知道這不是玩嗎？我不是已經跟妳說過了嗎，這其實是一種賭博，這種不賭錢的賭博，賭的東西比錢要大得多！在這座城市裡，有幾個人能在每個週末和週日進入市委書記的家裡？有幾個人能和市委書記、市委書記的老婆一塊玩牌？我告訴妳，沒有幾個！在這座幾百萬人口的城市裡，有這種榮幸的人不超過十個！而妳卻說這是受罪，卻想放棄這種榮幸和機會！」

年華被高含的話驚呆了，她愣愣地看著他，好像不認識似的。

半年後，牛局長的問題終於澄清了，並升任為分管財政的副市長。年輕漂亮的胡主任，也被提拔為銀行副行長。高含雖然沒有動，但很多職務比他高的人見了他，也都畢恭畢敬，像見了自己的上司似的。

4

之三：知名度。

從一開始，高含就不願意躲在年華背後生活，不願意在他和年華一塊出場時，人們總是把注意力投向年華，而把他像晾魚乾一般晾在一旁。婚後頭幾個月，他曾為「年華的愛人」這個「職稱」沾沾自喜過，覺得這也是一種榮幸。但漸漸地，他不太喜歡這個「職稱」了，他聽出了這種稱謂中的諷刺成分。而且往前一想，他感到自己總不能永遠停留在「年華的愛人」這個「榮譽」上吧？年華現在是名人，她現在的知名度是如日中天。但日出日落月圓月缺，年華的太陽總有落下去那一天，到那時候再提「年華的愛人」，人家知道你是誰呀？再說啦，他高含也是個堂堂正正的男人，老躲在一個女人背後吃軟飯算怎麼回事？

高含上小學的時候，就知道知名度是怎麼回事了。他有一篇題為「炕」的作文，獲得了全國「陽光杯」少年優秀作文大獎賽二等獎。從那時起他就成了學校的名人。這個榮譽一直到他上高中時，還常常被語文老師提及。

上大學期間，高含擔任過校報的副主編，並且在不少報刊上發表過文章。還與人合作，出過一本歷史方面的書。那時候，他以為自己已經算小有名氣了，但到了社會上，才知道他那點名氣狗屁不是。他後來雖然陸陸續續還寫過一些文章，但大多沒有什麼影響，而且都是用筆名發表的，也就談不上什麼知名度了。所以，當他的名字與年華的名字排在一起的時候，人們要用「年華的愛人」加以注解就是很正常的事了。

但是現在他不甘於接受這種注解了。他要打自己的品牌，他要把「高含」這兩個字炒熱炒響。與年華結婚之後，一些小報的記者曾找過他，想讓他談談和年華的感情歷程或者生活趣聞，也希望給他們寫寫這方面的稿件。高含當時看不起這些小報，他一直把目光投向幾家大報，但幾家大報又對這類文章不感興趣，既沒有派記者找他，也沒有約他寫稿。後來高含才明白自己搞錯了。

在炒作名人方面，小報的作用比大報要強大得多！於是，他試著把年華捐助郊區一所希望小學的事寫了篇短文，還配上一副他拍攝的照片，一起寄給一家小報。文章最後的署名是高含，但他動了點心思，在高含後邊加了個括弧，特地聲明：切勿註明作者是年華的愛人。

文章很快便有了回音。那家小報的吳主編親自打電話給他，從立意、文筆、思想內含、可讀性、社會價值、藝術價值等方面把他的文章一通海誇之後，提出要給他開闢一個專欄，每週半個專版。

高含說：「我每週給你們寫一篇此類文章問題倒不大，我想問的是，我在作者署名後邊加的那個括弧你注意了沒有？」

吳主編說：「注意了注意了。我明白您的意思高含同志，您是想以文章的內容吸引讀者，而不是以年華的名字吸引讀者。這點我與您有同感。現在一些寫名人的文章，大多沒有乾貨，不是寫得太水，就是東拼西湊道聽途說。不像您的文章，寫的是讀者真正關心、真正想知道的事情。可以說是難能可貴，不可多得。」

高含聽了雖然沒有飄飄然，但心裡舒服是最起碼的。他隨後又寫了幾篇東西寄了過去，同樣也配了照片。幾天後，報紙寄來了，高含一看，哭笑不得：不是半版，而是第一版整整一版！核桃大的通欄大標題就是：年華愛人談年華——那位主編老兄倒沒有違犯在高含署名後邊加註的約定，只是把這個加註移到了前邊，移到了比署名更醒目的位置。

別的方面無可挑剔。版式排得很活也很大方。照片非常清晰。後邊加的主編綴語，話也說的比較客觀到位，沒有過分張揚的意思。通覽幾遍，好像也沒找出一個錯別字，單就這點說也不容易。紙張的品質也不錯，不是普通新聞紙，是一種看上去很白又很亮的膠版紙。拿在手上絕不會感到掉價。

高含本來還打算打電話對吳主編興師問罪，但看過報紙又作罷了。心想他們也有他們的道理。而且沒等他給吳主編打電話，吳主編就給他把電話打過來了。吳主編想就標題向他做個解釋，高含說算了算了，不必解釋了。已經登出來了，再解釋也沒用。

吳主編就連著說了兩句謝謝謝謝，又說實際上咱們寫東西的和編東西的，本來就是同行嘛，相互理解真是太重要了。高含只好說的確是的確是。吳主編接著又告訴高含，他的文章反響特別大，已經有十幾家報紙打電話，準備轉載。高含以為他是客氣話，也沒怎麼往心裡去。

出乎意料的是，前後轉載這篇文章的竟有六七十家報刊！而且隨著這篇文章的影響，有三十多家報刊相繼來信來電話約高含寫稿，有的還上門索求。高含這下一發而不可收，他不單寫年華了，透過年華的關係，他又採訪了其他幾個主持人，又由主持人轉向演藝界別的名人、歌星、京劇名角、當紅的影視明星，都成了他採訪和描寫的對象。有數量才有品質，這句老話沒錯，但現在這句老話得改一改了。

現在是有數量就有品質！當幾十家報刊鋪天蓋地，幾乎天天都有高含寫名人的大作面世時，高含的名字就擠入名人之列了。他的名字也成了一種品牌，以前是他打著年華的旗號，找上門求著採訪人家寫人家；現在情況不同了，現在是一些名人和一些想成名人的「準名人」反過來找上門，求他給他們寫文章。

以前他曾夢寐以求想加入作家協會，但填了兩次表都未獲透過。這次他沒填表，突然又被通過了。不只作協吸收他成為會員，戲劇家協會、電影家協會、報告文學家協會，甚至足球協會——因為他也寫了兩位足球名人——都吸收他為正式會員。最近，一家生產「歡喜牌」VCD的大企業與電視臺合作，擬舉行一屆「歡喜杯」青年歌手大獎賽，一定要請他擔任評委。而且在送來聘書的同時，廠家還送來一台最新式的「歡喜牌」VCD，意思是讓他先用為快。

這件事他還沒想好去不去，另外一家生產「潔潔牌」衛浴的廠家，又與一家出版社連袂，準備搞一屆「潔潔杯」青少年作文大獎賽。雖然這個廠家生產的東西與孩子作文沒多大聯繫，大賽的名字聽上去也有點彆扭，但因為大賽一等獎的獎金高達三十萬元，所以還是引起不小轟動。大賽組委會已經給高含送來正式聘書，請他擔任主任評委——同樣，在送來聘書的同時，廠家給他送來一套數碼控溫全自動抽水馬桶，意思大概也是讓他先用為快。

時間就是金錢；權力就是金錢；知名度也是金錢呀！高含現在是專門寫名人的名人，同時又是「製造」名人的名人——評委是幹什麼的？從現場看，評委是減去一個最高分，再減去一個最低分。實際上不是這樣，實際上是減去那些不能當名人的人，把能當名人的人留下來。簡單說，評委就是「製造」名人的人。一手寫名人，一手製造名人，這還得了呀，高含現在就像雙槍老太婆一樣，所向無敵，名利雙收！

國家有出版法，出版法中對稿酬做了十分具體的規定。但名人文章的稿酬，是不受這個限制的。高含寫名人的文章，底價是千字一千元，高了不限。而且他的一篇文章，不是一家登了就完，往往有三四十家報刊轉載。這樣驢打滾利滾利，到底千字多少錢就算不清了。當評委當然也有報酬，當然不會是給台VCD和一個數碼抽水馬桶就能打發。所以高含現在感覺很好，既有了知名度，又有了錢，那種躲在年華背後生活的感覺，漸漸消失了。

但是高含並不滿足現有的成就，他還要向新的領域進軍。

那家與抽水馬桶合作過的出版社，現在又找到他，希望在上次合作愉快的基礎上再合作一次。這次合作的項目是請高含寫一本書，一本年華與他的情感歷程的書。高含猶豫了，不想答應。幾個月前那篇「年華愛人寫年華」的文章，後來被別的報紙轉載來轉載去，還是讓年華知道了。年華當時並沒和他鬧，她沒有嚷也沒有吵，只是很鄙夷地對他說了一句：「你也好意思！」

這次不是寫篇千把字的文章，這次是要寫一部十幾二十萬字的書，她知道了會做何反應，高含沒把握。但是不答應又覺得太可惜，對方出的價碼實在誘人：百分之十三的版稅，起印印數五十萬冊，如果按每本書訂價20元計算，初版稿酬就超過一百萬。一百萬！這可不是個小數。高含現在雖然有錢，但這個數字對他還是很有誘惑力的。

「管她呢，大不了再讓她鄙夷一次，再讓她說一句『你也好意思』！」高含這樣一想，便下了決心。雙方當即約定了交稿時間，並簽了合同。書名沒最後敲定，暫名為《年華與高含》

高含推掉小報的稿約，專心投入了《年》稿的寫作。

他買來幾本名人出的書，悶著頭看了好幾天時間，在上邊勾勾劃劃記了一些重點，把各自的長處短處比較一番。然後又從電腦裡把他以前寫的有關年華的文章調出來，歸納了幾個大的方面。又花了一週多時間，專門找年華的同事和朋友聊了聊。還給年華老家打電話，讓把年華小時候的照片寄來一些。在此基礎上擬了份詳細大綱，確定了章節的劃分和內容。然後就一節一節開始在電腦上敲了。

他一直瞞著年華。他想等書出來了再告訴她也不遲。到那時候她恐怕也不會太和他過不去——畢竟有一百萬在那裡頂著，在眼下這個社會裡，誰願意和一百萬過不去呢？

他沒想到，年華其實早就知道了。年華從他最近忙忙活活的行為中察覺出點什麼，後來老家那邊又打電話，把高含要她小時候照片的事告訴了她，年華便明白是怎麼回事了。他們倆各自有一台電腦，年華平時不碰高含的電腦。她曾經有過打開他的電腦的念頭，想看看他到底在寫什麼，但最後還是放棄了。

這天，一個記者朋友打電話給年華，問她高含的書寫得怎麼樣了，能不能給她透點內部消息。年華說我不知道。朋友說怎麼會呢，妳老公寫書，而且寫的又是一部關於妳的書，妳怎麼會不知道呢？

年華說我真的不知道，要問你問他去。

朋友遲疑了一下，問：「怎麼啦年華？你們吵架啦？」年華很平靜地說：「沒有。我們從來不吵架——懶得吵，也沒心思吵。」

5

之四：高處與低處。

小時候，年華常常做一種夢。她夢見自己從很高處跌落下來，耳邊是嗖嗖的風聲，她閉著眼，一點也不感覺害怕，反倒體驗到一種自由落體的快感。快到地面的時候，她感到自己變得很輕，輕得似乎沒的了重量，因此落地時也就沒有被摔下來的感覺。她把自己的夢告訴奶奶，沒有讀過佛洛德的奶奶很果斷地解釋說：「妳在長個！」

現在她很少做這種夢了。她很想重溫一下那種感覺，便跟著台裡體育頻道的幾個朋友去郊區玩了一次「蹦極（高空彈跳）」。這是一種新興的體育兼旅遊項目，玩法是用一根有一定彈性的繩子繫住玩者的雙腳脖子，然後讓他從幾十米高的地方「蹦」下去，等他的腦袋快到水面或者地面時，又被繩子扯起來。很驚險也很刺激。繩子的彈性和安全係數都很高，絕對不會出任何問題，要不然就不叫玩樂，叫玩命了。

由於是和體育頻道的人一塊去的，人家接待得自然十分熱情，先是講解示範，接著便讓他們試試。年華沒敢第一個出場，她是在另外一個女同志尖叫著玩過一遍後上去的。沒蹦之前，她已經緊張得全身冒汗了。儘管她知道這很安全，儘管旁邊的人一再告訴她絕對不會出任何事，但她還是感到害怕。她閉上眼，從幾十米高的橋上蹦了下去。她是體驗到了自由落體的感覺，但這種感覺，與她小時候在夢裡體驗過的那種感覺完全是兩回事！她知道，她再也找不回孩提時期那種感覺了，無論是在夢裡，還是在現實之中。

她為什麼會懷念那種感覺呢？為什麼渴望自己從高處「跌」向低處，渴望體驗那種「下落」的快感呢？她說不清楚。

一次偶然的機會，她看見一隻鷹在空中盤旋——她是在電視畫面上看見那隻鷹的，因為在現實的天空，鷹已經瀕臨滅絕。她看見那隻鷹鼓動雙翼，奮力飛向高處。後來，牠感到累了，感到牠已經飛到了自己的極限，便平展開翅膀，開始盤旋著，落向山谷的低處——這時候她明白了，原來飛往高處需要用力，需要拼命拍打兩個翅膀，而落向低處則完全相反。

她是不是感到自己累了？是不是已經覺得飛到了自己高度的極限？

不知道。

高含則不同。

「大鵬展翅，扶搖直上九萬里！」離開家鄉的時候，一個老師在贈給高含的筆記本裡，題給他這麼一句贈言。這個本子他現在已經不知弄到哪裡了，但他永遠記住了這句話。九萬里是個怎樣的高度概念呢？他不清楚。但他知道他現在的高度肯定遠遠不夠。他現在有了一定的知名度，也有了一定數量的錢，但他並不滿足於這些。他覺得自己在很多方面還有所欠缺，還有待提高。比如說職務問題，他當了兩年多副局長了，已經到了該動一動的時候，卻還看不到動的跡象。去劉阿姨家打牌的牛局長和小胡都動了，他卻在原地踏步，也不知玄機何在。他向劉阿姨暗示過這點。劉阿姨明白他的暗示，但劉阿姨卻原則性很強地對他說：夫人不參政呀，你和年華的婚姻我可以摻和摻和，但動與不動是組織上的事，你不應該考慮，我也不能插手呀。再說啦，師傅領進門，修行靠個人。進步還得靠自己個人的努力呀。

再有半年時間，他們局的局長就要下了。局長下來後，這個位子順理成章應該是高含的。但現在很多順理成章的事往往都成不了，而且種種跡象表明，覬覦這個位子的至少有四五個人，其中有別的局的副局長，而且還有可能從上邊下來人。高含覺得不能再大意了，決定把知名度的問題暫時放一放，先集中精力把眼前這個臺階邁上去。

「如果妳最近能安排開的話，我想咱們應該請一個人吃頓飯。」高含對年華說。他現在對年華說話，一般都是用這種商量語氣。

「誰？」年華問。

「組織部廉處長。」高含說。怕年華生疑，他又補充說，「其實也沒什麼事，不過像妳我這種吃官飯的人，與組織部門的人走動走動有好處。」

年華說：「你別把我和你扯到一起。我是吃業務飯的，官飯我吃不起——說吧，哪一天？什麼地方？」

「還沒定。我想妳同意了再請人家——妳現在譜大呀，妳不放話，我怎麼敢自己定呀！」高含半真半假地說。他是有點擔心年華不同意。年華如果不出面，他不一定能把廉處長請出來。論職務，他比廉處長還高半級，而且現在也算是文化界的名人了。但他知道，他這個副局級和文化名人，與組織部調配處處長比，能量卻是天上地下，差老啦！他出面請，沒準一下就把路堵死了。把年華搬出來就不一樣了。年華無職無級，是無冕之王，面子比他大得多。只要年華答應出面，廉處長恐怕不會推辭。

廉處長果然沒有推辭。廉處長不僅愉快地接受了邀請，而且還在電話裡打著哈哈說：「嘿巧啦！我這裡還正有件不大不小的事，想請年華同志幫忙呢！」

時間是週末晚六點，地點在「魚腩李」。

「魚腩李」是一家新開張的特色餐館。現在開飯店講這個。各家餐館都有魚，紅燒魚清蒸魚什麼魚都有。但你不一定賣得火。人家光把魚頭砍下來，不但比你賣得貴還比你火。這沒辦法，各人好各人那一口。這家「魚腩李」大概就是順著這個思路創辦的——只賣魚肚子又白又軟和的那一部分，那部分是魚的精華呀，又細又嫩又沒刺，愛吃魚會吃魚的食客，誰不好這一口呢！所以這「魚腩李」開張剛兩個月，已經譽滿全城，火得跟美國的森林大火似的。高含覺得在這裡請廉處長，花費不算太高，卻既有特色又有品味。而且，年華也表示同意。

高含給「魚腩李」打電話，想提前訂個單間。開始服務員問幾個人？高含說三個。服務員說先生，我們這裡的單間都是六個客人以上的，你們三個人，在大廳訂個四人桌就行了。高含想，你以為我這三個人是普通的三個人呀！馬上拉下嗓子說：「叫你們老闆接電話！」服務員問：「請問先生您是哪裡？」高含說：「市政府！」

過了一會兒，接電話的換了個人，大概不是老闆便是大堂經理。對方剛在電話裡說了句先生您好，高含便不客氣地說：「我是市政府的高局長，想請市委組織部的廉處長在你們那吃頓飯，由電視臺的主持人年華作陪。怎麼，好像這三個人還不夠在你們那裡訂個單間的標準？還非要湊夠六個人不成？」

對方馬上說：「對不起對不起，剛才的服務員是個新手，慢待您了高局長。沒問題，單間沒問題，您看六號好還是八號好？」

「六號吧。」高含說完掛了電話。

高含和年華是六點差十分到「魚腩李」的。幾個服務員認出了年華，不一會兒，大堂經理便陪著老闆到六號單間「歡迎歡迎」來了。高含聽出下午後來接電話的並不是老闆，便打著官腔說：「李老闆看來是不見真佛不燒香呀！怎麼，要不要我和年華同志拿工作證給你驗證驗證呀？」

李老闆搖著雙手說：「豈敢豈敢。年華同志和高局長能到我這個小店賞光，就等於在中央台的黃金時間給我做廣告呀！這是鄙人的名片，今後想請朋友嚐口鮮儘管來，直接打電話給我就行了——一律免單，含今天在裡。」

高含說：「免單倒沒必要，菜上好就行。李老闆，我可告訴你，我今天請的是個重要客人，你可別砸了自己的牌子！」

李老闆說：「沒問題沒問題，我親自到廚房看著，一定讓各位滿意。」

年華始終沒說話。她已經有段時間沒和高含一塊請人吃飯了。她覺得高含在「應酬學」方面突然大有長進，長進得讓她吃驚，讓她都認不出他來了。

廉處長是六點過十分來的。對他這種身分的人來說，不算早也不能算晚。

「不好意思不好意思，讓二位久等了。」寒暄，握手，請坐請坐。廉處長很年輕，長得一表人才，看上去不像個做幹部工作的機關幹部，倒像個專演正面角色的演員。這下改變了年華的印象，剛才看高含表演的那種不快也漸漸消褪了。

來之前高含向年華介紹過廉處長，說他是市委的廉政模範，做幹部工作近十年，沒有收受過一分錢的賄賂。高含說他聽過廉處長的廉政報告，廉處長在報告中說他拒絕賄賂的辦法其實很單間：有話在辦公室說，有事在辦公室辦，凡是下班後登門求見的一律謝客！

致於吃請，廉處長倒報告得比較實際，說一律拒絕恐怕做不到，至少他自己沒做到。因為有些飯不吃不行，情面上過不去……年華聽到這裡就說：「他倒挺會給自己留後路的！要不然，你這次請他，他也沒法答應了。」年華這樣說的時候，心裡想到的是一個乾巴瘦的男人形象。她覺得做幹部工作的人操心費神，應該都精瘦精瘦的，沒想到眼前的廉處長形象卻如此光輝。

接下來上菜，斟酒，乾杯。處長請處長請。不，女士優先，年華同志先請。好啦不客氣，大家一塊請。李老闆親自督促上菜。各種魚的魚腩，各種做法的魚腩。味道不錯，的確不錯。還有湯，湯也很地道。要不要主食？不用主食，那來點特色小吃吧……

年華一邊吃一邊挺納悶的：高含低三下四求她出面請廉處長吃這頓飯，目的大概是想把他副局長前邊那個副字去掉。但是從頭到尾，她沒聽見高含提過這方面一個字。倒是廉處長後來，把他那個不大不小的事提出來了。

「我那上小學三年級的女兒，最近年級要開個『我與新世紀』的主題隊會。年級組長想擴大影響，打算請一些名人參加。但是你想一個小學三年級的主題隊會，哪裡能請到名人？老師便讓學生動員家長走走關係。我女兒給我下的任務是請年華同志，沒想到高局長正好打來電話……」

「問題不大。」高含沒等廉處長說完，便接過話頭說。然後又看著年華，說，「年華，廉處長這個面子，妳得給吧？」

年華說：「和孩子們在一起，我倒是挺樂意的。不過得看什麼時間。如果台裡有活動，我就不好請假了。」

廉處長說：「時間安排沒問題，我可以和學校那邊聯繫，以妳這邊有空為準。」

年華說：「那行。我可以去。」

廉處長高興地說：「那太謝謝妳了年華！也謝謝你老高！這下我女兒可給年級立了大功！我這當爸的任務也圓滿完成了！」

回家的路上，年華問高含：「你請客，倒頭來卻給人家辦了事。你不覺得你今天的客請得有點虧嗎？」

高含說：「這妳就不懂了。妳沒聽廉處長開始喊我高局長喊你年華同志，到後來就喊你年華，喊我老高了嗎？」

6

之五：性愛。

從新婚開始，年華與高含的性生活就不很和諧，現在的狀況則越來越糟。雙方都不滿意，次數也呈遞減趨勢。這天，年華無意中看了一下她劃在日曆上上月來例假的日期，突然發現，他們已經兩個月沒做愛了。

這是個問題嗎？

這恐怕是個問題。

年華一直不喜歡高含做愛前那些請示報告式的語言，也接受不了他做愛時那種小心翼翼的樣子。但是她又沒法更正他。她沒任何別的男人可供參照，也無法像許倩和劉衛東那樣，在午間休息時「探討探討」這方面的話題——她同一間辦公室的張金霞還是名待字閨中的大姑娘，她自然不能與人家討論這方面的事情。

時間長了，她想可能性生活就這麼回事，別的夫妻大概也是這樣。再加上忙——不是一般的忙，是特別忙非常忙。她常常要在晚上做節目，回來一般都比較晚。高含也忙，現在也常常在單位加夜班，有時通宵也不回來，只是打個電話告訴她一聲。這樣就把夫妻間這當子事忽略了。好在高含對她也不是那麼熱烈，十天半月不碰她，好像也沒有那種憋脹猴急的情況發生。這樣兩個人倒是相安無事，連著這麼長時間沒做愛也沒察覺。

但是現在她突然意識到，這是個問題。

「會不會是我自己的問題呢？」年華想。

客觀地說，年華是個非常漂亮的女人。年華的美是那種端莊的、高貴的、知識女性的美，不屬於那種容易讓男人想入非非的風騷女子。再加上她的名氣，容易使一般男人望而卻步。高含做為她的丈夫，當然不是「一般男人」，不應該對她望而卻步。但是實際上，這個問題是存在的。這是目前我們唯一可以原諒高含的一個理由，也是他那種請示報告式的求歡語言和做愛時小心翼翼的唯一解釋。當然，這並不是年華的問題，並不是她的錯。美不是過錯，端莊的、高貴的、知識女性的美並不是錯，男人望而卻步是男人的事，不能把責任推到年華頭上。

女人的性慾靠男人開發。這不是一個醫學命題，也不是一個哲學命題，這是一個文學命題。醫學上所謂有相當一部分女性患有「性冷淡」全是胡扯！世界上沒有一個女性患這種病！世界上沒有「性冷淡」的女人，只有沒盡到責任的男人——同樣地，這也不是一個醫學結論，這只是一個文學結論。

一想到我們這部小說的女主角之一如此不幸，一想到那麼美，那麼端莊，那麼高貴，那麼有文化有知識，那麼受廣大觀眾喜愛的年華同志，至今還沒有享受到性愛的真正歡樂，而且還提心吊膽地自責會不會是自己有什麼問題，就讓人感到不平和憤慨！

問題和責任在高含身上。

高含並沒有病。高含的性能力性知識性經驗性技巧都不存在問題。他應該是這方面的箇中老手。問題不在這些方面，問題出在愛上，出在落差上，出在他對年華的感情上。當然，之所以走到眼下這一步，有主觀原因，也有客觀原因。

我們不是在分析病例，我們是在讀小說，所以還是讓我們講故事吧。

高含與年華的婚禮是在春節晚會後舉行的。年華主持完春節晚會後還沒來得及卸妝，便在人群的簇擁下，走向婚禮的大廳。劉阿姨和很多領導及各界名流賢達，還有不少晚會現場的觀眾，已經在那裡等著他們。婚禮是盛大的，堪稱世紀婚禮。在這座城市裡，沒有哪個人的婚禮能與之媲美，很多已婚和準備結婚的青年男女非常羡慕他們，把他們的婚禮當成樣板和楷模。

但是沒有人關心這場盛大婚禮背後的事情，沒有人關心婚禮後最核心最關鍵的那部分內容。因為婚禮結束之後天已經亮了，他們的新婚之夜也隨之宣告結束。就是說，他們在新婚之夜並沒有做愛。此後兩天，絡驛不絕的祝賀者紛至遝來，他們每晚十二點之後還沒法休息，兩人身心俱疲，好像也提不起做愛的興致——這裡最關鍵的是新郎高含，他似乎並沒有那種急著「要」新娘的急迫心情，一連兩個晚上，他沒有任何主動的表示，既沒有溫存軟語，也沒有動手動腳。

是的，他對年華有點莫名的敬畏，但他如果真的對她愛得要死要活，這點敬畏是擋不住他的慾念和手腳的。就是說，高含對年華並沒有愛到那種要死要活的程度。他可能覺得除了名氣之外，他與年華是對等的，與她之間並沒有太大的落差。和他以前交往的那些女孩相比，年華不見得比她們漂亮多少。而他和她們在一起的時候，多數情況下都是那些女孩主動，而他對主動要女人好像還不太適應。

一直到第四天晚上，年華才失去了她的處女之身，而且並沒有留下什麼刻骨銘心的感覺和記憶。

正是這個不迫切的、沒有留下刻骨銘心記憶的第一次，成了他們日後不和諧性愛的病灶。

看來對等的，沒有落差的愛情和婚姻是靠不住的。因為彼此都不會把對方太當回事。賣油郎獨佔花魁是封建時代的故事，今人不足為訓。但用它解釋何為有落差的愛，倒是很能說明問題。一個家財萬貫的花花公子，不會把花魁娘子當回事，掏十兩銀子玩一把，然後拍屁股走人。賣油郎就不同了，他覺得能在床邊守著醉中的花魁娘子坐一夜，能讓她吐到自己的衣服上，就是最大的幸福了，所以花魁娘子痛下決心，從良跟了他，從此兩人過上了恩愛幸福的生活。

現在不會有這樣的故事了，現在的男方女方都強調對等。研究生得找研究生，大學本科得找大學本科；身高一米六的女的，得找一米八的男的；而且家庭背景也要不相上下，知名度也要旗鼓相當……男男女女全都把找對象當成了找對手，全都像搞拳擊比賽或者舉重比賽似的，一定要80公斤對80公斤，70公斤對70公斤，上陣前還得過過磅，輕幾斤重幾斤都不行，都得取消比賽資格。

年華與高含的婚姻就是這種對等的產物。他們自己倒沒有考慮過這一點，但劉阿姨替他們考慮到了。劉阿姨說他們是天生的一對，意思就是說他們是對等的。在劉阿姨眼裡，年華是個重量級選手，所以她一定要找一個重量級的男選手與之匹配。選手找好了，劉阿姨吹了聲哨子，把手往下一劈，喊了聲：「開始！」讓他們在臺上你來我往地較量起來，然後她就不管了。

年華已經沒心思較量了，她沒有體驗到歡樂和幸福，只是覺得挺累。自從發覺他們兩個月沒有愛事之後，她突然對這個問題敏感起來。她在日曆上做了個記號，開始從那天算起，累計後來的空白日子。

這天晚上，高含終於要她了，她開始覺得挺委屈，想拒絕他，但是不知他說了句什麼，她便接受他了。起風了，海浪正從遙遠的地方衝來。她覺得自己在浪峰上顛簸著，遲遲到不了高潮。她閉上眼，想儘快從那片海浪裡衝出來。但是，她突然感到刺目的光線，同時聽到人們嬉嬉哈哈的笑聲和議論聲。她睜開眼，卻吃驚地發現自己原來是在一個玻璃房子裡，高含並不在她的身邊，四面透明的屋子裡，就她一個人裸身躺在那裡。而房子的四周，站滿了圍觀的人群……

她嚇醒了，出了一身透汗。不知什麼時候她哭了，汗水和眼淚把枕巾都浸濕了。這時高含正在她旁邊打著呼嚕。她沒驚動他。他們的床和韓大亮許倩那張床一樣大，也是二米乘二米的，她翻身起床都碰不著他。她一個人進到衛生間裡，擰開水龍頭嘩嘩地沖著身子。眼淚再次湧了出來，她任它流著，全身哆嗦著縮成一團。

之六：回憶與懷念。

高含開始懷念婚前那些日子，懷念交往過的那半打女孩。

他已經記不清與哪個女孩的第一次，是他真正的第一次了。從中學時代開始，高含就是眾多女孩追逐的物件，他也愛過其中兩個女孩。但那種愛是非成人式的，多少帶有遊戲的性質。再加上受年齡、輿論和傳統觀念的限制，他和那兩個女孩之間並沒有發生過實質性的事情。在大學的情況也基本如此，大學期間也有幾個女孩追過高含。但高含有點看不上她們，他把精力都花在學業和畢業分配上，不想在工作去向未定的情況下，給自己惹上麻煩。所以在四年大學期間，他相對生活得很平靜。以致有一個進攻他未果的女孩子，私下說他是男性冷淡。

參加工作之後，高含體裡的愛慾像罌粟花一般開放了。風流才子覺得自己再不必顧慮和堅守什麼了，開始放任自己，與一個又一個女孩交往起來。

第一個委身於他的女孩，是一家醫院五官科的助理醫師。

高含感冒了，是流感，需要到醫院打針。那陣流感在全市流行，醫院打針的人在過道裡排成長隊。注射科兩個護士忙不過來，便借五官科那個女孩過來幫忙。三個醫護小姐按排隊的順序，依次喊患者進屋注射。輪到高含了，本來該另外一個護士給他注射，但她喊高含進屋之後，電話響了，正巧是她的電話，便把高含交給從五官科借來的那個女孩。也許就是因為這個巧合，拉開了高含與第一個女孩交往的序幕。

那個女孩異常高大——身高大約在一米七五到一米八之間。高含幾乎從未遇到過長得這麼高的女孩子。她捂著大口罩，他只能看出姑娘的一雙大眼睛很漂亮，身材似乎也很好。姑娘投向他的眼神好像也有點異樣，好像也被什麼擊中了似的。

半個月後，高含又去了這家醫院。他的感冒早已好了，這次來是看鼻子。這一陣不知怎麼回事，他的鼻子內連著長了兩個疳子，有些疼，還往外流血。高含走進醫院大門之前，便想起那個高大而美麗的女護士。他想今天要是還需要打針就好了，就有可能又見到那個姑娘一面。但是他又覺得這不大可能，他只是鼻子出了點毛病，好像沒有去注射科打針的理由。

一進五官科的屋門，高含一下呆住了——她也在五官科。姑娘看見他，好像也意外了一下。「你好！」兩人好像事先排練好似的，同時問了對方一聲你好。接下來，姑娘不僅檢查了他的鼻子，還從掛號單上查明了他的姓名、單位和電話號碼。

如果第一次是巧合，第二次算偶遇，那後來就不是了。後來姑娘就給高含打來電話，問他的鼻子怎麼樣了？是不是還記得她？說完給高含留了個電話，告訴他如果還有什麼不舒服的感覺，可以打這個電話找她。

高含明白姑娘的暗示，兩天後便給姑娘去了電話。他告訴她自己的鼻子完全好了，沒有任何不舒服的感覺。只是想請她出來喝杯咖啡以示謝意。

姑娘答應了。兩個人從咖啡廳出來後，又在馬路上壓了半晚上馬路牙子。一週後，在高含的單人宿舍裡，兩個人有了第一次。接著是第二次，第三次……

但他們最終沒有繼續下去，沒有走向婚姻。這中間的原因誰也搞不清楚。三個月後，他們分手了。分手時高個姑娘還笑著對高含說：「如果今後你的鼻子或者別的零部件出了問題，儘管來找我。」

高含與第二個女孩的戀情源於一場誤會。

他去麥當勞解決午飯問題。正值中午，麥當勞裡人滿為患，他進去時，已經沒有空位了。他看見一張有四個座位的桌旁，只有兩個女孩，便端著盤子走過去。這個麥當勞附近有幾所中學和一所大學，中午這會在這裡就餐的大多是中學生，大學生來這裡就餐的比較少。他看那兩個女孩也就十六七歲的樣子，估計她們是中學生。

一般說來，現在的女孩子都不太懂謙讓，雖然是兩個人佔了四個座，但也就不歡迎別人來了。高含瞭解現代女孩的這種心理，本來不想過去，但周圍一個空位都沒有了，他又不想站著吃，只好不管人家歡迎不歡迎，過去客氣了一句，便準備落座。沒想到其中一個女孩一抬頭看到他時，卻驚訝地張大了嘴：

「哇——關正傑！」

女孩顯然是認錯人了。關正傑是時下當紅的大牌影視明星，最近又做了不少公益廣告。高含的長相，的確與關正傑有幾分相像，單位裡也有不少人這樣說他。甚至有人動員他參加電視臺的明星模仿秀，說他要去模仿關正傑，說不定連真的關正傑也給斃了。高含衝女孩笑了笑，說：「對不起小姐，在下不是關正傑，妳認錯人了。不過請問，不是關正傑的我，可以在這坐嗎？」

兩個女孩笑了，說可以可以，說著連忙拿起放在另兩張座位上的衣服和包，讓高含坐。

高含說了聲謝謝，坐下了。

「你們是28中的吧？」高含問，他知道28中離這裡最近，所以這樣問。

兩個女孩笑了，其中一個戴眼鏡的女孩說：「對不起先生，你猜錯了，在下不是中學生，在下已然是大一生了！」女孩說完，又說了一所大學的名字。

另外那個沒戴眼鏡的女孩沒說話，正是她剛才吃驚地張大嘴，把高含錯認成關正傑了。高含坐下後，她一直有些不好意思，臉也紅紅的。

「是嗎？那這下咱們扯平了。」

因為這個誤會，高含這頓午餐吃得異常愉快，兩個剛剛邁進大學校門的女孩子，似乎也很高興認識他。那個戴眼鏡的女孩問東問西，當得知他是市政府的「普通公務人員」時，還一定要留下他的電話。說這年頭多個朋友多條路，說不定會有什麼事求著他。高含答應了她的要求，但他把寫好電話號碼的紙條遞給戴眼鏡的女孩時，卻特地看了另外那個女孩一眼，發覺她長得既清純，又漂亮，像一株嫩得滴水的含羞草。

像含羞草般清純的這個女孩，最終成了第二個與高含交往的女孩。他們的戀情是柏拉圖式的。除了擁抱接吻之外，他們之間再沒有別的進一步行為。曾經有幾次，高含有過這樣的機會，女孩也有過主動的表示。但是高含忍住了。他實在覺得她太年輕太單純了，不忍心把她碰疼了。他更多地是把她當作自己的妹妹。但是他又知道長期收留這麼一個妹妹、長期保持這種兄妹關係是不可能的。於是在交往四五個月後，女孩眼淚汪汪地離開了他。

高含與第三個女人的交往，純粹是從性開始的。

那個女人是一家報社的實習記者，文章寫得很潑辣，已經小有名氣。人也長得十分風騷。他們是經人介紹後約定見面的。其實在那之前，女記者已經認識高含，高含也對她有印象。在電話裡，介紹人告訴高含，說女記者不願意在外邊和他見面，高含說那好辦呀，讓她到我這裡，我們在我的房間裡見面好了。介紹人說那不行，人家姑娘說了，誰知道你那裡是虎口還是狼窩，萬一她去了你把她吃了怎麼辦。高含說那讓她定吧。於是姑娘就把見面的地點選在她的一個朋友家裡。

高含去了。一進門，姑娘便給他吃了個定心丸，說：「你放心，這其實不是我朋友的房間，這個一居屋是報社分給我的。你在這裡可以做你想做的任何事情。」

「那妳幹嘛要說是別人的，是不是擔心我會不來赴約？」高含問。他看著姑娘，她長得的確風騷迷人。豐乳蛇腰，兩條漂亮的長腿讓男人頭暈。

「我才不會擔哪個心呢！我只不過是給你一個你想要的機會罷了！」姑娘說著便走上來，雙手勾住高含的脖子，盯著他的眼睛說：「新聞的要素之一是突出主題。我是搞新聞的，喜歡突出主題。什麼是我們今天的主題，難道還需要我提醒你嗎？」

就這樣，從高含進屋算起，五分鐘還不到，兩個人便上了床。

他們交往了一個多月便分手了。一個月裡，兩人幾乎每隔一天便見次面，見面的主題便是做愛。姑娘知道高含在她之前有過別的女人，高含也明白姑娘身邊不只他一個男人。這種純粹的兩性吸引，究竟含不含有愛的成分，兩個人誰都沒想過。致於婚姻，就更不在考慮之列了。所以在分手那天，兩個人做完主題功課之後，姑娘對高含說的話是：「如果你不反對，將來你結婚的時候，我願意做你的新娘的伴娘。」

與高含交往時間最長的是四姑娘。四姑娘出身於一個戲劇世家，十三歲前曾學過戲，後來不知什麼原因，放棄了。但家庭的薰陶和早年的這段經歷，使姑娘的言談作派間，具有了一股特別的戲劇韻味，正是這一點使高含對她迷戀萬分。四姑娘對高含也十分鍾情，她的父親母親對高含也很滿意。這樣，兩人同居一年多之後，便著手準備結婚了。

四姑娘有個姑媽住在香港。姑媽遠在香港的時候，常常來信來電話催他們早點結婚。但回來後見了高含一面，與他談了不到十分鐘，卻突然改變主意，堅決要四姑娘離開高含。「大哥，姐姐，這樣的男人是靠不住的。你們絕不能把女兒嫁給他！」姑媽先做通了四姑娘父母的工作。四姑娘不知道姑媽具體是怎樣對父母說的，不知道她根據什麼說高含這樣的男人靠不住。她只知道姑媽在父母那裡說了不到十分鐘，父母的態度便改變了，由支持者變為堅定的反對派。

這段即將走向婚姻的戀情，就這樣中斷了。此後高含有很長一段時間沒再與別的女孩交往。一年後，第五位和第六位女孩相繼出現在他的生活中，但時間都不是很長……

年華就是在這種「歷史背景」下與高含結合的。

在劉阿姨把年華介紹給高含前，高含自然認識年華，但他從未存過這種奢望。那時候，年華對他來說，就像天上的月亮一樣，想都不敢想呀！劉阿姨出面保媒使他受寵若驚，沒怎麼考慮就答應了。他答應後心裡還在擔憂，怕年華不一定同意。沒想到年華也沒怎麼考慮，答應了。兩人前前後後談了不到三個月時間，便趕在春節晚會那天結婚了。

總之，高含的婚前生活是多采多彩的，他擁有太多的女孩和過去，所以他的回憶是甜蜜的。不知因為什麼，他現在尤其懷念那個風騷迷人的女記者，他們在一起的時間最短，他也明白他與她之間不存在愛。但是他卻常常想起她，尤其是長時間與年華中斷性愛之後。

年華呢？

年華的婚前是一片空白。這似乎令人難以理解，但實際上卻的確如此。正如普通男人韓大亮所想的那樣，她太完美了，她的知名度太高了，這個世界上很難找到能與她匹配的男人。不錯，愛她的人很多，愛她的人成千上萬不計其數。但是被太多的人所愛，便意味著沒有愛。年華成名之後，雖然不斷收到各種信和電話，但卻沒有一封信或者一個電話是向她求愛的——這不奇怪，因為沒有哪個男人有這個勇氣。一般人是想都不敢想，剩下那些「不一般」的人，又被眾多的女孩包圍著，而且又都認為年華肯定已經有男朋友，不願意捨近求遠再費這個事。結果年華的愛情領域就成了真空地帶，像「三八線」的非軍事區一樣，南韓北朝的軍隊都不敢擅入。

同時，她的生活又被鏡頭和話筒包圍著，幾乎沒有個人的時間和空間。公眾生活是對個人生活的破壞和毀滅，對年華來說，情況正是這樣。她的第一個男人和她的第一次一樣，都是高含。但高含卻對這一點表示懷疑——他不相信她這麼漂亮這麼有名的女人，過去會是一片空白；也不相信她與他的第一次是真正的第一次——儘管高含嘴上沒說，但心裡一直是這樣想的。

年華突然懷念起無名水庫，懷念起韓大亮和許倩兩口子。她想起那天她去他們家作客的情形，想起韓大亮在廚房忙忙活活時，許倩對她說的那些話。想起韓大亮繫著圍裙，把兩條燒好的魚端上菜桌時那樂呵呵的笑臉。想起他們那兩間比他們小一倍的房子，想起那兩間屋子裡洋溢著的暖融融的氣味……

對一對恩愛夫妻來說，回憶與懷念能使他們越走越近。因為他們擁有太多共同值得回憶和懷念的東西。但如果像年華和高含這樣，他們回憶和懷念的的東西都屬於個人，而沒有多少共同擁有的東西值得回味，那結果會怎樣呢？

結果恐怕只會使他們越走越遠。

8

之七：生活主題與生命主題。

如果說，生命是由生活構成的，那麼生命主題與生活主題就是一回事。每個人的生命主題是不同的，但一對夫妻如果在一起生活得時間長了，彼此就會溶入對方的生命之中。他們會彼此影響、接受或者改變對方一些東西，大到理想、信念、人生觀、價值觀，小到習慣、脾性、愛好、口味等等。甚至兩口子會越長越像。這種彼此的融入就是愛，這樣的夫婦會互為主題。他們就像用兩把樂器演奏著同一個樂曲，會越來越和諧，越來越把生命之歌演奏得有聲有色。

高含與年華不屬於這樣，他們像一些鬧不團結的領導班子一樣，一人一把號，各吹各的調。誰也不接受誰，誰也無法融入對方。結果兩個人不僅沒有「越長越像」，而是越長越不像，越長差異越大。在很多問題上，甚至鬧到了勢不兩立的地步。

自從「歡樂牌」醉酒事件之後，年華再也不想為了給高含和別的什麼人的面子，出席那些沒完沒了的飯局了。慢慢地，她也把去劉阿姨家打牌的事推掉了。她讓高含一個人去。一開始，劉阿姨還打電話問過她兩次，後來她不去，劉阿姨也就不問她了。高含一開始很生氣，說她簡直是不識抬舉。他告訴她，妳出了這個圈子，再想進來可就難了。

年華說謝謝你的提醒，但我壓根就沒想過要再進去，所以也就不存在難不難的問題了。

高含說：妳就不能改變一下妳自己嗎？

年華說：不，我並不要求你改變什麼，但你也別指望改變我，更別指望我會改變成像你那樣！

這天，高含要年華陪他去見一個領導，年華說我不去，我有別的安排。但她後來去了韓大亮家裡。高含知道後冷笑了一聲，說：一邊是市政府的領導，一邊是個出租司機，哪邊重哪邊輕妳都分不清了！

年華反擊說：那只是你的看法。在我看來，這個出租司機比那個市府領導重要得多，因為我在他那裡看到的，感受到的，都是最真實和最真誠東西。而跟你去的那些地方，我感受不到這些，只能感到虛偽和難受！

年華病了，重感冒。她不想吃東西，請了半天假在家裡待著。高含知道後，說了句妳應該去醫院看看，然後便出去忙他的去了。

年華一個人躺在床上，躺在那棟比韓大亮家大一倍的房間裡。她關了電話、手機和傳呼機，想體驗一下疾病和孤獨的感覺。但是她忽然想起許倩，想起許倩告訴過她的一件事情。

許倩病了，也是感冒，不想吃東西。韓大亮並沒勸她去醫院，韓大亮說妳別急，我有辦法。他跑到廚房裡，用蔥薑蒜和辣椒粉，做了一大碗又酸又辣，叫不上名兒的麵疙瘩湯端上來。許倩接過碗，一口沒喝，頭上已經冒汗了。許倩以前不吃辣，和韓大亮結婚後，慢慢能吃點辣了，但這麼辣的湯，還是頭一次嚐。但是很奇怪，當她像喝藥般把那碗湯大口大口喝下去後，病馬上就覺得好了一半。

年華知道高含不會做這種麵疙瘩湯，她想他即使會做，現在也顧不上給她做了。她知道這不是一碗湯的問題，這是一個人與另一個人生活主題亦即生命主題的相互融入。她知道，生活主題的相互融入，最終是具體到一些細節上的。韓大亮有一個特別能吃辣椒的胃，許倩一開始時是見了辣椒就躲。但是漸漸地，她接受了他，接受了他生活中這個細節，她的胃也隨之接受了辣椒。這種接受是緩慢的，像細雨慢慢地潤濕地面，離開這個緩慢的過程，韓大亮就不會給許倩做那碗湯，許倩也不會喝。

年華明白了，正是這一個又一個的生活細節，使韓大亮與許倩夫妻二人的生命主題融合在一起。而她與高含之間，存在的生活細節是不同步的，是相互背離相互排斥的。她知道，如果沒有大的變故，他們想要相互融入，是很困難了。

之八：回歸。

年華是鐵路工人的女兒。父親是工會幹部，母親是列車員。她記憶最深的就是鐵路、火車，和火車嗚嗚嗚叫的聲音。他們家就住在離鐵路不遠的職工宿舍裡。兩間屋子，南邊的一間有個很小的陽臺。年華很小的時候，就經常站在那個小陽臺上，望著來回奔跑的火車想像外部的世界。稍大一些了，她便跟著母親在火車上給乘客們倒水，拖地，並用稚嫩的童聲給大家唱歌，或表演別的節目，她的藝術天賦大概就是從那時開始顯現的。

那時候，做為普通鐵路職工的家庭，不能說貧困，但也談不上富裕。他們家沒有冰箱，沒有洗衣機，沒有電飯煲（電鍋），最奢侈的用品，是一台十四寸的黑白電視機。年華做主持人的夢想，就是從這台電視機萌芽的。

但是那時候家裡並不缺少歡樂——儘管這種歡樂總是伴著父母不間斷的爭吵。母親與父親爭吵，最主要的原因是父親經常偷偷地給老家寄錢。父親的老家在鄉下，那裡有一大堆窮親戚時常需要他接濟。母親並不是反對父親接濟他們，母親主要是反對父親這種偷偷摸摸的做法。除了這個毛病之外，母親對父親還是很滿意的。父親是那種標準的東北大漢，母親長得也很漂亮，年華從相貌和體型上，汲取了父母的優點，使她在同齡孩子中，看上去就顯得出類拔萃。

家裡每週改善一次生活。父親有一支單筒獵槍，他每個週六下午出去打一次獵。年華曾嚷著要跟父親一塊出去打獵。父親帶著她出去過一次，回來後讓母親罵了個狗血噴頭，就再也不敢帶她去了。這樣，她就只能在家裡等著。父親一般都是下午三四點出門。到晚上七八點回來。父親每次都能帶回一些獵物，主要是兔子或者野雞，有時還有麅子。父親回來後就忙著收拾，然後就把收拾乾淨的獵物放到一口大鍋裡，用溫火一直燉到第二天天亮。

天亮了，小年華臉也顧不得去洗，便跑到廚房裡去。父親還在睡覺，是母親在廚房裡準備早餐。母親會挑出一塊年華最喜歡啃的野雞翅膀給她，又按她用小手指指點點的要求，揀出幾塊肉盛在一個盤子裡，然後拍拍她紮著小辮的腦袋說：「去吧去吧，妳那些小夥伴肯定等急了！」

小年華喊一聲謝謝媽媽，然後便端著盤子，飛快地朝樓下跑去。出了樓門口，早已等在那裡的幾個小夥伴，便會歡呼雀躍著圍上來。「別搶！我來分。」她不讓他們自己動手，由她給他們平均分配。這時候，就是一些比她個頭高的男孩，也得服從她、聽她的了。她把盤子裡的肉分給小夥伴們，看著他們啃得津津有味的樣子，心裡覺得滿足極了……

這些都是很遙遠的事情了。年華現在渴望回歸。她渴望回歸到那個可以望見鐵路和火車的小陽臺上。渴望回歸到那兩間沒有電冰箱，沒有洗衣機的屋子裡。渴望回歸到端著盤子給小夥伴們分肉吃的童年時代。渴望回歸到那種沒有名氣、沒有錢、沒有飯局牌局、沒有手機傳呼機的生活中去。

高含呢？

高含不想回歸，高含對回歸充滿恐懼。

他再也不想回到中原地區那個小村子裡去了。除了婚後與年華一起回過那次外，他此前此後，一次都沒有回去過。並非他沒有童年，也不是家鄉沒給他留下深刻記憶的東西。而是他想要的東西不一樣——他千辛萬苦從那裡逃離出來，現在好不容易在代表人類文明和進步的城市裡爭得了一席之地，有了名有了利有了身分有了地位，他為什麼要捨棄這些，重新回歸到意味著貧窮、落後和愚昧的過去呢？

他們的生活像兩條平行線，永遠不可能找到交叉點了。

10

之九：婚姻的作用和婚姻成了空殼的標誌。

現代人越來越輕視婚姻的作用。在不少人眼裡，婚姻被視為愛情的墳墓或者愛情的死敵。愛情與婚姻似乎已經到了勢不兩立的地步。

這天，年華去一個文藝團體看望一個女友。女友和愛人都在家裡。他們有一個十歲的兒子，出去玩了，就兩口子在家裡等她。年華知道，這個女友比愛人小整整十歲，但兩人的關係一直處得很好。她很羨慕他們，心想他們周圍的人一定也和自己一樣，把這對夫妻當作楷模。而他們自己也一定覺得挺驕傲的，會以此為榮。不料她去了後，女友的丈夫卻半開玩笑半當真地對她說：

「什麼呀年華，我們現在覺得壓力挺大的。妳想想看，我們這棟樓，四個門洞共48戶，上上下下左左右右全都離婚了，就剩下我們沒離，妳說多孤立多苦惱呀！」

年華知道這樣說可能有些誇大其詞，但她知道，現在閃電式的結婚越來越少，倒是閃電式離婚的越來越多起來。從女友家出來後，她去了書店，有幾本書吸引了她的視線。是本四冊裝的套書，書名分別是《遭遇婚外情》、《我們在同居》、《單親母親的歷程》和《走向再婚》。她翻了翻，是根據婦女熱線電話整理編撰的。她本來想買，但猶豫了一下，放棄了——但是她看到書上有婦女熱線的電話，便記下了。

回來後，她很想給婦女熱線打個電話，但說什麼呢？自己現在既沒有遭遇婚外情，也不準備走向再婚，婚姻上的這些麻煩事，自己連母親都不願意講，為什麼要講給別人聽呢？這樣一想，又把記有電話的那張小紙片，扔掉了。

她忽然想到她主持的《新概念婚姻》欄目。

這一期，準備上欄目的是一對剛剛度過金婚紀念日的老教授夫婦，節目已經錄好了，正在剪輯。年華便取出帶子，從中間一段看了起來。

「王教授，您出過一本著作，上面講到婚姻的作用和意義。裡面好像有這麼一個觀點：沒有婚姻就沒家庭，也就沒有人類文明的一切。是這樣嗎？」年華看到，這是她在問。

「是這樣。」王教授說，「家庭是構成社會的基本單元，離開家庭，社會就會成為一盤散沙，社會的一切結構組合都會不復存在，人類的進步文明自然就談不上了。從這個意義上講，婚姻的作用是偉大的，不可取代的。」

「現在有個很普遍的觀點：婚姻是愛情的墳墓。您怎麼看這個問題？」還是她在問。

「這個觀點不是現在才有的。從一些人的經歷來看，存在這種事實。但做為普遍性的結論，這個觀點顯然是錯誤的。愛情的死亡並不是婚姻的罪過。相反，婚姻有時候會『幫助』和『醫治』愛情。因為愛情往往需要經受兩個考驗：時間與挫折。婚姻有助於完成這兩個考驗。除了一些經典的愛情故事外，對一般普通人來說，似乎都需要在婚姻的狀態下，完成這兩個考驗。」

接下來，年華又提到另外一個問題，問王教授的老伴李教授。

「前不久，一家報紙上公佈了一個調查數字，說現在的婚姻大多數都是死亡婚姻，80%以上的家庭是同床異夢，貌合神離。李教授，您怎麼看這一點？」

滿頭白髮的李教授笑笑，說：「這未免有些誇大其詞、危言聳聽了。有時候，這類調查是不嚴格、不負責任的。想想看，80%是多大的比例？如果真的那樣，那我們這個社會就真的堪憂了。我不這樣認為。很多家庭存在問題，存在矛盾，這是事實。就是老百姓說的，鏟子和鍋，不可能不磕磕碰碰。兩口子為孩子問題、工作問題、經濟問題、家務事做多做少問題吵吵架，相互報怨報怨，三天熱兩天冷的，這種現象普遍存在。但這並不是同床異夢貌合神離，更不能說成死亡婚姻。當然也有一些問題嚴重的，如第三者插足，包二奶，一方存在生理障礙等，這種現象是存在的，但絕沒那麼高的比例。而且這也不一定就是死亡婚姻，很多仍然有挽救的餘地。」

「婚姻自由是我們的國法。含結婚自由與離婚自由兩部分。但以前在離婚自由這部分，執行得並不那麼順利。很多鬧離婚的人是打打鬧鬧好幾年才離掉的。而且從傳統看法和社會輿論講，對鬧離婚者人們總是會有些微詞。現在這種情況正在改變，離婚成了一件挺容易的事情，社會輿論也慢慢轉向離婚者這邊，認為這是社會進步的一種反映。有人說，離婚就是打碎婚姻枷鎖，重新尋找愛情和幸福。您怎麼看呢？」年華看到自己又在問。

「這是一種進步。但不能簡單理解為離婚的越多、離婚越容易社會就越進步。也不能認為一離婚，馬上就會獲得新的愛情和幸福。事情不可能那麼簡單。實際上有些離了婚的人，又會陷入新的痛苦和不幸之中。這是個非常複雜的社會問題，誰也不可能給出一個肯定的答案。就我個人的看法而言，我不反對離婚，但不主張輕易離婚，尤其是女同志……」

年華不想再看下去了，她的心情變得很亂很糟。女友丈夫那個玩笑，和書店裡那幾本書，似乎說明離異和存在問題的婚姻是普遍現象，而在她做的這期節目裡，兩位老教授卻持有不同的看法。而這些又都會使她聯繫到自己。她感到很尷尬也很難受：她自己主持著一個有關婚姻問題的欄目，不斷地策劃，思考，提出一個又一個相關的話題。而她自己的婚姻卻正面臨危機。

他們——她與高含——的婚姻是不是已經死亡？他們是不是同床異夢貌合神離？年華無法在她主持的欄目中向老教授提問這些。她覺得自己回答不了這個問題，也下不了這個結論。

讓一個正在經歷婚姻痛苦的女同志給自己下這個結論是殘酷的，因為女人總是心太軟，常常不願意把事情看得那麼嚴重。那麼，還是讓我們從旁觀者的角度，幫年華同志下個結論吧。

他們的婚姻沒有死亡，但是只剩下一個空殼，婚姻成為空殼的標誌是。

第一：分餐。盡量在外邊吃飯，實在要在家裡吃，也是各人吃各人的。

第二：各人洗各人的衣服。穿衣服同樣如此，各人買各人的，誰喜歡穿什麼樣買什麼樣；

第三：彼此不再過問和干涉對方的事情。早上不再告訴對方今天有什麼安排，晚上不論回來多晚，也不再問你幹什麼去了。

第四：分屋而眠。兩人不再願意共處同一張床和同一個空間。

第五：性生活完全中斷。

需要說明的是，這是一個老式的婚姻成為空殼的標誌。現在一些成為空殼的婚姻，「實施」的是另外一種標誌，兩人在一塊吃在一塊睡，性生活也沒中斷。實施這種標誌的，往往都是一些最新潮最前衛的夫婦，同時也可能是最成熟、最老辣、最虛假、最會作戲、最具陰謀和危險性的夫婦。高含和年華都不是那種人，所以他們執行的仍然是這個老式的標誌。

Section 08
貓的世界觀和愛情的悲劇

差不多就在高含與年華的關係進入「冷戰」的同時，許倩與韓大亮的關係也進入「熱戰」時期。

許倩體裡那個秘密，那六朵她兒子畫的喇叭花，現在同時開放了。她越來越感到煩躁不安。在單位上班時，一言不和，就和病號作對，已經被連著扣了兩個月的獎金。與劉衛東的關係，也搞得很緊張。劉衛東勸她，許倩，妳是不是更年期提前來啦？她馬上拉下臉說：「妳什麼意思？我四十歲還不到，怎麼可能就到了更年期？再說，我更年期不更年期，礙妳什麼事？妳管那麼多幹什麼？」把劉衛東頂了個跟頭，噎得半天說不出話來，差點沒背過氣去。

回到家裡，韓大亮父子便成了她的出氣筒。

許倩的脾氣越來越大，記憶力卻越來越差。東西放到那兒，轉過身就忘了。上班出門，明明把門鎖了，到樓下卻覺得好像沒鎖，又跑上來重新檢查一次。這樣折騰了四五回後，一次真的沒有鎖門，她卻又記成鎖了。結果韓大亮回來時一擰門沒鎖，還以為她在家裡。進屋一看沒人，頭皮立馬就炸了一下，以為是遭了賊了。衝到廚房抓起菜刀，挨屋檢查了一遍後，一顆心才放回肚裡，差點沒打110報警。

許倩回來後，韓大亮就問了一句：「妳今天上班出去時，忘了鎖門了吧？」

她馬上就火了，說：「誰說我忘了鎖門？我還專門上來檢查過，鎖得好好的！」

韓大亮說：「那就見了鬼了，我回來時門是開著的。」

「不可能！你什麼意思嗎？我能不鎖門就出去嗎！」許倩的聲音提高了幾度，並且把手裡正準備摘的菜摔在了地上。

韓大亮知道她這一陣火氣特大，再說下去恐怕非吵架不可，便忍了忍說：「好啦好啦，算妳鎖了行不行？」

但是她還不幹，說：「什麼叫算我鎖了？你給我說清楚，我鎖了沒有？」

韓大亮沒辦法了，只好說：「鎖啦。是我看錯了行不行？」

這邊和韓大亮剛吵完，那邊又與兒子幹上了。

許倩再也找不到那種哼著歌兒幹活的感覺了。這天下午，她在家裡休班。兒子從學校回來後，進屋就對她說：「媽，我的車子有毛病了。」

「怎麼啦？哪兒有了毛病？」她問。

兒子說：「說不清。反正不好騎。」

她就拿著工具下去了。往常對她來說這不算個事，嘴裡哼著歌兒，輕輕鬆鬆就修好了。

但現在不行了，現在她折騰了半天，搞完後一試，聾子治成了啞巴，還不如原來了。她氣得把工具全摔到地上，然後推著車子到門口，找了個修車師傅讓人家看看，結果那個師傅一看就笑了，說：「這哪個二把刀給你修的呀——全裝反啦！」她聽了肚子裡的火就更大了，回來後一邊把鑰匙摔給兒子，一邊對著兒子吼道：

「你真是個廢物！以後車子有了毛病自己在外邊修！別再給我添亂！」

韓大亮和兒子不敢給她「添亂」了，但她自己卻不斷給自己添亂。這天，韓大亮和兒子都不在家裡，她把洗衣機搬到衛生間，準備把換下來的一堆衣服洗一洗。這邊打開水龍頭放著水，那邊電話響了。她跑過去接電話，就把水龍頭的事忘了。電話是個女友打來的，兩人好長時間沒見面了，一聊聊了半個小時。等她放下電話跑到衛生間時，衛生間已經成了游泳池了，連門庭都溢得到處是水，弄得家裡像遭了水災似的。

做飯時也同樣如此。菜做得越來越沒味道。這個菜忘了放鹽，那個菜放過一遍鹽後，接著又放了一遍。結果兩個菜都沒法吃。

兒子剛抱怨了一句：「媽，這個菜沒鹽味，這個菜又鹹死了，怎麼吃呀？」

她馬上把筷子往飯桌上一拍，說：「愛吃吃，不吃拉倒！我天生就是侍候你們父子的嗎？」然後一扭身，跑到屋內生氣去了。韓大亮便說了兒子一句，回頭還得到屋裡去勸她。

當然韓大亮的忍耐也是有限度的。

這天，許倩做飯的時候又出了錯。她把米飯悶在火上，就又忙別的去了。結果一鍋米飯全悶糊了，整個屋子裡都是糊味，像被恐怖分子扔了顆毒氣彈。

鍋底的飯已經全部成了黑巴，沒法吃了。她便把上邊沒完全燒糊的部分扒了扒，盛到三個人的碗裡。兒子這回沒吭聲，但韓大亮不幹了。韓大亮扒拉了一口，把碗往飯桌上一頓，說：「這飯還能吃嗎？妳聞聞，都糊成什麼了？」

許倩說：「怎麼不能吃？不吃怎麼辦？」

韓大亮說：「還能怎麼辦──妳不能倒掉重悶一鍋嗎？」

許倩說：「倒掉？你說得容易！這大米是勞動人民的勞動成果，你捨得我還捨不得呢！」

韓大亮一下站了起來，說：「妳──」

「怎麼，想打我呀？」許倩說著也站了起來，毫不示弱地與韓大亮對峙著。兒子夾在中間，嚇哭了，悶著頭一邊流淚，一邊往嘴裡扒著糊飯……

許倩白天鬧騰得不亦樂乎，到了晚上還安生不下來。晚上兒子睡在小屋，躲過去了，受罪的剩下韓大亮一個人。韓大亮本來想奉行城市男人對付老婆的基本政策：惹不起我躲得起。可惜他們家床太大房子太小，使他失去了躲的條件。只好還和老婆睡在一張床上，而且大熱天的，倆個人還捂著一條毛巾被。

許倩睡不著覺，失眠。翻來覆去好不容易迷糊著了，又開始作夢。她以前是一沾枕頭就著，也從來不作夢。現在不僅作夢，而且夢得亂七八糟，不成體統。

她的夢總是與小動物有關。

這天晚上，她先是夢著自己是一隻鳥，在天空飛來飛去。但是她忽然感到憋尿，她不明白鳥為什麼也會有這種感覺。她夢見她變的那隻鳥在空中飛來飛去，就是找不到可以解手的地方。因為所有的廁所都有人類收費，一律不准鳥類進去——准進去牠也沒錢！牠飛來飛去實在憋不住了，只好像人類的安二型飛機噴灑農藥似的，一邊飛著一邊漂漂灑灑把尿撒了下來。弄得牠怪不好意思的，臉都有些紅了。

接下來，她夢見自己變成了貓。

許倩與貓有緣。她從小就喜歡貓。小時候，他們家養過一隻狸貓，那隻貓伴隨她度過了童年和少年時期，一直活了十八年才無疾而終。但是韓大亮不喜歡貓，韓大亮說不出他不喜歡貓的原因，可是他就是不讓許倩養貓。他們剛結婚不久，許倩曾抱回家一隻貓。韓大亮當時的反應特別激烈，就像是許倩帶回來一個情人似的，義正詞嚴地宣佈說：妳如果真要養這隻貓，那我就走。妳是要貓還是要我，請便吧！許倩當然覺得男人比一隻貓重要，所以就選擇了他，把那隻貓送走了。後來她雖然經常動這個念頭，但一是沒有合適的貓，二來她也不想惹韓大亮生氣，便一直沒養。

但是現在她在夢裡把自己變成一隻貓，這韓大亮就管不著了。而且自然而然，她變的是一隻母貓，一隻很漂亮的母貓。

許倩夢見自己變的那隻小母貓發情了，孤獨地蹲在家裡的窗臺上向外張望著，嘴裡發出咪嗚咪嗚的叫聲，情真真意切切地呼喚著自己的情郎。窗外月光似銀，大地一片白茫茫真乾淨，沒有貓，也沒有別的動物，只有因打麻將或者幹別的事晚歸的人類在匆匆行走。一連好幾個晚上都是這樣，許倩覺得自己變的那隻小貓失望得心都要碎了。

第五天了，已經到了最後的期限了。那隻小貓懷著最後一線希望望著窗外，呼喚著。蒼天不負有心貓！牠的情郎終於出現了。牠看見牠了，是個年輕英俊的貓小夥子，但不知怎麼，臉卻長得有點像韓大亮。那有可能，有可能這隻貓小夥子就是韓大亮變的。牠聽見了牠的叫聲，並且透過玻璃窗，看見了牠美麗的倩影。「親愛的，等著我，我馬上就上來！」許倩夢見韓大亮變的那隻貓，朝她變的那隻母貓喊道。然後就箭一般朝樓上衝來。

但是韓大亮堵在門口，不讓他變的那隻貓進來。

許倩變的貓覺得有點奇怪：剛才明明看見韓大亮也變成了一隻貓，站在窗子外邊，怎麼現在他又變成人，守在屋子裡了？但牠現在顧不上這些了，牠對他喊：「打開門，讓牠進來！你憑什麼干涉我們？」那隻貓也在外邊喊著：「我愛牠！讓我進去！」一邊喊，一邊用腦袋把屋門撞得咚咚的。

許倩變的那隻貓再也忍不住了，愛情最終戰勝了理智，牠撲上去，張嘴狠命朝韓大亮攔著門把的手咬了一口，然後拼全力打開門。一眨眼工夫，兩隻熱戀的貓已經擁抱在一起……

這時候許倩醒了。醒來後，她才發覺自己沒變成貓。她扭臉朝身邊看了一眼。韓大亮也沒有變成貓，正睡得呼嚕連天。

許倩覺得心裡特不平衡，便像以前那樣，又是連擰耳朵帶捏鼻子，把韓大亮弄醒了。

「幹什麼你？」韓大亮迷迷糊糊問。

「你打呼嚕，攪得我睡不著。」她說。

韓大亮說：「那我現在不打了，妳睡吧。」

「我做了個夢，夢見我變成了一隻貓。」

「那不是夢，妳現在就是一隻貓，而且是一隻鬧春的貓！」韓大亮開始火了。

「不光我。我夢見你也變成貓了，但後來不知怎麼，你又變回去了。」

韓大亮哭笑不得地說：「好好好，妳別作夢了，我也變成貓行不行？妳是不是打算不讓我睡覺，準備讓我明天出車禍是不是？」

許倩這下趕緊說：「我不說了不說了。你睡吧睡吧。」

3

關於貓的這輪夢作完後，許倩又進入別的夢中。

這天，韓大亮出門時把手機放家裡了。他現在也被許倩感染了，搞得丟三拉四的，不是忘這就是忘那。載客人時常跑錯地，帳有時候也算不對了。有次他載個客人，到地後一打表，該收18元。客人給了一張50元，他硬給人家找了82元，幸虧那個客人不是個貪便宜的主，當時就笑著說：「師傅，你這樣演算法一天跑下來，還不虧死了呀！」說著把多找的那50元錢又退給了他。

許倩見韓大亮沒拿手機，開始還替他著急了一下。後來忽然想起新近看的一個電視劇，裡邊的女主角透過查男人手機上的號碼，終於發現了男人和外邊女人來往的蛛絲馬跡。許倩這一陣因為總是覺得自己得不到滿足，也開始疑神疑鬼了，懷疑韓大亮外邊是不是有了別的女人。她沒有手機，但她認識手機上的漢字，三按兩按便明白怎麼查法了。於是她先從裡邊調出十個已接電話，找了張紙記下來。接著又調出十個未接電話和十個已撥電話，全部記下來後，便抱著家裡的座機，挨個打這些號碼。

三十個號碼，她一共打通十九個。其餘十一個不是佔線，就是沒人接。已打通的這十九個中，七個是男人，另外十二個是女人，佔60％還多——對啦，還應該加上一個——年華。許倩沒打年華的電話，但她覺得應該把她也算上。這樣就是十三個，快佔70％了。

這說明什麼呢？這本來什麼都說明不了，但是許倩現在處在非常時期，對什麼都異常敏感，自然不會放過這個蛛絲馬跡。她打電話時採取的是「排查法」，一聽是男人接電話，馬上就說聲：「對不起打錯了。」

如果是女的接電話，她就故意裝出很熟悉的口氣說：「忙什麼呢陳豔？恭喜妳被選上了！」先拿這句好話把對方弄糊塗，然後再問對不起妳哪位呀？這樣輕而易舉地，不僅查出十九個電話大部分是女的，而且還問出了7個女人的名字，其中就有李紅——女人一旦對什麼事起了疑心，智商與警覺性就會變得異常的高，許倩在這件事情上表現出的機警與智慧，恰恰說明了這一點。

很奇怪，許倩並不懷疑年華會與自己男人有什麼瓜葛，但是她對李紅卻不放心。

韓大亮給她說起過李紅，自從那次醉酒事件之後，許倩就知道了這個名字。而且她猜得出來，李紅一定是個又年輕又漂亮的女孩子。

怎麼辦呢？蛛絲馬跡是查出來了，但接下來事情怎麼進行，許倩沒主意了。總不能拉下臉來，讓韓大亮一個一個從實招來吧？

「先不問他，讓他來問我。對，如果他心裡有鬼，知道我查了他的電話，肯定就會沉不氣問我的！」許倩這樣推理。接著便下了決心：「對，就這樣，以靜制動，以守為攻。」

決心下定之後，許倩便把韓大亮的手機放在桌子上，下邊壓著她記下的那三十個號碼。本來她是想把這些號碼做為證據藏起來的，但現在為了「誘敵」，故意擺在很顯眼的位置。

晚上，韓大亮回來後，果然被手機下壓著的那張紙「引誘」住了。

「看樣子，這次不是變貓，是變警犬了。開始偵察我的行蹤，並準備監聽我的電話了。」韓大亮被這事弄得哭笑不得，故意冷冷地說。

「自己做的事自己清楚，用得著別人偵察和監聽嗎？」許倩說。韓大亮回來時十點多了，兒子已經睡了，許倩也躺在床上。往常她要等韓大亮回來，一直忙著侍候他吃完喝完洗完澡，兩人才一塊上床。現在因為正與韓大亮鬧氣，她也就早早上床躺下了。聽到韓大亮上勾了，她動也沒動，仰望著天花板說。

「我告訴妳，這種型號的手機一共可以儲存三百六十個電話號碼。妳現在才查了三十個，連十分之一都不到。要不要我把其他號碼的查法也教給妳？」韓大亮說。

許倩說：「你愛跟誰勾搭跟誰勾搭去。我懶得理你！」說完把臉扭到一邊去。

韓大亮就不好再接茬了。他知道，許倩本來就不吃逗，這會也不是逗她的時候。他把手機收起來裝到包裡，把那張電話號碼放回原來的地方。去衛生間洗了洗，然後關了燈，上床睡了。

許倩這邊還等著他接火呢。她看韓大亮半天沒動靜，便故意把毛巾被往自己這邊扯了扯，想迫使韓大亮往她這邊靠近。只要他靠過來一碰著她，她便有接著開火的理由了。但她的希望落空了。她扯了扯毛巾被，韓大亮沒動。她又扯了扯，韓大亮的半邊身子都晾到外邊了，但他還是沒動。最後，一條雙人毛巾被全裹到許倩身下了，韓大亮已經赤條條穿著一條褲頭，全晾到那兒了，但他還是沒有動，沒有表示要靠近過去的意思。

許倩心裡罵了一聲這挨刀的，又怕真的把韓大亮感冒了，便又把毛巾被用腳揣了過去。

韓大亮決心實行今夜無戰事政策，他把許倩揣過來的毛巾被又蓋在身上，在心裡連著默唸了幾聲睡覺睡覺睡覺，不一會兒便呼嚕上了。

許倩弄得挺沒意思的，心想算啦算啦，有事明天再說、有帳明天再算吧。已經好幾天沒睡好覺了，自己也睡吧。想著想著翻了個身，慢慢也睡著了。

但剛睡著沒幾分鐘，她便進入了另一輪夢裡。

這回她沒夢見自己變成了貓，這回她夢見她還是她。她夢見下雨了，天空劈雷閃電，雨下得像瓢潑似的。但是她只能看見閃電和密集的雨線，卻聽不到雷聲和雨聲。她打著傘，但那把傘沒有傘布，只有一圈傘骨在撐著，根本不起任何擋雨的作用。她記得她跟韓大亮說好了，讓他開車來接她。但她在雨裡等了很長時間了，仍然不見他的車影。突然，她看見韓大亮的車了，他好像也看見了她，正朝她這邊開來。但是車到她身邊時卻沒有停，連剎車也沒踩便忽地一下開過去了。許倩看清楚了，是韓大亮開著車，他旁邊還坐著一個女孩，那女孩又年輕又漂亮，她想她肯定就是那個李紅。許倩傷心極了，也氣壞了，她對著雨中的車影大喊了一聲：

「韓大亮！我回去再跟你算帳！」……

第二天早晨起床後，許倩沒再提電話號碼的事。她也沒告訴韓大亮她做的夢。她給他準備好早點，然後用沒有任何商量餘地的口氣說：

「我告訴你韓大亮，從今天開始，你每天給我晚七點準時收車。你二十萬都不在乎，幹嘛還要為多賺少賺一二百塊錢玩命呢！」

韓大亮不明白老婆這個思維跳躍是如何完成的。不明白她怎麼會從追查電話號碼一下跳到限制收車時間上。他不知道，其實許倩的想法是很合乎邏輯的：你不是愛與那些女人打電話嗎？那你打去。但你總不致於大白天把工作扔下，去與她們私會吧？但晚上就說不準了，晚七點以後客人少了工作也少了，說不定準韓大亮就會打著拉活的招牌去會這些女人了。我現在把你的「作案」時間掐斷，讓你每天晚七點收活回家，看你還和誰私會去！

男人在這方面的智商與反應，永遠比女人略遜一籌。韓大亮雖然沒有像接到命令的士兵那樣立正答「是！」但心裡還是默認了。

4

這天下午，許倩下班回來時，在院子裡發現一隻小貓。那隻小貓可能剛五六個月，很髒，也不漂亮。看上去是隻波斯貓與狸貓雜交的後代，全身白毛，腦門中間卻有兩道黑毛，像是本田車的商標。許倩知道這是隻棄貓。這個院裡現在有不少棄貓，一般都是生了病後被主人遺棄的。也有的是因為一窩生得太多，主人養不過來又沒人認養，只好讓其在院子裡自生自滅了。

這些貓因為對人類失去信任，一般見了人就躲。但是這隻小貓卻對許倩表示好感和乞憐。許倩正好給兒子買了不少零食，裡邊有一包魚片，她便撕開那袋魚片，蹲下來餵了牠幾口。

這下那隻小貓不走了，跟著她一直走到樓門口還不離開。一邊咪嗚咪嗚叫著，一邊用腦袋和身子蹭她的褲腳。許倩再次蹲下來，拍拍牠的小腦袋說：

「回去吧小寶貝！回家去找媽媽吧！」

但是那隻小貓搖搖頭，說：「我沒有家，也沒有媽媽，我跟妳走，妳就是我的媽媽。」

許倩覺得自己快要落淚了，她一下抱起那隻小貓，把臉緊貼在小貓的臉上，說：「好吧，咱們回家，咱們回家。」

晚上，韓大亮回到家裡時還不到七點。他尊從許倩的指示，從那天後把晚上收車的時間提前到六點半，所以七點前便到家了。一進門便聽到小貓的叫聲。他正要發問，許倩便衝過去一把把那隻小貓抱在懷裡，大聲喊道：

「我要養貓！就這隻，不是養幾天，我要一直把牠養下去！」那架勢，像是準備為保護這隻貓，與韓大亮做殊死的搏鬥。兒子好像也站在媽媽一邊，與許倩一起盯著韓大亮。

韓大亮為了安慰許倩，妥協了。但他向她們母子約法四章：第一，不准許倩和兒子過分逗牠，以免牠養成抓人咬人的壞習慣；第二，從現在開始，就得培養牠良好的大小便習慣，不能把屋子內到處搞得臭烘烘的；第三，不准許許玩貓喪志。原來許許每週有兩個晚上玩電腦的時間，現在既然玩貓，減去一個晚上。第四，韓大亮不反對他們養貓，但他不參加任何有關養貓的勞動。他只對他們母子負責，不對這隻貓負責。

許倩本來擔心韓大亮不讓她養，她怕他再像以前那樣，讓她在他與貓之間做出選擇，那她就不好辦了。但是她在衝過去抱起那隻小貓之前就已經想好了：不論韓大亮答應不答應，她一定要把這隻小貓養下去。現在，沒想到韓大亮會這麼痛快地答應了，她便也十分痛快地全部接受了韓大亮提的條件。

接下來，許倩又告訴韓大亮，她已經給這隻貓起好了名字，叫牠花花。

韓大亮說：「花花？好像有點太鄉氣了吧，像剛從農村來的小保姆似的。」

許倩說名字叫得鄉氣一點好養，就像農村人養小孩，名字取得越土越好養一樣。

當天晚上，許倩就為這隻貓折騰上了。天太晚了，已經來不及去買貓糧貓罐頭了。她從冰箱裡拿出條魚，解凍後煮得稀爛，又往內邊煮了點米飯，做為正式為小貓接風的晚宴招待了它一頓。隨後，又抱著小貓到衛生間給牠洗澡。用的是她平時洗頭的「飄柔」，一邊洗還一邊抱歉地對花花說：「今天先湊和著用媽媽的吧，明天媽媽就去給你買你們專用的沐浴乳。」

給小貓洗完澡後，許倩用商量的語氣對韓大亮說：「花花今天剛來，能不能讓牠今天先在咱們床上睡一夜？你看，花花洗完澡多乾淨，多漂亮——讓牠靠在我這邊，保證不影響你休息。」

「妳不覺得妳這個要求是得寸進尺嗎？我告訴妳，不僅今天晚上不行，今後所有的晚上都不允許牠上床！這是規矩，也算是約法第五條。」韓大亮斬釘截鐵地說。

許倩趕緊見好就收，說：「好好好，不上床不上床。花花別怕。你爸不讓咱上床，咱就不上床了。媽媽另外給你鋪個床。」

說完許倩把花花放到沙發上，然後搬這搬那，把陽臺騰出一角，給花花搭了個小窩。內邊鋪的是沙發上的座墊。韓大亮雖然剛剛宣佈完不參加有關貓的一切勞動，但他又不能看著老婆一個人忙活。便在搬東西時幫了幫手。許倩嘴上沒說什麼，心裡卻挺高興的。

但是小貓花花對韓大亮的第一印象卻非常糟糕。

從韓大亮進門那一該花花就看明白了：這個傢伙不喜歡牠。他大概就是人類當中那種不喜歡貓，可能也不喜歡其他任何動物的份子。牠雖然聽不懂他對媽媽說的那些約法幾章的話，也聽不懂他不准牠上床的那條規矩，但是牠從他的表情、眼神和語氣中能感覺到這些。

而且，從頭至尾，他始終都沒有正眼看牠一眼。偶爾瞟牠一下，眼神也是兇巴巴的。剛才牠也看見他參加為牠搭窩的勞動了，但牠能看出他是不情願的。他不是因為喜歡牠愛牠而參加勞動，他只是怕把媽媽累著了。

「你不喜歡我，我還不喜歡你呢！不過，今後對這傢伙可得留點神。」花花最後想。

這天晚上，許倩睡得很好，韓大亮也睡得挺安穩。小貓花花的出現，暫時轉移了許倩的精力和情緒。韓大亮為此心裡很感激牠。但是他不知道，就在他對小貓花花心存感激的同時，花花心裡正在提醒自己，今後要對他這個傢伙留點神呢！

5

小貓花花成了許倩的生活主題。

第二天，她上午休班，便去超市買了一大堆貓食和貓用品。包括貓糧、貓罐頭、妙鮮包，貓沙，以及給貓洗澡用的寵物沐浴乳，清理貓便的小鏟子小刷子等，總之從吃到用一應俱全。許倩在超市的貨櫃間轉來轉去挑挑揀揀時，心裡覺得特別溫馨和幸福，就像當年她懷了孩子後，挺著大肚子去商場，為即將出生的兒子採買嬰兒衣服和用品時的心情一樣。

天氣越來越熱。儘管小貓花花表現了高度的自覺性，儘管牠從來不隨地大小便，儘管牠每次在許倩給牠預備的便盆裡大小便後，都要馬上用爪子扒拉貓沙把自己的排泄物埋住，但還是難免會有異味。因為家裡沒人的時候，牠自己又不會收拾那些東西。只能等許倩回來後，才能把牠拉的那些東西裝到塑膠袋裡，然後再丟到樓道的垃圾道裡去。

韓大亮沒說什麼，但許倩看出他不高興。雖然按照約法四章的第二條，花花已經算做得不錯了。做為貓，牠的大小便習慣已經夠文明夠良好了。但是韓大亮還是認為牠做得不夠。

許倩也覺得這是個問題。花花雖然沒把家裡弄得臭烘烘的，但總歸是有異味。而且隨著天氣氣溫的升高，這種異味肯定會越來越強烈。她打電話諮詢一個朋友，因為她聽那個朋友說過，她家的一隻貓，居然可以像人一樣蹲在抽水馬桶上排解大小便。但是接電話的那個朋友說你搞錯了，我說的不是我家的貓，我家的貓可沒那個本事，我說的是另外一個朋友家的。人家家那隻貓可能是體操學校畢業的，什麼高難動作都掌握得了。

許倩便讓她把那個朋友家的電話告訴她。朋友找了半天，終於找到了，說了個號碼給許倩，她記下了。接著便撥通了那個號碼。

接電話的可能是個老太太。老太太一聽許倩是諮詢關於貓的事，便在電話裡笑了，而且聲音明顯變得十分熱情。

「是這樣的，我們家蘭蘭的確是在馬桶解大小便。當然牠不會像人一樣，牠沒法像人那樣蹲在上邊，牠是伸開四隻爪子踩在馬桶沿上。也稱不上什麼高難動作，更不是從體操學校畢業的了。也不是遺傳，其實是個習慣養成問題，妳試試，也許妳家的花花也能養成。」

聽上去好像挺簡單，四隻爪子踩在馬桶沿上，對貓來說，這的確算不上高難動作。花花做到這一點也不成問題。當許倩試著把牠放到馬桶上邊時，牠很輕易便在馬桶沿上站住了。但牠不明白讓牠站在那玩意上邊幹什麼。

許倩對牠說：「小寶貝，你拉巴巴呀！今後你就在這上邊撒尿拉巴巴，聽明白了嗎？」但是花花瞪著兩眼望著許倩，不明白她說的是什麼意思。許倩又重複了一遍，花花還是不明白，很茫然地看著許倩，張開嘴「咪嗚」叫了一聲，然後從馬桶上跳下來，跑開了。

「真笨！」許倩說。

許倩說完花花真笨後，自己笑了。她想這恐怕不能怨花花笨，得怨自己笨。她想，花花怎麼會明白撒尿和拉巴巴是怎麼回事呢？而且，牠也不見得在她把牠放到馬桶上那會，就有大便或者小便可解呀？

對啦，有個時機問題。這種訓練得抓準時機，得趁貓想拉屎撒尿的時候培養才行。

搞明白這點之後，許倩便注意觀察花花解大小便的時機了。這天，花花跳到裝著貓沙的便盆裡之後，許倩立即衝過去，把正準備撒尿的花花拎起來，十萬火急地放到馬桶上邊。花花不明白媽媽這是幹什麼，牠倒是在馬桶上站住了，但尿已經被嚇了回去。

第一次失敗之後，緊接著第二次也失敗了。第二次花花是拉屎，許倩把牠拎起來時，花花已經憋不住了，結果把一個屎蛋拉在盆裡，兩個屎蛋拉在外邊，等許倩把牠放到馬桶上時，牠的整個排泄過程已經結束了。

不過蒼天不負有心人，在經歷了十多次失敗後，聰明絕頂的花花終於理解了媽媽的苦心，牠終於能夠勝任愉快地站在馬桶上解大小便了。許倩本來還想教會花花按沖水按鈕的動作，但想了想，覺得那也未免有點「強貓所難」了，便沒有教。

屋子裡再也沒有什麼異味了。許倩打電話，把勝利的喜訊報告給那個老太太。兒子也把這件事當成都市傳奇，講給他的同學們聽，並且準備邀請他們來家裡現場參觀。

韓大亮的臉上也露出了笑容，那天年華打電話問許許美術大賽的事情時，他順便把這個消息告訴了她。年華聽了很驚奇地說：「是嗎？要不要我給生活頻道的同行說說，給你們家花花做個專訪呀？」

6

花花的聰明才智日漸顯現。她知道這家的男主人——那個一開始就對她兇巴巴的傢伙，規定她不准上床，但是她又非常想到媽媽的大床上去玩一玩，坐一坐，或者躺一躺。媽媽的大床又軟又綿，而且有一股特別好聞的味兒。媽媽一個人在家裡時，就會對她說：「來，上媽媽床上來。媽媽喜歡你。」她便會輕盈地跳到床上去，與媽媽親熱一會兒。但是一聽到那個傢伙的腳步聲，她便會蹭地從床上竄下來，裝出一副若無其事的樣子，以免他知道了又害了媽媽。

有時候，她覺得自己的爪子癢得難受，很想找什麼地方抓撓抓撓。一開始，她在沙發背上抓了兩次，但是媽媽在她屁股上拍了一下，說：「這是沙發，不准抓！」她便記住了。從此再沒抓過沙發，也沒抓過別的地方。媽媽後來專門為她準備了一塊木板，她每次就在那上邊練爪子。

致於貓別的方面的基本功，花花早就是駕輕馭熟了。她能跳起來抓住燈繩，啪地拉滅電燈，然後又啪地把電燈拉亮。她還能跳起來，拍到正在空中飛行的蒼蠅和蚊子。對電視，她也慢慢明白是怎麼回事了。她知道那裡邊的人啦動物啦都不是真的，因為有一次她看見電視裡有一大群魚在水裡游，她上去伸爪子抓了抓，結果光溜溜的什麼也沒抓著。

她還很愛美。她看見媽媽經常坐在一塊玻璃前邊打扮自己。後來她明白那塊玻璃叫鏡子，那個放著很多小瓶的臺子叫梳粧檯。她有時也跳到臺子上去，望著鏡子裡的她出神。一開始她弄不明白這是怎麼回事，鏡子裡怎麼會有一隻和自己一模一樣的貓，不僅長得和她一模一樣，而且她做個什麼動作，那隻貓同時也做個什麼動作。牠覺得這真是太奇怪了。但是她不會像媽媽那樣打扮，她只會伸出舌頭舔舔爪子，然後用爪子洗洗臉。她很想用用媽媽那些化妝品，但是她不知道怎麼用法，也不會擰那些瓶蓋。牠只能伸鼻子聞聞那些氣味。而且牠聞的時候還會小心翼翼，以免把瓶子碰到地上。

韓大亮感到了花花對自己的敵意，他不願意讓一隻小貓仇視自己，想設法改變一下這個局面。其實，他覺得自己已經為花花做了許多工作：許倩每次去買貓糧貓罐頭什麼的，都是他車送車接。有幾次，許倩抽不開身，還是他直接去給她買的。但花花好像看不到這些，仍然對他愛搭不理的，這讓韓大亮感到十分委屈和傷心。

韓大亮決心表現一下。週六，他開車去了一家自由市場。這次他沒買貓糧貓罐頭，他花十塊錢買了一大堆小黃花魚，回來後一個人蹲在廚房裡，悶著頭就忙活開了。

那堆小黃花魚大約有三十多條。他把魚泡在洗菜的盆子裡，用涼水沖了兩遍。然後用剪子，把一條一條的魚肚破開，扔到洗碗池裡。這道工序完成之後，他又撈起洗碗池裡的魚，一條一條把魚肚子和魚腮掏乾淨。他怕把廚房弄髒，在地上鋪了幾張報紙。掏完魚肚子裡的髒東西之後，他便連報紙一塊扔到垃圾道去了。

接下來，他又把掏乾淨的魚用清水沖了幾遍，確認已經絕對乾淨了，然後下鍋開始煮。

三十多條魚收拾乾淨，差不多花了一個半小時。這麼大的工程量要擱平時，他早就叫苦連天嚷上了。但今天因為是給小貓花花打工，是想改變人家對自己的印象，他也沒什麼怨言好發了。

一鍋魚煮了半個多小時，韓大亮用筷子一攪，差不多魚骨頭都快煮化了。他又挖了一碗米飯，攪進去又煮了十幾分鐘。等魚湯米飯快煮成一鍋糊糊時，韓大亮做了最後一道工序：往裡邊放了一把切得很碎的蔥花，一點鹽，還有一點味精。

就差沒放醬油和五香粉了。

他一直關著廚房門，不讓許倩和兒子知道他在幹什麼，同時也怕花花進來搗亂。現在，「韓氏牌」貓飯做好了，花花可能聞到香氣，已經咪嗚咪嗚在廚房門口叫上了。

韓大亮把剛做好的貓飯盛到盤子裡。考慮到燙的問題，他讓飯涼了一會兒，又端著盤子吹了吹，覺得差不多了，才打開廚房門端了出來。

花花很給面子，馬上上來舔了一口。韓大亮差不多要為自己的成功歡呼了，但他看到花花舔了一口後，沒有做任何評價，馬上又掉頭跑開了。

韓大亮失望得差點沒一屁股坐在地上。

這時候許倩過來了。許倩早就明白韓大亮的意思了。她上去摸了摸盤子，說：「可能還有點燙。」

又涼了一會兒，許倩把盤子裡的貓飯攪了攪，然後喊：「花花，來，吃爸爸給你做的香香飯！」

花花這次過來，先嚐了一下，然後狼吞虎嚥地吃了起來。

許倩扭過臉來，誇韓大亮說：「看樣子你做的貓飯，比貓糧貓罐頭還好吃呢！」

韓大亮激動得臉都紅了，說：「能不好吃嗎？又是蔥花又是味精的，人吃都沒問題，別說是貓了。」

「那行啦，今後花花的吃飯問題，就歸你負責了。」許倩馬上說。

韓大亮心裡就說：「把他的，說不負責不負責，怎麼自己又找上門，把一項需要長期負責的活攬到身上了？」

從那天後，韓大亮也加入到了為小貓花花服務的勞動行列。他原來給許倩提的約法幾章中，又一條約法被自己打破了。

7

許許原來每週有兩個晚上，可以玩兩個小時電腦——當然是要在做完作業之後。現在，按照韓大亮給兒子的規定，他可以抽出其中一個晚上玩玩貓。

許許一般願意把這個時間安排在星期六。因為星期六他可以早一點把作業做完，這樣相對玩的時間就長一些。另外，週六他還可以請同學們來，共同觀看花花的精彩表演。

許許不像媽媽那樣訓練花花站馬桶，他像訓練一隻狗似的，訓練花花在兩間屋子裡竄來竄去。說這是為了增強她的體能，是所有訓練中最基本的訓練。

體能訓練結束後，許許找了個乒乓球，開始訓練花花的捕獵能力。他先把乒乓球在地上滾來滾去，讓花花來回追趕。後來就有意把乒乓球摔在地上讓球彈起來，叫花花跳到空中去抓。花花與許許玩得不亦樂乎，跳躍和捕獵技術也突飛猛進。最後連空中飛行的蚊子，也逃不過她的爪子了。

這項訓練完成後，許許又讓花花練習叼東西。他讓她叼帽子、手套。花花很快便學會了。但練習叼鞋時，花花卻只肯叼許倩的鞋，拒絕叼許許和韓大亮的，理由大概是嫌他們的鞋太臭了。許許把這件事告訴媽媽，許倩高興地說：「是，你和你爸那臭腳臭鞋頂風臭十里，怎麼能和我的腳和鞋比。看來我們家花花辨別是非香臭的能力還挺強哩！」

星期六下午，許許四五個小同學應邀前來觀看花花。許倩為了滿足兒子的虛榮心，事前特地給花花洗了澡。韓大亮也不敢怠慢兒子的小客人，自告奮勇出去買霜淇淋。

幾個孩子中，有個小姑娘帶來一隻小狗。那隻小狗太小了，大概也就三四個月樣子。看上去圓乎乎的，像一團絨球。小狗認生，開始怯怯地站在那裡，望著花花不敢過去。花花知道自己是主人，應該主動一些。她走過去，伏下身子，把自己的腦袋降到與小狗一般的高度，熱情地問它：

「小弟弟，歡迎你來我們家作客。你叫什麼名字呀？」

小狗汪汪了一聲，回答說：「我叫奔奔。妳呢？妳叫什麼名字？」

「奔奔，真好聽。我叫花花，你就叫我姐姐吧。你想喝點什麼？水還是牛奶？」

奔奔說：「水吧。我不太習慣喝牛奶。但是我得給我的小主人說一聲，她不讓我亂跑。」

花花說：「沒關係的。反正就在我們家裡，能亂跑到哪裡去？不過你要給你的小主人打聲招呼也好。一家一個規矩，也許你們家的規矩和我們不一樣。我們家的小主人才不管我哩，成天讓我追著他在屋子裡竄來竄去。」

奔奔就過去對小姑娘說了聲。問他可不可以去跟貓姐姐喝點水？小姑娘說去吧去吧，但注意別喝髒水。

花花聽到了，心裡說：「這話說的，我哪能給小弟弟喝髒水呢？」她把奔奔領到衛生間。天熱，花花不太喜歡喝盤子裡的水，她喜歡就著洗澡盆上邊的冷水管籠頭，直接喝裡邊滴的涼水。發現她的這個習慣後，韓大亮有時就故意把水龍頭不關死，讓水管一直滴著水，以便花花什麼時候想喝就去喝。許許說，爸爸，你這樣太浪費水資源了，我來訓練她。韓大亮不相信一隻貓能學會開水龍頭，說兒子，你要真能把花花訓練得會開關水龍頭，那可是天下奇聞了。

但是許許不知道怎麼訓練的，花花還真的掌握了這項人類才有的技能——這也是許許今天讓小夥伴們觀看的表演項目之一。他看花花領著小狗去了衛生間，估計是喝水去了，便領著幾個小同學，躲在門外偷偷觀看著。

花花領著奔奔到衛生間後，她輕輕一躍，就跳到了洗澡盆的沿上，然後伸出爪子去扳水龍頭。她先輕輕扳了一下，沒扳動；第二下，使的力氣又太大了，水嘩地一下沖了出來，把奔奔和在門口偷看的小夥伴們都嚇了一跳。但最後奇蹟還是出現了，花花居然又慢慢把籠頭關小，一直到水滴答滴答往下滴的程度。然後她喊已經看呆了的奔奔說：「小弟弟，現在好了，快來喝吧。」

門外的幾個孩子全都看傻了，那個小姑娘一下子衝進來，抱起花花喊道：「天哪，妳簡直太聰明了！收我們奔奔做你的徒弟吧！」

花花瞪著眼睛，傻傻地看著小姑娘，好像在說：「這有什麼呀？不過是雕蟲小技而已啦！」

當然，花花也有闖禍的時候。

這天，家裡沒人，花花百無聊賴地在屋裡轉了轉，最後發現許許的小屋門沒關死，便使勁擠了下，推開門進去了。

平時家裡人不知因為什麼，不讓她進這間小屋。好像內邊隱藏著什麼秘密。她一直想進去看看，今天終於等到機會了。

屋子裡有一張床，那是小主人睡的。另外有一張桌子。桌子上像媽媽的梳粧檯一樣，也放著一些高高低低的小瓶子。小瓶子的樣子都差不多，但好像裡邊裝的東西顏色卻不一樣。她想起媽媽梳粧檯上那些瓶子裡好聞的氣味，便把小鼻子湊上去，也想聞聞這些瓶子。她湊上去聞了一個，那個瓶子好像蓋得很緊，她沒聞到什麼。她又去聞另一個，這個瓶口沒蓋，是敞著的。她一下子吸到一股濃烈的、特別刺鼻的氣味。她不由得打了一個噴嚏。這下壞了，她打噴嚏時不小心把瓶子碰翻了，裡面的顏料流了出來。她趕緊用爪子去抓，想攔住那些流的東西讓它別流了。不料不僅沒攔住，反而把另外一個更大的瓶子碰倒了，發出一聲很大的響聲。她給這響聲嚇了一跳，本能地縱身一躍，從桌子跳到小主人的床上。結果把爪子上的顏色沾得到處都是，像在小主人的床單上畫了一副印象派畫。

更大的禍事還在後邊。

韓大亮單位一個處長，以前是韓大亮的同學。人不錯，沒什麼處長架子，還約韓大亮兩口子去他們家打過幾次牌。但那位處長夫人架子卻比處長大得多。所以許倩去了兩次後，就再不想去了。但這天是處長夫人到他們家來了，也是聽說了花花的一些傳聞看新鮮來了，同時還帶來一隻狗，據說那隻狗也非等閒之輩，身上也有一些絕活。處長夫人大概也有前來比試比試的意思。

處長夫人來時韓大亮還沒有回來，就許倩、兒子和花花在家。許倩雖然對這個女人沒好印象，但她想人家男人畢竟是自己老公的頂頭上司，犯不著得罪她。所以還是很熱情地接待了她。

「喲，你們就住這麼小的地呀？」處長夫人是第一次來許倩家，一進門就嚷上了，「我們老馬還說要到你們家打牌呢，你這廳這麼小，能擺開牌桌嗎？」

許倩聽了心裡就不高興，但臉上還不能太顯出來。只好說：「是呀，不能和你們那四室兩廳比呀。妳坐，坐。」

「不坐了，其實也沒什麼事。聽說你們家養了隻智商特別高的貓，我想讓我們家大貴見識見識。」處長夫人說。大貴是那隻狗的名字，許倩聽那女人提到大貴兩個字時，那隻狗神氣十足地嗯了一聲。

這時候，花花聽到動靜出來了。

一看見花花出場了，那女人先聲奪人，對著花花嚷道：「喲，這就是那隻被傳得神乎其神的貓呀？這麼小，看上去也醜死了。」其實她倒不見得真的認為花花醜，主要是想從氣勢上壓倒花花，給她的大貴創造條件。

「居然敢說我醜！你們家的大貴才醜呢！」花花心裡說。她憤怒地盯著那隻狗，她覺得牠肥頭大耳，鼻子像豬鼻子似的，簡直是要多醜有多醜，醜死了！比起上次許許同學帶來的那隻小狗，比起那個可愛的小弟弟，真是天上地下，不可同日而語。

還有，這隻狗那種與牠的「狗娘」如出一轍的傲慢無理，也讓花花接受不了。花花可不是許倩。在貓的世界觀裡，人不分三六九等。她才不管這個女人的男人是不是韓大亮的頂頭上司呢！也不管人類「打狗還看主人面」這條清規戒律。她只知道從基本事實出發，從自己的真實觀感和好惡出發。

那隻狗也盯著花花，一副出身名門，瞧不起貓的樣子。牠看上去比花花高出整整一倍，以為花花會怕牠，會看到也高大威武的樣子便伏首稱臣。何況它的主人還在旁邊。牠好像知道自己的主人是管這隻貓的主人的。狗對人類的關係好像比貓懂得多些，要不然怎麼會有「狗仗人勢」這個成語呢？

但這隻名為大貴，並且知道牠的主人是處長夫人的狗，馬上就明白自己失算了。花花一點也不畏懼牠。她先是宿著脖子嗚嗚叫著，向牠發出了警告和進攻的信號。但大貴太大意太自以為是了，把花花的警告當成了膽怯的表示。花花想這你就怪不著我了。隨即閃電般一躍而起，那隻叫大貴的狗還沒鬧明白是怎麼回事時，狗臉上已經挨了花花一爪子。

花花進攻之後又退回原地，她盯著牠，等待牠的反擊。但那個大貴原來是紙老虎，外強中乾，花花一爪子就把牠打敗了。牠沒有反擊，偎在給牠察看傷勢的女主人懷裡汪汪叫著，把以往的威風和面子丟得一乾二淨！

這讓花花多少感到有點失望和抱歉。

處長夫人這下也亂了陣角，她沒想到她的大貴如此不堪一擊。嘴裡一邊說著：「這太不像話了！太不像話了！」一邊哄著還在汪汪叫著的大貴撤退了。

韓大亮回來後，聽了老婆與兒子繪聲繪色的敘述，笑得眼淚都出來了。他破天荒地上去抱起花花，說：「幹得好！不過妳這一爪子，可能把爸爸這月的獎金給抓沒了。」

8

花花開始鬧春（發春）了。

她厭食，水也喝得很少。心神不寧地在屋子裡走來走去。叫聲也變了，咪嗚咪嗚，顯得異常焦燥和不耐煩。

最先是許許發現的。許許那天放學回來，韓大亮和許倩都不在家。他看花花那個樣子，便抱起她，問道：「妳怎麼啦？是不是病了？」同時像他病了時媽媽伸手摸他的腦袋那樣，摸了摸花花的腦門，想看看她是不是在發燒。

但是花花拒絕他抱，她從許許懷裡掙脫出來，跳到地上，有點不好意思地對許許說：「你是小孩，你不懂。」然後繼續焦燥不安地咪嗚咪嗚叫著。

許許慌了，趕緊給媽媽打電話，告訴她花花病了。許倩問怎麼病啦？許許說她不吃不喝，叫聲也不對勁。許倩說你拿體溫計給花花量量體溫，看她是不是感冒了。許許說，她不讓我抱，我怎麼給她量呀？還是妳趕緊回來吧。

許倩說我現在正在班上，怎麼好意思為一隻貓給領導請假。你打你爸手機，叫他回去看看。要不行，就趕緊帶花花上寵物醫院。

韓大亮接到兒子的電話，趕緊風風火火趕回來。但他和兒子一樣，也看不明白花花是怎麼了。花花同樣也對他說：「你不懂。你別以為你平時見多識廣，但這種事你肯定沒經歷過。」

韓大亮只好和兒子一起，帶著花花去了寵物醫院。

韓大亮是第一次去寵物醫院。

在韓大亮原來的想像中，寵物醫院大概就兩間屋子，一間給小貓小狗看病打針，一間負責收錢。但進去一看，和他想像的完全兩碼事！

這家寵物醫院包了整整一座四層樓，有掛號處、候診廳、診斷室、注射室、防疫室和三個專家門診室。更加令他吃驚的是，這家寵物醫院居然還設有一個病理研究科。一切都顯得十分規範，一切都給你一種「放心吧，你的寶貝肯定能治好」的感覺——當然前提是你得捨得花錢。

來這裡給寵物看病的人同樣超乎韓大亮的想像。候診廳的兩排長椅上，一邊十幾個人抱著狗，另一邊十幾個人抱著貓。韓大亮原來以為，養貓養狗的除了女人，就是老頭老太太了。現在發現他又錯了。兩排抱著狗抱著貓的主人，男女老少什麼人都有。而且彼此間都很熱情，好像有一種特別的親和力。抱貓的這邊，一個女人抱著貓正在輸液。她用手撓著小貓的腦袋，嘴裡不斷地輕聲說著：寶寶別動，咱們乖，咱們乖。那溫情脈脈的眼神，看上去讓人心醉。

另外那邊，一個二十來歲的大小夥子，抱著一隻半人高的狼狗正在哭泣。那隻狗可能患了什麼絕症，小夥子悲痛欲絕，一副準備隨他的狗而去的樣子，臉上鼻涕眼淚一塌糊塗。旁邊幾個狗友正在勸他，要他相信科學，相信這家醫院。看上去就像一幫至愛親朋，在給他們患了癌症的親人做思想工作。

「你掛的號呢？」輪到韓大亮了，他才明白還得掛號。「多少錢？」他問醫生。「十元。」醫生說。韓大亮趕緊讓兒子去交。

「公貓還是母貓？」醫生又問。醫生是個二十多歲的姑娘，一邊問，一邊往診斷書上記著。

「母貓。」韓大亮說。

「叫什麼名字？」

「花花。」

「多大啦？」

「不知道，可能有五六個月吧？」

「多重？」

「不知道。」

「秤秤吧，那邊有鎊。」

韓大亮就抱著花花到那個鎊秤前，給她秤體重。花花從進了寵物醫院後，就嚇壞了，像害怕打針的小孩進了醫院似的，也不敢叫了，老實得一動不動。韓大亮給她秤了一下，正好六斤。醫生問完記完這些，然後才讓他把花花抱過來，一邊在花花身上捏著，一邊問：「怎麼啦？有哪些主要症狀？」

韓大亮說：「好像是不吃飯不喝水，還不停地叫。」

醫生就看了他一眼，說：「叫不一定是病。哪有小貓不叫的？還有別的病症嗎？」

韓大亮有點慌了，支支吾吾說不上來。正巧許許交完掛號費回來了，他趕緊把球踢給兒子，讓許許給醫生說。但許許說的也和他差不多。姑娘就看了他父子倆一眼，笑笑說：「第一次來這裡吧？那先去抽點血，化驗一下吧。」

化驗了一下，又交了三十。

很快，化驗結果出來了，花花的一切指標都正常，還是沒查出什麼病來。

「要不去看個專家門診吧。」姑娘說。說完準備開單子時，想了一下，又說算了，我請專家給你會診一下。然後自己跑到二號專家門診室，請來了一位老太太。

「劉教授，你給看看。這隻貓不吃不喝，又查不出病來。」姑娘說。韓大亮也趕緊對老太太點了下頭，算是打了招呼。老太太也朝他笑笑，還親切地拍拍許許的腦袋。

「化驗了嗎？」

「化驗了，一切正常。」

「多大了？」

「剛五六個月。」

老太太邊問邊摸花花。當她用手捏著花花的脖子往下按了按時，花花的尾巴一下歪向旁邊了。老太太看看花花的屁股，笑了，說：

「沒事，回去吧。鬧春了。」

那個姑娘說：「不可能吧劉教授？剛五六個月——一般不是要到八九個月嗎？」

老太太說：「現在這貓，就和現在的孩子一樣，成熟期提前了唄。」

韓大亮心裡就說：「把他的，啥事沒有，四十塊錢就扔出去了。」

回家的路上，許許還要問他鬧春是怎麼回事，韓大亮不耐煩地說：「我也不知道。回頭問你媽吧！你媽懂，你媽是這方面的專家。」

9

很顯然，貓在這方面不如人類。顯得既沒理智，又不懂得羞恥。

一連幾天，花花愈鬧愈烈。她用各種方式表現自己對愛情和生育的渴望，希望主人給她做出相應的安排。

她不斷地叫著，寸步不離地纏著許倩，在她的身邊蹭來蹭去。還在地上打滾，把身子扭來扭去。許倩上去抓她的脖子，她便馴服地伏下身子，把尾巴歪向旁邊哼哼著，好像很舒服的樣子。韓大亮看得臉都紅了，說：「這貓怎麼比人還流氓呀！這不是公開要求妳趕快給她找隻公貓配對嘛！」

許倩說：「你快閉嘴吧你！她現在都快要難受死了，你還說這種不負責任的話！」

韓大亮趕緊說：「好好好，我不負責任妳負責任。我看除了找隻公貓外，妳還能有什麼辦法解決她這個問題。」

許倩打電話，向一個朋友諮詢。那個朋友是個養貓專家，她家裡餵了五六隻貓，而且還經常給院子裡那些棄貓投放食物，愛貓已經愛到了病態的程度。許倩打電話給她，其實並不是想諮詢什麼辦法，主要還是想獲得一種心理上的支持和安慰。

「你們家花花幾個月了？」朋友在電話裡說。像寵物醫院那個姑娘問韓大亮一樣。

「六個月了。按說還不應該到鬧春的時候。」許倩說。

「六個月是早了點。不過妳可能給她的營養太好，提前一兩個月也是正常的。」

「那倒是。剛抱來時那麼小一點，現在跟氣吹似的，已經六七斤了。我現在主要是猶豫，給她生還是不生？」

「這妳可得想好了。如果給她生，妳就得做好養的準備。不是養一隻兩隻，如果她一窩生四隻五隻，妳是準備留下來全部自己養，還是打算自己養兩隻，其餘的送朋友養。這妳都得想好了。但有一條原則：妳不能再製造棄貓。不能讓人家生了又把人家的子女扔出去不管。那樣還不如別讓她生。」朋友很嚴肅地說。

許倩想了一天，沒想好，轉回頭又來徵求韓大亮的意見。

韓大亮延續了那個朋友的意見，他說：

「我不反對讓花花生。但是的確存在一個生下來怎麼辦的問題。如果生四隻，妳送出去兩隻，咱們留兩隻，留下這兩隻又存在一個生不生的問題。如果再讓他們生，那用不了幾年，咱們家就貓滿為患了。還有一點，妳送出去的那些貓怎麼辦？那都是花花的子女，就和咱們送出去的孩子一樣，人家萬一對他們不好，萬一也把他們遺棄了，妳說你能不心疼，妳能不難受？」

許倩說：「你這不是自相矛盾嗎！一開始，你說你不反對讓花花生，但具體到生下來怎麼辦，你的意思又是不主張生了。你以為我聽不出來？」

韓大亮只好承認，說：「這本來就是矛盾的嘛。」

許倩想了想，說：「其實我也是挺矛盾的。我覺得一隻母貓就和一個女人一樣，一輩子不生育一次，總叫人覺得不全合，好像一生不那麼完整似的。既然女人一生有愛與被愛的權利，有生育的權利，那貓為什麼沒有？人憑什麼剝奪她這種權利？包括我們今天在討論這個問題本身，對貓來說就是不公平的，就是一種殘忍——我們憑什麼決定讓她生還是不生？憑什麼？」

韓大亮吃驚地望著許倩，說：「若干年前，我因為面對廁所便坑問題的長期困擾，妳說我差點變成哲學家。現在輪到妳了，現在妳面對一隻貓和她該不該生育的問題，也快成哲學家了。」

他們的討論沒有結果。晚上，韓大亮和兒子睡了。已經鬧了四五天的花花蹲在陽臺的視窗，咪嗚咪嗚叫著，同時望著窗外的夜晚，等待著她的情人的出現。許倩爬起來，到陽臺上看著她。她想起自己那個夢，想起她在夢裡變的那隻貓，也是這樣孤獨地蹲在陽臺上朝外邊呼喚著。接著，她想起那隻臉長得有點像韓大亮的公貓的樣子，想起那隻公貓用腦袋撞門和她撲上去咬韓大亮的情形……

她決定不想了。第二天一大早，她對韓大亮說：

「我想好了：讓花花生。我們明天就去寵物市場，給她選一隻最漂亮的對象！」

10

第二天，他們去了郊區一個縣城，那裡有一個相當出名的小動物市場。市裡雖然也有幾處小動物市場，但韓大亮聽朋友說，在市裡的小市場買一隻貓或者狗，要比在那裡買貴一倍的價錢。所以決定跑遠一點，反正他們有車。

許倩和韓大亮都沒有去過那裡，她本來以為那裡一定是小動物的天堂，她在那裡能看到一幅人與小動物和睦相處，其樂融融的歡樂圖，但結果使許倩大失所望。她看到的畫面不是這樣的，她看到的只是金錢交易，小動物在這裡成了交易品，成了人類貪慾的延伸與手段。

他們先看中一隻純種的藍貓，那綾貓除眼睛是綠色的外，通體藍色，一根雜毛都沒有。韓大亮從來沒見過這種顏色的貓，自言自語說：「不會是染上去的吧？」賣貓的小夥子馬上說：「師傅，這你就外行了。這是純種的土耳其名貓——染？我給你弄桶顏料，你染一隻給我看看。」

「多少錢？」許倩問。她挺喜歡這隻貓的。貓還沒買到手，她已經想像如果這隻貓與花花配對，生下的小貓該是什麼樣子了。

「一口價，二千。」小夥子說。

「太貴了。」許倩聽罷，拉著韓大亮扭身便走。

那小夥子馬上說：「哎大姐，別忙著走呀！妳存心要不要？存心要的話，一千五給你了。」看許倩還沒有回頭的意思，又接著喊：「大姐，一千怎麼樣？八百？八百行不行？」但是許倩已經失去了對他的信任。如果小夥子一開始開價一千，她也許還到八百就買了。但他開價太高，這邊買主還沒還價，他自己又一下子砍了一半，給許倩的感覺，就成了那隻貓可能連四百都不值了。

接下來，許倩又看中一隻小黃貓。

貓主是一位中年婦女。她不像其他賣主，其他賣主都是守著七八隻以上的貓在叫賣，她就守著這一隻貓。許倩走過去時，那隻貓對著她叫了一聲。聲音很低，聽上去可憐兮兮的。好像在說：「你買我吧，要不然就沒人要我了。」

「多少錢？」許倩問。

「妳看著給大妹子。」那女人說。

「妳就這一隻？還有別的貓嗎？」韓大亮總覺得這隻小貓看上去不太精神，想問問她還有沒有別的貓。

那女人馬上說：「有，你要什麼貓我那裡都有。你們在這裡等著我去取也行，你們願意跟著我去家裡看看也行。」

韓大亮沒再說什麼。他覺得這女人有點怪：既然有那麼多貓，幹嘛就抱一隻在這裡？像城裡那些賣盜版光碟的似的，就拿一兩張樣品在身上。如果你要，他才領著你到存貨的地方去取。

但是許倩沒考慮這些，她已經被那隻貓吸引住了。而且，這個女人賣貓的方式也吸引了她。她把她想像成一個下崗女工，或者是農村一個超生超育的困難戶。這隻貓也許就是救活她們全家人的最後一線希望了。對這隻貓和對這個女人的雙重同情使許倩決心買下這隻貓。她再次問價時，那女人說三百元。許倩一分錢的價也沒還，便把那隻貓買下了。

「大妹子，妳可救了我了。這個貓框你也帶去吧。不要錢。」那女人最後感激地說。

「那謝謝妳了！」許倩也很感激。她覺得她不僅給花花找到個如意郎君，而且還救人於危難，做了一件好事善事。

她沒想到，她做了件好事善事，但帶回去的，卻是一個巨大的災難。

11

從一開始，花花就拒絕接受那隻小黃貓。

花花的第一次發情期已經過了。許倩的意思，是想把這隻貓養上半年之後，等他們建立了感情，再讓他們成親婚配。但花花不喜歡這隻男貓，不喜歡主人給她買來的這個女婿。她拒絕與牠待在一起，一見牠過來便讓牠走開。牠如果不走，花花便自己離開，總之不想與牠在一起。

許倩沒有意識到這是貓的本能性保護反應。她根本沒想別的，只想著讓兩隻貓培養感情了，忽略了那個災難的存在。韓大亮也沒有想到這點，他只是說許倩：「看樣子，我們家花花看不上牠。那妳就別強迫牠了，搞得像干涉人家婚姻自由似的。」心裡也沒有把這種強迫和干涉太當回事。

那隻小黃貓一直不吃不喝，許倩開始以為牠是認生，過兩天就會好的。但到了第三天，她覺得不對頭了，趕緊抱著牠去了寵物醫院。

一檢查，貓瘟！

打完針輸完液後，醫生說：「貓太小，恐怕就這一兩天的事了。妳回去觀察觀察，如果牠不吐，就還有救，如果吐了，就不好說了。明天再看吧。」

許倩守了一夜，小黃貓開始沒吐，但天快亮時，連著吐了三四次。

第二天又去輸液打針。醫生還是那句話。

許倩又守了一夜，小黃貓又是天快亮時開始吐了。這次吐得比昨天還厲害，吐出的穢物裡帶著血。而且，呼吸也明顯很弱，很困難。

第三次到寵物醫院，醫生說，再化驗一下看看吧。但小黃貓的血已經抽不出來了，全身瘦得只剩下一把骨頭。醫生搖搖頭，對許倩說：「沒救了。如果妳不想讓牠受罪，就在我們這裡讓牠安樂死吧。」

許倩的眼淚唰地湧了出來。她最後摸了小黃貓一把，去交費處交了安樂死的費用，然後頭也不回地衝出了寵物醫院。

快到家門口的時候，她才猛地想起了花花：天哪，貓瘟是傳染的，花花該不會也給傳染上吧？

她喊天哪已經晚了。花花雖然一直拒絕跟小黃貓接近，但還是給傳染上了。

花花不在陽臺上，也不在衛生間裡。

許倩急壞了，她喊著花花的名字，到處找她。最後她看見了，花花躲在書櫃的上邊，牠好像知道自己病了，想一個人在上邊安靜一會兒。其實這兩天花花一直就躲在書櫃上邊，只是在感到要吐的時候，才從上邊跳下來，跑到衛生間去吐。許倩這兩天忙著搶救小黃貓，把這些給忽略了。

許倩打電話讓韓大亮趕緊回來，然後抱著花花去了寵物醫院。

一看化驗結果也是貓瘟，許倩的眼淚就又湧出來了。

「醫生求求您了，牠是我的女兒，您們一定要救活牠！一定要救活牠呀！」

許倩給醫院請了假，此後一連六天，她天天抱著花花去打針輸液。但花花一直不進食，也不喝水，完全靠輸液維持著生命。每次輸完液後，醫生都是告訴她，如果花花不吐，就還有救。但花花和那隻小黃貓一樣，也是每天快到天亮時，都要連著吐好幾次。

牠還拉稀。可憐的花花已經病成這樣，但牠還記著她的衛生習慣，還想堅持爬到馬桶上去拉。但是牠已經沒有力氣站在馬桶沿上了。牠從上邊滑了下來，把一小灘糞便拉在馬桶旁邊。牠用爪子在旁邊扒著，大概是想用沙子把它埋起來，以免主人踩著了埋怨牠。牠吐的時候也都堅持要跑到衛生間裡，以免把家裡別的地方弄髒了。許倩看著這隻貓的仁義之舉，覺得自己的心都要碎了。

第六天輸完液後，許倩問醫生：「大夫，你告訴我，我的花花還有救嗎？」

醫生說：「牠剛剛鬧完春，體質太弱。我們也不敢打保票一定能救活牠。妳明天不用來了，這樣連續打針輸液牠本身也受不了。觀察兩天吧。一般貓患這種病後，最多可以堅持九天。如果能熬過九天，就能活；熬不過去，人也就算把責任盡到了。現在只能是盡人事，聽天命了。」

許倩緊緊抱著骨瘦如柴的花花，哭得人都要暈過去了。

韓大亮把工作停了，與許倩一塊在家裡守著花花。兒子每天放學後，也跑過來陪著許倩掉淚。第七天、第八天過去了，花花已經奄奄一息。許倩每天給牠換水換食，但牠一口也沒動。牠也不吐不拉了，因為牠現在肚子裡什麼都沒有，只是用最後的意念在堅持著。

這天晚上，韓大亮看許倩太累了，說妳去睡吧，今天晚上我來守著。許倩又堅持了一會兒，到十一點時覺得實在熬不住，便去睡了。留下韓大亮一個人守著花花。

花花伏在那裡，頭無力地歪在一邊。牠已經臥不住了，身子完全貼在地上，眼睛閉著，只是在韓大亮喊牠時，才勉強睜開一下。看上去像一個彌留之際的孩子。

花花大概預感到自己最後的時刻正在到來，牠睜開眼，看見韓大亮正蹲在跟前，望著牠。牠掙扎了一下，想站起來。但是牠的第一次努力失敗了。牠又試了一次，這次牠站住了，但是牠的腿已經支撐不住身子了，哆哆嗦嗦眼看就要歪倒。韓大亮伸手抓住牠，問：「花花，告訴爸爸，妳想要什麼？」

花花說：「我只想站一站。我已經好多天沒站了。」

韓大亮上去扶住牠，說：「好，花花，好孩子，妳想站就站一會兒吧。爸爸這樣扶著妳，妳覺得好受一點了嗎？妳想不想喝點水？或者吃點東西？」

花花說：「就這樣吧，我覺得這樣好受一些。我知道，大夫給你們說過，只要我能喝水吃東西，我就能活下去。可是我現在吃不進去，也不敢喝水。我多麼想活下去，但恐怕不可能了。我現在已經感覺不到疼痛和難受了，我覺得我的身子越變越輕，好像快要飛起來似的。我想，這大概就是死亡的前兆吧？」

韓大亮心疼得像刀挖似的，他把花花抱起來，緊緊攬在懷裡，說：「花花，好孩子，你不要這樣想。妳能活下去，妳一定能活下去。爸爸以前對不起妳，對不起你們貓和所有的小動物。現在爸爸向妳道歉，向所有的小動物道歉。妳不知道，爸爸現在有多愛妳！妳一定要活下去，爸爸求妳了。」韓大亮說著，眼淚嘩嘩地流了下來。

花花說：「爸爸，你別難過了。自從離開父母之後，我遇到了媽媽和你，還有我許許哥哥，這是我的福氣呀！我在被那一家遺棄之後，已經對人類不抱什麼幻想了。我曾過過兩個月棄貓的生活，那日子真是苦不堪言呀！餓了，我得到樓道的垃圾箱裡去刨可以吃的東西；

渴了，只能喝路旁排水溝裡的髒水。晚上也沒地方睡覺，只能隨便找個地方臥一晚上。那時候，我已經覺得活下去沒什麼意思了。這個世界是人類的，人類做為地球的霸主，根本不把我們貓啊狗啊的生命當回事！有段時間，我聽說人類突然不准養狗了，說是只有報了戶口才准養，沒報戶口的狗一律是黑狗，誰見了都可以打死不論。於是這個大院一聲令下，有幾十隻狗就被活活打死了。這太可怕了！

我想萬一有一天，人類突然又發佈一條不准養貓的命令，那我們怎麼辦呀？那時候我覺得人真是太壞了，怎麼這麼霸道，這麼蠻橫，這麼不講理呀？怎麼只准自己活，不准別的動物活呀？但從遇見你們之後，我漸漸改變了這個看法。我想做為一隻貓，也應該一分為二來看人類。人類中還是有許多你們這樣的好人……」

花花說不下去了，她極度虛弱，喉嚨裡發出倒氣的響聲。韓大亮抱著牠，覺得花花的身子正在變冷。他抱緊牠，好像這樣就能把牠的生命挽留住似的。他一邊這樣想著，一邊抽泣著說：「花花，好孩子，爸爸明白妳的心。妳再堅持一會兒，現在已經到第九天了，妳一定能挺過來的，一定能……」他這樣說著說著，就這樣抱著花花，坐在陽臺的地上，睡著了。

12

天亮了，許倩突然聽到花花的叫聲。

她爬起來，看見花花搖搖晃晃地朝她走來，一邊咪嗚咪嗚輕輕叫著。

「花花！」許倩哭著撲上去，她抱起花花，一邊用臉偎著花花的臉，一邊喊：「大亮，大亮，花花活過來了！花花活過來了！」

韓大亮這才醒了過來。他醒來時才發現自己坐在陽臺的地上。花花什麼時候從他懷裡離開的，他不知道；他怎麼會坐在陽臺的地上，他也不知道。

「花花活過來了。她要喝水。你先抱著她，我去給她弄點吃的。」許倩說，臉上還在流淚。

韓大亮說：「我去給牠弄吧。我給牠熬點小米粥，然後再拌點貓罐頭給牠吃吧。花花大病初癒，得給牠弄點軟和的東西。」

許倩說：「行。」

韓大亮趕緊就上廚房。路過兒子小屋門口時，又忍不住進去把兒子喊醒，對許許說：「快起來，花花活過來了！」

許許一骨碌從床上爬起來，鞋也沒顧得上穿，趕緊就跑出屋子，朝媽媽抱著的花花奔去。

Section 09
你到底要什麼？

1

國際超級名模大賽決賽開始前五天，劉夢突然遇到一個麻煩：她的髮型師被挖走了。原因好像並不是因為報酬問題，主要是因為劉夢不接受他為她參加決賽做的髮型設計，兩人鬧翻了，另外一家公司便趁機鑽了空子。劉夢的公司雖然為她接著找了幾個，但劉夢都不滿意。

這天，劉衛東打電話給劉夢，想問問女兒決賽的準備情況。劉夢就順便把這事告訴了母親。她倒不是想讓母親給她找髮型師，只是想說給母親聽聽，撒撒氣。但劉衛東卻當回事了。回頭就滿世界打電話找線索，許倩自然是其中之一。

許倩就想起了李紅。

因為她聽韓大亮說過，李紅好像正在學美容美髮。她也鬧不明白髮型設計與一般的美髮是不是一回事，心想反正都是折騰腦袋上那堆毛嘛，有差別也差不到哪裡去。但她心裡也有些猶豫，因為她曾經反對過韓大亮與李紅交往——現在她心裡也同樣反對——韓大亮這一陣好像也不怎麼與李紅聯繫了。現在為劉夢的事又讓他去找李紅，會不會是把睡著的人往醒叫呀。不過她又一想，急人所難吧！現在劉夢遇到麻煩，李紅行不行總是個機會。這樣一想也就顧不上吃李紅的醋了，當晚便把自己的想法告訴了韓大亮。

「這是好事。」韓大亮聽後說，「不過我擔心李紅的技術不一定行。她學的是一般的美容美髮，又是剛學，與模特兒大賽的髮型設計可能是兩回事。劉夢不一定能看上她。」

許倩盯著韓大亮的眼睛說：「劉夢看上看不上另說。你先得把李紅約來讓我看看。我倒想看看這位讓有婦之夫韓大亮先生夢牽魂繞的李紅小姐，到底長什麼樣！」

韓大亮就不自然地笑笑，說：「看看看，這事可是妳提出來的，怎麼矛頭一轉又衝著我來了？要不這事算了，免得妳又吃無名醋。」

許倩說：「那不行！我已經答應劉衛東了。反正明天上午我正好休班，你先把李紅領來讓我看看，我如果覺得順眼，咱們就帶她去讓劉夢試試。」

韓大亮只好說：「行行，那我回頭和李紅聯繫一下，看看她什麼意見。」

許倩說：「什麼回頭再聯繫——你現在就打電話，當著我的面打！」

李紅一聽給劉夢設計髮型，驚訝得半天說不出話來。她也擔心自己不行，恐怕拿不下這麼重的工作。但韓大亮在電話裡告訴她，行不行去試試，反正又不會損失什麼。李紅便答應了。並約好了第二天見面的時間地點。

第二天上午九點，李紅如約而來。她現在不當心理醫師小姐了，換了一身裝束，臉上也是很普通的淡妝，看上去很樸素也很自然。

這給了許倩個「還行」的印象。她覺得這姑娘倒挺順眼，長得確實漂亮又不「妖」——至少不是她想像的那種妖媚狐道的樣兒。難怪自己男人喜歡她。

李紅沒想到許倩在場，因為昨天晚上韓大亮打電話時，許倩不讓他告訴她自己也去。李紅也是第一次見許倩，她稍微怔了一下，臉一紅叫了聲嫂子，然後就很自然地上來，拉住了許倩的手。這一怔一紅臉許倩都注意到了，並據此得出如下判斷：這姑娘與自己男人之間沒發生什麼實質性的問題。

後來許倩把自己這個判斷告訴了韓大亮。韓大亮叫屈不迭地說：「本來就沒有什麼事，妳以前非要疑神疑鬼。現在一見面，她怔一下臉紅一下，妳又判斷沒什麼事了。也不知道妳們女人這種判斷的依據到底是什麼？」

許倩說：「這還不簡單，憑感覺唄！」

女人一旦放棄了戒心，就很容易成為朋友。一路上，許倩問東問西，李紅都如實稟告。還嫂子長嫂子短的，叫得許倩特別舒坦。許倩心裡就基本接受這個女孩了，自然也就特別想促成她為劉夢設計髮型的事情。

「小紅，妳學美髮多長時間了？」許倩問。

「剛一個多月。還沒出師呢！」李紅說。

「以前都給什麼人做頭？有沒有給名人做過什麼髮型呀？韓大亮不是說，妳給不少人做過髮型，挺有名氣嘛！」許倩說著，斜了正在開車的韓大亮一眼。

韓大亮心裡說，姑奶奶，我什麼時候給妳說過這話？

「妳別聽韓師傅替我瞎吹！我以前都是憑自己瞎琢磨，給幾個姐妹做做頭，根本談不上什麼髮型設計，更別說給名人設計髮型了。」李紅老老實實地說。

許倩就不說話了。想了一會兒，說：「小紅，本來我這個當姐的不該教妳說假話，但看樣子，今天不說點假話不行了。一會兒到了劉夢那裡，第一，妳千萬不能說妳現在才剛學美髮，就說妳以前學過，丟了一陣，現在是想提高一下自己，再學習；第二，恐怕得拉個名人給妳壯壯名聲——大亮，妳不是與年華熟嘛，就讓小紅說她曾給年華做過髮型行不行？反正劉夢也不可能找年華去證實這事。」

韓大亮說：「胡扯！壓根沒做過的事，怎麼能說成做過？李紅，妳別聽她胡教唆妳！」

許倩說：「小紅，別管他！妳聽我的，一會兒就這樣說。」

沒想到，一個名模這麼大的派頭——整個這家渡假村都被贊助劉夢的那家公司包下了，四周都有保安，劉夢住的那棟樓前，還專門加派了兩個，像警衛黨和國家領導人似的。

許倩按劉衛東說的聯繫電話，與劉夢聯繫上了。劉夢倒是非常客氣，很快便從二樓來到會客廳。

韓大亮以前對劉夢的感覺只是漂亮。今天劉夢站在當面，感覺就不一樣了：他感到的是一種氣度非凡、令人震驚的美。尤其是她與他握手的時候，身高一米八零的男人韓大亮與身高一米八三的姑娘劉夢握手的時候，明顯有一種被對方壓倒的感覺。

李紅也有一種被美震攝的感覺。雖然李紅身高並不算低，長得也很漂亮，但是她還是能感到她與劉夢間的差距。

只有許倩還算自如。她以前見過劉夢幾次，劉夢喊她阿姨也顯得很親熱。幾個人落座後，許倩說明了來意。劉夢說她媽媽已經在電話裡告訴她了，並很客氣地感謝他們為她的事大老遠跑來。

接著，她便進入主題，開始向李紅發問了。

「李紅小姐，妳現在在哪裡就職呀？」

「沒有。我現在正在一個美容美髮培訓中心學習，還沒有畢業。」李紅說。

「以前做過什麼髮型嗎——成功的，比較有影響的？」劉夢又問。

「沒有。」

劉夢就笑著看了許倩一眼，然後說：「剛才我聽許阿姨說，妳曾經給年華做過頭，是嗎？」剛才見面寒暄時，許倩曾給劉夢說過這話，目的自然是想給李紅加點印象分。劉夢明白這點，所以是笑著問的。

李紅很誠實地再次說了句沒有。

許倩的心都涼了，心想這姑娘看上去挺機靈的，怎麼到了關鍵時刻，連句不傷大雅的假話都不會說呢？

韓大亮也覺得事情黃了，恐怕劉夢不會再問什麼了。

但劉夢卻很欣賞李紅的誠實。她繼續問道：「妳看過我以前的比賽嗎？」

李紅說：「沒有全看，但看過幾次，從電視上。」

「妳對我的髮型感覺如何？如果這次決賽，我請妳給我設計髮型，妳有什麼建議？」

李紅沒有馬上回答。很顯然，這不是一個隨便回答的問題。她不能確定劉夢問這話的意思，是讓她否定以前的髮型，還是真的想聽聽她的建議。但她明白這句話帶有考驗性質，答對了，劉夢就可能接受她，答錯了，她就會喪失這次機會。但是李紅想，無論如何，她必須說實話，必須把自己最真實的感覺告訴她，那怕她不用她也行。

「我覺得前幾次比賽時，妳的髮型都挺適合妳的。但這次好像應該有點變化。」李紅很小心地說。

「怎麼變化？有人建議我把頭髮染淺一些，比方說亞麻色。妳以為如何？」

「千萬可別！」李紅一下子急了，好像怕劉夢的頭髮染淺了就把她的美全破壞掉了，「妳現在的頭髮烏黑油亮，襯妳的臉是再好不過了。為什麼要染成亞麻色呢？」

「妳認為現在這種顏色襯我的臉正合適，那如果我原來的頭髮是亞麻色，妳會不會建議我把它染成黑色？」劉夢又問。

「不，我不會提那種建議。」李紅馬上說。

「為什麼？」

「因為，我雖然對模特兒這個行當不太瞭解，但我認為，模特兒展示給評委和觀眾的，應該是她最本色的東西，而不應該是染出來的。」

劉夢笑了，說：「英雄所見略同——好吧，李紅小姐，妳留下來吧。我決定試用妳了。當然，最後還得看妳在髮型上的創意如何。」說完站起來，讓人給李紅安排住處，接著與許倩和韓大亮道謝握別。

「李紅的髮型創意肯定沒問題。這是她的強項。」返回的路上，韓大亮高興地說。

許倩兜頭給他一瓢涼水：「你怎麼知道？她給你做過髮型？」

韓大亮自知失口，忙在自己的嘴巴上抽了一下，說：「多嘴！」

許倩給笑了，說：「說！你家李紅這次的事如果辦成了，你怎麼謝我吧？」

韓大亮說：「嗨嗨嗨，怎麼成了我家李紅了？這不妳上趕著要給她幫這個忙嗎？」

2

幾天後，大賽如期舉行。

電視臺的演播大廳裡，美女雲集。參加決賽的五國佳麗一一登臺亮相。劉夢是第七個出場的，她的出場把比賽推向了高潮。

李紅給劉夢做了個很短的髮型，這雖然有些冒險，但是卻獲得了很大的成功。因為所有參賽的選手，一律都是披肩長髮，所以劉夢的髮型就顯得十分搶眼。李紅在後臺看著劉夢出場時，心都提到了嗓子眼上了。賽前，當她握著劉夢的一把青絲準備給她鉸短時，內心鬥爭的強度，幾乎要超出她的承受能力。就像一個國家元首按著核按鈕，決定按還是不按時的心情差不多。因為她知道這一剪子下去，就沒有任何回頭的餘地了。雖然劉夢接受了她這個髮型創意，但她並沒有十分的把握。現在，劉夢成功了，李紅的眼淚也一下子湧了出來。

當然，髮型在比賽中是不佔分的，劉夢也不會靠髮型贏得比賽。她是靠她的美，靠她的整體素質，贏得了這場比賽。三輪下來，她的積分與南韓選手金順玉相同，並列排在最前邊。

接下來是大賽的最後一項內容：智力問答。主持人將提出一個問題，由她們兩人分別回答。勝出者將獲得大賽第一名。

評委與現場觀眾，全都緊張地注視著這一幕。

韓大亮、許倩和許許，還有他們的寶貝貓女兒花花，守在家裡的電視機前，也在觀看著這最後的競爭。

「這個問題其實很簡單，但是往往越簡單的問題，回答起來卻越複雜。」電視上，負責提問的主持人先賣了個關子。主持人是位滿頭白髮的男播音員，風度翩翩，聲音中有一種極富磁性的魅力。接下來，他說出了那個說起來簡單、回答起來卻很複雜的問題：

「現在，有三種東西擺在你的面前：一種是美麗，一種是智慧，另一種是財富。妳只能從其中選擇一種，請問，妳選擇哪一種？三號金順玉小姐，妳排序在前，請妳先來回答。」

主持人用漢語說完後，又用英語重複了一遍。

三號金順玉小姐很自如地用英語回答說：「我會毫不猶豫地選擇智慧。」

主持人問：「為什麼？」

金順玉小姐說：「因為對我來說，美麗和財富都是身外之物，只有智慧是可以真正自己擁有的東西。所以我當然要選擇智慧了。」

主持人用漢語把金順玉小姐的回答翻譯給大家後，現場爆發出熱烈的掌聲。評委們也高興地交頭接耳。很顯然，這個回答是正確的，也很精彩。

韓大亮傻傻地盯著電視，心裡說：「壞了，劉夢這下不好回答了。她如果也選擇智慧，明顯是重複，而且不可能做出別的更精彩的解釋。但她如果選擇美麗或者財富，顯然就沒有選擇智慧合適了。」

許倩也有這種感覺，她馬上憤憤不平地說：「根本就不應該這樣按排序號回答！應該讓兩個人同時把答案寫在題板上，然後同時亮出。現在這樣對劉夢不公平！」

兒子許許也嚷道：「對，不公平！誰這樣安排簡直是漢奸！」

小貓花花也咪嗚叫了一聲，表示她的不滿和抗議。

輪到劉夢回答這個問題了。主持人、評委、現場觀眾，以及電視機前的上億觀眾，全都注視著她。

劉夢微笑著從主持人手中接過話筒，一點也不緊張地先說了句：「我當然不能再『毫不猶豫地選擇智慧』了。」

主持人笑了一下，評委席上也傳來笑聲。

「我選擇財富！」劉夢很肯定地說。

「瞎啦！」韓大亮喊了一聲，接著說，「妳選美麗也比選財富強呀！自古以來，愛財的女人就不是好女人，妳幹嘛選它呀！」

許倩也覺得劉夢這下懸了，第一可能是沒戲了。但她攔住韓大亮說：「你瞎叫喊什麼！聽劉夢怎麼解釋。」

主持人同樣問劉夢：「為什麼？」

劉夢說：「很簡單，因為我已經擁有美麗和智慧。我現在缺的就是財富，所以我想我應該選它——當然我不會要求太多，也不會用不正當的手段去攫取財富。君子愛財，取之有道。我想這不會有錯吧？」

「太對了！太精彩了！」主持人情不自禁地說道。台前的評委也鼓起了掌。現場觀眾更是為劉夢的精彩回答報以熱烈歡呼和掌聲。

評委舉牌，也不用減去最高分和最低分了，因為所有評委都給了劉夢9、9的高分——所缺的那0、1分大概是這個行當的「行規」所限，因為世界上不可能有十全十美的回答，也不可能有十全十美的人。

劉夢當之無愧地獲得了第一名。

韓大亮一家與小貓花花，全都高興得跳了起來。許倩馬上拿起電話，要向劉衛東表示祝賀。韓大亮說妳算了吧，他們家的電話這會肯定打爆了，妳還想打進去？果然許倩連著撥了七八遍，都沒有撥通。

3

劉夢決定幫李紅開一家美髮店。

劉夢獲大賽冠軍後身價陡長。已經有兩家汽車公司和一家手機公司請她做品牌廣告，酬金都在百萬元以上。當然這些錢她只能拿到一少部分，大部分劃到了贊助她的鑫橋廣告公司的帳上。劉夢不是那種過河拆橋的女孩子，她知道鑫橋廣告公司為推她盡了全力，便續簽了兩年合同。這兩年裡，她的一切商業性活動都由鑫橋代理。她只從每筆收入中提取百分之十五的酬金。

大賽結束後最初幾天，各方面的祝賀宴請忙得劉夢暈頭轉向，她根本抽不出一點時間，除給媽媽和遠在海外的爸爸打了個電話外，給許倩家裡連個電話也沒打，也沒有與李紅聯繫。李紅第二天就又回她參加學習的培訓中心去了。培訓中心的領導並不知道李紅這幾天請假幹什麼去了，還批評了她幾句，提醒她珍惜時間，別在培訓期間三天打魚兩天曬網的，免得將來拿不到結業證書。

一週後，劉夢選了個週六的下午，把許倩、李紅、韓大亮和許許請到一家飯店裡，算是正式向他們答謝。許倩本來還想把花花也帶上。韓大亮說你算了吧，人家飯店不一定允許帶寵物，再說了，那裡是公共場所，萬一再給花花傳染上疾病怎麼辦？許倩一聽到病字便嚇住了，趕緊說那算了算了。

「李紅，劉夢今天主要是謝謝妳，妳今天就坐主賓位吧！」賓主就坐時，劉夢要許倩坐主賓位，許倩不幹，非要讓李紅坐。

李紅說：「嫂子，妳快坐吧。其實今天這客該我請。說到底，是妳和劉夢，還有韓大哥一塊給了我這次機會。我真不知道該怎麼感謝你們才好呢！」

許許說：「那我呢？你們就不感謝我了？我也給劉夢阿姨鼓了掌呢！」韓大亮沒想到，一向木納的兒子，今天見了兩個這麼漂亮的女人，話也多了。

劉夢就把許許拉到自己身邊，說：「你跟著姐姐坐。姐姐回頭自然要謝你的。」

許許說：「我不要你謝我，我只要妳讓我給妳也畫張像。」

劉夢說：「那我就更得謝謝你了。」

菜上齊後，飲料也倒好了。劉夢自己舉杯，說：「這一杯算我自罰吧。比賽完後，這裡約那裡請的，一直抽不出時間謝謝你們。許阿姨知道，這幾天連我媽都沒有消停，也是這裡請那裡叫的。這都是面子上的事，不應酬不行，其實去了除了累，有時候還弄得心裡挺彆扭的。不像今天咱們坐在這，一不談生意，二不談廣告，純粹就是親人朋友在一塊坐坐，讓人心裡覺得輕鬆，說的也都是心裡話。」

劉夢說到這裡，把杯子裡的飲料一飲而盡，又讓許許給她倒上第二杯。這回她才請大家舉杯，說：「這杯是我敬大家！我先要敬許倩姐和韓大哥，當然還有許許小弟弟。從一開始，你們就一直關心我的事情。上次年華做的那期節目，是你們幫忙牽的線；這次李紅小姐，又是你們熱心推薦的。其實我並不是想針對這些具體事情怎麼感謝你們，我是透過這些事情，感受到了你們喜歡我、愛我、支持我的那種真心和真情。我想正是因為有了千千萬萬個有你們這樣真心和真情的人，我才會取得今天的成績！為此，我真是從心底裡感謝你們！」劉夢說完，舉杯與許倩一家三口碰了一下，乾了。

許倩一邊喝一邊說不客氣不客氣。韓大亮嘴上沒說話，心裡卻說：「這劉夢可真是不得了，二十歲不到，把人情世事看得如此清楚，話也說得滴水不漏，難怪在比賽現場回答得那麼精彩呢！」

李紅望著這個場面，覺得自己在這一刻才認識了劉夢，認識了韓大亮一家。她為有這樣的朋友而感動，眼睛不由得濕了。

劉夢接著又滿上一杯，這次她要謝李紅了。

「李紅小姐，這杯我該感謝妳了。輪年齡，我還要叫妳一聲姐姐呢！但我想還是稱你李紅小姐吧，免得今後一些關係不好處理。妳與許阿姨和韓大哥不一樣，他們是幫我，妳是我聘請的髮型師。公司付妳的那份聘金是公司的事。我這邊也想好好謝謝妳。妳說吧，妳希望我怎麼謝妳？」

李紅說：「其實我應該感謝妳才是。但是既然妳這樣說，我想妳感謝我最好的方法，就是繼續聘用我，繼續給我這樣的機會。」

劉夢說：「我可能還會給你這樣的機會。但是我現在不想繼續聘用妳。我擔心那樣弄不好又會出現妳來之前那種事情。妳說吧，還有沒有別的想法？」

李紅說：「沒有了。我現在就是想學習。」

劉夢說：「韓大哥不是說妳想開家美髮店嘛？我可以在這方面幫幫妳。包括設想和資金方面，都可以。」

許倩聽了就插話說：「對對，我也聽他說過妳有這個想法，那就讓劉夢幫幫妳嘛！」嘴上這麼說著，下邊的手趁人不備，就在韓大亮的腿上狠狠地擰了一把。韓大亮疼得咧了下嘴，差點沒叫出聲來。

4

李紅開的美髮店取名為「留夢髮型設計護理中心」。

這個名字是許倩想出來的，取「劉夢」的諧音，又有些夢幻色彩。李紅覺得這個名字挺好，劉夢也沒有反對。

店面是周至誠幫李紅一塊找的。那幾天，韓大亮拉著周至誠和李紅，差不多把市區的大街小巷都轉遍了，最後初步選訂了兩個地方。兩個地方門面大小差不多，都是二百多平米。其中一個地方背一點，但租金低，年租金六萬元；另一個地方位置好，但年租金太高，十萬元，而且要預付一半。周至誠與李紅意見不一，最後只好把劉夢請來定奪。

劉夢看了兩個地方，當即拍板訂下了十萬元租金那塊店面。

「道理很簡單：那塊地方租金低，可是你每年只能收入十萬元，盈利是四萬元；而這塊地租金雖然高出四萬元，但每年可以收入二十萬元，盈利為十萬元。這個帳難道還不好算嗎？」劉夢說。她這話主要是說給周至誠聽的。因為周至誠一直主張租那家便宜的門臉，他總怕開始搞得太大了有風險。但李紅的想法與他不一樣，主張起步就要高。

周至誠臉紅了一下，說：「那行，那就按妳的意見辦。」周至誠這話是對李紅說的。他一直不敢正眼看劉夢，好像被她的高大與美麗嚇住了。劉夢看出了這一點，她感到這個小夥子挺好笑的。李紅給劉夢說過她與周至誠的關係，劉夢開始從表面上看，兩人並不般配。但現在稍微瞭解了一點，倒覺得李紅倒是很適合找這麼一個疼她聽她的男人。

不過隨後在裝修問題上，周至誠卻把劉夢給氣火了。

店面確定之後，周至誠自告奮勇承擔了裝修的任務。他讓李紅繼續去培訓中心學習，自己找了個裝修隊，沒黑沒白地幹了起來。為了省錢，他自己蹬著平板車，來回買東買西，拉材料。中午、晚上還給裝修工人送兩頓飯。二十天下來，看看大模樣出來了，他給李紅打了個電話，叫她過來看看。

「這麼快？原來不是說最快也得一個半月嗎？」李紅在電話裡問。

「還沒完全弄好，只是大模樣出來了，妳過來看看，有不合適的地方好早點改。」周至誠說。其實他對工程的品質和進度都挺滿意。

李紅就過來看了看。

她總體覺得還行，不過心裡還是沒多大把握，便對周至誠說：「要不請劉夢也過來看看吧？」

周至誠說：「行。哎，妳不是說她去外地表演去了嗎？」

李紅說：「也可能回來了。我先聯繫一下再說。」

一打電話，劉夢還在外地，要十多天後才能回來。

「那你就先幹著吧，我覺得差不多。」李紅對周至誠說。

半個月後，整個裝修工程快結束時，劉夢回來了，她跟著李紅到已經基本裝修好的店裡一看，火了：「這能叫髮型設計護理中心嗎？這只能叫火鍋店或者燒餅鋪子！不行！得反工。全部推倒重來！」

周至誠在一邊傻了，李紅臉上也掛不住。怯著聲說：「劉夢，能不能想點別的補救辦法？」

劉夢很堅決地說：「不行！必須全部推倒重來。請你們兩位記住：辦這種髮型設計護理中心，店面可以小點，但檔次一定要高！因為你不是理髮鋪子，也不是剃頭店。裝修檔次上不去，就沒人進你的店門！就像臨街這面，妳留著窗臺幹什麼？必須全部裝成落地玻璃牆，讓過往行人一眼就能看清妳裡邊是幹什麼的。好啦，也怪我原來沒給周師傅說清楚。這樣吧，反工這部分費用我來出。我另外找人設計一下。周師傅，你只負責監工，具體怎麼改，聽我找的那個人。」

周至誠和李紅只好說行了。周至誠說過行後，又補了一句：「劉夢，費用還是我來想辦法吧，沒有讓妳出的道理。妳只管找人幫我們設計一下就行了。」

劉夢可能也覺得剛才火發得大了些，便笑了笑說：「這你就別管了。這是我和李紅的事。我答應過幫她開這家髮型店，總不能說話不算數。等你們將來開張了，我每次來做頭免費就行了。」

李紅這下也才緩過神來，說：「劉夢，妳嚇死我了！沒想到你們做模特兒的發起火來也挺嚇人的。」

劉夢說：「還不是沒把你們當外人，才跟你們急嘛！其實我主要還是替妳著想。妳的一些髮型創意，要是在一般的美髮店裡，就全浪費了。所以我主張妳要麼別開店，要開就開一家上檔次的。甚至包括營業範圍和對象，我都考慮過了：不做普通髮型——妳可以在開業那天，專門在門口掛一塊招牌，上邊明明白白寫上不做普通髮型，只做以下特別髮型。比如演出髮型、晚宴髮型、舞會髮型、新娘髮型等等。而且可以定個限量，比如說每天限量只做十五或者二十個人，提前預約。其實做生意就是這樣，你把自己的範圍限制得越窄，便越有特點，生意反倒會越好做。妳把口子開得太大，範圍太廣，什麼人的腦袋上妳都想來一剪子，那恐怕就沒幾個人上妳的店門了。」

李紅沒想到劉夢會為她想得這麼多，這麼細，語帶感激地說：「那倒是。人就是這樣，妳想什麼都要，什麼都不想丟掉，結果就會什麼都得不到。」

「我還想過，妳那塊招牌上還可以再加上一條：不做男士髮型。」劉夢又說。說著笑著看了周至誠一眼。

周至誠問：「哪為什麼？那不是白白把一大塊生意丟掉了？」

劉夢說：「你們家李紅剛說過妳就忘了？其實丟掉這塊生意可以省去很多麻煩。現在一些美髮店附加的業務太多，暗裡加的那些服務就不說了，單說明的就有不少。有頭部按摩的，有手臂和背部按摩的。甚至還有的連全身按摩也上了——這和美髮有什麼關係？那你開美髮店幹什麼？你乾脆開按摩院得了！而這些名堂，又全是針對男士的。所以我想我們拒絕男士入內，就把這些事全免掉了，也省得公安部門找麻煩。」

劉夢說到這裡，和李紅一塊笑了。李紅還推了周至誠一把，說：「你看看，你們男人有多少毛病？惹了多少麻煩？」

周至誠摸了一下自己的板寸頭，叫屈地說：「你們可別冤枉好人呀！我這腦袋理個髮，比在鄉下割草都簡單。哪用得著上美髮店？更別提什麼按摩不按摩了！」

劉夢臨走時，又問李紅開店的相關許可證辦得怎麼樣了？李紅說韓師傅正在托人辦，估計問題不大。

5

一個月後，「留夢髮型設計護理中心」正式開張。

開業這天，中心門口擺了兩排花籃，還特地掛了兩個大花燈籠。花籃中，有一個是年華送的。李紅托韓大亮請年華參加中心的開張儀式，但年華有事來不了，便托人送來個花籃。另外還有個花籃是楊萍送的。楊萍自然也接到了李紅的邀請電話，但她正在聯繫弟弟手術的事，脫不開身，只好在電話裡向李紅表示祝賀，隨後也讓人送來個花籃。

兩個大紅燈籠上，分別印著「留夢」兩個大字，看上去十分別緻，也有點如夢如幻的感覺。

護理中心正門的落地玻璃牆上，用幾種不同顏色的油漆噴著一些大字。李紅按劉夢說的那樣，把業務範圍限制在演出髮型、宴會髮型、舞會髮型和新娘髮型等幾個特別的髮型上。另外還真的噴了兩行大字，一行是「不做普通髮型」，另一行是「不做男士髮型」。

劉夢帶了幾個模特兒前來捧場。城市禁放鞭炮，但劉夢和她這幫姐妹一出場，鬧出的響動比鞭炮可大得多。年華自己雖然沒來，但她給市台生活頻道一個朋友打了電話，讓他們去台機器拍拍場面，看能不能在生活頻道報導一下。這樣一來，整個開業儀式就搞得跟選美比賽和拍電影似的。再加上玻璃門上那兩行「不做男士髮型」、「不做普通髮型」的特別聲明，引得來來往往的行人圍了一大堆，一時間街談巷議，成了這座城市局部地區的新聞熱點。

李紅又是老闆，又得幹活。中心請來兩個髮型技師，另外還有兩個和李紅一塊學美髮的女孩。五個人忙活（忙碌）了一上午，給劉夢和她帶來的那五個模特兒分別做了個新髮型。

幾個髮型創意都是李紅出的，那兩個技師和女孩，主要是按她的要求和指點去完成。李紅當然也閒不下來，不斷地穿來走去，做些修正和補充。

六個模特兒的髮型做好後，周至誠請來的照相師傅也趕來了。攝影師分別給劉夢她們拍了照。準備把這些照片放大後掛在護理中心的大廳裡做廣告招牌。

「李老闆，我們幾個姐妹的照片可不是隨便掛的，我們有肖像權，要收費的。」一個模特兒開玩笑說。

「費就不收了，以後咱們來做髮型，全部免費總可以吧？」另一個笑著說。

李紅說：「全部免費可不行。我給你們打八折！這是優惠卡。」李紅笑著說，邊說邊拿出一疊金卡，送給幾名模特兒一人一張。到劉夢跟前時，她也給了劉夢一張。劉夢就開玩笑說：「怎麼，鬧了半天，連我也不給免費，也只給打八折呀？」

李紅說：「妳是冠軍，妳當然得帶頭了！」

劉夢就很高興地說：「行，李紅，我看妳能把這個店經營好。做生意就得這樣精打細算才行。該花的錢要捨得花，該收的錢也要大膽收。不過我提醒妳，價位可別訂得太高。妳記著，檔次高並不一定意味價錢高；就像反過來，價錢高並不意味著檔次高一樣。」

李紅說：「這我懂。不過今天你們六位就全部免費了，算我請客。我會讓收銀員從我的薪水裡扣的。」

果然開業大吉。劉夢她們走後，就有幾位女客人上門來了。李紅給她們設計好髮型，讓兩位技師做著，她搭車去接許倩。

一上午，韓大亮來來回回忙著接劉夢和幾個模特兒，但許倩一直沒來。韓大亮說她在班上，恐怕走不開。李紅說那不行，在班上她請假也得來。並讓韓大亮去接過她一次，沒接來。李紅當時忙，顧不上，這會看鬆閑些了，便親自去請。

李紅到醫院的時候，已經十一點多了。許倩一看李紅親自來接她，同時交班時間也快到了，便給當班的另外一個護士交代了兩句，跟著李紅到中心來了。

「怎麼啦嫂子，這麼不給面子，還非得我出面來接妳呀？」上了車後，李紅笑著說。

「不是。我想大亮去就行了。我去了又幫不上忙，只能添亂。」許倩趕緊解釋。她其實就是這樣想的，同時又當班，不好請假。

「今天可不要妳幫忙。今天請妳去，就是要讓妳好好享受一次服務。不要別人幫忙，我上手給妳做個最漂亮，最適合妳的髮型。我要讓妳美得叫韓大哥都認不出來！」

許倩趕緊說：「李紅，妳饒了嫂子吧！妳可不瞭解他這方面的毛病。那一年我沒跟他說，出去燙了個髮，回來後他一看，說：妳別嚇我了，怎麼燙出來的還怎麼給我燙回去！硬逼著我回到剛才的店裡，把燙卷的頭髮又一根根拉直。」

李紅聽了，笑得前合後仰，說：「是嗎？韓大哥這麼不接受新生事物呀！那今天咱們就硬逼著他接受一回！」

到了店裡，李紅生拉硬拽，把許倩按到了椅子上。為了突出效果，李紅讓人把椅子前的鏡子用布蒙起來，不讓許倩看見髮型漸變的過程。

從頭至尾，李紅都沒讓別人插手，剪修洗吹一會兒，李紅掀開鏡子上的蒙布，說：「嫂子，欣賞欣賞妳自己的美麗吧！我保證韓大哥見到妳的感覺，就跟當年你們談戀愛時，他第一次見妳時差不多！」

許倩一看鏡子裡的自己，果然變了個樣。看上去年輕了十歲，而且還有點說不來的俏勁。她的臉一下子紅了，說：「天哪李紅，妳這叫我怎麼去上班呀！」說完站起來，好像連路都不會走了。

李紅給韓大亮打了個電話，她沒告訴他是接許倩，只是說讓他來接送一個客人。

韓大亮的車到門口後，李紅送許倩出來。她故意遮遮掩掩的，不讓韓大亮看清是誰。許倩心裡覺得又好玩又興奮，便也配合著李紅，不讓韓大亮認出自己。韓大亮一點也沒往那方面想，所以直到許倩上車後，他才很禮貌地問了一句：

「小姐，請問您上哪兒？」

許倩再也憋不住了，撲哧一下笑出聲來，說：「小姐你個鬼呀！看清楚了，我是你老婆！」

站在車門旁等著看效果的李紅，也咯咯咯笑彎了腰。

韓大亮這次沒讓許倩再去把頭髮拉直，而且還給了一句比較中性的評價：「還行，看上去挺自然的。」

6

開業第三天，李紅他們遇到了麻煩。

先是上午消防部門來檢查時，說他們營業廳的滅火器規格太小，到時候根本發揮不了作用。李紅馬上派人按要求去買了兩個型號大些的。但還是被罰了三百元。

消防部門的人前腳剛走，工商又來了兩個人。一男一女，都戴著大蓋帽。男的老一些，女的很年輕。

「你們這裡誰負責？」女工商問。

李紅趕緊迎上來，說她負責。一邊讓人倒水，請兩位坐。

「我們接到舉報，說妳們的廣告裡，帶有侮辱男性的語言。」女工商開門見山，說。

李紅有點莫名其妙，說：「沒有啊？我們從來沒做過廣告。報紙上電視上都沒有。」

「我們指的不是報紙和電視，是指妳們店面門上的廣告。」男工商說，並指了指前邊的玻璃牆。從裡邊可以反著看見玻璃牆上噴著的那幾行字，包括「不做男士髮型」、「不做普通髮型」等。

李紅這下明白了，她笑著說：「是指這個呀！我們這樣只是想限制一下營業範圍，這怎麼能算是侮辱男性的語言呢？」

「這我們不管。總之我們是接到舉報才來找你們的。一般的美髮中心都沒有這種限制，妳們憑什麼做這種限制呢？」女工商說。

李紅還想解釋，男工商不耐煩地打斷她，說：「我們找妳妳就有事！解釋那麼多幹什麼？回頭把這句話塗掉不就完啦？」

李紅看看沒法說理，只好答應了。

兩位工商走後，李紅想給劉夢打電話聯繫一下，但劉夢又去了外地，怎麼也聯繫不上。整整一個上午，基本上就沒有做成一樁生意。

沒想到下午，新的麻煩又來了。

說。

大約兩點多的時候，一位男性客人走進店裡，要求給他做個髮型。

「對不起！先生，我們這裡不做男士髮型，您看，這上邊寫著呢！」一個服務小姐上去說。

那位先生是個胖子，大概是有備而來。他把一疊錢摔到收銀臺上，然後大模大樣坐到一把椅子上說：「本大爺就是衝這個來的！憑什麼不做男士髮型？我活了三十多年，還沒見過不給男人剃頭的店哩！今天我就是來破破你們這個規矩：就這一千塊錢，給我剃個光頭！」

那個小姐趕緊把李紅喊來了。

李紅剛才在裡邊已經聽見了，她估計要有麻煩，便給江海打了個電話。這是韓大亮教她的應急措施，讓她遇到前來搗亂的主兒就打電話向江海求救。

打完電話，她就趕緊出來應付。

李紅把剛才服務小姐的話重複了一遍，並再次向那位胖子表示歉意。

胖子笑了一下，說：「看樣子妳是老闆啦？這樣吧，我不想和妳過不去，也勸妳別和錢過不去。怎麼啦，一千塊錢就剃個光頭，這生意妳還不想做嗎？」

李紅笑笑說：「先生，不是錢的事，這是我們立的規矩。你不是勸我別和錢過不去嗎？我勸你也別和錢過不去。你隨便找個理髮店，花十塊錢就把頭剃了，幹嘛要破費一千塊錢呢——我不知道你這一千塊錢是怎麼賺的，但總歸不容易吧？」

胖子就不笑了，說：「我聽出來了，女老闆話裡話外帶著音呢！我今天高興，不和妳計較這些。還是那話，妳收下錢，給我剃個光頭，我立馬走人。如若不然，我一個電話打過去，兩個時辰裡，就叫妳這店關門！妳信不信？」

李紅也不笑了，說：「那我還真不信！我們這店三證齊全，做的是合法生意，一不靠偷二不靠搶三不賣淫四不容娼，我看誰有本事能叫我們在兩個時辰裡關門——小陳，把電話遞給這位先生，讓他現在就打！」

胖子下不了臺，臉脹得通紅，惱羞成怒地喊道：「嗨，軟硬不吃呀！老子今天不打電話了，我現在就開砸！不用兩個時辰，我叫你十分鐘裡就關門！」胖子喊著，飛起一腳，把身邊一個烘烤燈踢翻在地，上邊的燈泡碎了，旁邊一個正在做頭的姑娘嚇得叫了起來。

店裡的兩個男技師要過來制止，李紅攔住他們，說：「別攔！讓他砸！我就不信光天化日之下，沒有王法了！」

李紅說罷又趕緊到內間打江海手機，江海說正在路上，估計十分鐘後趕到。

但江海趕來時，胖子已經走了。

「人呢？」江海進門就問。

「已經跑了。」李紅說，「好在損失並不很大，就砸壞了兩個燈泡。」

「是個什麼樣的主兒？」

「挺胖的，也挺橫。說他一個電話，兩個時辰裡就能叫我們關門。」

「那就是個小痞子。以後遇到這類事，不一定呼我。我不在你們這一片。一堵車就會誤事。你們直接給110打電話報警。指揮中心會就近安排，他們來得比我們快。」江海說。

李紅答應著，接了杯飲料遞給江海。江海一邊喝著，一邊問了問這幾天的營業情況。聽完李紅說的情況後，江海又看了看牆上掛著的幾張模特兒照片。然後說：

「李紅，妳這裡光掛這幾張照片不行。這只能招徠生意，但不能避免麻煩。要避免麻煩妳還得有別的招牌，那種不一定非掛在這裡的招牌。我姐夫不是認識年華嗎？怎麼沒請她來？」

李紅說：「開業那天請了，但年華有事沒來，只送了個花籃。」

江海說：「送花籃沒用。妳給我姐夫說說，讓他出面請年華來這裡做幾次頭，再讓年華拉兩個頭頭腦腦的夫人小姐來這光顧幾次，就沒人敢再到妳這找麻煩了——不光是剛才那類痞子，工商衛生稅務，各方面的麻煩就都沒了。」

年華是第三天晚上八點多來的，她把劉阿姨搬來了。韓大亮給她打電話的時候，她有點猶豫，覺得已經好長時間沒去看劉阿姨，也沒去她那打牌了。現在又突然找劉阿姨，好像明擺著是在利用人家。韓大亮說妳幹嘛要這樣想呀？劉阿姨是做婦聯工作的，李紅做為鄉下來的打工妹，有困難婦聯領導出面幫幫忙也是應該的呀！年華說你倒挺會找藉口的，就答應了。

劉阿姨對李紅和李紅做的髮型都很滿意——劉阿姨是那種見了漂亮女孩就喜歡的女人，加上李紅又會說話，活幹得又利索，劉阿姨一下就心疼上了。劉阿姨一心疼哪個女孩子，那個女孩就該走運了。劉阿姨滿意地望著鏡子裡的新髮型，拉著李紅的手說：「小李，妳這裡不是專做演出髮型嗎？我給妳推薦個演出團體怎麼樣？」劉阿姨說完，就把婦聯屬下的「女兵合唱團」推薦給李紅這裡。

這個「女兵合唱團」非同小可，演員全部是退休下來的老女兵，不是這個領導的老伴，便是哪個部門原來的主管。都是些有頭有臉的巾幗英雄。李紅的「留夢髮型設計護理中心」自從把「女兵合唱團」的演出髮型包下來後，不僅名聲大震，而且有了尚方寶劍，各方面支持呵護都來不及，哪裡還敢找麻煩呀！

7

這天，楊萍來了。她是晚上來的，李紅本來想給她做個髮型，但一看楊萍的頭，沒法做了。楊萍的頭髮剪得很短，看上去像個男孩子。她瘦了很多，臉很憔瘁，說話的聲音也有點沙啞。

李紅提前打烊，讓幾個技師和小姐走了，她一個人留在店裡，準備好好與楊萍姐聊聊。

「看樣子搞得不錯！其實妳早就該走這條路了。聽說劉夢參加大賽的髮型就是妳設計的？妳膽子可真大，一上手就敢接這麼大的工作！」楊萍一邊觀看牆上劉夢和那幾個模特兒的照片，一邊說。

李紅說：「是。現在想起來我還有點後怕呢！當時那一剪子真是憑大膽剪下去的。看來人懂得越多，膽子便越小。當時只是憑感覺，心裡怎麼想的，手底下便怎麼剪。現在慢慢懂了一點，反倒考慮這考慮那的，輕易不敢下剪子了。」

「這大概就是所謂的成熟和進步吧？」楊萍說。接著又問李紅，「和韓師傅還常聯繫嗎？」

「聯繫著哩！當初給劉夢做髮型的事，就是韓師傅兩口子幫忙聯繫的。後來還幫我介紹了不少業務關係。楊萍姐，從半年前咱倆喝醉酒認識韓師傅到現在，韓師傅可真是幫了我不少忙。妳說這是不是也算一種緣份？」李紅說。

「這是緣份，也是運氣。像韓師傅這樣的好人，現在並不多，能遇上一個自然是緣份。他老婆妳見過嗎？人怎麼樣？」

「見過了，人也挺好的。我頭一次見劉夢，就是她陪著一塊去的。楊萍姐，妳說怪不怪，一般做老婆的，好像都反對男人和年輕女孩來往。但韓師傅老婆不這樣，還誠心誠意幫我，妳說這是怎麼回事？」

楊萍說：「是嗎？那就更難得了。這說明韓師傅愛人瞭解他，也對自己有信心。所謂不是一家人，不進一家門嘛！」

楊萍邊在店裡看著，邊與李紅說話了一會兒。後來，李紅開了兩罐可樂，兩人坐在一張小桌前，接著又說起了別的。

「妳與周至誠的關係怎麼樣？有什麼進展嗎？」楊萍問。

「還那樣。」李紅說。舉著手裡的可樂罐看著，有點不好意思。

「什麼叫還那樣？妳是不是還沒下決心？于耀魁最近有消息嗎？」

「沒有。妳別提他。我也不想聽到他的消息。」

「恐怕妳口頭不是心頭吧？妳是不是在心裡還想著他？」

李紅眼睛濕了，她沉默了一會兒，說：「楊萍姐，我給妳說心裡話，我是還有點捨不下他。我也說不清這是怎麼回事。我想起他的時候，有時候都把他恨死了，我那麼愛他，對他那麼好，他卻丟下我跑了，連一句話都沒有留下。想起這些我把他恨得直咬牙根。但是不知道為什麼，我就是忘不了他，有時候還夢見他又回來了……」李紅說著，眼淚流了出來。

楊萍嘆了口氣，說：「唉，要不世上怎麼會有那麼多癡情女子的故事呢！那周至誠這頭妳怎麼辦？前一段，妳不是一直在他那裡住嗎？」

「我前段時間是住在他那裡，但這邊店起來後，我就搬過來了。」李紅說。

「那妳和他之間，能沒有什麼事？」楊萍很嚴肅地問。

李紅明白了楊萍的意思，臉紅了，說：「沒有，他讓我住他那間小屋，他一直在外間與夥計住一塊。他那人妳還不知道，傳統得要死。我要是不和他結婚，他恐怕一指頭都不敢碰我。」

「是呀，傳統本來是好事，但現在成了毛病了。現在的人都不知道怎麼了，什麼都反過來想。咱們女人現在也這樣，也是把以前的東西都反過來了。男人不壞，女人不愛，現在成了新的愛情準則。就拿妳來說吧，于耀魁明擺著是個負心的壞男人，妳把什麼都給了他，他卻把妳扔到了九霄雲外。可到現在妳還是忘不了他。周至誠是個好男人，他愛妳疼妳，把妳當事得輕易不敢碰一指頭，而妳卻覺得他傳統保守，比不上于耀魁。妳說這都是怎麼回事呀？」楊萍說著，也舉著手裡的可樂罐看著，好像那上邊印著答案。

兩人沉默了一會兒。李紅說：「楊萍姐，別說我的事了，說說妳的情況吧。妳弟弟手術的事，準備得怎麼樣了？」

「可能最近就要做。」

「那妳這個擔子總算要卸下了，妳也該輕鬆輕鬆，好好考慮考慮個人的事了。」

「恐怕不一定。這種手術成功率並不是很高。再說了，我和妳不一樣，妳所說的個人問題，我恐怕這一輩子都不會考慮了。」楊萍說。依然專注地看著手中舉著的可樂罐。

李紅望著楊萍，心裡一陣難過，說：「楊萍姐，我一直沒敢問妳這方面的事情。妳真的沒有愛過什麼男人嗎？」

「沒有。」楊萍很平靜地說。

「那妳怎麼想的？妳今後準備怎麼辦呀？」

「這不是怎麼想的問題。致於今後怎麼辦，我沒有仔細想過。因為我現在還顧不得想這些。但有一點我已經想過了：我今後要過一種沒有男人的生活。這個世界上，最好的人是男人，最壞的人也是男人。但是，就像妳剛才說的那樣，碰到好男人要靠緣份和運氣，而我這方面的運氣好像一直很差。這大概是我的命決定的，所以我也就不強求了。另外，我還想離開城市，離開這裡的喧囂和人群。這一陣，我看了不少書。我從一些書裡知道，人到了老年的時候，到了六七十歲、七八十歲的時候，就想安靜，就想離開鬧哄哄的城市，到鄉下或者別的避靜的地方去。可是我不知道我現在怎麼就會有這種想法。我現在就想離開這裡。

我比妳早到這個城市幾年，當初我來的時候也和妳一樣，夢想著做一個城裡人，夢想著把自己融入這座城市之中。但是我現在明白我想錯了，任何人想把自己融入一座城市，都不是那麼容易的！一座城市實際上就是一個城堡。現在所有城市的城牆都拆除了，但另外一些城牆卻沒法拆除。那就是城裡人心裡的城牆！別說鄉下人溶入一個城市不容易，就是這個城市的人到了另外一個城市，想一下子融進去都不容易。一個北京人到了上海，或者一個上海人到了北京，想一下子把自己從北京人變成上海人，或者從上海人變成北京人，都不是一年兩年的事情，都得經過十年二十年，甚至一代人兩代人的努力才能完成！

還記得我們初到這座城市的那些日子嗎？我們沒有戶口，沒有住處，沒有關係，沒有朋友。這座城市的一切對我們來說都是陌生的。我們不知道哪邊是東，哪邊是西；不知道從這裡到那裡該坐幾路車，該從哪一站上從哪一站下。我們沒有工作，這座城市早已人滿為患，而且都是些高素質高文憑的人才。他們之中的好多人都沒有工作，哪裡還能輪到我們？我們有什麼？我們只有一張漂亮的臉蛋。那我們能幹什麼？這個城市會把那些重要的崗位和重要的工作留給我們嗎？不可能的！那時候我常常想，這個城市留給我們的，好像只剩下小蜜、二奶和三陪小姐、服務小姐這類不光彩的『工作』了。現在看來這個想法有問題，至少對妳來說不是這樣。妳現在終於出頭來了，我真為妳感到高興。但我與妳不一樣，我已經沒那份心了！

但是有時候我又想：幹嘛呀？我幹嘛非要把自己變成城裡人呀？我在自己原來那個地方

生活得好好的，在父母弟妹親戚朋友身邊，不愁吃不愁穿，什麼都不缺，幹嘛要孤身一人跑到這舉目無親的城市裡，東躲西藏的，像兔子一樣被公安工商趕來趕去找罪受呢？幹嘛非要死皮賴臉硬往人家的城堡裡鑽呢？而且這一切，又有什麼意義呢？」

楊萍說完了，像是大病一場，人顯得疲憊不堪。李紅無法理解她這些話，只是感到替她難過。她對她說：「楊萍姐，我知道我沒法勸妳，也說不出什麼能安慰妳的話。但是妳這樣想這樣說，我心裡感到難過，感到替妳抱屈。妳是天下最好的女孩子，命運不應該這樣對待妳。」

楊萍笑笑，沒有再說什麼。

楊萍臨走時，李紅記下了她弟弟住院的地方和床號，並告訴楊萍她哪天去看看她弟弟。

8

李紅、許倩和韓大亮，一塊去醫院看望楊萍的弟弟。李紅帶了一大束鮮花，韓大亮則拎著兩袋水果和營養品。

這家醫院給韓大亮的感覺與婦產醫院不同。婦產醫院劃分了兩大塊，一塊是接生，另一塊是絕育。這家醫院不一樣，住進這家醫院的病人，一部分走向康復，高高興興地離開了；另一部分則走向天國，帶著種種遺憾去向上帝報到了。因此，這家醫院給韓大亮的感覺，就像是上帝設立在人間的一個接收機構。醫生和護士在這裡充當的是與上帝作對的角色，他們從上帝的接收名單上把大部分名字劃掉，只留下很少部分讓上帝接走——上帝好像並不計較這一點，因為他老人家明白，那些人總歸是要去他那裡報到的，只是時間稍稍延緩了若干年而已。

韓大亮已經很長時間沒見到楊萍了，他沒想到她會「花容凋零」到這種地步。楊萍喊了一聲韓師傅您好，然後就上來和許倩認識。她是第一次見許倩，剛拉著許倩的手叫了一聲「嫂子」，眼淚便骨碌碌滾出來了。

許倩能理解這種感情。相對來說，醫院實際上比社會其他地方要乾淨一些。因為這裡靠近死亡，又屬於上帝在人間劃分的一塊地盤，所以各種人，各種複雜的關係，在這裡都得到了一定程度的淨化。病人也好，病人親屬也好，在這裡都容易動感情。

「不要怕，大妹子。這家醫院的設備醫術都是第一流的，不會有什麼問題。」許倩安慰楊萍說，自己的眼睛也濕了。

楊萍的弟弟靠在病床上，笑著看著這個場面。十八九歲的大小夥子，臉上的神情柔弱得像個老人。

李紅把鮮花在床頭櫃上擺好。她看看楊萍弟弟柔弱的樣子，又想起當姐姐的楊萍這幾年為弟弟操的心受的苦，覺得一陣揪心的難過，眼淚也忍不住湧了出來。

楊萍抹掉自己的眼淚，強笑著說：「幹嘛呀李紅？咱們別當著我弟弟的面哭鼻流水好不好？剛才嫂子不是說過了嗎，不會有什麼問題的。我在這個城市裡無親無故，今天你們這麼多人來看我弟弟，大家應該高興才對！不過妳看，我既不能讓你們喝水，也不能讓你們坐，只好讓各位就這樣站著了。」

這時候，楊萍的父母進來了。老倆口是前幾天趕來的。兒子要做手術了，他們不放心。醫院有制度，每個病人只許一個人陪床，所以兩個老人平時只能待在病房外邊的走道裡。剛才聽說有人來看兒子，便進來了。

老教員握著韓大亮的手，剛說了句「你就是韓師傅吧？」就再什麼也說不下去了……

探視過後，楊萍送他們出來時，李紅把一個信封塞到楊萍手裡，那裡邊是一萬塊錢。楊萍推了一下，不想接。李紅輕聲說：「這是我和韓師傅一家的一點心意，妳現在用得著。」楊萍只好接下了。

「手術日期定了嗎？」許倩問楊萍。

「定了。下月八日。」楊萍說。

「怎麼非拖那麼晚才做?」韓大亮問。

「主要牽涉到臺灣那邊的腎源，所以要麻煩一點。現在初步是定在八日，具體還得到時候再說。」楊萍說。

李紅說:「行，楊萍姐，手術日期定下來後，妳打電話給我。我們到那天再來。」

楊萍說:「再說吧。」

9

周至誠的小麵館突然失火了。

火災是由隔壁那家引起的，後來查明原因是電線短路。這一片臨街的鋪面都是老式平房，房子舊，又是磚木結構。火一著起來，就跟點著一堆乾柴一樣，十幾分鐘時間，左右十幾家店鋪就燃成了一條火龍。等救火車聲嘶力竭吼叫著趕來時，最先燒起來的幾家已經只剩下燒不著的磚牆了。

周至誠從著火的屋子衝出來時，被掉下來的一根房樑砸了一下。他腦袋是躲過去了，但樑上的一根鐵釘卻在他臉上劃了一道六七公分長的口子，當時就被送進了醫院。

第二天一大早，周至誠滿頭滿臉纏著繃帶，偷偷從醫院跑回來了。他望著斷壁殘牆和被燒化了的鋁合金窗框，蹴在滿是髒水炭灰的地上，像丟了書包的一年級學生一樣哇地哭了起來。一邊哭一邊不停地說著：「完了！完了！這回徹底完了！」

「誰說完了？我看完不了！」身後突然傳來一個姑娘的聲音。

是李紅，她是早晨剛得到消息的。她聽說麵館失火了，又聽說周至誠被送進了醫院，當時腦子裡嗡的一聲，差點沒昏倒。她先去了醫院，到醫院後，才知道周至誠又偷跑出去了。她猜想他會回麵館了，過來一看，正趕上周至誠在哭著喊完了完了。

周至誠站起來，抹了把眼淚。他別過臉去，不想讓李紅看見他的臉。但李紅卻站在他的對面，硬把他的臉扳過來，心疼地問：「傷得重不重？我看看。」

周至誠說：「不要緊。」說著又把臉往一邊扭。

李紅就又把他的臉扳過來，像厲害小孩一樣說：「什麼不要緊！血都從紗布滲出來了，還說不要緊！你趕緊給我回醫院去！這裡我來收拾。」

周至誠沮喪地說：「還收拾什麼呀？全都燒光了，完了！」

李紅說：「閉嘴！再不准你說這種沒出息的話！誰說完了？只要人在，一切都能重新開始！」

這時候，李師傅、小王和另外一個服務員也來了。幾個人都是一副丟魂失魄的灰心樣子。他們看看周至誠，又看看李紅，全都不知道該怎麼辦。

李紅想光給周至誠一個人打氣也不行，恐怕還得有點具體辦法。她換了種口氣，對李師傅他們幾個說：「李師傅，小王，小張，事情已經發生了，大家光灰心難過也沒有用。這樣吧，我徵求一下你們三個的意見：飯店的情況大家都看到了，一時半會恐怕開不了業。如果你們不想再在這幹了，打算走，咱們好聚好散，我替周老闆作主，給你們每人發三個月的工資。如果不想走，那咱們再商量。」

李師傅說：「飯店燒成這個樣子，我現在能走嗎？不管怎麼說，我在這裡幹了兩年多了，感情不感情的，總有一點。再說了，如今找個工作並不難，但再想找個像周老闆這樣一個能善待手下的主人卻不容易。錢可能少賺一些，但心裡踏實！」

李師傅說完後，小王和小張也哭著說她們不走。

周至誠見幾個夥計這麼齊心，情緒也振作起來。

李紅說：「好！只要咱們人心沒散，那一切從頭來！至誠，你先去治傷，老老實實在醫院待著。這裡的事交給我和李師傅他們。」

周至誠說：「我沒事。就是劃了道口子。」

李紅說：「怎麼，你信不過我？」

周至誠趕緊說：「怎麼會呢！我是在醫院待不住。」

「待不住也得待。對啦，你原來不是想把隔壁那家兼併過來嗎？我看現在正好是個機會。」李紅說，然後又對李師傅他們說，「李師傅，你和小王小張先清理一下這裡，我送周老闆去醫院。回頭咱們再商量重新裝修和開業的事情。」

李紅送周至誠回到那家醫院。醫生發了火後，重新檢查了一遍傷口。李紅這下才看見周至誠真的傷得不輕，整個半邊臉都血乎乎的。醫生處理完創面，接著又縫了十幾針。然後說：「得住院觀察。辦手續去吧。」

周至誠著急地問：「非住院不可嗎？」

醫生說：「我沒說這話。我只是從醫生的角度提醒你，像你這種傷情，應該住院觀察一段時間。以防感染和別的併發症。致於住不住，是你們自己的事——現在床位緊張，我這邊就是下了住院觀察的醫囑，到住院部那邊能不能住得到還說不定呢！」

周至誠還想說什麼，李紅捏了他一把，搶先說：「謝謝你醫生，我們住。我這就去辦手續。」

李紅把周至誠在醫院安頓好後，又趕回小麵館裡。

李師傅和小王小張正在收拾餐廳，李紅一個人走進周至誠住的那間小屋，心裡忽然一陣難過，眼淚嘩地湧了出來。

她想起自己在這裡住過的那段日子。

楊萍搬走之後，她一個人在安徽村又住了一段時間，後來就搬到周至誠這裡，一直住到護理中心裝修好之後。

當初搬過來時，她猶豫了很長時間。她明白周至誠再三要她搬過來的意思，一是對她一個人住在那邊不放心，另外恐怕也不會沒有別的想法。她當時想，男人大概都這樣，心裡喜歡哪個女人，最終的目的免不了就是佔有。以前周至誠在她跟前總是膽膽怯怯的，主要是因為心裡有于耀魁的障礙。現在于耀魁已經不存在了，他恐怕就該向自己的目標奮進了。

但是沒有，周至誠一點也沒有利用現在這個有利地形和時機，向她發動偷襲和進攻的意思。他像一條忠實的狗一樣，守護在小屋外間。有好幾個晚上，李紅有意沒關屋門等著他，心裡也做好了把自己完全給他的準備，但是周至誠沒有來。

說不清為什麼，她當時感到有些失望，甚至有些恨他。

現在她忽然明白了：她愛他。從聽到小麵館失火和周至誠受傷的消息後，她忽然明白了這個男人在自己心中的位置。早晨，她急急忙忙往醫院趕的時候，還不知道他究竟傷成什麼樣子。但她心裡已經想好了：不論他傷了哪裡，也不論他傷成什麼樣子，她都要當面告訴他她愛他，並且答應馬上和他結婚！後來看見他纏著一腦袋繃帶蹴在餐廳的地上，她覺得自己心疼得眼淚都快忍不住了。

當她扳著他的臉看他的傷勢時，她真想把心裡那句話說出來。但是她忍住了。她當時沒有說，也沒有讓自己的眼淚流出來。現在，她一個人面對這間小屋，面對過去了的那些日子，她忽然覺得一陣怕：萬一他沒躲開，萬一那根掉下來的房樑砸在他的腦袋上，萬一從此失去他，那該怎麼辦？對這個世界來說，對天下萬萬千千女人來說，失去一個周至誠並沒有什麼。但是對於她來說，失去了他，失去了這個愛她愛得發瘋的男人，今後的日子還有什麼意義呢？

她忽然明白了一個道理：對於一個女人來說，這個世界很大，這個世界上的男人也很多，但是屬於她的男人只有一個：那就是真正愛自己的那個男人。

這時候，她的眼淚嘩地湧了出來，並且在心裡做出了堅定的抉擇。

10

這天，李紅突然接到一個電話。

是于耀魁，從廣州打來的。

當那個曾經十分熟悉，但已經消失了好幾個月的聲音，重新在李紅的耳邊響起來時，她覺得自己的心突然揪緊了。

「妳好嗎小紅？」

她沉默著，沒有回答。

「我打電話是想告訴妳，我的公司已經開張了，並且做成了第一單生意。」于耀魁又說。

她仍然沒有回答。

「對不起！我現在只能對妳說這句話了。妳現在可能已經知道了，妳給我讓我去買身衣服的那張卡裡，實際上不是一兩千塊錢，實際上裡邊有二十萬。正是這筆錢讓我做出了馬上離開的決定。但是妳聽我說，我並不是急著想離開妳，我只是急著想辦我的公司。另外，我也不清楚這筆錢的來歷，我怕有什麼變化。所以也沒來得及給妳說明就離開了……妳在聽嗎？妳說話呀！」

李紅依然沉默著，但她沒有掛斷電話，仍在聽著。

「小紅，我知道我現在說什麼妳都不會相信了。我聽說妳已經不在原來的地方了，自己開了美髮店。我相信妳一定能成功。其實我一直在愛著妳，現在也沒有變。我想妳對我的愛，也不會因為這件事就改變吧？如果妳願意，我想我們還可以重新開始——妳不必急著回答我，我可以給妳幾天時間考慮考慮。」

李紅再也忍不住了，她咬著嘴唇，一字一句地說：「我不用考慮，我現在就可以答覆你：你原來認識的那個李紅死了，她已經被你殺死了！」

李紅說完掛了電話，全身哆嗦著，臉白得像一張紙。好半天，才有兩滴很大的淚珠從眼裡滾落下來。

伴隨著于耀魁這個電話，像是為了替他開脫罪責似的，江海給韓大亮打了個電話，告訴他「一千五」診所的兇殺案破了，兇手終於被捕。

韓大亮接完江海的電話，回頭又打電話告訴了周至誠。說：「當初咱們差點冤枉了于耀魁。那小子看樣子就是為了那二十萬突然失蹤的！」

周至誠在醫院住了一週時間，已經出來了。現在正領著李師傅和幾個裝修工在裝修飯館。聽韓大亮說完以後，他本來不想把這事告訴李紅，但想了想，最後還是決定告訴她。

「有件事我想告訴妳。」周至誠打電話給李紅，說。

李紅在電話那邊說：「正好，我也有件事想告訴你。傷口怎麼樣了？還感到疼嗎？」

「早沒事了。那妳先說吧，什麼事？」周至誠說。

「哪能在電話裡說！這樣吧，你過我這邊來吧，你那太亂。」李紅說。

「那行。我現在就過去。」

「你那麼著急幹什麼呀？下午吧。下午兩點，我在門口等你。你最好把自己收拾收拾，我可不想看到你邋裡邋遢的樣子！」

周至誠說行。他不知道李紅要告訴他什麼事，但是想起自己要告訴她的事情，心裡覺得挺沉重的。

11

下午兩點差十分時，周至誠趕到髮型店門口。

李紅正好從裡面出來。她做了個新的髮型，又換了一身衣服。上身是一件天藍色的蘋果牌T恤，下身是條很短的白裙子，看上去漂亮極了。周至誠只看了一眼，心裡就亂跳起來，眼睛就一直躲來躲去，不敢再正眼看她了。

「漂亮嗎？你幹嘛老看著別處呀！好好看看我，喜歡嗎？」李紅偏偏要他好好看看自己，並問他喜歡不喜歡。

「喜歡。」周至誠紅著臉說。他來的時候也換了衣服。李紅看了看，說：「我叫你換衣服你就換了，看來挺聽我的話的嘛！這就對了，我喜歡你這樣。」

周至誠的臉就更紅得沒法收拾了，也不知道該說什麼。

李紅看著直樂。忽然拉下臉，說：「至誠，我今天想叫你陪著我辦三件事，不知道你樂意不樂意？」

周至誠說：「什麼事，妳只管說。」嘴上這樣講，心裡想別說三件事，就是三十件三百件，我也樂意陪妳去辦呀！

「那好。」李紅說。說著彎起胳膊示意周至誠挽著她，然後一邊往前走著，一邊說，「第一件事，陪我去逛次商場——咱們好了這麼長的時間了，可是你一次還沒陪我逛過商場呢！怎麼，怕我花你的錢呀？」

周至誠說：「不是不是，其實我早就想給妳買身衣服了，就是不知道妳喜歡什麼樣的。」

「一會兒你就會知道我喜歡什麼樣的衣服了。」李紅說，一邊使勁把他往自己身邊拉了拉。因為周至誠雖然挽著她的胳膊，但身子總是往旁邊歪，看上去拉拉扯扯，像是兩人剛剛鬧了彆扭似的。

兩人進了一家很大的商場，樓上樓下轉了一個多小時，最後李紅只買了一件紅裹肚——這是一種以前農村姑娘喜歡穿的內衣，今年不知因為什麼，突然在城市裡時興起來。不過城市姑娘的穿法卻和農村姑娘大不一樣，農村姑娘一般是睡覺的時候，把裏肚當內衣穿。城市姑娘不是為了睡覺時穿，城市姑娘是把裏肚當成時裝，穿著在大街上亂晃。

出了商場大門，李紅看了下時間，已經快四點了。就對周至誠說：

「好啦，第一件事辦完了。第二件事，我得先徵求一下你的意見，不知道你同意不同意？」

周至誠想也沒想，說：「我同意。」

「你也不問問我什麼事，就光知道說同意！」

「我同意。不論妳叫我幹什麼事，我都同意！」

「我這件事的前半部分手續，我已經自作主張全辦齊了。但是最後這道手續，必須徵得你的同意才行。而且還必須咱們倆一起去街道辦事處去辦理。」

李紅說著，從小包裡取出一張信紙遞給周至誠。她這時候臉紅了，趁周至誠看信的時候，稍稍把身子扭了過去。

是一封辦理結婚登記手續的介紹信，另外還有兩份證明材料。李紅不知道是透過什麼管道辦下來的。

突然而至的巨大幸福，讓周至誠一下傻在那裡。他不知道該說什麼，也不知道下一步該怎麼辦。

「你同意嗎？如果你不同意，現在改變還來得及。」李紅輕聲說。

周至誠哭了，他也顧不上害羞了，說：「小紅，我同意。」

李紅掏出一塊面巾紙替他擦了擦眼淚，笑著說：「你可別這樣呀！一會兒到了街道辦事處，人家還以為你不同意，我是在搞拉郎配呢！」

這天晚上，他們同居了。

李紅很早關了店門，就她和周至誠兩人留在店裡。她打開所有的燈，按照髮型設計的全套服務要求，認認真真給周至誠做了個髮型。然後，領著他進了自己的房間。

周至誠被幸福搞糊塗了，心裡除了愛，完全喪失了別的意識。李紅讓他幹什麼，他就幹什麼。

「我說過了，要你今天陪著我辦三件事。前兩件事已經辦完了，現在，你幫我把最後一件事辦完吧！」李紅說著，讓他背過身去。她脫下自己身上的衣服，取出新買的那件紅裹肚，然後讓周至誠轉過身來，幫她把裹肚繫在身上。

周至誠一把抱住她，兩個快要著火冒煙的熱身子，立刻緊纏著倒在了床上。

沒有人能把愛與性分開，也沒有人能說清愛與性到底是什麼關係。周至誠一遍接一遍地要她，似乎要把多年來對她的愛，完全用這種方式表達出來。李紅回應著，她感到巨大的滿足。這種滿足絕對不只是生理上的，她在這一刻感受到的，主要是愛的滿足。她明白這就是愛，這就是幸福。一個女人離開這一點去談幸福和愛，純粹是自欺欺人或者瞎掰！

最初的幾場暴風雨過後，李紅偎在男人的懷裡。她把于耀魁來電話的事告訴了周至誠，然後又問他早晨打電話到底有什麼事？

周至誠也把那件事告訴了李紅。

兩個人沉默著，很長時間沒有說話。

「小紅，我知道妳心裡還有些捨不下他，我不怨妳。我只是想告訴妳，不管妳心裡怎麼想，我都會好好愛妳。我知道，于耀魁人比我聰明，還有一些方面也比我強。但是，他有一點絕對比不過我，那就是對妳的愛！我想，只要有這一點，我就能保證妳和我在一塊，一定比和他在一塊幸福！」周至誠說。

「不，至誠哥，你比他強，你各方面都比他強！你比他強一千倍一萬倍！今生今世，我只愛你一個人。我已經在電話裡對他說了，以前那個李紅已經死了，是被他殺死的！」李紅說著，緊緊地摟著周至誠，眼淚把他的胸脯弄濕了一大片……

第二天，他們商定了結婚的日子，初步訂在下月八日。

Section 10

謎底：一個長了三個卵巢的女人

「全國少兒美術電視大獎賽」的結果出來了，韓許什麼獎也沒有評上。

沒評上獎當然折磨人，但更折磨人的是沒評上獎這個過程。評選結果揭曉前後，有幾家網路公司設置了查詢電話。查詢的方法非常簡單，撥通電話後，將參賽選手的號碼輸進去就行——費用自然不低：撥通一次三元。許倩那幾天就像著了魔，抱著電話不停地打。打通一次，電話裡那個小姐告訴她：對不起，暫時還沒有查詢結果，請妳耐心等待，過段時間再查。許倩就換個號碼再打，打通了，還是沒有查詢結果，她就再打另外一家。就這樣，幾個號碼輪番地打，隔幾分鐘就來一遍。前前後後四五天時間，一千多塊錢電話費打出去了，那位小姐還是說：對不起，暫時還沒有查詢結果。

韓大亮也著急。他也打電話查詢。他把幾個查詢號碼輸入手機裡面，隔一二十分鐘就按一遍。車上如果沒有客人，他看見路邊有電話亭，就把車靠過去打電話。查來查去，錢也花了不少，但結果還是那句話：對不起，暫時還沒有查詢結果。

不只他們著急，四面八方的朋友們也著急。一部分朋友不停地打電話問他們，怎麼樣，有結果了嗎？另外一部分朋友，則不斷地向他們通報一些相互矛盾的消息。這個說，我透過某某管道某某人問過了，沒問題，你兒子肯定評上了；另一個說，恐怕懸了，我問誰誰誰那兒了，好像沒你兒子的名字。

那幾天，韓大亮兩口子心裡像鞦韆似的，一會兒盪上去了，一會兒又盪下來。七上八下，折騰得死去活來。

只有一個人不著急，就是兒子韓許。做為參賽者和當事人，他倒是對評上評不上看得很淡漠，從頭至尾只說了一句話：「我知道，沒戲。」

最後，評選結果正式在電視上公佈了。看著那些上去頒獎的孩子和陪著孩子的家長。許倩十分心酸地說：「一個天才被埋沒和毀滅了！」

韓大亮什麼也沒說。他第二天又挨著撥了一遍那幾家網路公司的查詢電話。聽到的結果居然還是那句話：對不起，暫時還沒有查詢結果。

「把他的，這不是純粹騙人錢嗎！」放下電話，韓大亮憤憤地說。

許倩說：「你不是號稱朋友遍天下嗎？怎麼到了緊急關頭就沒人幫你了？」許倩心裡氣不順，自然得找韓大亮發洩發洩。

韓大亮說：「這跟朋友有什麼關係？這種事人家怎麼幫忙？」

許倩說：「還不是不肯幫。存心幫的話，還能幫不上？」

韓大亮叫了起來：「噯，妳這是怎麼啦？兒子沒評上獎，妳拿我的朋友撒什麼氣呀？」

許倩說：「還不都怪你！只見你成天忙著給這個朋友那個朋友辦事，兒子的事你一點也不操心。你說說，你為許許比賽的事，都找過誰了？都操了什麼心了？」

韓大亮沒詞了。嘴裡嘟囔了一句把他的，出門工作去了。

到了晚上，美協的李教授打來個電話。跟韓大亮客氣了幾句後，老教授讓許許接電話。

「許許小朋友，還記得李爺爺嗎？」老教授說。

「記得。李爺爺好！」許許回答。

「沒評上獎，心裡難過了吧？是不是也生李爺爺的氣了？」

「不難過，也沒生李爺爺的氣。」

「生李爺爺的氣可以，但是別難過。爺爺告訴你，評上獎的不一定都是最好的作品；沒評上獎的，也不一定就不是好作品。你這次報的幾件作品，在評委會上引起的爭議最大。最後沒評上獎，是因為一些你現在還理解不了的原因。但是爺爺相信，你在繪畫方面是很有天分，很有前程的。只要努力，你的作品一定有走向全國，走向世界的那一天。你聽懂爺爺的話，明白爺爺的意思嗎？」

「聽懂了。謝謝你李爺爺！」許許說，眼睛裡汪滿了淚水。

兒子沒評上獎對許倩是個打擊，使她本來就煩躁不安的心情，變得更糟了。

本來，小貓花花的出現，使她的心情相對平靜了一些，但這並沒有從根本上解決問題。漸漸地，她對花花也喪失了耐心。

先是許許的手指頭被花花咬了。他拿一塊嚼過的口香糖逗花花玩，結果沾到花花的牙上弄不下來了。他便伸手去往下摳，不小心把花花弄疼了，花花保護性地咬了一下，把許許的食指咬破了。許倩罵了兒子幾句，然後就讓韓大亮趕緊陪著兒子去打狂犬疫苗。韓大亮本來以為打一針就二三十元的事情，到交費的時候才知道，實際價格是他想的十倍。

「多少錢？」他們父子回來後，許倩問。

「三百六。」韓大亮說。

許倩就又罵了兒子兩聲，然後規定，不准他再拿任何東西餵花花。

罵完兒子不久，她自己又被花花抓了。這天，她給花花洗澡。用貓用沐浴乳的時候，沒留神將香波弄到花花的眼睛上了。花花一著急，一伸爪子撓在她的手背上，抓出兩道很長的血印子。

韓大亮知道了，埋怨了她兩句，並堅持要她去打狂犬疫苗。她不去，說：「全市幾十萬養狗養貓者中，只有三例被狗咬後感染了狂犬病。被貓抓傷後感染的病例還沒有。我幹嘛要花三百六十塊錢，去白挨那一針呢？」

韓大亮說：「我怎麼聽著這話不像是一個醫務工作者說的。預防為主，難道這個道理妳不懂嗎？」

許倩說：「正因為我是個醫務工作者，我心裡才有這個把握。再說了，貓身上不見得就有狂犬病毒。」

韓大亮急了，說：「妳這是什麼道理？兒子被貓咬了，妳趕緊就催著打針預防；輪到妳了，就好像又沒事了。妳心裡有把握，我心裡還沒把握呢！走！不走我跟妳急了！」

許倩看韓大亮真的急了，心想也還是打一針有把握些。於是只好去打了一針，又花了三百六。

女人就這樣，花了冤枉錢，心裡就不平衡。心裡不平衡，就得想辦法找回來。兒子已經罵過了，剩下的那部分不平衡，就只有從韓大亮身上找了。

韓大亮現在倒楣透了，許倩的肝火越來越旺，動不動就發火，而且越來越顯出週期性。

韓大亮向一位對女人比較有研究的同行諮詢，問他這是怎麼回事。那位同行說：「這個道理很簡單，就因為她們是女人呀！」

韓大亮說：「誰不知道他們是女人？你這不是廢話嗎？」

那位業餘專家很認真地說：「不不不，這絕對不是廢話。你仔細想想，女人身上所有的毛病，是不是都與她們是女人有關？就像你剛才說的老婆發火的週期性問題，就與她們是女人有關。因為是女人，她們才會來例假，一般在來例假前那五六天，女人的脾氣都比較大。你想想是不是這樣？」

韓大亮說：「你說了半天還是等於沒說。我現在遇到的問題是，差不多每隔六七天，老婆的脾氣就要週期性地發作一陣。這和來例假有什麼關係？我雖然不像你一樣，是研究婦女問題的業餘專家，但女人一月來一次例假，這個基本常識我還懂。」

「那問題就複雜了。只好具體問題具體對待了。」同行最後無能為力地說。

韓大亮其實並不是想從同行那裡討到什麼解決問題的靈丹妙藥，他只是心裡覺得窩火（生悶氣），想找人說說罷了。他也想到過許倩發火與例假的週期性之間的關係，當然，他不能把老婆例假不太正常，每月來兩三次的秘密告訴同行。另外還有一個秘密他也不能講，那就是老婆居高不下的性慾。即使在他們瀕瀕磨擦，三天兩頭矛盾不斷的情況下，他們的性生活依然沒有中斷。而且韓大亮還發現，許倩只要這方面滿足了，情緒好像就能穩定幾天。好像他成了醫生或者醫療器，隔段時間就要給她醫治一回。而且這一個療程與下一個療程之間，間隔的時間還不能太長。

韓大亮沒辦法了。在這個世界上，男人們要面對很多問題，而老婆問題往往是男人們所面臨的諸多問題中最廣泛、最普遍、最嚴重的。對韓大亮來說正是如此。他不像聯合國秘書長那樣，要面對中東局勢問題和非洲饑荒問題；也不像美國總統那樣，要面對世貿大廈被炸和如何抓住賓拉登的問題。韓大亮知道這些事情，他知道聯合國秘書長和美國總統所面對的這些問題都是世界大事，都是非常棘手和難辦的。但是他覺得他現在所面對的老婆的問題，其棘手和難辦的程度，也與他們不相上下。

他現在有點苦不堪言。為了避免火上澆油，他在許倩發火的時候，總是在心裡告誡自己別發火，千萬千萬別發火。為了時刻警示自己，韓大亮從小攤上買來一個「莫生氣」的條幅掛在牆上，並且像許許背課文那樣把條副上的那些警句背了下來：

人生就像一場戲，因為有緣才相聚。
相扶到老不容易，是否更該去珍惜。
為了小事發脾氣，回頭想想又何必。
別人生氣我不氣，氣出病來無人替。

我若氣死誰如意，況且傷神又費力。
鄰居親朋不要比，兒孫瑣事由他去。
吃苦享樂在一起，神仙羨慕好伴侶。

許倩看了條幅，想到韓大亮的良苦用心，心裡也覺得有點難為自己的男人了。

3

這天，年華給韓大亮打來電話。許許沒評上獎的事，年華也感到很不公平。並且為自己沒幫上忙表示歉意。她讓韓大亮把許許的作品送到台裡，她想找找人，看能不能給許許出一本畫冊。

韓大亮說：「不必了吧？聽說現在出本書挺難的，何況是孩子的畫冊。」

年華說：「這我知道。你只管把許許的畫送來一些，我找人試試看。」

韓大亮把許許的作品送去後，年華從中挑了幾副，然後就拿著去找相裡明月。她覺得相裡明月這些年連著出書，和出版社熟。另外，節目上有點事，她正要找她。

相裡明月已經和周鐵娃離婚了。做為補償，周鐵娃把他們住的那棟樓留給了她。這對名人夫妻，當初是閃電式結婚，婚後過了不到半年，就又閃電式離婚了。關於他們離異的原因，各種各樣的說法都有。當初沸沸揚揚宣傳他們婚姻的媒體，現在表現得相當低調，基本上沒有什麼報導。

相裡明月一個人住在那棟樓裡。原來的保鏢都離開了，她另外顧了個四十多歲的女人當保姆。已經有幾家公司，出價要租這棟樓，但相裡明月沒有答應。

相裡明月看上去略顯憔悴，但精神比半年前年華來那次要好一些。

一個人，尤其是一個女人住在這麼大一棟房子裡，本身就顯得十分孤獨。年華突然有種同病相憐的感覺。半年前，她是和高含一塊來這兒的。那時候，相裡明月和周鐵娃剛剛結婚，兩個人的感情還處在如糖似蜜的階段。現在，一眨眼工夫，兩人又分開了。而她和高含，雖然還沒有離異，但是婚姻也只剩下一個空殼。

相裡明月在與周鐵娃結婚前，曾幾次打電話找過年華，很想上她的「時代英豪」欄目，但是年華沒有答應。現在，年華忽然很想給她做個專訪。

但是，相裡明月拒絕了。她說：「謝謝妳，年華。我現在忽然把這類事看得很淡了。妳知道，這些年來，我一直在寫書。我採訪過很多人，也寫過很多人的書。可以說，我一直把眼睛和注意力放在別人的身上。但是，現在我忽然發現這是一個錯誤，一個絕大的錯誤！我一直在關注別人的生活，用筆對別人的生活說三道四評頭論足，卻忽視了自己，忽視了回頭看一眼自己的生活。結果，等到我回頭看時已經晚了，等到我回頭看時，才發現自己的生活已經一團糟了，已經到了無法挽救的地步……」

「那妳現在做何打算？我是說，妳如果不寫書，那下一步妳準備做些什麼？」年華問。

她忽然覺得這個女人給她的感覺改變了，不再像她以前印象中那個女人了。

「這個我還真沒想好。就像一些人說的那樣，以前是因為什麼事情都幹不了，最後只好當作家了。現在如果不當作家，到底去幹什麼，對我來說還真是個問題。我這一陣想先靜下心來，把自己的生活好好清理清理。也許，我過一陣會寫一本書，一本關於我自己的書。」

「明月，妳不同意做專訪，那咱們今天的談話就可以隨便一些，權當是女人之間，朋友之間的交談。妳同意嗎？」年華說。她被相裡明月的真誠感動了，同時，她覺得自己心裡也好像有一些話要對她說。

「那太好了。能和妳做朋友，那是我的榮幸！」相裡明月很高興。

「我可以問妳一個問題嗎？妳和周先生究竟為什麼……離婚？」年華說。

相裡明月笑了，說：「很難說清為什麼。我說不清楚，老周他也說不清楚。我知道，現在外邊有很多版本的說法，但那都是無稽之談。老周其實是個很不錯的男人，他也說我是個不錯的女人。但不知為什麼，我們在一塊的時候，總是缺乏一般夫妻之間那種激情，或者用老百姓的話說，缺少那股你離不開我、我離不開你的熱乎勁。好像就是因為這，我們分開了。」

年華不說話了，她忽然想到自己，想到自己與高含的關係。熱乎勁？你離不開我、我離不開你的熱乎勁？這是什麼呢？老百姓說的這種熱乎勁是什麼呢？

她明白，相裡明月這裡說的老百姓，就是指普通人。在普通人的婚姻中，好像非常強調和重視這種熱乎勁，非常強調和重視你離不開我、我離不開你那種狀態和感覺。她所瞭解的韓大亮與許倩是一對普通夫婦，他們的婚姻就處於這種狀態。名人夫婦，周鐵娃與相裡明月，她與高含，好像就不強調這一點了，他們之間好像不存在誰離不開誰的問題。相反，他們倒會覺得誰離開誰都能活下去，甚至還可能活得更好。

普通人與名人的婚姻差別，難道就在這一點嗎？她知道，很多名人的婚姻是很美滿很幸福的，那麼，相裡明月和她遇到的問題，是不是僅僅是名人婚姻的幾個例外？

這些問題是沒有答案的，就像相裡明月說的那樣，誰也說不清楚。年華本來還想給相裡明月講講自己的事情，但猶豫了一下，又覺得還是不講為好。畢竟自己與高含還沒走到他們這一步。她把許許的幾幅畫拿出來，向相裡明月說明了來意。

相裡明月看了第一張畫，就十分驚奇地說：「不錯，這孩子與眾不同，肯定將來會有所成就。」

年華說：「我也這麼想。可是這次全國少兒美術大賽，許許什麼獎也沒評上，我覺得對這孩子挺不公平的。我想妳和出版社熟，看是不是能幫忙聯繫一下，給他出本畫冊，鼓勵孩子一下。致於出版經費不成問題，我可以設法解決。」

相裡明月一邊翻看另外幾張畫，一邊考慮了一下，說：「這樣吧，我倒另有一個想法，可能比出畫冊效果更好一些。因為畢竟是個十一二歲的孩子，這麼早出畫冊美術界不一定認可，也難免有操作之嫌。不如這樣，我找個作者，去採訪採訪許許，然後寫篇大一點的文章，連同他這些作品一塊，找幾家報紙發一發。這樣做的影響，比出本畫冊大得多。」

年華馬上同意，說：「那太好了！妳說的有道理，這樣影響更大一些，讀者也容易接受。那這件事就拜託妳了，明月。」

相裡明月說：「沒問題，這是我的本行，妳放心就是。」說著頓了一下，又問，「哎，這孩子是妳的什麼人呀？妳這麼操心？」

年華說：「是個朋友的孩子！」

這時候，年華的手機響了。是劉阿姨打來的。

劉阿姨顯得很生氣，上來就批評她說：「妳怎麼搞的？怎麼到現在還不來？」

年華懵了，她不知道劉阿姨在哪裡，也不知道她說的是什麼事。剛一打頓，劉阿姨那邊又說：「怎麼，小胡今天結婚妳不知道嗎？小高沒給妳說？」

年華弄不清小胡是哪個小胡，但她馬上明白是高含沒告訴她。現在劉阿姨問，她又不好照實說他沒告訴，因為她一直不想把他們的矛盾鬧到劉阿姨那裡去。便只好說高含告訴過，她有事忙忘了，現在馬上就趕過去。

劉阿姨說，再忙也不能把這麼大的事忘了呀。然後說了地址，讓她快點趕到。

4

路上堵車，等年華趕到時，婚宴已近尾聲。劉阿姨等一些年歲大的領導已經離場了，只剩下一些年輕客人還在鬧騰。

年華明白劉阿姨說的小胡是誰了，原來就是以前在劉阿姨家打牌的那個胡主任。而且，年華進去的時候，正好看到她不該看到的一幕。

婚宴的正式程序已經全部進行完畢，剩下來的內容都是即興式的。先是讓新郎新娘報告戀愛經過，接著又是男女二重唱，再下來是喝交杯酒……新娘小胡剛才給劉阿姨她們敬酒時已喝了不少，這會兒已不能自持，有點像古典小說中說的那樣，幾杯竹葉下肚去，兩片桃紅上臉來了。客人們大概要的就是這種狀態，接著又讓新娘子一個個給大家點菸。

給前邊幾個人點菸時，對方都要把火吹滅幾次，故意為難新娘子一番，然後才讓她把菸點著。輪到給高含點菸時，高含卻沒有這樣，他一次沒吹，想讓新娘子順利過關，與新娘對視的眼神，也有那麼點說不清的意味。群眾的眼睛是雪亮的——這下有人起哄了，說：「不對呀，高局長怎麼對新娘這麼偏心呀？不行，重來重來！」

又有人喊：「重來也不行，得罰酒！罰高局長和新娘喝交杯酒，大家同意不同意？」大家自然同意，於是，在眾人的哄鬧聲中，不是新郎的高含，與滿臉飛紅的新娘喝了杯交杯酒。而這個特寫鏡頭，恰恰被剛剛趕到的年華看到了。

年華什麼也沒說，扭頭便走。

高含是很晚才回來的。

他喝多了，推開年華的房門衝了進來。

年華本來不想理他，她倒不是多麼生氣，倒不是看見他與別的女人喝交杯酒多麼接受不了。按照空殼婚姻中「互不過問和干涉對方幹什麼」的相關條款，高含現在不論幹什麼，她都不會在意，同時也就不會怎麼生氣了。她主要是覺得尷尬，怕自己在那裡會下不了臺，所以才拂袖離開的。

但是高含不這樣想。他覺得這是一個機會，再加上喝了酒。

「妳吃醋了吧？看見我和別的女人這樣，妳覺得難受了吧？」

「隨你的便，我懶得理你！」年華已經躺下了，她只好從床上坐起來。

「妳以為妳不理我，我還會像以前那樣，耐著性子哄妳求妳嗎？不會了，永遠也不會了。外邊喜歡我愛我，願意哄我求我的女人多得是！」

「你出去！」年華指著門，憤怒地喊道。

「不，這是我的權利！我就是現在想幹妳，妳也沒有權利拒絕！」在酒精的作用下，高含完全失去了理智，心中積壓了很長時間的怨憤岩漿般噴射出來，「我只不過是跟別的女人喝了杯交杯酒，妳就受不了了。妳跟那個計程車司機在外邊整整過了一夜，恐怕就不只是只喝交杯酒吧？妳是名人，妳的名氣比市長省長都大，我一個小小的副局長，自然難以與妳匹配，妳自然對我不在乎了。但是妳別忘了，我是男人，是妳的男人，妳名氣再大，但說到底妳仍是我的老婆！可是妳想想，天下有妳這樣做老婆的嗎？什麼妳都要比我強，什麼妳都要搶在我的前面。我在妳面前，簡直比在我們部長面前還要小心！妳說，我這個男人還算什麼男人，還有什麼意思……」

年華聽不下去了，她抓起自己的衣服，全身哆嗦著，說：「這太好了，你終於把你想說的話說出來了。這太好了！真的太好了！」說完拉開房門，不顧一切地衝了出去。

5

年華在台裡住了兩天時間。第三天上午，她給台裡請了半天假，一個人回到家裡。高含上班去了。年華打開房門，望著冷冷清清的房間，她無力地反靠在門上，閉著眼，任淚水潸潸地流著。

她並沒有下定最後分手的決心，這兩天，她和高含，都認真地對他們的關係做了反思。高含在第二天給她打了電話，真誠地向她道歉。他說他喝醉了，所以才會做出那些反常的舉動，說出那些不負責任的話。他請求她的原諒，並向她保證不會重犯類似的錯誤。她沒有說什麼。她只是聽著，一直等他把話說完，她什麼也沒有說。

他們的婚姻真的已經死亡，真的已經沒有挽回的餘地了嗎？

「我做錯了什麼？」年華問自己。但接著她又問自己，「高含做錯了什麼？」

年華開始回憶他們婚後近兩年來的生活，想用這種回頭檢索的辦法找出他們的失誤究竟在哪裡。從一開始，他們的結合就是一個錯誤嗎？是劉阿姨看錯了人，還是她看錯了人？不是的，劉阿姨並沒有看錯人，她也沒有看錯人，高含從各方面來說，都是一個優秀的男人，品格上也不存在什麼問題。

那麼，他們的關係為什麼會走到今天這種尷尬境地？是因為那些一個接一個的飯局？還是因為那些纏繞著她的面子問題、圈子問題、知名度問題和走向高處或者低處的分岐？在這些問題上，她想她並沒有做錯什麼。那麼高含呢？高含在這些問題上做錯什麼了嗎？從一個飯局走向另一個飯局，是他的錯嗎？為了面子，拉著她陪老家來的人喝酒是他的錯嗎？不甘於躲在她的背後生活，想出名，想靠寫一本書賺一百萬是他的錯嗎？

好像都不是。

那麼，答案在哪裡？問題究竟出在哪裡？

年華的同事張金霞看她住在辦公室，察覺到點什麼。問她：「怎麼啦年華？兩口子置氣（生氣）啦？」

「沒什麼。我心裡有點煩，想躲出來清靜清靜。」年華說。

「得了吧，這點我還能看不出來？有事可別悶在心裡，說出來就不難受了。」張金霞說。

年華猶豫了一下，說：「怎麼說呢？我也沒想明白，不太好說。真的。」

張金霞就想到別的地方了，說：「嗨，有些事想不明白就別想了。這年頭的男人，在外邊沾點花惹點草的，還不是常事！」

「什麼呀？妳想哪裡啦！」年華忙打斷她。接著只好簡單把事情說了說。

張金霞聽了就覺得挺奇怪的，說：「年華，我怎麼越聽越糊塗了？噢，說了半天，你們就為這些事置氣呀？」

年華說：「哪還要有什麼事？」

張金霞說：「那是不是妳在外邊遇到什麼人，有了別的想法了？」

年華說：「妳胡說什麼呀！」

張金霞說：「那我就弄不明白了，高含那邊沒別的女人攪和，妳這邊也安份守己的，只為妳剛才說的那點零零碎碎的小事，你們就鬧到如今這種不共戴天的地步呀？」

年華老老實實地說：「要不我也想不明白嘛！」

張金霞就說：「年華，我可得提醒妳。妳年輕漂亮，又是名人。喜歡妳的人，愛妳的人成千上萬都不止。但這些都是虛的，都不能代替娶妳的那個男人。高含從哪個方面說，都算是個不錯的男人啦！妳倒底要什麼呀？他又沒犯什麼錯誤，又沒有背著妳和別的女人胡來，就妳說的那些事算什麼呀？年華，妳可真是身在福中不知福呀！」

張金霞說完後，又問年華，高含給她打過電話沒有？年華說打過了。張金霞說哪妳還不就坡下驢，趕緊回去呀！年華說讓她再想一想。

張金霞說：「年華，妳可想清楚了，這一步踩出去，妳想收回來，可就不那麼容易了。」

現在年華回來了。她決定先做幾件眼下應該做的事情。

她打開梳粧檯最下邊的那個抽屜，從裡邊取出那處房產的證書和鑰匙。那輛車的鑰匙也在。這處房產和這輛車，她從來沒去看過，也沒把它當作是自己的財產。她把別人送的那些卡也拿出來。現在她已經知道這些卡的價值了。韓大亮把那張卡的事告訴她了。她數了數，幾種卡加起來，約有二十幾張。如果按每張卡二十萬計算，那這些卡加起來就有四五百萬。這個數字是挺嚇人的，如果再加上那處房產和車，年華不敢再算了。好在像高含說的，她無職無權，也沒因接受這些東西幹什麼違法的事情，做為合法饋贈也能成立。但是不管怎麼說，當她把這些東西放在一塊時，還是有一種膽顫心驚的感覺。

她給韓大亮打了個電話。

「韓師傅，我是年華。你能到我這來一趟嗎？我有件事請你幫忙。」

「行！我二十分鐘後趕到。妳是在台裡吧？」

「不，我在家裡。我告訴你怎麼走。」年華說，接著告訴了韓大亮怎麼走法。

十幾分鐘後，韓大亮趕來了。

他停好車，車門也沒顧得上鎖，便跑步衝上三樓。進了門氣還沒喘均，就十萬火急地問：「出什麼事啦？」

年華笑了，說：「韓師傅，你別緊張，沒出什麼事。天也沒塌，地也沒陷。你先喝口水吧。看你急得這頭汗。要不你先擦把臉，衛生間在那邊。」

韓大亮這才想起車門沒鎖，忙從窗戶往樓下看了一眼，說：「不喝了。妳去哪兒？咱們抓緊走吧。我車門沒鎖。」他以為年華要用車。

年華說：「那你還是下去先把車門鎖了。我不是想用車，是有件事要托你辦，恐怕得給你交代幾句。」

韓大亮就下樓鎖了車門，然後又跑了上來。

「妳說，什麼事？」韓大亮喝了口水，說。

年華就把那堆東西拿出來，鄭重其事地對韓大亮說：「韓師傅，我想你是個靠得住的朋友，所以決定把這件事委託給你辦。但是你得答應我兩點要求。」

「我答應你。妳說，年華。」韓大亮說，神態莊嚴得像宣誓一般。

「第一，你別問我為什麼要這樣做；第二，替我保密，不能告訴任何人是我讓你這樣做的。」

「行。這兩條我能做到。還有嗎？」

「就這兩條。我現在告訴你具體怎麼做。」年華說著，先把那張房產證和車鑰匙交給韓大亮，說，「你知道西郊那兒有個智障兒童村嗎？」

韓大亮說：「知道。我送客人去過那裡。」

年華說：「那好。這處房產和這輛車，捐給智障兒童村。具體地址房號，房產證上都有。車也在裡邊。手續都是合法的，不會存在任何問題。致於他們怎麼使用或者轉賣，由他們作主。」

「需要他們給你出具收據或者別的捐贈證明嗎？」韓大亮問。

「不需要。」年華說。接著又把那些卡交給韓大亮。說，「這些卡，全部捐給希望工程。同樣，也不需要出具任何證明。」

韓大亮緊張得腦袋頂上都冒汗了。他不明白年華為什麼要這樣做，也不知道她家裡是不是發生了什麼事情。但是他知道這些東西的價值，知道這是件嚴重的事情。而且，最主要的，是他感到年華對他的信任。信任有時候也是一種壓力，韓大亮此刻就覺得肩膀上像扛著一座山一樣。

他很想再問年華幾句什麼，但想了想又沒開口。

「那我走啦。我先去希望工程那裡，他們在市區，離得近。然後再去兒童村。妳放心，這兩件事，我一上午一定能辦完。而且會按妳的要求，把事情辦好。完事後我打電話給妳。」

「行。你打台裡吧。下午我還得回台裡上班。」年華說。

下午快三點的時候，韓大亮給年華打來電話。

「年華，按妳的要求，事情都辦妥了。」韓大亮說，聲音顯得異常疲憊，好像剛剛搬掉一座山。

「那好，謝謝你啦韓師傅！」年華說，她突然感到一陣巨大的輕鬆。

6

一週後。

這天是九月七日，明天，也就是九月八日，周至誠新裝修好的飯館將重新開業，他與李紅的婚禮，也將同時舉行。

周至誠和李紅，幾天前就一塊到韓大亮家裡，給他們送去了大紅請柬。並把邀請年華參加的請柬也給了韓大亮，請他代轉一下。許倩當時說：我就別去了吧？我們家出個代表，大亮去就行了。李紅就拉著她的胳膊說：嫂子，妳要是不去，我這婚就不結了。許倩只好答應了。

這天是週末，下午上班不久，忽然來了一位熟人找許倩。

是鄭懷谷，許倩和劉衛東十多年前那個舞友。

「哎呀，十多年了吧？許醫生怎麼還這麼年輕呀？吃什麼靈丹妙藥啦，快給我老婆介紹介紹。」鄭懷谷一見許倩就誇獎上了，他老婆也笑著上來和許倩握手。

「鄭科長，現在在哪裡高就啦？」許倩記起多年前鄭懷谷已經是副縣長了，現在肯定又高升了。

鄭懷谷打著哈哈，說：「還高就呢，這些年止步不前了，還是個七品芝麻官！」也許鄭懷谷前多年進步太快了，這十來年官運不是很通，只向前邁了半步。

許倩就問鄭懷谷，是不是又給大嫂看病來了？

鄭懷谷說：「到你們這裡還能幹什麼呀？老婆肚子裡邊好像又出了問題，來檢查檢查。醫生讓做個核磁共振。」

「做了嗎？結果怎麼樣？」許倩問。

「還沒去，這不順路先過來看看妳嘛——哎，劉衛東呢？她女兒好像當模特兒了，我前些時間看過她的電視報導。」鄭懷谷說。

許倩說：「老劉剛剛去院辦了，國外有個專家代表團來了，院辦請她幫忙接待一下。可能一會兒就來。這樣吧，我先帶你們去檢查吧。我正好要去那邊，順便看能不能給你們走點後門，往前插插隊什麼的——核磁不是天天開，今天排不上你們就得等兩天了。」

鄭懷谷說：「那太好了，我也怕排不上呢！」

許倩領著鄭懷谷夫婦，另外還有他的秘書一塊到了核磁室。還好，前邊幾個病人已經做完了，機器正好空著。

鄭懷谷老婆的檢查很順利，該查的地方都查了一遍，什麼毛病都沒有。鄭懷谷一邊感嘆醫學科技的發達，一邊忽發奇想，問醫生：「我也想振一下可以嗎？」

負責核磁共振的胡醫生說：「可以呀！正好今天沒人，你去交費辦手續就行了。」

鄭懷谷說：「那行，我也就振一振。張秘書，你去交費。」

張秘書應了一聲，轉身正準備走，鄭懷谷又問許倩：「許醫生，你們是不是經常振這玩意？沒什麼副作用吧？」

許倩說：「做一次上千塊錢，誰敢經常振呀？我還從來沒做過呢！」

鄭懷谷說：「那順便也給妳振振。反正是公費醫療，一塊報銷就是了。」

許倩有點猶豫，說：「算了算了，平白無故的，花你的醫療費多不好。」

這時劉衛東趕巧來了，她是聽說有人找她，趕過來的。鄭懷谷免不了又是寒暄感嘆一番，然後又對劉衛東說：「要不妳也振一個？」

劉衛東說：「我就免了吧。不過許倩倒是有必要作一個。」

許倩心想做就做一個吧，這一陣老鬧騰，一直沒有好好查一查，說不定核磁共振一下，還真能查出是什麼原因，於是便答應了。

張秘書去交費，這邊鄭懷谷先做。結果與他老婆一樣，也是什麼毛病都沒有。

輪到許倩時，胡醫生笑笑，說：「許大夫，妳肯定沒什麼毛病。有毛病的人，那有妳這種精神呀？」但是檢查到腹部時，胡醫生臉上的笑忽然僵住了。反反覆覆看了好幾遍後，自己還是不敢確認，便叫過劉衛東，小聲對她嘀咕了兩句。劉衛東一聽，張著嘴，差點沒喊出聲來。她看了看，也不敢下結論。

胡醫生便出去了，兩分鐘後，三四個老醫生進了核磁室。

結論很快出來了：許倩的肚子裡，長了三個卵巢，比一般女人多了一個！

這真是天下奇聞。那個在婦產醫院參觀的國際醫學組織的專家代表團，聽到消息也趕過來了。這時候，許倩已經從檢查臺上下來了。代表團的老頭老太太傳看著那張彩色片子，一致認為這是個非常有研究價值的病例。隨即，婦產醫院的中國專家與來訪的外國專家一起，召開了一個專題研究會議。

會議形成兩種意見，一種意見認為，應該繼續觀察一個時期，以便進一步研究這種病理形成的原因及對患者的影響；另一種意見認為應該儘快手術，摘除多餘的那個卵巢，因為這畢竟是不正常的。最後決定徵求患者的意見。

許倩說：「我要那個多餘的卵巢幹什麼？我當然要求儘快手術，越早越好。」

因為代表團後天就要離開我國，最後院方研究決定，第二天上午為許倩進行多餘卵巢的摘除手術。

眾人離開之後，許倩對劉衛東說：「怪不得這麼多年，我沒完沒了地總是鬧騰。現在一切都找到原因，都得到解釋了。」

劉衛東則感慨萬分地說：「天哪，三個卵巢，等於是妳一個女人頂兩個。這麼多年了，虧你們那口子能應付過來——趕快給你們家大亮打電話報喜吧！告訴他天亮了，解放了。」

7

台裡批准了年華的請求，終於把她從春節晚會上撤下來了。這對她來說是件好事，但是許多不明就裡的朋友，卻紛紛打電話問她怎麼回事。她告訴他們是自己要求撤下來的，朋友們一半表示不相信，另一半表示不理解。另外一些熱心的觀眾，聽到消息後也給她打來電話。她沒有過多地解釋。她想過一段時間，人們就會把這件事淡忘的。

這天下午，年華在外邊辦完事後又回到辦公室。她與高含的關係現在還沒有完全解凍，不過彼此都已經冷靜下來，並表現出和解的願望。高含最近到深圳出差去了，臨出差前一晚上，他把被褥搬回年華那間屋子——當初是他憤怒地搬出去的。這是個姿態，也是個信號，年華已經決定，等高含出差回來後，兩人好好談談，把該說的話全說清楚，然後再重新開始。

她打開冷氣，看了兩盤準備剪輯的帶子。最近天氣特別悶熱，年華很想到外邊走走，但一直沒有時間。今天下午倒是個機會。她正想打電話跟韓大亮聯繫一下，電話響了。

太巧了，電話正是韓大亮打來的。他問她明天去不去參加周至誠與李紅的婚禮。幾天前，韓大亮就把周至誠給年華的請柬轉給了她。現在他來電話想確認一下，看她明天能不能去。

「可以去。我已經給他們準備了禮物。不過我可能要晚到一會兒，飯館的開業儀式我就不參加了。」年華說。

「那好。妳準備幾點動身？我到時候來接你。」韓大亮說。

「不用了，我到時候自己叫車去吧。真是太巧了，我剛才正想給你打電話呢！」年華說著，在電話裡笑了。

韓大亮說：「怎麼，妳想用車？我馬上過去接妳。」

年華說：「我想出去走走……」說到這裡，年華忽然停住了，她心裡忽然湧上一個念頭：無名水庫，再去一趟無名水庫怎麼樣？於是她接著對韓大亮說：「韓師傅，我突然有個想法，又想去一趟無名水庫，你看行不行？」

韓大亮說：「沒問題！不過這我可得給許倩請個假。她雖然把政策放寬了，但跑那麼遠的地還是得給領導同志報告一聲才行。」

年華心裡就有點後悔，心想人家好不容易有個週末，自己這樣一攪不太好。於是又改口說：「要不算了吧。這就在附近走走也行。」

韓大亮說：「別別別，顧客就是上帝，妳現在就是我的上帝。上帝提出的要求，我怎麼能不滿足呢！我還想賺妳這筆五百塊錢的包車費呢！不過你這次得給我現金，可別再給我通銀卡了……」

韓大亮說著笑了起來。他讓年華放下電話，十分鐘後在電視臺門口等著。他現在馬上就和許倩聯繫，然後去接她。

韓大亮先把電話打到家裡，兒子接的電話，告訴他許倩還沒有回來。他又打到醫院產科，產科接電話的護士告訴她許倩在住院部那邊。韓大亮以為許倩可能到住院部那邊為病人辦什麼事，也沒有往別的方面想，就又把電話打到住院部。連著打了幾次，那邊總是佔線。

他正想問問還有沒有別的號碼，剛停下來，電話響了。

原來是許倩在那邊，正抱著住院部的電話打他的手機。兩個人你給我打我給你打，撞上了。

「你在和誰煲電話粥呀？怎麼總佔線？」許倩上來就說，但聲音喜孜孜的。

「我正在給你們住院部打電話，老佔線。妳現在在哪裡呀？產科那邊怎麼說妳跑住院部去了？」

「我現在就在住院部這邊，咱倆可能撞上了。告訴你老公，我有一個天大的秘密，也是一件天大的喜事，你猜猜是什麼？」

韓大亮說：「彩票中大獎了唄！現在的人，還能遇到什麼比這更大的喜事。多少？五塊錢還是五百萬？」

「不對，你再猜猜看。」

「那就是妳又計畫外懷孕了。」

「不對。我就知道你會往這上頭想！不過已經沾上點邊了。你再猜猜。」

韓大亮就有點急了，說：「哎哎哎老婆，我這可是用手機打的。什麼喜事，妳一句話告訴我不就結了？」

許倩像個小孩似的，說：「那不行。猜不著我就不告訴你。你先說吧，找我什麼事？」

韓大亮說：「老婆，今天晚上我想請個假，跑趟遠地。」

「去哪裡？又是無名水庫？」

「對，無名水庫。」韓大亮想，許倩接下來該問和誰去了。

但是許倩並沒有再往下問，而是很痛快很高興地答應了，說：「行！我批准啦！」

「這下妳那喜事該告訴我了吧？」韓大亮又問。

「現在我就更不能告訴你了，免得影響你開車。明天你就會知道的。行啦你走吧走吧。我停一會兒就回去。別忘了明天李紅的婚禮。」

韓大亮說：「忘不了，我估計明天上午十點前就能趕回來。咱們十一點去參加李紅周至誠的婚禮，下午再去醫院看楊萍的弟弟。」

許倩說：「我恐怕去不成了。我明天有個大手術，你一個人去行了。好啦好啦，你也別再問了。」許倩說完掛了電話，在掛斷前還打破這幾個月的沉默，破天荒地說了一句：「老公，我愛你！」

韓大亮聽得一愣，耳朵都燒紅了。

8

許倩是五點回到家裡的。本來院裡的意見，讓她當天晚上就住在醫院裡，觀察觀察她的身體狀況，以免影響第二天的手術。許倩說：我的身體狀況比任何時候都好，根本用不著住院觀察。明天上班後，我準時過來做手術就是了。隨後就像往常一樣，蹬著自行車回了家。

她解放了。體裡那個秘密的揭曉，忽然使她有了一種如釋重負的感覺。她在路上買了菜和魚，還有韓大亮和兒子喜歡吃的灣仔餃子。雖然韓大亮今天不回來，但她得給他們父子倆多準備點吃的東西。因為手術後她恐怕最少得住個把禮拜院。她嘴裡哼著歌兒，在樓下停好車。拎著菜，又哼著歌兒上了樓。在樓道裡迎面碰到一位從樓上下來的男人。是住在六樓的一個住戶。平時許倩見了此人是不打招呼的，今天因為心情格外的好，便主動說了一聲：「出門呀！外邊真熱！」弄得對方受寵若驚，慌裡慌張地回了一句：「噢，沒事！沒事！」

「花花，媽媽回來了！」許倩進門就喊了一聲。然後伏下身子，抱起到門口迎接她的小貓花花，先貼了貼臉，然後摸著花花的肚子說：「讓媽媽摸摸，哇，長得好快啊！」

花花咪嗚叫了一聲，撒嬌地在她懷裡扭了扭身子。花花懷孕了，叫聲裡有點初孕的兒媳婦對婆婆說話的那種味兒，內心的幸福溢於言表。快要當母親的花花，再也不像以前那樣上竄下跳東奔西突了，抬腳動步都顯得小心翼翼，還時常表現出一種羞答答的樣子，溫順得像一個青春少婦。

「媽媽先侍候你們母子，你們是重點！」

許倩放下花花，開始在廚房收拾魚。以前那種愉快的感覺又回來了。魚收拾好後，她上鍋裡小火燉著。這邊又開始摘菜洗菜。米飯剛才已經悶上了。二十分鐘後，一切就緒，兒子許許放學回來了。

「媽！花花呢？」兒子放下書包就找花花。男孩心粗，還沒有發現媽媽的表情與往常不同。

「哎喲兒子，臉上這是怎麼啦？又蹭上顏色啦！來，媽給你擦擦。」許倩說著拽過兒子，輕輕地把兒子臉上蹭的一點顏色擦掉，接著說，「自行車沒毛病吧？有毛病媽媽一會兒下去給你修！」

兒子這下感到媽媽有點不對勁了。幾個月前，媽媽為修車的事罵過他，讓他車子壞了自己在外邊修，別再給她找麻煩！今天媽媽又主動要求給他修車了，說明嚴冬已經過去，春天又來臨了。

「媽，妳中獎啦？」兒子說。許許美術大賽沒評上獎，但性格卻有了變化，不時也會來點小幽默了。

「對，媽媽中大獎啦！明天你和你爸就知道了。」許倩說。然後給花花把煮好的魚泡米飯弄到盤子裡。接著又開始給兒子和她炒菜做飯。

「爸爸呢？不等我爸爸回來一塊吃？」飯菜做好了，兒子問許倩。

許倩說：「不等啦。你爸爸今天晚上不回來了，有人包車去遠地了。」

「我爸不應該再去遠地了，尤其晚上不應該去。妳沒看報紙嗎？外地一連幾個出租司機出事，都是有人包車跑遠途才出的事。」兒子忽然憂心忡忡地說。

「沒事。你爸是和一個朋友去的。也不遠，就去郊區無名水庫。」許倩估計韓大亮又是陪年華去那裡了，所以這樣對兒子說。她雖然嘴上說沒事，但聽兒子那麼一說，心裡還真是有點擔憂。

「媽，明天我不跟你們去參加周叔叔的婚禮了，妳和我爸去吧。」兒子又說。

「幹嘛？不是說好的嗎？」

「那是你們大人的事，我去了沒勁！再說，張豔明天過生日，我已經答應去她家裡了。」

「行吧行吧。那你爸明天只好一個人去了。媽媽明天也有事。」許倩說，許許也再沒問她有什麼事。

晚十點後，許許睡了，許倩一個人在臥室裡看照片。

她把全家所有的照片都翻出來，包括十幾冊裝成影集的，和另外幾百張沒裝成影集的照片，全都翻出來攤在床上。然後從韓大亮小時候的黑白照片看起，一張一張往下看。

她以前聽兒子說過，她不在家裡的時候，韓大亮會一個人翻看她以前的照片。她曾經問他為什麼這樣？韓大亮回答說，因為他是中途認識她的，並不瞭解她的過去。他想透過她以前的照片，看看小學生許倩是什麼樣子，中學生許倩又是什麼樣子，以便愛上她的過去。她當時覺得他有點怪，心想愛一個女人的過去怎麼可能呢？愛小學生許倩，愛中學生許倩，對已經娶了她，已經和她結婚生子，共同生活了十多年的一個男人來說，有什麼實際意義呢？

她感覺到這可能是愛，但是並不能完全理解。

現在她開始有些理解了。因為她突然有了這種慾望，突然也想看看韓大亮小時候的照片。

韓大亮的童年和少年都是在鄉下度過的，留下的照片並不很多，而且幾乎全是黑白照片。這些照片許倩以前也曾看過。但那時候，她對這些照片的感覺，除了土氣、呆板之外，談不上什麼別的印象。

其中有一張照片，是韓大亮在小學五年級時候照的。那時候的韓大亮，差不多和他現在的兒子許許一般大。他戴著紅領巾，留著長長的偏分頭，死死地抿著嘴唇，面部表情緊張而嚴肅，好像準備與人幹架。

許倩以前看這張照片的時候，評價只有一個字：傻！

現在，這個評價並沒有改變，但是許倩的感覺改變了。她覺得自己面對著這張小小的黑白照片，就像是面對韓大亮的童年，面對韓大亮的整個過去。慢慢地，她感到心中有種情感湧動起來，照片上那個孩子在變化著，漸漸與現在的韓大亮重疊起來。她忽然明白了，韓大亮實際上是那個孩子的延續，他身上的一切，包括他的品格、個性、愛好、習慣，包括他對她的愛以及他願意阿護天下所有女人的夢想，都是從照片上這個小孩身上延伸而來。這時候，奇蹟發生了，她感到自己愛上了照片上這個孩子，愛上了韓大亮的過去。

她從影集中找出一張自己戴紅領巾的照片，又找出一張兒子的。然後，像做遊戲似的，把三張照片擺在一起。

許倩忽然衝動起來。因為她突然感到，從這三張照片上，她非常確切和具體地看到了過去，成長，愛情和誕生。

許倩覺得自己幸福極了。她在丈夫和兒子的照片上吻了一下，然後輕輕地從心底裡說了一聲：「我愛你們！」

9

韓大亮和年華又到了無名水庫。

「韓師傅，咱們今天別釣魚了，我想游游泳。」

「那行，我再把車往上游開點。那兒有一片沙灘，也沒什麼人。」韓大亮說。

半年前，他們來這兒的時候天氣還涼，水庫四周的樹木花草還都禿著。現在是深秋季節，這裡顯出一派鬱鬱蔥蔥的成熟景觀。水庫在這裡拐了個小彎，形成一塊類似港灣的水面。四周是高大茂密的柿子樹，樹枝上掛滿金黃色的柿子，而樹葉則全部變成了深紅色。他們到時，已經快六點了，正是秋季一天中最美的時候。夕陽斜射在水面上，反射出一片誘人的光波。眼前的沙灘是金黃色的，水的顏色則顯得碧清碧清，一絲污染都沒有。

還有更重要的一點：靜寂。這裡沒有人。除間或間有魚躍出水面的響聲外，這裡什麼聲響都沒有。

「真是太美啦！」年華輕輕喊了一聲，好像怕把這兒的靜寂打碎似的。她深深地吸了一口帶著水草味的空氣，然後快速脫掉身上的體恤和裙子，開始活動四肢，準備下水。

年華來前已經穿好了泳衣。是一件淺藍色的很新潮的泳衣。穿著泳裝的年華顯出驚人的美麗。修長的四肢雪白耀眼，鼓突的胸部和臀部曲線優美。韓大亮從來沒有想到女人能完美到這種地步，他一下子呆住了。

「韓師傅，你不想游啊？這水多好，多誘人呀！」年華活動了一會兒，一邊試著往身上撩水，一邊扭頭問韓大亮。

韓大亮愣著，一下子沒反應過來。年華笑了，她知道他在看她，說：「韓師傅，我問你哪！下去一塊游吧。」

韓大亮的臉騰地紅了，慌裡慌張說：「不了，我沒帶游泳衣。你游吧，我釣幾條魚，一會兒好給妳做辣湯魚呀！」

年華說那好，然後一個魚躍，撲通跳進水裡。

韓大亮這才回過神來，自己罵了自己一句：「把他的，瞎想什麼呢！」然後收拾魚杆，就在離年華不遠的地方，釣起魚來。

半天沒有動靜。「怪不得這裡沒人，也許這塊水裡沒什麼魚。」韓大亮想。而且，他覺得自己的精神怎麼也集中不起來。他總是不放心水裡的年華。他在心裡對自己說：釣魚！釣魚！別再心懷鬼胎往那邊看了。但是眼睛不聽招呼。眼睛在這種情況下一般不聽心的，只聽鬼胎的。結果好不容易有兩次魚漂動了，其中一次已經動到絕對應該起杆的程度，但韓大亮由於眼睛走神，把機會錯過了。

「把他的！」他罵了自己一聲，決心按住鬼胎，再不往那邊看了。

工夫不負有心人，終於又有一條魚咬鉤了。韓大亮全神貫注盯著魚漂。等魚漂完全被扯下去後，一起杆，有啦！而且憑手感，韓大亮估計是條大魚。恐怕得好好溜溜才能弄上岸。但是他還沒有開始溜魚呢，那邊年華在水裡驚叫起來。

「哎喲，韓師傅，快，快來救我！」年華的腳被什麼纏住了，一邊驚恐慌萬狀地掙扎著，一邊喊。

韓大亮扔下魚杆，喊了聲：「妳別慌！」然後緊跑幾步，鞋都沒顧上脫，便縱身躍進水裡，朝年華那邊游去。

幾分鐘後，韓大亮連拖帶抱，終於把年華救上岸來。

年華嚇壞了。等韓大亮把她弄上岸後，才發現原來是一團水草把她的腳纏住了。韓大亮當時也不知用了多大力氣，居然把那團水草連根撥了出來。一直等上岸後，還在年華的腳脖子上拖著。

韓大亮幫年華弄掉那些水草時，才發現年華的腳脖子被勒下兩道血印，有塊地方還劃了道小口子，流血了。他一碰，年華便疼得哎喲一聲。

「妳別動。」韓大亮讓年華坐在沙灘上別動，他跑過去從車上拿下幾塊創可貼（ok蹦），然後細心地給年華貼在劃破的地方。「都怪我！剛才太用勁了。怎麼？疼得厲害嗎？」韓大亮一邊貼，一邊自責地說。接著又用手把年華腳上小腿上沾的泥巴和沙子輕輕扒拉掉。他覺得心疼極了，就像有一次許倩不小心把手指弄破了，他給她貼創可貼時的心情一樣。

年華被感動了。被男人心疼是一種幸福。她從韓大亮的動作和語氣中，清清楚楚地感受到了這一點。做為名人，年華有很多圈子裡的朋友，同時也有很多人想認識她，與她建立友誼。那些人要不很有名，要不很有錢，要不很有地位。韓大亮只能算是一個例外。

這個因為半年前那次偶然相遇而結識的計程車司機，這個普普通通，既沒有什麼社會地位，又談不上有錢的男人。半年來，從不多的幾次交往中，卻給了她許多與眾不同的感受。年華一直在想，這是個什麼樣的男人呢？他結識她，他這樣對待她，目的到底是什麼呢？——因為她明白，很多人與她的交往都是有目的的。那麼，這個男人的目的是什麼呢？

現在她忽然明白了：他的目的就是為了心疼她！他是那種天生心疼女人的男人，正是這一點把他與別的男人區別開來，也正是這一點使年華感動和幸福。

天生心疼女人，這該是一種多麼可貴、多麼稀有的光輝品格呀！年華覺得許倩真是太幸福了，能把終生託付給這樣一個男人。她感到自己也是幸福的，能有幸與這種男人相識，並能被他結結實實這麼心疼一把！

年華覺得自己快要掉眼淚了，為了掩飾，她笑了笑，對韓大亮說：「大亮師傅，為了我，你這是第二次奮不顧身往水裡撲了。上次是為了救我釣的那條魚，這次是為了救我。你說我該怎麼感謝你呀？」

韓大亮這才意識到，到現在他還抱著年華的光腳丫子，正在往下扒拉泥巴呢。剛才只顧心疼，把中華民族男女授受不親的傳統都忘記了。他趕緊放下人家的腳，臉漲得像一塊紅布。

「魚！我的魚！」韓大亮這才想起剛才那條魚。但等他跑過去時，那條魚已經拖著魚杆，逃得無蹤無影了。

「把他的，這下沒法做辣湯魚了。」韓大亮返回沙灘，沮喪地對年華說。然後又問，「要不咱們到下邊那塊去，跟那老頭買條魚做？」

年華說：「不用了，餓一頓對我有好處。就怕你受不了。」

韓大亮說：「我倒沒事。但我還得去訂房間，咱們總不能在這沙灘上露營吧？」

「怎麼不能？這裡多好呀！即便是五星級賓館，也不會有這麼好的夜景和空氣呀！咱們就在這裡過夜，看看星星，聊聊天。你陪著我，好嗎？」

韓大亮同意了。他從車上拿來一塊大塑膠布和兩件長袖衣服，另外還有一瓶驅蚊子用的花露水。年華下到水裡，重新沖了沖身子，然後到車上脫掉游泳衣，換上衣服。她回到沙灘邊時，韓大亮已經把塑膠布鋪好了，並且在四周灑了好多花露水。看見年華來了，他又把一件長袖衣服遞給她，讓她披在身上。「山區的夜晚，氣溫比城裡低。」他對她說。

「你想得可真周到，謝謝你！」年華說，心中又是一陣感動。

夜很長，他們並肩坐在鋪著塑膠布的沙灘上，聊了很久。

「很奇怪，這無名水庫好像與你我有緣。你看，咱們第一次認識就是在這裡，那天，我品嚐了你做的辣湯魚。那是我多年來吃得最過癮的一頓飯。後來咱們又聊了很久。半年後的今天，咱們又在這裡聊上了。可惜沒有辣湯魚了。」年華說。

「說是緣份也是緣份，但也是我的運氣。妳知道嗎？妳那天攔我的車時，我其實正準備收車，只是想在電視臺門口調個頭，沒想到會遇上妳。換了另外一個司機，那這份運氣或許就是別人的了。」韓大亮說。

年華說：「那就不一定了。第一，別的司機不一定會做辣湯魚；第二，不一定會像你這樣處理一些事情；第三，不一定會……」年華本來想說不一定會像你這樣心疼女人，但沒好意思說出口。

「那有可能，各人有各人的運氣，各人有各人的活法嘛。」韓大亮說。

「大亮師傅，我今年不上春節晚會了，你聽說了嗎？」年華問。

「聽說了。我想這對妳來說應該是好事。但是一想在晚會上看不見妳，心裡又覺得挺失落的。大概很多喜歡妳的觀眾都會有這種感覺。」

「我記得半年前你說過，你每年看春節晚會時，都會替我感到累，現在，你可以不操這份心了。」年華說著，笑了。

「我那是瞎操心。現在我明白了，幹活不一定能把人累到哪裡去，最累人的是心累。」韓大亮說。

「是啊，心累。可是一個人心累不累，別人怎麼能看出來呢？」年華說，像是自語。

韓大亮不說話了，他望著身邊這位美麗絕倫的女人，心裡感到一股莫名的難過。從認識她起，他好像就隱隱感到她活得不是太開心。但為什麼呢？他不明白，也不好問。

年華感到了什麼，問他：「你怎麼不說話了？在想什麼呢？」

韓大亮狠了狠心，說：「年華，有句話我一直想問妳，但又怕妳生氣。」

年華說：「沒關係。我幹嘛要生氣呢？」年華說著笑了一下，她已經猜到幾分了。

「我好像覺得，妳活得不是太開心。」韓大亮終於把心裡話想說的話說出來了。

「根據什麼？我有名氣，有身分，應該說也不缺錢花，你根據什麼說我活得不開心呢？」

「一個女人活得開心不開心，從名氣，從地位，從財富，從住多大的房子，從開什麼車上是看不出來的。」韓大亮說。

「哪從什麼呢？大亮師傅，你說得挺有意思。我倒真想聽聽，你是從什麼來判斷一個女人活得開心不開心的？」年華說著，又笑了一下。

「從妳的笑上。」

韓大亮說。說完便頓住了。

年華不笑了，覺得心裡像被針扎了一下。她突然想到，這兩年來，她的確沒有開心地、痛痛快快地笑過一次！她在遇到一些應該笑的事情時也會笑，但她所有的笑裡，似乎都含著一絲苦澀的東西，像受到某種壓抑和約束，總是放不開，總是不那麼盡興和縱情。現在韓大亮把這一點點破了。她感到難過的同時，又感到一種莫名的安慰。

「大亮師傅，咱們不說這些好嗎？你看見水庫對岸那片燈光了嗎？那是什麼地方，你陪我去那裡看看可以嗎？」年華指著對岸的燈光問道，同時站起身來。

「我也不清楚是什麼地方。上次來時，我已經注意到了。咱們一起去看看吧——要開車嗎？」韓大亮說。

「別開車了，咱們走著去吧，好像不是很遠。」年華說。

10

這裡原來是個科研機構：醫學科學院感覺研究所。

夜裡，研究所的工作人員都回家了，只留下一個看大門的老頭。年華認出了他，原來老頭是個著名的醫學教授，她曾經做過他的專訪。教授也認出了年華，但奇怪的是，他說他也認識韓大亮，而且叫出了韓大亮的名字。

「這怎麼可能呢？教授。你認出年華這很正常，因為她是主持人。我只是個出租司機，你怎麼可能也認識我呢？」韓大亮問，他感到有點奇怪。

「這一點也不奇怪。你馬上就會成為我們一個專題研究物件。我們對你的一切，自然已經做了詳盡的調查，並且建立了檔案。」教授說。

韓大亮給老頭這話嚇了一跳。他怎麼會成為他們的研究物件呢？他們幹嘛要調查他，為他建立檔案？但他看老頭又不像是開玩笑的樣子，便問：「老先生您搞錯了吧？我怎麼會成為你們的研究物件呢？我沒到你們這裡來過，也沒有接到過你們的調查表格。怎麼會呢？」

教授笑笑，說：「這屬於科學機密，天機不可洩露。」

年華笑著問：「教授，我呢？我是不是也是你們的研究物件？」

教授說：「你很早就是了。」

年華說：「那就是說，你們這裡也有我的調查檔案了？」

教授說：「那當然。古今中外，所有名人的檔案我們這裡都有。」

韓大亮抓到了什麼，笑著問：「老先生，你矛盾了吧？我並非名人，你們怎麼也會有我的檔案呢？」

教授也笑了，說：「年輕人，我一點也沒有矛盾。我說古今中外，所有名人的檔案我們都有，並沒有說非名人者就沒有。而且，透過我們的研究，很快也將使你成為名人。」

韓大亮不說話了，心裡感到有些糊塗，多少還帶點恐怖。

「教授，醫科院我知道，但感覺研究所我好像沒有聽說過。怎麼會有這麼一門專門學科呢？」年華問。

教授又笑了，說：「科學發展到今天，學科分支越來越細。其實感覺學應該是醫學領域最重要的學科之一。因為所有活著的人都會有感覺，各種各樣的感覺。敏銳、遲鈍、痛苦、快樂、疲勞、厭倦、疼痛等等。可以說，人活著的過程就是一個感覺的過程。這樣吧，二位今天既然來了，我就給你們當一回導遊，帶你們在這裡參觀參觀吧！」

「恭敬不如從命，教授，請！」年華說。並且做了個請教授先行一步的優雅手勢。

韓大亮也只好從命了。不過他覺得年華的聲音似乎有些變味，動作也有點飄忽不定。接下來，他跟著教授前行的時候，腳底下覺得輕飄飄的，好像地球的引力忽然減小了，像行走在月球上似的。

研究所好像是個圓形的建築，長長的，似乎沒有盡頭的走廊兩邊，是一扇挨著一扇的落地玻璃門。這些玻璃門看上去都非常現代，門鎖全部都是指紋鎖加視網膜鎖，像電影裡那些研究機構的門鎖一樣。每扇玻璃門上方都掛著一個特製的牌子，上邊注明分支學科的系名、科名。比如歡樂系、痛苦系、幸福系、良心系……

「教授，良心怎麼會是感覺呢？這一點我不明白。」他們參觀到良心系時，韓大亮覺得有點不可理解，問老教授。

教授說：「良心也是一種感覺，一個人有沒有良心，別人能感覺到，他自己也能感覺到。你們接著看下去就明白了。」

和別的系一樣，良心系的分科也非常細。年華和韓大亮看到，這裡分有良心科、昧良心科、黑良心科、喪良心科，良心未泯科、良心發現科等，裡面有研究物件的姓名、國籍、年齡、所處年代、主要症狀和臨床反應。韓大亮很想進這些科室，看看那些昧良心、黑良心的研究物件都是誰，都有哪些症狀和特徵。老教授說這不行，我們得替研究物件保密。

進入疲勞系的大門之後，老教授站住了，說：「二位的檔案就在這個系裡。你們都是這個系的研究物件。」

「是嗎？」年華與韓大亮都愣住了，異口同聲地說。

「疲勞做為一種感覺，全世界所有人都經受過，都有體驗。但這不是我們的研究課題。我們研究的是那些長期處於疲勞狀態的人。據世界衛生組織調查，全球約有35%以上的人長期處於疲勞狀態，尤其是中年男性人群，長期處於疲勞狀態者高達60%至75%。女性比例雖然稍低一些，但同樣不容樂觀。這些人實際上處於「亞健康」狀態，煩燥、易怒、頭昏、頭暈、神經衰弱、性功能減退，並會最終導致免疫力下降，產生疲勞綜合症。

我們不只研究這些症狀，也分析其造成的原因。比如說年華同志，我們的研究結果表明，一個節目主持人所承受的疲勞程度，事實上比美國總統還要高，說通俗點就是，一個節目主持人實際上比總統還要累。美國總統有他的一套班子，對許多重大問題，他們會提供方案讓總統選擇，然後由總統下命令讓別人去執行。主持人不同，主持人是在節目方案確定後，由自己一個人單槍匹馬去執行。這就是區別。這就是造成主持人高度疲勞的原因。」

年華沒有說話，心裡感到極大的震驚。

韓大亮問：「教授，哪我呢？造成我疲勞的原因是什麼？」

教授笑笑，說：「你的一部分原因屬於個人隱私，我不便提及。另外，與你愛人生理方面一些特殊構造有關，屬於另外一個醫學領域的研究課題了。」

……

韓大亮和年華，不知他們是什麼時候離開那裡的。也不知道這個研究機構，在他們離開後還是不是存在。

11

這一天，註定要有很多事情發生。

許倩的手術是上午八點二十開始的。世界衛生組織那個專家代表團的成員，在現場觀看手術過程。市電臺電視臺的記者，在現場對手術做採訪報導。

同一時刻，在另外一家醫院裡，楊萍弟弟楊威的換腎手術也開始進行。電視臺電臺也做了現場報導。

與此同時，一樁意料不到的危險，也正在向年華及韓大亮臨近著。

年華與韓大亮是早晨七點多離開無名水庫的。因為先天晚上沒吃晚飯，他們離開水庫不遠，先找了家路旁小店吃了早點，快八點半時，上了返回市區的高速公路。

「大亮師傅，我有點睏了，想睡一會兒。你小心點開。」由於一晚上基本沒睡，年華此刻感到有些睏了。

「行，妳睡吧。我把收音機關了。」韓大亮說。他本來打開收音機，想聽聽天氣預報和早間新聞。

年華說：「沒關係，我聽著收音機照樣睡，已經習慣了。」

韓大亮就把音量調小了點，然後降低車速，讓車子在高速路的行車道上，平穩地行駛著。他並不急著回去。周至誠和李紅的結婚典禮暨飯館開業儀式，要到中午十一點才開始，時間完全來得及。

九點鐘，電臺開始報告早間新聞。

先是報導市委的一個會議。接著是幾位副市長在郊區縣考察農村工作的消息。韓大亮正準備換台聽聽別的，忽然被一個新聞吸引住了：

「下面是本台特約記者剛剛從市婦產醫院發回的報導。最新消息：今天上午，本市婦產醫院將要進行一例十分罕見的手術，為一位長了三個卵巢的女性摘除多餘的卵巢。世界衛生組織的一個醫學代表團的成員，將觀摩手術的全過程。手術已於早八點二十開始，現正在進行之中。關於手術的進展情況以及有關這位女性的相關資料，我們將向你做後續報導，請您稍候，廣告之後我們再回來。」

「嗨！三個卵巢，這可真是天下奇聞！那還不把她先生累趴下呀。」韓大亮心裡想。許倩好像告訴過他，女人在排卵期期間，性慾相對要比平時高些。他想那這位長著三個卵巢的女人，性慾大概相當於一般女人的兩倍了。「哪位老兄要是娶了這麼個老婆，那可真麻煩了。」他有些幸災樂禍地想。

韓大亮想聽聽後續報導，但廣告一個接一個。他便調了調台，想聽聽別的台對這件事的報導。結果調了兩個來回，別的台都沒有。等他重新回到那個台時，廣告已經播完，播音員正在介紹那位女性的相關資料。名字錯過了，韓大亮只聽到後邊這幾句：

「……是婦產醫院的護士，平時身體健康，沒有什麼特別的不良反應。她的丈夫是個出租司機，據本台記者瞭解，她的丈夫到現在還不知道這件事情……」

「許倩！」韓大亮心裡喊了一聲。這下他突然明白許倩昨天下午說的那個天大的秘密是怎麼回事了。我的媽呀！天哪！原來是她長了三個卵巢！兩分鐘前，韓大亮還在幸災樂禍，現在才明白遇到麻煩的原來是他自己。手術正在進行之中，但結果會怎麼樣？他不敢再想下去了，一踩油門，車速便上了120……

禍事是在頃刻間發生的。

一輛中型麵包車壞在高速公路中間了，交管部門還沒來得及把它拖走，韓大亮就撞上去了。他當時沒有意識到那輛車是停在那裡的，等他衝到跟前反應過來時已經晚了。按一般司機的本能性保護反應，他會往左打一把方向，讓自己這邊躲過去。但那樣的話，年華就慘了。韓大亮沒有那樣做，他在反應過來後的最後一刻，往右打了把方向。結果年華躲過一劫，他這半邊車卻整個撞得變了形。事後認定是疲勞駕駛所致。

實際上韓大亮在那一刻是處於極度疲勞加極度緊張狀態。以他的技術和反應能力，在不那麼疲勞和緊張的狀態下，是不會出現這種錯誤判斷的。但這些都只能是教訓了，而且是很多人早已有過的教訓。

年華是在睡夢中被撞醒的，但她只清醒了一瞬，腦子裡剛閃出「車禍」兩字，便又昏迷過去。

韓大亮覺得自己飄了起來。他先是看見前面那輛車的車尾，突然像一面巨大的牆一樣，迎面朝自己撞來。他一直以為那輛車是在走著的，等他意識到自己判斷失誤時，他只來得及做了一個動作，就是往右打了把方向。緊接著他便聽到一聲沉悶的響聲，在聽到響聲的同時，他感到自己的意識和肉體，一起被一個巨大的力量拋向空中，飄起來了。他沒有感覺到疼痛，沒有，他一點疼痛的感覺都沒有。他只感到一種突然而至的、從未體驗過的輕鬆。同時覺得四周似乎亂糟糟的，有些紅色和白色的東西在意識裡晃來晃去。

12

已經快到十一點半了，周至誠與李紅的婚禮還沒有開始，他們在等韓大亮。

周至誠今天換了身西裝，西裝的顏色是淺灰色的，胸前別著一朵紅花，紅花下的布條上寫著「新郎」二字。他雖然覺得有些彆扭，但看上去還像那麼回事。頭髮是新燙的，不用說，一定是新娘的手藝。周至誠從一大早起來，臉上就像被火燙過似的，紅顏色一直就沒有褪下去過。看上去不像新郎，像個高燒不退的病號。

李紅則是一身雪白的婚紗。所有的新娘都是美麗的，何況姑娘本來就漂亮。這時候的李紅，用千嬌百媚來形容一點也不過分。連新郎周至誠都不太敢看她了。從早晨到現在，她沒吃任何東西，但是一點也不覺得餓。周至誠什麼也不讓她做，就讓她在新裝修好的那間屋子裡待著。

至誠飯館現在改名為「留夢飯館」了。這是她的主意，意思是想與她那邊的留夢髮型設計中心一致，以圖將來發展。隔壁那家小店被兼併過來了。火災後那家小店不想再開了，所以價格壓得很低。原來兩家小店的地方現在合二而一，地方一下顯得大多了。周至誠在裝修時，專門讓人給他們裝修了一間帶衛生間的臥室。從早晨到現在，李紅就一直在這間屋子裡坐著。從來到這座城市，兩年來，李紅覺得自己一直在忙碌，現在突然無所事事，就這樣坐著等待那個時刻，好像愛情和婚姻帶給一個女人的幸福，就從這一刻開始了。

從十點多開始，周至誠就不停地給韓大亮打電話，家裡沒人接，手機一直說不在服務區。他接著又打年華的手機，想問問年華知道不知道韓大亮在哪裡。因為年華也答應今天來，他估計韓大亮可能會去接上她一塊來。但是年華的手機也一直沒開。李紅又給許倩打電話。早晨許倩曾給李紅打過電話，說她今天上午要做個大手術，不能參加他們的婚禮了，由韓大亮代表了。李紅當時也沒仔細問，以為她是參加別人的手術。

等她再把電話打過去時，產科的人說許倩正在做手術，她說能不能幫忙喊她出來接個電話，有急事找她。

對方火了，說妳開什麼玩笑，她自己在手術臺上，怎麼出來接電話。李紅心裡就有點慌了，對周至誠說，許倩姐要是做手術，那韓師傅會不會也在醫院裡？周至誠說不可能，他如果不能來，一定會打電話告訴我們的，絕不會讓我們這樣傻等著。

來賓開始不耐煩了，紛紛問怎麼還不開始，等誰呀？周至誠李紅一邊給大家解釋，一邊讓飯菜先上。他給李紅交代了幾句，然後要了輛車，準備去婦產醫院跑一趟。

正在這時，小王變臉失色地跑過來喊：「老闆，快看電視！」

電視裡正在播午間新聞：

「現在報告本台剛剛收到的消息。今天上午，新康高速公路上發生一起嚴重車禍。司機與搭車的乘客受傷，車輛報廢。出事的是一輛紅色富康計程車，初步認定出事原因是司機疲勞駕駛所致。據本台記者瞭解，受傷的乘客是著名主持人年華，她傷勢較輕；計程車司機則傷勢嚴重，現正在西城醫院進行搶救……」

周至誠腦袋裡嗡的一聲，他什麼也顧不上了，給李師傅交代了一句「招呼好客人」！然後拽著連婚紗也沒來得及脫的李紅，出門上了輛車，對著司機喊道：

「西城醫院，快！」

這時候，婦產醫院那邊，許倩的手術已經結束。手術非常成功，觀摩手術的外國專家，對中國同行的醫術大加讚賞。同時紛紛向許倩致意，祝賀她回到正常女性的行列裡來。許倩笑了，掙扎著對醫生說：

「謝謝你們！請把電話給我，我要給我老公打個電話……」

一個月後，韓大亮出院了。

年華和許倩是兩週前出院的。許倩出院後，就一直在西城醫院陪著韓大亮。兒子和家裡，由李紅、周至誠代管了兩個禮拜。韓大亮出院前一天，本來周至誠李紅說他們要來接，韓大亮說公司已經安排了車，就不麻煩他們了。免得誤了髮型中心和飯館的生意，周至誠答應了。但等到出院這天，許倩幫老公辦完手續，在一旁扶著他──韓大亮的右胳膊還沒好俐落，出院時還吊著繃帶──一起出醫院大門，往臺階下一看時，一下子驚住了──

兒子許許、李紅、周至誠、劉衛東……一大堆人向他們迎了過來。但沒看見楊萍，後來李紅告訴他，楊萍陪著弟弟回老家去了。楊萍弟弟的手術非常成功，但仍需要恢復一段時間。為了節省費用，便轉回家鄉的醫院去了……人群中還有年華，但年華不是一個人，她旁邊是她風流倜儻的先生，韓大亮不認識──但韓大亮突然明白他是誰了。韓大亮開心地笑著，快步向親人們奔了過去……

國家圖書館出版品預行編目資料

善良的困惑／劉增新著.
第一版——臺北市：宇河文化 出版；
紅螞蟻圖書發行，2013.4
面； 公分. ——（風潮；11）
ISBN 978-957-659-932-3（平裝）

857.7 102004413

風潮 11

善良的困惑

作　　者／劉增新
發 行 人／賴秀珍
總 編 輯／何南輝
責任編輯／韓顯赫
校　　對／楊安妮、賴依蓮、劉增新
美術構成／Chris'office
出　　版／宇河文化出版有限公司
發　　行／紅螞蟻圖書有限公司
地　　址／台北市內湖區舊宗路二段121巷19號（紅螞蟻資訊大樓）
網　　站／www.e-redant.com
郵撥帳號／1604621-1　紅螞蟻圖書有限公司
電　　話／(02)2795-3656（代表號）
傳　　真／(02)2795-4100
登 記 證／局版北市業字第1446號
法律顧問／許晏賓律師
印 刷 廠／卡樂彩色製版印刷有限公司
出版日期／2013年4月　第一版第一刷

定價 350 元　港幣 117 元

ISBN 978-957-659-932-3　Printed in Taiwan